大旗出版
BANNER PUBLISHING

大旗出版
BANNER PUBLISHING

清塘荷韻

季羨林 著

季羨林（代序）

◎張中行

季羨林先生是中外知名的學者。知名，這名確是實之賓，與有些人，捨正路而不由，也就真像是摶扶搖而上者九萬里的不同。可是這實，我不想說。也不能說，因為他會的太多，而且既精且深，我等於站在牆外，自然就不能瞥見宗廟之美，百官之富。不過退一步，不求美、不求富，我也不是毫無所見。就算是概貌吧，大致有三個方面。一是語言，他通很多，母語即漢語之外，世上通行的英、法、德之類也可不在話下，他還能早已作古的梵語和吐火羅語。另一個方面可以算作重點，是研究、翻譯有關印度的經典著作。這方面，他用力最多，貢獻最大；說大，還有個理由，是這類必須有為學術而獻身的精神始能從事的工作，很少人肯做，也很少人能做。還有一個方面是他興趣廣泛，有時也從象牙之塔裡出來，走向十字街頭，就是說，也寫雜文，甚至抒發幽情的散文。

方面這樣廣，造詣這樣高，成就這樣大，我這裡是想說閒話，只好躲開沉重的，另找點輕鬆的。這輕鬆的是自從我們成為不遠的鄰居之後我的見聞。北京大學校園（雅稱為燕園）內東北部有六座職工宿舍樓，結構一樣，四層，兩個樓門，先為黃色，一九七六年地震後修整變為白色。五座在湖的東部，由南向北排列；一座單干，在湖的北部偏西。我女兒住東部由北向南的第二座，我自七十年代中期到那裡寄居。其時老北大時期即任數學系教授的申又棖先生住湖北部那座樓，我們有來往。地震以後不久，申先生因病逝世，申夫人遷走，房子空出，大約是八十年代早期，季先生遷來。我晨起沿湖濱散步，必經季先生之門，所以就成為相當近的鄰居。可是我不敢為識荊而登門，因為我據以推斷的是常情，依常情，如季先生名之高，實之重，也許要拒人於千里之外吧？就是經過同事兼老友蔡君的解釋，我還是沒有膽量登門。蔡君也是山東人，與季先生是中學同學，每次來看我，總要到季先生家坐一會兒。我本來可以隨著蔡君去拜訪，仍是常情作祟，有意而終於未能一鼓作氣。蔡君才也高，而舉止則慢條斯理，關於季先生，他只說中學時期，英語已經很好。這就使我想到天之生材，如季先生，努力由己，資質和機遇，總當歸諸天吧？

結識之前，有關季先生的見聞，雖然不多，也有值得說說的。用評論性的話總而言之，不過兩個字，是「樸厚」。在北京大學這個圈子裡，他是名教授，還有幾項顯赫的頭銜，副校長、系主任、研究所所長，可是看裝束，像是遠遠配不上，一身舊中山服、布鞋，如果是在路上走，手裡提的經常是個圓筒形上端綴兩條帶的舊書包。青年時期，他是很長時期住在外國的，為什麼不穿西服？也許沒有西服。老北大，在外國得博士學位的胡適之也不穿西服，可是長袍的料子、樣式以及顏色總是講究的，能與人以瀟灑、高逸的印象。季先生不然，是樸實之外，什麼也沒有。語云，不是一家人，不進一家門，季夫人也是這樣，都市住了多年，還是全身鄉里氣。為人也是充滿古風，遠近鄰居都稱為季奶奶，人緣最好，也是因為總是以忠厚待人。與季夫人為伴，家裡還有個老年婦女，據說是季先生的嬸母，想是因為無依無靠吧，就在季先生家生活並安度晚年了。總之，單是觀察季先生的家（包括家內之人），我們的印象會是，陳舊，簡直沒有一點現代氣息。室內也是這樣，或說更是這樣，牆、地，以及傢具、陳設，都像是上個世紀平民之家的。惟一的不同是書太多，學校照顧，給他兩個單元，靠東一個單元裝書，總不少於三間吧，架上，案上，都滿了，只好擴張，把陽台封上，改為書庫，書架都是上觸頂棚的，我隔著玻璃向裡望望，又滿了。

大概是八十年代前期，不記得由誰介紹，在季先生家門口，我們成為相識。以後，我清晨散步，路過他家門口，如果趕上他在門口，就打個招呼，或者說幾句閒話。打招呼用和尚的合十禮，也許因為，都覺得對方同佛學有些關係。閒話也是走熟路。消極的是不沾學問的邊，原因，我想少一半是他研究的那些太專，說，怕聽者不懂，至少是沒興趣；多一半仍是來於樸厚，講學問、掉書袋，有炫學之嫌，不願意。再說積極一面，談的話題經常是貓。

季先生家養三隻貓，一對白色波斯貓和一隻灰白相間的本地貓。據說，季先生的生活習慣是早睡早起，清晨四時起床就開始工作。到天大明的時候，他有時到門外站一會兒，一對波斯貓總是跟著，並圍著兩腿轉，表示親熱。看來季先生很喜歡這一對，不只一次向我介紹，波斯貓，兩隻眼，有的顏色一樣，有的顏色不一樣，他家這兩隻，有一隻，兩眼的顏色就不一樣。起初，我以為季先生到門外，是因為愛貓，怕被偷，所以

「放風」的時候看著。後來有不少次，我看見貓出來，季先生卻沒有跟著。貓戀人，我招招手，就也向我走來，常常是滿身土，因為剛在土地上打幾個滾。我這才明白，原來季先生並沒有在貓身上費過多的心思。

他的事業是學問，擴大些說，是為文化；熱心傳授，也是為社會上野成分的減少和文成分的增加。所有這方面的情況，要由門內人作為專題介紹。我無此能力，只好根據我的一點點見聞，說說他的為人，仍是有關樸厚的。

先說一件由聞而來的，是某一次開學，新生來校，帶著行李在校門下車，想去幹什麼，行李沒有人照看，恰好季先生在附近，白髮，蒼老，衣著陳舊，他推斷必是老工友，就招呼一下，說：「老同志，給我看一會兒！」季先生說「好」，就給他看著。直到開學典禮，季先生講話，他才知道認錯了。季先生就是這樣，從來沒有覺得自己超過一般人，所以不論什麼人，有所求，只要他能做並且不違理的，他都慨然應允，而且立刻就辦。

舉一次使我深受感動的事為證。是不久前，人民大學出版社印了幾個人的小品，其中有季先生和我的。我有個熟小書店，是一個學生的兒子經營的，為了捧我之場，凡是我的拙作，他都進一些貨。愛屋及烏，這次的系列小品，他每種都進一些貨。舊潮，先秦諸子，直到《文選》李善注，因為其時沒有刻印技術，也就沒有「簽名本」之說。有刻印技術之後，晚到袁枚的《隨園詩話》，顧太清的《東海漁歌》，也還是沒有簽名本之說。現在是舊潮換為新潮，書有所謂簽名本，由書店角度看利於賣，由讀者角度看利於收藏。於是而有簽名之舉，大舉是作者亮相，到書店門口簽；小舉的作者仍隱於蝸居，各色人等（其中有書商）叩門求簽。我熟識的小書店當然要從眾，於是登我門，求簽畢，希望我代他們，登季先生之門求簽。求我代勞，是因為在他們眼裡，季先生名位太高，他們不敢。我拿著書，大約有十本吧，去了，讓來人在門外等著。叩門，一個當小保姆的年輕姑娘打開門，我搶先說：「季先生在家嗎？」小保姆的反應使我始則吃驚，繼則感佩。先說反應，是口說：「進來吧」，帶著我往較遠一間走，到大敞的門，用手指，同時說：「不就在這裡嗎！」這話表明，我已經走到季先生面前。季先生立著，正同對面坐在床沿的季夫人說什麼。再說為什麼吃驚，是居僕位的這樣伺候有高名位的一家之主，距離世間的常禮太遠。說到常禮，我想到一些舊事，只說兩件，一聞一見。先說聞，是有關司馬光的軼事：

司馬溫公有一僕，每呼君實（司馬光字君實）秀才（稱家中年輕人），蘇子瞻教之稱君實相公。公聞，訊之，曰：「蘇學士教我。」公歎曰：「我有一僕，被蘇子瞻教壞了。」（《宋人軼事彙編》引《東山談苑》）

再說見，是五十年代前期，我同葉恭綽老先生有些交往。葉在民國年間是政界要人，晚年京華息影，還保留一些官派，例如我去找，叩門，應門的是個老僕人，照例問：「您怎麼稱呼？」通名以後，不說在家不在家，只說「我給您看看」。問過之後，再到門口，才說「您請進」。這常禮由主人的名位和矜持來，而季先生，顯然是都不要，所以使我由小保姆的直截了當不由得想到司馬溫公的高風，也就不能不感而佩之。

言歸正傳，是見到季先生，說明來意，他毫不思索就說：「這是好事。那屋有筆，到那裡簽吧。」所謂那屋，是東面那個書庫。有筆的桌上也堆滿書，勉強擠一點地方，就一本一本寫，一面寫一面說：「賣我們的書，這可得謝謝。」簽完，我就不再耽擱，因為書店的人在門外等著。季先生像是一驚，隨著就跑出來，握住來人的手，連聲說謝謝。來人念過師範大學歷史系，見過一些教授，沒見過向求人的人致謝的教授，一時弄得莫知所措，嘴裡咕嚕了兩句什麼，抱起書跑了。

以上說的都是季先生樸厚的一面。樸厚與有深情有密切關係，所以他也常常寫抒情的小文。不久前看到一篇，題目以及刊於何處都記不清了。但內容還記得，是寫住在他樓西一個平房小院的一對老夫婦。男的姓趙；女的德國人，長身駝背，前些年常出來，路上遇見誰必說一聲「你好」。夫婦都愛花木，窗前有茂密的竹林，竹林外的湖濱和東牆外都闢成小園，種各種花草。大約是一年以前，男的得病先走了。女的身體也不好，很少出來，總是晚秋吧，季先生看見她採花子，問她，知道是不願意挫傷死去的老伴的心願，仍想維持小園的繁茂。這種心情引起季先生的深情，所以寫這篇文章，表示讚歎。

目錄

季羨林（代序） 6

輯一 尋根齊魯

月是故鄉明 22
我的童年 25
夜來香開花的時候 36
一條老狗 48
五樣松抒情 57

輯二 魂斷德國

道路終於找到了 64
在飢餓地獄中 73

Wala 78
我的老師們 85
別哥根廷 93

輯三 清華夢憶

清華頌 104
夢縈水木清華 106
清華夢憶 110
《世紀清華》序 114

輯四 燕園春秋

春歸燕園 118
燕園盛夏 121
清塘荷韻 124

目錄

夢縈紅樓 129
夢縈未名湖 131
《牛棚雜憶》緣起 136
抄家 143

輯五 擁抱自然

聽雨 156
馬纓花 160
二月蘭 165
洛陽牡丹 171
香櫞 174
夾竹桃 177
枸杞樹 181
兔子 186
老貓 193

喜鵲窩 205

輯六 馨愛市井

我愛北京的小胡同 214
母與子 217
一雙長滿老繭的手 228
兩個乞丐 234
師生之間 239
三個小女孩 243
兩行寫在泥土上的字 251

輯七 感悟人生

年 256
寂寞 263

晨趣 266
成功 270
知足知不足 273
有為有不為 275
九十述懷 278
一個老知識分子的心聲 289

輯八 品味書香

我和書 298
我的書齋 300
藏書與讀書 303
我最喜愛的書 306
《賦得永久的悔》自序 312
《季羨林學術文化隨筆》跋 315

輯九 屐印芳草

登廬山 322
富春江上 327
別印度 334
遊唐大招提寺 341
重返哥根廷 347

輯十 收藏落葉

回憶陳寅恪先生 358
站在胡適之先生墓前 372
回憶雨僧先生 386
掃傅斯年先生墓 390
回憶梁實秋先生 395
悼念沈從文先生 399

也談葉公超先生二三事 405
懷念喬木 410
編後記 418

輯一 尋根齊魯

月是故鄉明

每個人都有個故鄉，人人的故鄉都有個月亮，人人都愛自己故鄉的月亮。事情大概就是這個樣子。

但是，如果只有孤零零的一個月亮，未免顯得有點孤單。因此，在中國古代詩文中，月亮總有什麼東西當陪襯，最多的是山和水，什麼「山高月小」、「三潭印月」等等，不可勝數。

我的故鄉是在山東西北部大平原上。我小的時候，從來沒有見過山，也不知山為何物。我曾幻想，山大概是一個圓而粗的柱子吧，頂天立地，好不威風。以後到了濟南，才見到山，恍然大悟：山原來是這個樣子呀。因此，我在故鄉裡望月，從來不同山聯繫。像蘇東坡說的「月出於東山之上，徘徊於鬥牛之間」，完全是我無法想像的。

至於水，我的故鄉小村卻大大地有。幾個大葦坑佔了小村面積一多半。在我這個小孩子眼中，雖不能像洞庭湖「八月湖水平」那樣有氣派，但也頗有一點煙波浩渺之勢。到了夏天，黃昏以後，我在坑邊的場院裡躺在地上，數天上的星星。有時候在古柳下麵點起篝火。然後上樹一搖，成群的知了飛落下來。比白天用嚼爛的麥粒去粘要容易得多。我天天晚上樂此不疲，天天盼望黃昏早早來臨。

到了更晚的時候，我走到坑邊，抬頭看到晴空一輪明月，清光四溢，與水裡的那個月亮相映成趣。我當時雖然還不懂什麼叫詩興，但也顧而樂之，心中油然有什麼東西在萌動。有時候在坑邊玩很久，才回家睡覺。在夢中見到兩個月亮疊在一起，清光更加晶瑩澄澈。第二天一早起來，到坑邊葦子叢裡去撿鴨子下的蛋，白白地一閃光，手伸向水中，一摸就是一個蛋。此時更是樂不可支了。

我只在故鄉待了六年，以後就離鄉背井，漂泊天涯。在濟南住了十多年，在北京度過四年，又回到濟南待了一年，然後在歐洲住了近十一年，重又回到北京，到現在已經四十多年了。在這期間，我曾到過世界上將近三十個國家。我看過許許多多的月亮。在風光旖旎的瑞士萊芒湖上，在平沙無垠的非洲大沙漠中，在碧波萬頃的大海中，在巍峨雄奇的高山上，我都看到過月亮，這些月亮應該說都是美妙絕倫的，我都異常喜歡。但是，看到它們，我立刻就想到我故鄉中那個葦坑上面和水中的那個小月亮。對比之下，無論如何我也感到，這些廣闊世界的大月亮，萬萬比不上我那心愛的小月亮。不管我離開我的故鄉多少萬里，我的心立刻就飛來了。我的小月亮，我永遠忘不掉你！

我現在已經年近耄耋。住的朗潤園是燕園勝地。誇大一點說，此地有茂林修竹，綠水環流，還有幾座土山點綴其間。風光無疑是絕妙的。前幾年，我從廬山休養回來，一個同在廬山休養的老朋友來看我。他看到這樣的風光，慨然說：「你住在這樣的好地方，還到廬山去幹嘛呢！」可見朗潤園給人印象之深。此地既然有山，有水，有樹，有竹，有花，有鳥，每逢望夜，一輪當空，月光閃耀於碧波之上，上下空濛，一碧數頃，而且荷香遠溢，宿鳥幽鳴，真不能不說是賞月勝地。荷塘月色的奇景，就在我的窗外。不管是誰來到這裡，難道還能不顧而樂之嗎？

然而，每值這樣的良辰美景，我想到的卻仍然是故鄉葦坑裡的那個平凡的小月亮。見月思鄉，已經成為我經常的經歷。思鄉之病，說不上是苦是樂，其中有追憶，有惆悵，有留戀，有惋惜。流光如逝，時不再來。在微苦中實有甜美在。

月是故鄉明。我什麼時候能夠再看到我故鄉裡的月亮呀！我悵望南天，心飛向故里。

一九八九年十一月三日

我的童年

（註：此文選自《季羨林自傳》）

回憶起自己的童年來，眼前沒有紅，沒有綠，是一片灰黃。

七十多年前的中國，剛剛推翻了清代的統治，神州大地，一片混亂，一片黑暗。我最早的關於政治的回憶，就是「朝廷」二字。當時的鄉下人管當皇帝叫坐朝廷，於是「朝廷」二字就成了皇帝的別名。我總以為朝廷這種東西似乎不是人，而是有極大權力的玩意。鄉下人一提到它，好像都肅然起敬。我當然更是如此。總之，當時皇威猶在，舊習未除，是大清帝國的繼續，毫無萬象更新之象。

我就是在這新舊交替的時刻，於一九一一年八月六日，生於山東省清平縣（現改臨清市）的一個小村莊——官莊。當時全中國的經濟形勢是南方富而山東（也包括北方其他省份）窮。專就山東論，是東部富而西部窮。我們縣在山東西部又是最窮的縣，我們村在窮縣中是最窮的村，而我們家在全村中又是最窮的家。

我們家據說並不是一向如此。在我誕生前似乎也曾有過比較好的日子。可是我降生時祖父、祖母都已去世。我父親的親兄弟共有三人，最小的一個（大排行是第十一，我們把他叫一叔）送給了別人，改了姓。我父親同另外的一個弟弟（九叔）孤苦伶仃，相依為命。房無一間，地無一壟，兩個無父無母的孤兒，活下去是什麼滋味，活著是多麼困難，概可想見。他們的堂伯父是一個舉人，是方圓幾十里最有學問的人物，做官做到一個什麼縣的教諭，也算是最大的官。他曾養育過我父親和叔父，據說待他們很不錯。可是家庭大，人多是非多。他們倆有幾次餓得到棗林裡去揀落到地上的乾棗充飢，最後還是被迫棄家（其實已經沒了家）出走，兄弟倆逃到濟南去謀生。「文化大革命」中我自己「跳出來」反對那一位臭名昭著的「第一張馬列主義大字報」的作者，惹得她大發雌威，兩次派人到我老家官莊去調查，一心一意要把我「打成」地主。老家的人告訴那幾個「革命」小將，說如果開訴苦大會，季羨林是官莊的第一名訴苦者，他連貧農都不夠。

我父親和叔父到了濟南以後，人地生疏，拉過洋車，扛過大件，當過警察，賣過苦力。叔父最終站住了腳。於是兄弟倆一商量，讓我父親回老家，叔父一個人留在濟南掙錢，寄錢回家，供我的父親過日子。

我出生以後，家境仍然是異常艱苦。一年吃白麵的次數有限，平常只能吃紅高粱麵餅子；沒有錢買鹽，把鹽鹼地上的土掃起來，在鍋裡煮水，鹹菜，什麼香油，根本見不到。一年到底，就吃這種鹹菜。舉人的太太，我管她叫奶奶，她很喜歡我。我三四歲的時候，每天一睜眼，抬腿就往村裡跑（我們家在村外），跑到奶奶跟前，只見她把手一蜷，蜷到肥大的袖子裡面，手再伸出來的時候，就會有半個白麵饅頭拿在手中，遞給我。我吃起來，彷彿是龍膽鳳髓一般，我不知道天下還有比白麵饅頭更好吃的東西。這白麵饅頭是她的兩個兒子（每家有幾十畝地）特別孝敬她的。她喜歡我這個孫子，每天總省下半個，留給我吃。在長達幾年的時間內，這是我每天最高的享受，最大的愉快。

大概到了四五歲的時候，對門住的寧大嬸和寧大姑，每到夏秋收割莊稼的時候，總帶我走出去老遠到別人割過的地裡去拾麥子或者豆子、谷子。一天辛勤之餘，可以揀到一小籃麥穗或者谷穗。晚上回家，把籃子遞給母親，看樣子她是非常歡喜的。有一年夏天，大概我拾的麥子比較多，她把麥粒磨成麵粉，貼了一鍋死麵餅子。我大概是吃出味道來了，吃完了飯以後，我又偷了一塊吃，讓母親看到了，趕著我要打。我當時是赤條條渾身一絲不掛，我逃到房後，往水坑裡一跳。母親沒有法子下來捉我，我就站在水中把剩下的白麵餅子盡情地享受了。

現在寫這些事情還有什麼意義呢？這些芝麻綠豆般的小事是不折不扣的身邊瑣事，使我終生受用不盡。它有時候能激勵我前進，有時候能鼓舞我振作。我一直到今天對日常生活要求不高，對吃喝從不計較，難道同我小時候的這一些經歷沒有關係嗎？我看到一些獨生子女的父母那樣溺愛子女，也頗不以為然。兒童是祖國的花朵，花朵當然要愛護；但愛護要得法，否則無異是坑害子女。

不記得從什麼時候起我開始學著認字，大概也總在四歲到六歲之間。我的老師是馬景恭先生。現在我無論如何也記不起有什麼類似私塾之類的場所，也記不起有什麼《百家姓》、《千字文》之類的書籍。我那一個家徒四壁的家就沒有一本書，連帶字的什麼紙條子也沒有見過。反正我總是認了幾個字，否則哪裡來的老師呢？馬景恭先生的存在是不能懷疑的。

雖然沒有私塾，但是小夥伴是有的。我記得最清楚的有兩個：一個叫楊狗，我前幾年回家，才知道他的大名，他現在還活著，一字不識；另一個叫啞巴小（意思是啞巴的兒子），我到現在也沒有弄清楚他姓字名誰。我們三個天天在一起玩，水，打棗，捉知了，摸蝦，不見不散，一天也不間斷。後來聽說啞巴小當了山大王，練就了一身躥房越脊的驚人本領，能用手指抓住大廟的椽子，渾身懸空，圍繞大殿走一周。有一次被捉住，是十冬臘月，赤身露體，澆上涼水，被捆起來，倒掛一夜，仍然能活著。據說他從來不到官莊來作案，「兔子不吃窩邊草」，這是綠林英雄義氣。後來終於被捉殺掉。我每次想到這樣一個光著屁股遊玩的小夥伴竟成為這樣一個「英雄」，就頗有驕傲之意。

我在故鄉只待了六年，我能回憶起來的事情還多得很，但是我不想再寫下去了。已經到了同我那一個一片灰黃的故鄉告別的時候了。

我六歲那一年，是在春節前夕，公曆可能已經是一九一七年，我離開父親，離開故鄉，是叔父把我接到濟南去的。叔父此時大概日子已經可以了，他兄弟倆只有我一個男孩子，想把我培養成人，將來能光大門楣，只有到濟南去一條路。這可以說是我一生中最關鍵的一個轉折點，否則我今天仍然會在故鄉種地（如果我能活著的話），這當然算是一件好事。但是好事也會有成為壞事的時候。「文化大革命」中間，我曾有幾次想到：如果我叔父不把我從故鄉接到濟南的話，我總能過一個渾渾噩噩但卻舒舒服服的日子，哪能被「革命家」打倒在地，身上踏上一千隻腳還要永世不得翻身呢？嗚呼，世事多變，人生易老，真叫做沒有法子！

到了濟南以後，過了一段難過的日子。一個六七歲的孩子離開母親，他心裡會是什麼滋味，非有親身經歷者，實難體會。我曾有幾次從夢裡哭著醒來。儘管此時不但能吃上白麵饅頭，而且還能吃上肉；但是我寧願再啃紅高粱餅子就苦鹹菜。這種願望當然只是一個幻想。我毫無辦法，久而久之，也就習以為常了。

叔父望子成龍，對我的教育十分關心。先安排我在一個私塾裡學習。老師是一個白鬍子老頭，面色嚴峻，令人見而生畏。每天入學，先向孔子牌位行禮，然後才是「趙錢孫李」。大概就在同時，叔父又把我送到一師附小去唸書。這個地方在舊城牆裡面，街名叫陞官街，看上去很堂皇，實際上「官」者「棺」也，整條街都是做棺材的。此時「五四」運動大概已經起來了。校長是一師校長兼任，他是山東得風氣之先的人物，在一個小學生眼裡，他是一個大人物，輕易見不到面。想不到在十幾年以後，我大學畢業到濟南高中去教書的時候，我們倆竟成了同事，他是歷史教員。我執弟子禮甚恭，他則再三遜謝。我當時覺得，人生真是變幻莫測啊！

因為校長是維新人物，我們的國文教材就改用了白話。教科書裡面有一段課文，叫做《阿拉伯的駱駝》。故事是大家熟知的。但當時對我卻是陌生而又新鮮，我讀起來感到非常有趣味，簡直是愛不釋手。然而這篇文章卻惹了禍。有一天，叔父翻看我的課本，我只看到他驀地勃然變色。「駱駝怎麼能說人話呢？」他憤憤然了。「這個學校不能念下去了，要轉學！」

於是我轉了學。轉學手續比現在要簡單得多，只經過一次口試就行了。而且口試也非常簡單，只出了幾個字叫我們認。我記得字中間有一個「騾」字。我認出來了，於是定為高一。一個比我大兩歲的親戚沒有認出來，於是定為初三。為了一個字，我沾了一年的便宜，這也算是軼事吧。

這個學校靠近南圩子牆，校園很空闊，樹木很多。花草茂密，景色算是秀麗的。在用木架子支撐起來的一座柴門上面，懸著一塊木匾，上面刻著四個大字：「循規蹈矩」。我當時並不懂這四個字的涵義，只覺得筆畫多得好玩而已。我就天天從這個木匾下出出進進，上學，遊戲。當時立匾者的用心到了後來我才瞭解，無非是想讓小學生規規矩矩做好孩子而已。但是用了四個古怪的字，小孩子誰也不懂，結果形同虛設，多此一舉。

我「循規蹈矩」了沒有呢？大概是沒有。我們有一個珠算教員，眼睛長得凸了出來，我們給他起了個綽號，叫做 shao-qianr（濟南話，意思是知了）。他對待學生特別蠻橫。打算盤，錯一個數，打一板子。打算盤錯上十個八個數，甚至上百數，是很難避免的。我們都挨了不少的板子。不知是誰一嘀咕：「我們架（小學生的行話，意思是趕走）他！」立刻得到大家的同意。我們這一群十歲左右的小孩子也要「造反」了。

大家商定：他上課時，我們把教桌弄翻，然後一起離開教室，躲在假山背後。我們自己認為這個錦囊妙計實在非常高明；如果成功了，這位教員將無顏見人，非捲鋪蓋回家不可。然而我們班上出了「叛徒」，雖然只有幾個人，他們想拍老師的馬屁，沒有離開教室。這一來，大大長了老師的氣焰，他知道自己還有「群眾」，於是威風大振，把我們這一群不知天高地厚的「叛逆者」狠狠地用大竹板打手心打了一陣，我們每個人的手都腫得像發麵饅頭。然而沒有一個人掉淚。我以後每次想到這一件事，覺得很可以寫進我的「優勝紀略」中去。「革命無罪，造反有理」，如果當時就有那麼一位偉大的「革命家」創造了這兩句口號，那該有多麼好呀！

談到學習，我記得在三年之內，我曾考過兩個甲等第三（只有三名甲等），兩個乙等第一，總起來看，屬於上等；但是並不拔尖。實際上，我當時並不用功，玩的時候多，唸書的時候少。我們班上考甲等第一的叫李玉和，年年都是第一。他比我大五六歲，好像已經很成熟了，死記硬背，刻苦努力，天天皺著眉頭，不見笑容，也不同我們打鬧。我從來就是少無大志，一點也不想爭那個狀元。但是我對我這一位老學長並無敬意，還有點瞧不起的意思，覺得他是非我族類。

我雖然對正課不感興趣，但是也有我非常感興趣的東西。那就是看小說。我叔父是古板人，把小說叫做「閒書」，閒書是不許我看的。在家裡的時候，我書桌下面有一個盛白麵的大缸，上面蓋著一個用高粱稈編成的「蓋墊」（濟南話）。我坐在桌旁，桌上擺著《四書》，我看的卻是《彭公案》、《濟公傳》、《西遊記》、《三國誌演義》等等舊小說，《紅樓夢》大概太深，我看不懂其中的奧妙，黛玉整天價哭哭啼啼，為我所不喜，因此看不下去。其餘的書都是看得津津有味。冷不防叔父走了進來，我就連忙掀起蓋墊，把閒書往裡一丟，嘴巴裡念起「子曰」、「詩云」來。

到了學校裡，用不著防備什麼，一放學，就是我的天下。我往往躲到假山背後，或者一個蓋房子的工地上，拿出閒書，狼吞虎嚥似的大看起來。常常是忘記了時間，忘記了吃飯，有時候到了天黑，才摸回家去。我對小說中的綠林好漢非常熟悉，他們的姓名背得滾瓜爛熟，連他們用的兵器也如數家珍，比教科書熟悉多了。自己當然也希望成為那樣的英雄。有一回，一個小朋友告訴我，把右手五個指頭往大米缸裡猛戳，一而再，再而三，一直到幾百次，上千次。練上一段時間以後，再換上砂粒，用手猛戳，最終可以練成鐵砂掌，五指一戳，能夠戳斷樹木。我頗想有一個鐵砂掌，信以為真，猛練起來，結果把指頭戳破了，鮮血直流。知道自己與鐵砂掌無緣，遂停止不練。

學習英文，也是從這個小學開始的。當時對我來說，外語是一種非常神奇的東西。我認為，方塊字是天經地義，不用方塊字，只彎彎曲曲像蚯蚓爬過的痕跡一樣，居然能發出音來，還能有意思，簡直是不可思議。越是神秘的東西，便越有吸引力。英文對於我就有極大的吸引力。我萬沒有想到望之如海市蜃樓般的可望而不可即的東西竟然唾手可得了。我現在已經記不清楚，學習的機會是怎麼來的。大概是有一位教員會一點英文。

他答應晚上教一點，可能還要收點學費。總之，一個業餘英文學習班很快就組成了，參加的大概有十幾個孩子。究竟學了多久，我已經記不清楚，時候好像不太長，學的東西也不太多，二十六個字母以後，學了一些單詞。我當時有一個非常傷腦筋的問題：為什麼「是」和「有」算是動詞，它們一點也不動嘛？當時老師答不上來；到了中學，英文老師也答不上來。當年用「動詞」來譯英文的verb的人，大概不會想到他這個譯名惹下的禍根吧。

每次回憶學習英文的情景時，我眼前總有一團零亂的花影，是絳紫色的芍葯花。原來在校長辦公室前的院子裡有幾個花畦，春天一到，芍葯盛開，都是絳紫色的花朵。白天走過那裡，紫花綠葉，極為分明。到了晚上，英文課結束後，再走過那個院子，紫花與綠葉化成一個顏色，朦朦朧朧的一堆一團，因為有白天的印象，所以還知道它們的顏色。但夜晚眼前卻只能看到花影，鼻子似乎有點花香而已。這一幅情景伴隨了我一生，只要是一想起學習英文，這一幅美妙無比的情景就浮現到眼前來，帶給我無量的幸福與快樂。

然而時光像流水一般飛逝，轉瞬三年已過：我小學該畢業了，我要告別這一個美麗的校園了。我十三歲那一年，考上了城裡的正誼中學。我本來是想考鼎鼎大名的第一中學的。但是我左衡量，右衡量，總覺得自己這一塊料份量不夠，還是考與「爛育英」齊名的「破正誼」吧。我上面說到我幼無大志，這又是一個證明。正誼雖「破」，風景卻美。背靠大明湖，萬頃葦綠，十里荷香，不啻人間樂園。然而到了這裡，我算是已經越過了童年，不管正誼的學習生活多麼美妙，我也只好擱筆，且聽下回分解了。

綜觀我的童年，從一片灰黃開始，到了正誼算是到達了一片濃綠的境界——我進步了。但這只是從表面上來看，從生活的內容上來看，依然是一片灰黃。即使到了濟南，我的生活也難找出什麼有聲有色的東西。我從來沒有什麼玩具，自己把細鐵條弄成一個圈，再弄個鉤一推，就能跑起來，自己就非常高興了。貧困、單調、死板、固執，是我當時生活的寫照。接受外面信息，僅憑五官。什麼電視機、收錄機，連影都沒有。我小時連電影也沒有看過，其餘概可想見了。

今天的兒童有福了。他們有多少花樣翻新的玩具呀！他們有多少兒童樂園、兒童活動中心呀！他們餓了吃麵包，渴了喝這可樂、那可樂，還有牛奶、冰激凌（**編按：冰淇淋**）。電影看厭了，看電視。廣播聽厭了，聽收錄機。信息從天空、海外，越過高山大川，紛紛蜂擁而來。他們才真是「兒童不出門，便知天下事」。可是他們偏偏不知道舊社會。就拿我來說，如果認真回憶，我對舊社會的情景也逐漸淡漠，有時竟淡如雲煙了。

今天我把自己的童年盡可能真實地描繪出，不管還多麼不全面，不管怎樣掛一漏萬，也不管我的筆墨多麼拙笨，就是上面寫出來的那一些，我們今天的兒童讀了，不是也可以從中得到一點啟發，從中悟出一些有用的東西來嗎？

一九八六年六月六日

夜來香開花的時候

夜來香開花的時候，我想到王媽。我不能忘記，在我剛走出童年的幾年中，不知道有幾個夏夜裡，當悶熱漸漸透出了涼意，我從飄忽的夢境裡轉來的時候，往往可以看到窗紙上微微有點白；再一沉心，立刻就有嗡嗡的紡車的聲音，混著一陣陣的夜來香的幽香，流了進來。倘若走出去看的話，就可以看到，一盞油燈放在夜來香叢的下面，昏黃的燈光照徹了小院，把花的高大支離的影子投在牆上，王媽坐在燈旁紡著麻，她的黑而大的影子也被投在牆上，合了花的影子在晃動著。

她是老了。我不知道她什麼時候到我們家裡來的。當我從故鄉來到這個大都市的時候，我就看到她已經在我們家裡來來往往地做著雜事。那時，已經似乎很老了。對我，從那時到現在，是一個從莫名其妙的朦朧裡漸漸走到光明的一段。最初，我看到一切事情都像隔了一層薄紗。雖然到現在這層薄紗也沒能撤去，但漸漸地卻看到了一點光亮，於是有許多事情就不能再使我糊塗。就在這從朦朧到光亮的一段裡，我們搬過兩次家。第一次搬到一條歪曲鋪滿了石頭的街上，王媽也跟了來。房子有點舊，牆上滿是雨水的漬痕，只有一個窗子的屋裡白天也是暗沉沉的。我童年的大部分的時間就在這黑暗屋裡消磨過去，院子裡每一塊土地都印著我的足跡。現在我還能清晰地記起來屋頂上在秋風裡戰抖的小草，牆角簷下掛著的蛛網。但倘若籠統想起來的話，就只剩一團蒼黑的印象了。

倘若我的記憶可靠的話，在我們搬到這蒼黑的房子裡第二年的夏天，小小的院子裡就有了夜來香。當時頗有一些在一起玩的小孩，往往在悶熱的黃昏時候聚在一塊，仰臥在席上數著天空裡飛來飛去的蝙蝠。但是最引我們注意的卻是夜來香的黃花——最初只是一個長長的花苞，我們目不轉睛地注視著它。還不開，還不開，驀地一眼，再看時，長長的花苞已經開放成傘似的黃花了。在當時的心裡，覺得這樣開的花是一個奇蹟，這花又毫不吝惜地放著香氣。王媽也很高興。每天她總把所有開過的花都數一遍。當她數著的時候，隨時有新的花在一閃一閃地開放著。她眼花繚亂，數也數不清。我們看了她慌張而又用心的神情，不禁一哄笑起來。就這樣每一個黃昏都在奇蹟和幽香裡度過去，每一個夜跟著每一個黃昏走了來。在清涼的中夜裡，當我從飄忽的夢境裡轉來的時候，就可以看到王媽的投在牆上的黑而大的影子在合著夜來香的影子晃動了。

就在這樣一個環境裡，我第一次覺得我的眼前漸漸地亮起來。以前我看王媽只像一個彈子，現在我才發現她也同我一樣地是一個活動的人。但是我仍然不明瞭她的身世。在小小的心靈裡，我並想不到她這樣大的年紀出來傭工有什麼苦衷；我只覺得她同我們住在一塊，就是我們家裡的一個人，她也應該同我們一樣地快活。童稚的心豈能知道世界上還有不快活的事情呢？

在初秋的暴雨裡，我看到她提著籃子出去買菜；在嚴冬大雪的早晨，我看到她點著燈起來升爐子。冷風把她手吹得紅蘿蔔似的開了裂，露出鮮紅的肉來。我永遠忘不掉這兩隻有著鮮紅裂口的手！她有自己的感情，自己的脾氣，這些都充分表示出一個北方農民的固執與倔強。但我在黃昏的燈下卻常聽到她不時吐出的歎息了。我從小就是孤獨的，在我小小的心裡，一向感覺到缺少點什麼。我雖然從沒歎息過，但歎息卻堆在我的心裡。現在聽了她的歎息，我的心彷彿得到被解脫的痛快。我願意聽這樣的低咽的歎息從這垂老的人的嘴裡流出來。在她，不知因為什麼，閒下來的時候，也總愛找著我說話。她告訴我，她的丈夫是她村裡惟一的秀才，但沒能撈上一個舉人就死去了。她自己被家裡的妯娌們排擠，不得已才出來傭工。有一個兒子，因為鄉里沒有飯吃，到關外做買賣去了。留下一個媳婦在這大城裡，似乎也不大正經。她又告訴我，她年輕的時候，怎樣剛強，怎樣有本領，和許多別的美德；但誰又知道，在垂老的暮年又被迫著走出來謀生，只落得幾聲歎息呢？

以後，這歎息就時時可以聽到。她特別注意到我衣服寒暖。在冬天裡，她替我暖；在夏夜裡，她替我用大芭蕉扇趕蚊子。她仍然照常地提著籃子出去買菜，冬天早晨用開了鮮紅裂口的手升爐子。當夜來香開花的時候，又可以看到她鄭重其事地數著花朵。但在不寐的中夜裡，晚秋的黃昏裡，卻連續聽到她的歎息，這歎息在沉寂裡迴盪著，更顯得淒冷了。她彷彿時常有話要說。被追問的時候，卻什麼也不說，臉上只浮起一片慘笑。有時候有意與無意之間，又說到她年輕時候的倔強，她的秀才丈夫，往往歸結說到她在關外做買賣的兒子。我們都可以看出來，這老人怎樣把暮年的希望和幻想放在她兒子身上。我也曾替她寫過幾封信給她的兒子，但終於也沒能得到答覆。這老人心裡的悲哀恐怕只有她一個人知道了。

不記得是哪一年，在夏天，又是夜來香開花的時候，她兒子來了信。信裡說的，卻並不像她想的那樣滿意，只告訴她，他在關外勤苦幾年掙的錢都給別人騙走了；他因為生氣，現在正病著，結尾說：「倘若母親還要兒子的話，就請匯錢給我回家。」這樣一封信給她怎樣的影響，我們大概都可以想像得出。連著歎了幾口氣以後，她並沒說什麼話，但臉色卻更陰沉了。這以後，沒有歎氣，我們只看到眼淚。

我前面不是說，我漸漸從朦朧裡走向光明裡去麼？現在我眼前似乎更亮了。我看透了一些事情：我知道在每個人嘴角上常掛著的微笑後面有著怎樣的冷酷；我看出大部分的人們都給同樣黑暗的命運支配著。王媽就在這冷酷和黑暗的命運下呻吟著活下來。我看透了這老人的眼淚裡有著無量的淒涼，我也瞭解了她的寂寞。

在這時候，我們又搬了一次家，只不過從這條鋪滿了石頭的街的中間移到南頭。王媽仍然跟了來。房子比以前好一點，再看不到四壁的雨痕和蜘蛛。每座屋子也都有了兩個以上的窗子，而且窗子上還有玻璃。尤其使我滿意的是西屋前面兩棵高過房簷的海棠。時候大概是春天，因為才搬進來的時候，樹上還開滿著一團團的花。就在這一年的夏天，大概因為院子大了一點吧，滿院裡，除了一個大水缸養著子午蓮和幾十棵鳳仙花和其他雜花以外，便只看到一叢叢的夜來香。我現在已經不是孩子，有許多地方要擺出安詳的樣子來；但在夏天的黃昏時候，卻仍然做著孩子時候做的事情。我坐在院子裡數著天上飛來飛去的蝙蝠，看著夜色慢慢織入夜來香叢裡，一片朦朧的薄暗。一眼，眼前已經是一片黃黃的傘似的花了，跟著又有幽香流過來。夜裡同蚊子打過了仗，好容易睡過去。各樣的夢做過了以後，從飄忽的夢境裡轉來的時候，往往可以看到窗上有點白，聽到嗡嗡的紡車的聲音。走出去，就又可以看到王媽的黑大的投在牆上的影子在合著夜來香的影子晃動了。

王媽更老了，但我仍然只看到她的眼淚。在她高興的時候，她又談到她的秀才丈夫，她的不大正經的兒媳婦，和她病倒在關外的兒子。她仍然提著籃子出去買菜，冬天老早起來升爐子，從她走路的樣子上看來，她真有點老了；雖然她自己在別人說她老的時候還在竭力否認著。她有顆簡單純樸的心，因了年紀更大的關係，這顆心似乎就更純樸簡單。往往因為少得了一點所應得的東西，我們就可以看到她的乾癟了的嘴併攏在一起，腮鼓著，似乎要有什麼話從裡面流了出來。然而在這樣的情形下往往是沒有什麼流出的。倘若有人意外地給了她點什麼，我們也可以意外地看到這老人從心裡流出來的快意的笑了。她不會做荒唐的夢，極小的得失可以支配她的感情。她有一顆簡單的心。

日子一天一天地過去，這寂寞的老人就在這寂寞裡活下去。上天給了她一個爽直的性情，使她不會向別人買好，不會在應當轉圈的時候轉圈。因為這，在許多極瑣碎的事情上，她給了別人一點小小的不痛快，她自己卻得到一個更大的不痛快。這時候，我們就見到她在把乾癟了的嘴併攏以後，又在暗暗地流著眼淚了。我們都知道，這眼淚並不像以前想到她兒子時的那眼淚那樣有意義。這樣的眼淚流多了，頂多不過表示她在應當流的淚以外，還有多餘的淚，給自己一點輕鬆。淚流過了不久，就可以看到她高興地在屋裡來來往往地做著雜事了。她有一顆同孩子一樣的簡單的心。

在沒搬家過來以前，我已經到一個在城外的四面滿是湖田和荷池的學校裡去讀書，就住在那裡，只在星期日回家一次。在學校裡死沉的空氣裡住過六天以後，到家裡覺得彷彿到了另一個世界。進門先看到王媽的歡樂的微笑，等到踏著暮色走回去的時候，心裡竟覺得意外地輕鬆。這樣的情形似乎也延長不算很短的一個期間。雖然我自己的心情隨時都有著變化，生活卻顯得驚人地單調。回看花開花落，聽老先生沙著聲念古文，拚命地在飯堂裡搶饅首，感情衝動的時候，也熱烈地同別人打架，時間也就慢慢地過去。

又忘記了是多少時候以後，是星期日，當時我從學校裡走回家去的時候，我看到一個黃瘦個兒很高的中年男子在替我們搬移著桌子之類的東西。旁人告訴我，這就是王媽的兒子。幾個月以前她把儲蓄了幾年的錢都匯給他，現在他居然從關外回到家來了。但帶回來的除了一床破棉被以外，就剩了一個有著幾乎各類的一個他那樣用自己的力量來換麵包的中年人所能有的病的身子，和一雙連霹靂都聽不到的耳朵。但終於是個活人，是她的兒子，而且又終於回到家裡來了。

王媽高興。在垂暮的老年，自己的獨子從迢迢的塞外回到她跟前來，這樣奇蹟似的遭遇怎能不使她高興呢？說到兒子的身體和病，她也會歎幾口氣；但兒子終於是兒子，這歎息掩不過她的高興的。不久，她那不大正經的媳婦也不知從哪裡名正言順地找了來；於是一個小家庭就組成了。兒子顯然不能再幹什麼重勞力的活了，但是想吃飯除了勞力之外又似乎沒有第二條路可走。在我第二星期回到家裡來的時候，就看到她那說話也需要打手勢的兒子在咳嗽著一出一進地挑著滿桶的水賣錢了。

這以後，對王媽，對我們家裡的人，有一個驚人大的轉變。從她那裡，我們再聽不到歎息，看不到眼淚；看到的只有微笑。有時兒子買一個甜瓜或柿子，甚至幾個小小的梨，拿來送給母親吃。兒子笑，不說話；母親也笑，更不說話。我們都可以看出來，這笑怎樣潤濕了這老人的心。每逢過節或特別日子的時候，兒子把母親接回家去。當吃完兒子特別預備的東西走回來的時候，這老人臉上閃著紅光。提著籃子買菜也更帶勁，冬天早晨也更起得早，生命對她似乎是一杯香醪。她高興地活下去，沒有了寂寞，也沒有了淒涼，即便再說到她丈夫的時候，也只有含著笑罵一聲：「早死的死鬼！」接著就興高采烈地誇起自己年輕時的美德來了。我們都很高興，我們眼看著這老人用手捉住自己的希望和幻想。辛勤了幾十年，現在這希望才在她心裡開成了花。

日子又平靜地過下去，微笑似乎從沒離開過她。這老人正做著一個天真的夢。就這樣差不多過了一年的時間。中間我還在家裡住了一個暑假，每天黃昏時候，躺在院子裡的竹床上，數著天上的蝙蝠。夜來香每天照例一閃便開了。我們欣賞著花的香，王媽更起勁地像煞有介事似的數著每天開過的花。但在暑假過了以後，當我再每星期日從學校裡走回家來的時候，我看到空氣似乎有點不同，從王媽那裡我又常聽到歎息了。她又找著我說話，她告訴我，兒子常生病，又聾。雖然每天拚命挑水，在有點近於接受別人恩惠的情形下接了別人的錢，卻連肚皮也填不飽，這使他只有更拚命；然而結果，在已經有了的病以外，又添了其他可能的新病。兒媳婦也學上了許多新的譬如喝酒抽煙之類的毛病。她丈夫自然不能滿足她；憑了自己的機警，公然在她丈夫面前同別人調情，而且又進一步姘居起來了。這老人早起晚睡侍候別人顏色掙來的錢，以前是被嚴謹地鎖在一個箱子裡的，現在也慢慢地流出來，換成麵包，填充她兒子的肚皮了。她為兒子的病焦灼，又生媳婦的氣；卻沒辦法。這有一顆簡單的心的老人只好歎息了。

兒子病的次數加多起來，而且也厲害起來。在很短的期間，這歎息就又轉成眼淚了。以前是因為有幻想和希望而不能捉到才流淚，現在眼看著幻想和希望要在自己手裡破碎，這淚當然更沉痛了。我雖然不常在家裡，但常聽人們說到，每次她從兒子那裡回來的時候，總帶回來驚人多的歎息和眼淚。問起來，她就說到兒子怎樣病，幾天不能挑水，柴米沒有，媳婦也不知道跑到什麼地方去了。於是在靜寂的中夜裡，就又常聽到她低咽的暗泣。她現在再也沒有心緒談到她的秀才丈夫，誇耀自己年輕時的美德，處處都表示出衰老的樣子。流淚成了日常的工作，淚也終於流不完。並沒延長了多久，她有了病，眼也給一層白膜障上了。她說，她不想死。真的，隨處都表示出，她並不想死。她請醫生，供神水，喝符，用大蔥葉包起七個活著的蜘蛛生生吞下去，以及一切的偏方正方。為了自己的身子，她幾乎忘掉了一切。大約有幾個月以後吧，身子好了，卻只剩下了一隻眼。

她更顯得衰老了。腰佝僂著，剩下的一隻眼似乎也沒有什麼大用。走路的時候，只是用手摸索著走上去。每次我看她拿重一點的東西而曲著背用力的時候，看到她從兒子那裡回來含著淚慢慢踱進自己的幽暗的小屋裡去的時候，我真想哭。雖然失掉一隻眼睛，但並沒有失掉了固有的性情，她仍然倔強，仍然不會買好，不會在應當轉圈的時候轉圈；也就仍然常常碰到點小不痛快，流兩次無所謂的眼淚。她同以前一樣，有著一顆簡單又純樸的心。

四年前，為了一個近於荒誕的理想，我從故鄉來到這遼遠的故都裡。我看到的自然是另一個新的世界，但這世界卻不能吸引著我；我時常想到王媽，想到她數夜來香的神情，想到她紅蘿蔔似的開了鮮紅裂口的手。第一年寒假回家的時候，迎著我的是她的歡迎的微笑。只有我瞭解她這笑是怎樣勉強做出來的。前年的冬天，我又回家去。照例一陣微微地暈眩以後，我發現了家裡少了一個人，以前笑著歡迎我的王媽到哪裡去了呢？問起來，才知道這老人已經回老家去了。在短短的半年裡，她又遭遇到許多不如意的事情。因為看到放在兒子身上的希望和幻想漸漸渺茫起來，又因為自己委實有點老了，於是就用勉強存起來的一點錢在老家託人買了一口棺材。這老人已經看透了自己一生決定了不過是這麼回事；趁著沒死的時候，預備點東西，過一個痛快的死後的生活吧。但這口棺材卻毫無理由地被她一個先死去的親戚佔去了。從年輕時候守節受苦，到垂老的暮年出來傭工，辛苦了一生，老把自己的希望和幻想拴在兒子身上，結果是幻滅；好容易自己又制了一個死後的美麗的夢，現在又給打碎了。她不懂怎樣去訴苦，也沒人可訴。這顆經了七十年痛創的簡單又純樸的心能容得下這些破損嗎？她終於病倒了。

正要帶著兒子和媳婦回老家去養病的時候，兒子竟然經不起病的摧折死去了。我不忍去想像，悲哀怎樣嚙著這老人的心。她終於回了家，我們家裡派了一個人去送她。臨走的時候，她還帶著懇乞的神氣說：「只要病好了，我還回來。」生命的火還在她心裡燃燒著，她不想死的。在嚴冬的大風雪裡，在灰黯的長天下，坐在一輛獨輪小車上，一個垂老的人，帶了自己獨子的棺材，帶了一個艱苦地追求了一輩子而終於得到的大空虛，帶了一顆碎了的心，回到自己的故鄉裡去，把一切希望和幻想都抛在後面，人們大概總能想像到這老人的心情吧！我知道會有種種的幻影在她眼前浮掠，她會想到過去自己離開家時的情景，然而現在眼前明顯擺著的卻是一個不可避免的黑洞，一切就都歸到這洞裡去。車走上一個小木橋的時候，忽然翻下河去，這老人也被傾到水裡。被人撈上來的時候，渾身都結了冰。她自己哭了，別人也都哭起來。人生到這樣一個地步，還有什麼話可說呢？這純樸的老人也不能不咒罵自己的命運了。

我不忍去想像，她怎樣在那窮僻的小村裡活著的情形。聽人說，剩下的一隻眼睛也哭得失了明。自己的房子已經賣給別人，只好借住在親戚家裡。一閉眼，我就彷彿能看到她怎樣躺在床上呻吟，但沒有人去理會她；她怎樣起來沿著牆摸索著走，她怎樣呼喊著老天。她的紅蘿蔔似的開了裂流著紅血的手在我眼前顫動……以前存的錢一個也沒能剩下，她一定會回憶到自己困頓的一生，受盡人們的唾棄，老年也還免不了早起晚睡侍候別人的顏色；到死卻連自己一點無論怎樣不能成為希望和幻想的希望和幻想都一個不剩地破碎了去。過去的黑影沉重地壓在她心頭。人到欲哭無淚的地步，還有什麼話可說呢？我聽不到她的消息，我只有單純地有點近於癡妄地希望著，她能好起來，再回到我們家裡去。

但這豈是可能的呢？第二年暑假我回家的時候，就聽人說，王媽死了。我哭都沒哭，我的眼淚都堆在心裡，永遠地。現在我的眼前更亮，我認識了怎樣叫人生，怎樣叫命運。——小小的院子裡仍然擠滿了夜來香，黃昏裡我仍然坐在院子裡的竹床上，悲哀沉重地壓住了我的心。我沒有心緒再數蝙蝠了。在沉寂裡，夜來香自己一閃一閃地開放著，卻沒有人再去數它們。半夜裡，當我再從飄忽的夢境裡轉來的時候，看不到窗上的微微的白光，也再聽不到嗡嗡的紡車的聲音，自然更看不到照在四面牆上的黑而大的影子在合著歷亂的枝影晃動，一切都死樣的沉寂。我的心寂寞得像古潭。第二天早晨起來的時候，整夜散放著幽香的夜來香的傘似的黃花枝枝都枯萎了。沒了王媽，夜來香哪能不感到寂寞呢？

一九三五年

一條老狗

自己也不知道是什麼原因，我總會不時想起一條老狗來。在過去七十年的漫長的時間內，不管我是在國內，還是在國外，不管我是在亞洲、在歐洲、在非洲，一閉眼睛，就會不時有一條老狗的影子在我眼前晃動，背景是在一個破破爛爛籬笆門前，後面是綠葦叢生的大坑，透過葦叢的疏稀處，閃亮出一片水光。

這究竟是怎麼一回事呢？

無論用多麼誇大的詞句，也決不能說這一條老狗是逗人喜愛的。牠只不過是一條最普普通通的狗，毛色棕紅，灰暗，上面沾滿了碎草和泥土，在鄉村群狗當中，無論如何也顯不出一點特異之處，既不兇猛，又不魁梧。然而，就是這樣一條不起眼兒的狗卻揪住了我的心，一揪就是七十年。

因此，話必須從七十年前說起。當時我還是一個不諳世事的毛頭小伙子，正在清華大學讀西洋文學系二年級。能夠進入清華園，是我平生最滿意的事情，日子過得十分愜意。然而，好景不長。有一天，是在秋天，我忽然接到從濟南家中打來的電報，只有四個字：「母病速歸。」我彷彿是劈頭挨了一棒，腦筋昏迷了半天。我立即買好了車票，登上開往濟南的火車。

我當時的處境是，我住在濟南叔父家中，這裡就是我的家，而我母親卻住在清平官莊的老家裡。整整十四年前，我六歲的那一年，也就是一九一七年，我離開了故鄉，也就是離開了母親，到濟南叔父處去上學。我上一輩共有十一位叔伯兄弟，而男孩卻只有我一個。濟南的叔父也只有一個女孩，於是在表面上我就成了一個寶貝蛋。然而真正從心眼裡愛我的只有母親一人，別人不過是把我看成能夠傳宗接代的工具而已。這一層道理一個六歲的孩子是無法理解的。可是離開母親的痛苦我卻是理解得又深又透的。到了濟南後第一夜，我生平第一次不在母親懷抱裡睡覺，而是孤身一個人躺在一張小床上，我無論如何也睡不著，我一直哭了半夜。這是怎麼一回事呀！為什麼把我弄到這裡來了呢？「可憐小兒女，不解憶長安。」母親當時的心情，我還不會去猜想。現在追憶起來，她一定會是肝腸寸斷，痛哭決不止半夜。現在，這已成了一個萬古之謎，永遠也不會解開了。

從此我就過上了寄人籬下的生活。我不能說，叔父和嬸母不喜歡我，但是，我惟一被喜歡的資格就是，我是一個男孩。不是親生的孩子同自己親生的孩子感情必然有所不同，這是人之常情，用不著掩飾，更用不著美化。我在感情方面不是一個麻木的人，一些細微末節，我體會極深。常言道：沒娘的孩子最痛苦。我雖有娘，卻似無娘，這痛苦我感受得極深。我是多麼想念我故鄉裡的娘呀！然而，天地間除了母親一個人外有誰真能瞭解我的心情我的痛苦呢？因此，我半夜醒來一個人偷偷地在被窩裡吞聲飲泣的情況就越來越多了。

在整整十四年中，我總共回過三次老家。第一次是在我上小學的時候，為了奔大奶奶之喪而回家的。大奶奶並不是我的親奶奶；但是從小就對我疼愛異常。如今她離開了我們，我必須回家，這似乎是天經地義的事情。這一次我在家只住了幾天，母親異常高興，自在意中。第二次回家是在我上中學的時候，原因是父親臥病。叔父親自請假回家，看自己共過患難的親哥哥。這次在家住的時間也不長。我每天坐著牛車，帶上一包點心，到離開我們村相當遠的一個大地主兼中醫的村裡去請他，到我家來給父親看病，看完再用牛車送他回去。路是土路，坑窪不平，牛車走在上面，顛顛簸簸，來回兩趟，要用去差不多一整天的時間。至於醫療效果如何呢？那只有天曉得了。反正父親的病沒有好，也沒有變壞。叔父和我的時間都是有限的，我們只好先回濟南了。過了沒有多久，父親終於走了。一叔到濟南來接我回家。這是我第三次回家，同第一次一樣，專為奔喪。在家裡埋葬了父親，又住了幾天。現在家裡只剩下了母親和二妹兩個人。家裡失掉了男主人，一個婦道人家怎樣過那種只有半畝地的窮日子，母親的心情怎樣，我只有十一二歲，當時是難以理解的。但是，我仍然必須離開她到濟南去繼續上學。在這樣萬般無奈的情況下，但凡母親還有不管是多麼小的力量，她也決不會放我走的。可是她連一絲一毫的力量也沒有。她一字不識，一輩子連個名字都沒有能夠取上，做了一輩子「季趙氏」。到了今天，父親一走，她怎樣活下去呢？她能給我飯吃嗎？不能的，決不能的。母親心內的痛苦和憂愁，連我都感覺到了。最後她只能眼睜睜地看著自己最親愛的孩子離開了自己，走了，走了。誰會知道，這是她最後一次看到自己的兒子呢？誰會知道，這也是我最後一次見到母親呢？

回到濟南以後，我由小學而初中，由初中而高中，由高中而到北京來上大學，在長達八年的過程中，我由一個混混沌沌的小孩子變成了一個青年人，知識增加了一些，對人生瞭解得也多了不少。對母親當然仍然是不斷想念的。但在暗中飲泣的次數少了，想的是一些切切實實的問題和辦法。我夢想，再過兩年，我大學一畢業，由於出身一個名牌大學，搶一隻飯碗是不成問題的。到了那時候，自己手頭有了錢，我將首先把母親迎至濟南。她才四十來歲，今後享福的日子多著哩。

可是我這一個奇妙如意的美夢竟被一張「母病速歸」的電報打了個支離破碎。我現在坐在火車上，心驚肉跳，忐忑難安。哈姆萊特問的是 to be or not to be，我問的是母親是病了，還是走了？我沒有法子求籤占卜，可我又偏想知道個究竟，我於是自己想出了一套占卜的方法。我閉上眼睛，如果一睜眼我能看到一根電線桿，那母親就是病了；如果看不到，就是走了。當時火車速度極慢，從北京到濟南要走十四五個小時。就在這樣長的時間內，我閉眼又睜眼反覆了不知多少次。有時能看到電線桿，則心中一喜。有時又看不到，心中則一懼。到頭來也沒能得出一個肯定的結果。我到了濟南。

到了家中，我才知道，母親不是病了，而是走了。這消息對我真如五雷轟頂，我昏迷了半晌，躺在床上哭了一天，水米不曾沾牙。悔恨像大毒蛇直刺入我的心窩。在長達八年的時間內，難道你就不能在任何一個暑假內抽出幾天時間回家看一看母親嗎？二妹在前幾年也從家鄉來到了濟南，家中只剩下母親一個人，孤苦伶仃，形單影隻，而且又缺吃少喝，她日子是怎麼過的呀！你的良心和理智哪裡去了？你連想都不想一下嗎？你還能算得上是一個人嗎？我痛悔自責，找不到一點能原諒自己的地方。我一度曾想到自殺，追隨母親於地下。但是，母親還沒有埋葬，不能立即實行。在極度痛苦中我胡亂謅了一幅輓聯：

一別竟八載，多少次倚閭悵望，眼淚和血流，迢迢玉宇，高處寒否？
為母子一場，只留得面影迷離，入夢渾難辨，茫茫蒼天，此恨曷極！

對仗談不上，只不過想聊表我的心情而已。

叔父嬸母看著苗頭不對，怕真出現什麼問題，派馬家二舅陪我還鄉奔喪。到了家裡，母親已經成殮，棺材就停放在屋子中間。只隔一層薄薄的棺材板，我竟不能再見母親一面，我與她竟是人天懸隔矣。我此時如萬箭鑽心，痛苦難忍，想一頭撞死在母親棺材上，被別人死力拽住，昏迷了半天，才醒轉過來。抬頭看屋中的情況，真正是家徒四壁，除了幾隻破椅子和一隻破箱子以外，什麼都沒有。在這樣的環境中，母親這八年的日子是怎樣過的，不是一清二楚了嗎？我又不禁悲從中來，痛哭了一場。

現在家中已經沒了女主人，也就是說，沒有了任何人。白天我到村內二大爺家裡去吃飯，討論母親的安葬事宜。晚上則由二大爺親自送我回家。那時村裡不但沒有電燈，連煤油燈也沒有。家家都點豆油燈，用棉花條搓成燈捻，只不過是有點微弱的亮光而已。有人勸我，晚上就睡在二大爺家裡，我執意不肯。讓我再陪母親住上幾天吧。在茫茫百年中，我在母親身邊只住過六年多，現在僅僅剩下了幾天，再不陪就真正抱恨終天了。於是二大爺就親自提一個小燈籠送我回家。此時，萬籟俱寂，宇宙籠罩在一片黑暗中，只有天上的星星在眨眼，彷彿閃出一絲光芒。全村沒有一點亮光，沒有一點聲音。透過大坑裡蘆葦的疏隙閃出一點水光。走近破籬笆門時，門旁地上有一團黑東西，細看才知道是一條老狗，靜靜地臥在那裡。狗們有沒有思想，我說不准，但感情的確是有的。這一條老狗幾天來大概是陷入困惑中：天天餵我的女主人怎麼忽然不見了？牠白天到村裡什麼地方偷一點東西吃，立即回到家裡來，靜靜地臥在籬笆門旁。見了我這個小伙子，牠似乎感到我也是這家的主人，同女主人有點什麼關係，因此見到了我並不咬我，有時候還搖搖尾巴，表示親暱。那一天晚上我看到的就是這一條老狗。

我孤身一個人走進屋內，屋中停放著母親的棺材。我躺在裡面一間屋子裡的大土炕上，炕上到處是跳蚤，它們勇猛地向我發動進攻。我本來就毫無睡意，跳蚤的干擾更加使我難以入睡了。我此時孤身一人陪伴著一具棺材。我是不是害怕呢？不的，一點也不。雖然是可怕的棺材，但裡面躺的人卻是我的母親。她永遠愛她的兒子，是人，是鬼，都決不會改變的。

正在這時候，在黑暗中外面走進來一個人，聽聲音是對門的寧大叔。在母親生前，他幫助母親種地，幹一些重活，我對他真是感激不盡。他一進屋就高聲說：「你娘叫你哩！」我大吃一驚：母親怎麼會叫我呢？原來寧大嬸撞客了，撞著的正是我母親。我趕快起身，走到寧家。在平時這種事情我是絕對不會相信的，此時我卻是心慌意亂了。只聽從寧大嬸嘴裡叫了一聲：「喜子呀！娘想你啊！」我雖然頭腦清醒，然而卻淚流滿面。娘的聲音，我八年沒有聽到了。這一次如果是從母親嘴裡說出來的，那有多好啊！然而卻是從寧大嬸嘴裡，但是聽上去確實像母親當年的聲音。我信呢，還是不信呢？你不信能行嗎？我糊里糊塗地如醉似癡地走了回來。在籬笆門口，地上黑黢黢的一團，是那一條忠誠的老狗。

我又躺在炕上，無論如何也睡不著了，兩隻眼睛望著黑暗，彷彿能感到自己的眼睛在發亮。我想了很多很多，八年來從來沒有想到的事，現在全想到了。父親死了以後，濟南的經濟資助幾乎完全斷絕，母親就靠那半畝地維持生活，她能吃得飽嗎？她一定是天天夜裡躺在我現在躺的這一個土炕上想她的兒子，然而兒子卻音信全無。她不識字，我寫信也無用。聽說她曾對人說過：「如果我知道一去不回頭的話，我無論如何也不會放他走的！」這一點我為什麼過去一點也沒有想到過呢？古人說：「樹欲靜而風不止，子欲養而親不待。」現在這兩句話正應在我的身上，我親自感受到了；然而晚了，晚了，逝去的時光不能再追回了！「長夜漫漫何時旦？」我卻盼天趕快亮。然而，我立刻又想到，我只是一次度過這樣痛苦的漫漫長夜，母親卻度過了將近三千次。這是多麼可怕的一段時間啊！在長夜中，全村沒有一點燈光，沒有一點聲音，黑暗彷彿凝結成為固體，只有一個人還瞪大了眼睛在玄想，想的是自己的兒子。伴隨她的寂寥的只有一個動物，就是籬笆門外靜臥的那一條老狗。想到這裡，我無論如何也不敢再想下去了；如果再想下去的話，我不知道會出現什麼樣的情況。

母親的喪事處理完，又是我離開故鄉的時候了。臨離開那一座破房子時，我一眼就看到那一條老狗仍然忠誠地趴在籬笆門口。見了我，牠似乎預感到我要離開了，牠站了起來，走到我跟前，在我腿上擦來擦去，對著我尾巴直搖。我一下子淚流滿面，我知道這是我們的永別，我俯下身，抱住了牠的頭，親了一口。我很想把牠抱回濟南。但那是絕對辦不到的。我只好一步三回首地離開了那裡，眼淚向肚子裡流。

到現在這一幕已經過去了七十年。我總是不時想到這一條老狗。女主人沒了，少主人也離開了，牠每天到村內找點東西吃，究竟能夠找多久呢？我相信，牠決不會離開那個籬笆門口的，牠會永遠趴在那裡的，儘管腦袋裡也會充滿了疑問。牠究竟趴了多久，我不知道，也許最終是餓死的。我相信，就是餓死，牠也會死在那個破籬笆門口，後面是大坑裡透過葦叢閃出來的水光。

我從來不信什麼輪迴轉生；但是，我現在寧願信上一次。我已經九十歲了，來日苦

五樣松抒情——《還鄉十記》之三

我對家鄉的名勝古跡已經非常陌生了。我從來沒有聽說有什麼五樣松。在看到五樣松前一秒鐘，我在汽車上才第一次聽到這名字。當時我們剛離開臨清縣城，汽車正在柏油馬路上飛也似的行駛，司機突然把車剎住，回頭問我們，願不願意看一看五樣松。「五樣松」，多奇怪的名稱！我抬眼一看：在一片綠油油的棉花田中間，一棵古松巍然矗立在中間，黛色逼人，尖頂直刺入蔚藍的天空。它彷彿正在向我們招手。我們這一群人都異口同聲地答應，要去看一看這一棵從來沒有聽說過的奇松。我們的車立刻沿著田間小徑開到古松下。

我看到古松，一下子就想到杜甫《古柏行》中的名句：

孔明廟前有老柏，
柯如青銅根如石；
蒼皮溜雨四十圍，
黛色參天二千尺。

這棵古松是否有四十圍，我沒有去量。但是，一看就能知道，幾個人也合抱不過來。它老得已經空了肚子。據說，農村的小孩子常常到它肚子裡去打撲克。下雨的時候，就到裡面去避雨，連放牧的羊也可以牽到裡面去。這就可以想見，古松的肚子有多麼大了。

天下的名松，我見過的不知道有多少了。泰山的五大夫松，黃山的迎客松、送客松、盤龍松、蒲團松、黑虎松、連理松，以及一大串著名的松樹，我都親眼看到過。翻開我國歷代的地方志和名山志，幾乎每一個地方，每一座名山，都有棵把有名的古松。古今很多文人寫過不知多少篇有關松樹的膾炙人口的絕妙文章；而許多畫家更喜歡畫松樹。孔子還說過：「歲寒然後知松柏之後凋也。」對松樹給了很高的評價。可見松樹在古往今來的中國人心目中佔有多麼重要的地位。

但是，五樣松這樣的松樹卻從來還沒有聽說過。我見到的那一些名松哪一棵也比不上它。我對生物學知識極少。一棵松樹上長兩種葉子，這個我是見到過的。三種、四種的就不但沒有見過，而且也沒有聽說過。現在一棵樹上竟長上五種不同的葉子，豈不是有點「駭人聽聞」嗎？

這棵古松之所以不尋常，還不僅僅在於它長著五種葉子，而且也在於它的年齡。據說，這一位老壽星已經活了有二千年。我沒有根據相信這種說法，也沒有根據不相信。如果真是這樣的話，那麼，中國有五千年的歷史，它就佔了五分之二。它站在這個地方，一動不動；但是，我相信，在這樣漫長的時間內，它總在睜大了眼睛，注視著，觀察著。

不管春、夏、秋、冬，它的枝葉總是那樣濃綠繁茂，它好像從來沒有睡過覺。誰能數得清，它究竟親眼看到了多少重大的歷史事件、重要的歷史人物呢？它一定看到過漢末的黃巾起義；起義士兵頭上纏的黃巾同它那蒼鬱的綠色，相映成趣。它一定看到過胡馬北來、晉室南渡的混亂情景。它一定看到過就在離開它不遠的大運河裡隋煬帝南下揚州使用宮女拉著走的龍舟，想必也是五彩繽紛，令人眼花繚亂。它一定看到過隋末群雄並起逐鹿中原的滾滾狼煙。它一定看到過在長達一千多年的時間內大運河中南來北往的上千上萬的船隻，裡面坐著爭名逐利的官員，或者上京趕考的舉子；有的喜形於色，得意洋洋；有的愁眉苦臉，垂頭喪氣。它當然也一定看到過宋景詩起義和太平天國北伐，刀光火影，就閃亮在身旁。它一定看到過這，一定看到過那，它看到過的東西太多太多了，數也數不清。這個老壽星真是飽經滄桑，隨著中國人民之樂而樂，隨著中國人民之憂而憂，說它是中國歷史的見證者，不是很恰當嗎？

然而，正如每一個國家、每一個人一樣，這一棵古松的經歷也決不會是一帆風順的。過去那樣漫長的時間不去說它了，據本地的同志說，就在幾年以前，松樹肚子裡忽然失了火。它的肚子本來已經空成了一個煙筒。現在火在裡面一燃起，風助火勢，火仗風威，再加上煙筒一抽，結果是火光熊熊，濃煙瀰漫。人們趕了來，費了很大勁，也沒有把火撲滅。後來什麼人想出了一個辦法，用濕泥巴在松樹肚子裡從下面往上糊，終於把火撲滅了。人們在鬆一口氣之餘，都非常擔心：這個老壽星已屆耄耋之年，它還能經受起這一場巨大的災難嗎？它的生命大概危在旦夕了。然而不然。它安然度過了這一場災難。今天我們看到它，雖然火燒的痕跡赫然猶在，但它卻仍然是枝葉繁茂，黛色逼人，巍然矗立在那裡，尖頂直刺入蔚藍的天空。

我覺得，它好像仍然睜大了眼睛，注視著，觀察著。但是，它現在看到的東西，不但不同於古代，而且也不同於幾年前。遼闊的魯西北大平原，一向是一個窮苦的地方。解放前，每一次饑荒，就不知道有多少人下關東去逃荒。我們家裡就有不少的人老死在東北。在解放後的十年浩劫期間，人們的日子也難過。地裡當然也種莊稼；但都稀稀落落，很不帶勁。熟在地裡，收割得也很粗糙。人們大都懶洋洋地精神不振。農民幾乎家家鬧窮，看不到什麼光明的前途。然而，現在卻真是換了人間。農民陡然富了起來。棉田百里，結滿了棉桃，白花花的一大片。白薯地星羅棋布，玉米田接陌連阡。農民幹勁空前高漲。不管早晚，見縫插針。從前出工，要靠生產隊長催。現在卻是不催自幹。棉桃掉在地裡沒人管的現象，再也見不到了。整個大平原，意氣風發，一片歡騰。這些動人的情景，老壽星一定會看在眼裡，在高興之餘，說不定也會感歎一番吧。

我的眼前一晃，我恍惚看到，這個老壽星長著五種不同葉子的枝子，猛然長了起來，長到我的眼睛看不到的地方：一個枝子直通到本縣的首府臨清，一個枝子直通到本地區的首府聊城，一個枝子直通到山東的首府濟南，一個枝子直通到中國的首都北京，還剩下一個枝子，右邊擔著初升的太陽，左邊擔著初升的月亮，頂與泰山齊高，根與黃河並長。因此它才能歷千年而不衰，經百代而常在。時光的流逝，季候的變換，夏日的炎陽，冬天的霜霰，在它身上當然留下了痕跡。然而不管是春秋，還是冬夏，它永遠蒼翠，一點沒有變化。看到它的人，都會不自覺地挺直了腰板，無窮的精力在心裡洶湧，傲然面對一切的挑戰。

對著這樣一位老壽星，我真是感慨萬端，我的思想感情是無法描述的。但是，我們還要趕路。我們在樹下只待了幾分鐘，最後只有戀戀不捨地離開了它。回頭又瞥見它巍然矗立在那裡，黛色逼人，尖頂直刺入蔚藍的天空。

我將永遠作松樹的夢。

一九八二年九月十九日

輯二 魂斷德國

道路終於找到了

（註：此輯文字選自《留德十年》）

在哥廷根，我要走的道路終於找到了，我指的是梵文的學習。這條道路，我已經走了將近六十年，今後還將走下去，直到不能走路的時候。

這條道路同哥廷根大學是分不開的。因此我在這裡要講講大學。

我在上面已經對大學介紹了幾句，因為，要想介紹哥廷根，就必須介紹大學。我們甚至可以說，哥廷根之所以成為哥廷根，就是因為有這一所大學。這所大學創建於中世紀，至今已有幾百年的歷史，是歐洲較為古老的大學之一。它共有五個學院：哲學院、理學院、法學院、神學院、醫學院。一直沒有一座統一的建築，沒有一座統一的大樓。各個學院分佈在全城各個角落，研究所更是分散得很，許多大街小巷，都有大學的研究所。學生宿舍更沒有大規模的。小部分學生住在各自的學生會中，絕大部分分住在老百姓家中。行政中心叫Aula，樓下是教學和行政部門。樓上是哥廷根科學院。文法學科上課的地方有兩個：一個叫大講堂（Auditorium），一個叫研究班大樓（Seminargebaude）。白天，大街上走的人中有一大部分是到各地上課的男女大學生。熙熙攘攘，煞是熱鬧。

在歷史上，大學出過許多名人。德國最偉大的數學家高斯（Gauss），就是這個大學的教授。在高斯以後，這裡還出過許多大數學家。從十九世紀末起，一直到我去的時候，這裡公認是世界數學中心。當時當代最偉大的數學家大衛・希爾伯特（David Hilbert）雖已退休，但還健在。他對中國學生特別友好。我曾在一家書店裡遇到過他，他走上前來，跟我打招呼。除了數學以外，理科學科中的物理、化學、天文、氣象、地質等，教授陣容都極強大。有幾位諾貝爾獎金獲得者，在這裡任教。蜚聲全球的化學家A・溫道斯（Windaus）就是其中之一。

文科教授的陣容，同樣也是強大的。在德國文學史和學術史上佔有重要地位的格林兄弟，都在哥廷根大學待過。他們的童話流行全世界，在中國也可以說是家喻戶曉。他們的大字典，一百多年以後才由許多德國專家編纂完成，成為德國語言研究中的一件大事。

哥廷根大學文理科的情況大體就是這樣。

在這樣一座面積雖不大但對我這樣一個異域青年來說仍然像迷宮一樣的大學城裡，要想找到有關的機構，找到上課的地方，實際上是並不容易的。如果沒有人協助、引路，那就會迷失方向。我三生有幸，找到了這樣一個引路人，這就是章用。章用的父親是鼎鼎大名的「老虎總長」章士釗。外祖父是在朝鮮統兵抗日的吳長慶。母親是吳弱男，曾作過孫中山的秘書，名字見於錢基博的《現代中國文學史》。總之，他出身於世家大族，書香名門。但卻同我在柏林見到的那些「衙內」完全不同，一點紈褲習氣也沒有。他毋寧說是有點孤高自賞，一身書生氣。他家學淵源，對中國古典文獻有湛深造詣，能寫古文，作舊詩。卻偏又喜愛數學，於是來到了哥廷根這個世界數學中心，讀博士學位。我到的時候，他已經在這裡住了五六年，老母吳弱男陪兒子住在這裡。哥廷根中國留學生本來只有三四人。章用脾氣孤傲，不同他們來往。我因從小喜好雜學，讀過不少的中國古典詩詞，對文學、藝術、宗教等有自己的一套看法。樂森先生介紹我認識了章用，經過幾次短暫的談話，簡直可以說是一見如故，情投意合。他也許認為我同那些言語乏味、面目可憎的中國留學生迥乎不同，所以立即垂青，心心相印。他贈過一首詩：

空谷足音一識君
相期詩伯苦相薰
體裁新舊同嘗試
胎息中西沐見聞
胸宿賦才徠物與
氣嘘大筆發清芬
千金敝帚孰輕重
後世憑猜定小文

可見他的心情。我也認為，像章用這樣的人，在柏林中國飯館裡面是絕對找不到的。所以也很樂於同他親近。章伯母有一次對我說：「你來了以後，章用簡直像變了一個人。他平常是絕對不去拜訪人的，現在一到你家，就老是不回來。」我初到哥廷根，陪我奔波全城，到大學教務處，到研究所，到市政府，到醫生家裡，等等，註冊選課，辦理手續的，就是章用。他穿著那一身黑色的舊大衣，搖動著瘦削不高的身軀，陪我到處走。此情此景，至今宛然如在眼前。

他帶我走熟了哥廷根的路；但我自己要走的道路還沒能找到。

我在上面提到，初到哥廷根時，就有意學習古代文字。但這只是一種朦朦朧朧的想法，究竟要學習哪一種古文字，自己並不清楚。在柏林時，汪殿華曾勸我學習希臘文和拉丁文，認為這是當時祖國所需要的。到了哥廷根以後，同章用談到這個問題，他勸我只讀希臘文，如果兼讀拉丁文，兩年時間來不及。在德國中學裡，要讀八年拉丁文，六年希臘文。文科中學畢業的學生，個個精通這兩種歐洲古典語言，我們中國學生完全無法同他們在這方面競爭。我經過初步考慮，聽從了他的意見。第一學期選課，就以希臘文為主。德國大學是絕對自由的。只要中學畢業，就可以願意入哪個大學，就入哪個，不懂什麼叫入學考試。入學以後，願意入哪個系，就入哪個；願意改系，隨時可改；願意選多少課，選什麼課，悉聽尊便；學文科的可以選醫學、神學的課；也可以只選一門課，或者選十門、八門。上課時，願意上就上，不願意上就走；遲到早退，完全自由。從來沒有課堂考試。有的課開課時需要教授簽字，這叫開課前的報到（Anmeldung），學生就拿課程登記簿（Studienbuch）請教授簽；有的在結束時還需要教授簽字，這叫課程結束時的教授簽字（Abmeldung）。此時，學生與教授可以說是沒有多少關係。有的學生，初入大學時，一學年，或者甚至一學期換一個大學。經過幾經轉學，二三年以後，選中了自己滿意的大學，滿意的系科，這時才安定住下，同教授接觸，請求參加他的研究班，經過一兩個研究班，師生互相瞭解了，教授認為孺子可教，才給博士論文題目。再經過幾年努力寫作，教授滿意了，就舉行論文口試答辯，及格後，就能拿到博士學位。在德國，是教授說了算，什麼院長、校長、部長都無權干預教授的決定。如果一個學生不想作論文，決沒有人強迫他。只要自己有錢，他可以十年八年地念下去。這就叫作「永恆的學生」（Ewiger Student），是一種全世界所無的稀有動物。

我就是在這樣一種絕對自由的氣氛中，在第一學期選了希臘文。另外又雜七雜八地選了許多課，每天上課六小時。我的用意是練習聽德文，並不想學習什麼東西。

我選課雖然以希臘文為主，但是學習情緒時高時低，始終並不堅定。第一堂課印象就不好。一九三五年十二月五日日記中寫道：

「上了課，Rabbow的聲音太低，我簡直聽不懂。他也不問我，如坐針氈，難過極了。下了課走回家來的時候，痛苦啃著我的心——我在哥廷根做的惟一的美麗的夢，就是學希臘文。然而，照今天的樣子看來，學希臘文又成了一種絕大的痛苦。我豈不將要一無所成了嗎？」

日記中這樣動搖的記載還有多處，可見信心之不堅。其間，我還自學了一段時間的拉丁文。最有趣的是，有一次自己居然想學古埃及文。心情之混亂可見一斑。

這都說明，我還沒有找到要走的路。

至於梵文，我在國內讀書時，就曾動過學習的念頭。但當時國內沒有人教梵文，所以願望沒有能實現。來到哥廷根，認識了一位學冶金學的中國留學生湖南人龍丕炎（范禹），他主攻科技，不知道為什麼卻學習過兩個學期的梵文。我來到時，他已經不學了，就把自己用的施滕茨勒（Stenzler）著的一本梵文語法送給了我。我同章用也談過學梵文的問題，他鼓勵我學。於是，在我選擇道路徘徊躑躅的混亂中，又增加了一層混亂。幸而這混亂只是暫時的，不久就從混亂的陰霾中流露出來了陽光。十二月十六日日記中寫道：

「我又想到我終於非讀Sanskrit（梵文）不行。中國文化受印度文化的影響太大了。我要對中印文化關係徹底研究一下，或能有所發明。在德國能把想學的幾種文字學好，也就不虛此行了，尤其是Sanskrit，回國後再想學，不但沒有那樣的機會，也沒有那樣的人。」

第二天的日記中又寫道：

「我又想到Sanskrit，我左想右想，覺得非學不行。」

一九三六年一月二日的日記中寫道：

「仍然決意讀Sanskrit。自己興趣之易變，使自己都有點吃驚了。決意讀希臘文的時候，自己發誓而且希望，這次不要再變了，而且自己也堅信不會再變了，但終於又變了。我現在仍然發誓而且希望不要再變了。再變下去，會一無所成的。不知道Schicksal（命運）可能允許我這次堅定我的信念嗎？」

我這次的發誓和希望沒有落空，命運允許我堅定了我的信念。我畢生要走的道路終於找到了，我沿著這一條道路一走走了半個多世紀，一直走到現在，而且還要走下去。

哥廷根實際上是學習梵文最理想的地方。除了上面說到的城市幽靜、風光旖旎之外，哥廷根大學有悠久的研究梵文和比較語言學的傳統。十九世紀上半葉研究《五卷書》的一個轉譯本《卡裡來和迪木乃》的大家、比較文學史學的創建者本發伊（T. Benfey）就曾在這裡任教。十九世紀末弗朗茨・基爾霍恩（Franz Kielhorn）在此地任梵文教授。接替他的是海爾曼・奧爾登堡（Hermann Oldenberg）教授。奧爾登堡教授的繼任人是讀通吐火羅文殘卷的大師西克教授。一九三五年，西克退休，瓦爾德施米特接掌梵文講座。這正是我到哥廷根的時候。被印度學者譽為活著的最偉大的梵文家雅可布・瓦克爾納格爾（Jakob Wackernagel）曾在比較語言學系任教。真可謂梵學天空，群星燦列。再加上大學圖書館，歷史極久，規模極大，藏書極富，名聲極高，梵文藏書甲德國，據說都是基爾霍恩從印度搜羅到的。這樣的條件，在德國當時，是無與倫比的。

我決心既下，一九三六年春季開始的那一學期，我選了梵文。四月二日，我到高斯韋伯樓東方研究所去上第一課。這是一座非常古老的建築。當年大數學家高斯和大物理學家韋伯（Weber）試驗他們發明的電報，就在這座房子裡，它因此名揚全球。樓下是埃及學研究室，巴比倫、亞述、阿拉伯文研究室。樓上是斯拉夫語研究室，波斯、土耳其語研究室和梵文研究室。梵文課就在研究室裡上。這是瓦爾德施米特教授第一次上課，也是我第一次同他會面。他看起來非常年輕。他是柏林大學梵學大師海因里希・呂德斯（Heinrich Luders）的學生，是研究新疆出土的梵文佛典殘卷的專家，雖然年輕，已經在世界梵文學界頗有名聲。可是選梵文課的卻只有我一個學生，而且還是外國人。雖然只有一個學生，他仍然認真嚴肅地講課，一直講到四點才下課。這就是我梵文學習的開始。研究所有一個小圖書室，冊數不到一萬，然而對一個初學者來說，卻是應有盡有。最珍貴的是奧爾登堡的那一套上百冊的德國和世界各國梵文學者寄給他的論文彙集，分門別類，裝訂成冊，大小不等，語言各異。如果自己去搜集，那是無論如何也不會這樣齊全的，因為有的雜誌非常冷僻，到大圖書館都不一定能查到。在臨街的一面牆上，在鏡框裡貼著德國梵文學家的照片，有三四十人之多。從中可見德國梵學之盛。這是德國學術界十分值得驕傲的地方。

我從此就天天到這個研究所來。

我從此就找到了我真正想走的道路。

在飢餓地獄中

同轟炸並駕齊驅的是飢餓。

我初到德國的時候，供應十足充裕，要什麼有什麼，根本不知飢餓為何物。但是，法西斯頭子侵略成性，其實法西斯的本質就是侵略，他們早就揚言：要大炮，不要黃油（編按：奶油）。在最初，德國人桌子上還擺著黃油，肚子裡填滿了火腿，根本不瞭解這句口號的真正意義。於是，全國翕然響應，彷彿他們真不想要黃油了。大概從一九三七年開始，逐漸實行了食品配給制度。最初限量的就是黃油，以後接著是肉類，最後是麵包和馬鈴薯。到了一九三九年，希特勒悍然發動第二次世界大戰，德國人的腰帶就一緊再緊了。這一句口號得到了完滿的實現。

我雖生也不辰，在國內時還沒有真正挨過餓。小時候家裡窮，一年至多只能吃兩三次白麵，但是吃糠咽菜，肚子還是能勉強填飽的。現在到了德國，才真受了「洋罪」。這種「洋罪」是慢慢地感覺到的。我們中國人本來吃肉不多，我們所謂「主食」實際上是西方人的「副食」。黃油從前我們根本不吃。所以在德國人開始沉不住氣的時候，我還優哉游哉，處之泰然。但是，到了我的「主食」麵包和馬鈴薯限量供應的時候，我才感到有點不妙了。黃油失蹤以後，取代它的是人造油。這玩意兒放在湯裡面，還能呈現出幾個油珠兒。但一用來煎東西，則在鍋裡滋滋幾聲，一縷輕煙，油就煙消雲散了。在飯館裡吃飯時，要經過幾次思想鬥爭，從戰略觀點和全局觀點反覆考慮之後，才請餐館服務員（Herr Ober）「煎」掉一兩肉票。倘在湯碗裡能發現幾滴油珠，則必大聲喚起同桌者的注意，大家都樂不可支了。

最困難的問題是麵包。少且不說，實質更可怕。完全不知道裡面摻了什麼東西。有人說是魚粉，無從否認或證實。反正是只要放上一天，第二天便有腥臭味。而且吃了，能在肚子裡製造氣體。在公共場合出虛恭，俗話就是放屁，在德國被認為是極不禮貌，有失體統的。然而肚子裡帶著這樣的麵包去看電影，則在影院裡實在難以保持體統。我就曾在看電影時親耳聽到虛恭之聲，此伏彼起，東西應和。我不敢恥笑別人。我自己也正在同肚子裡過量的氣體作殊死鬥爭，為了保持體面，想把它鎮壓下去，而終於還以失敗告終。

但是也不缺少令人興奮的事：我打破了記錄，是自己吃飯的記錄。有一天，我同一位德國女士騎自行車下鄉，去幫助農民摘蘋果。在當時，城裡人誰要是同農民有一些聯繫，別人會垂涎三尺的，其重要意義決不亞於今天的走後門。這一位女士同一戶農民掛上了鉤，我們就應邀下鄉了。蘋果樹都不高，只要有一個短梯子，就能照顧全樹了。德國蘋果品種極多，是本國的主要果品。我們摘了半天，工作結束時，農民送了我一籃子蘋果，其中包括幾個最優品種的；另外還有五六斤馬鈴薯。我大喜過望，跨上了自行車，有如列子御風而行，一路青山綠水看不盡，輕車已過數重山。到了家，把馬鈴薯全部煮上，蘸著積存下的白糖，一鼓作氣，全吞進肚子，但仍然還沒有飽意。

「挨餓」這個詞兒，人們說起來，比較輕鬆。但這些人都是沒有真正挨過餓的。我是真正經過飢餓煉獄的人，其中滋味實不足為外人道也。我非常佩服東西方的宗教家們，他們對人情世事真是瞭解到令人吃驚的程度，在他們的地獄裡，飢餓是被列為最折磨人的項目之一。中國也是有地獄的，但卻是舶來品，其來源是印度。談到印度的地獄學，那真是博大精深，蔑以加矣。「死鬼」在梵文中叫 Preta，意思是「逝去的人」。到了中國譯經和尚的筆下，就譯成了「餓鬼」，可見「飢餓」在他們心目中佔多麼重要的地位。漢譯佛典中，關於地獄的描繪，比比皆是。《長阿含經》卷十九《地獄品》的描繪可能是有些代表性的。這裡面說，共有八大地獄：第一大地獄名想，其中有十六小地獄：第一小地獄名曰黑沙，二名沸屎，三名五百釘，四名饑，五名渴，六名一銅釜，七名多銅釜，八名石磨，九名膿血，十名量火，十一名灰河，十二名鐵丸，十三名斧，十四名豺狼，十五名劍樹，十六名寒冰。地獄的內容，一看名稱就能知道。飢餓在裡面佔了一個地位。這個飢餓地獄裡是什麼情況呢？《長阿含經》說：

（餓鬼）到飢餓地獄。獄卒來問：「汝等來此，欲何所求？」報言：「我餓！」獄卒即捉撲熱鐵上，舒展其身，以鐵鉤鉤口使開，以熱鐵丸著其口中，焦其唇舌，從咽至腹，通徹下過，無不焦爛。

這當然是印度宗教家的幻想。西方宗教家也有地獄幻想。在但丁的《神曲》裡面也有地獄。第六篇，但丁在地獄中看到一個怪物，張開血盆大口，露出長牙；但丁的引導人俯下身子，在地上抓了一把泥土，對準怪物的嘴，投了過去。怪物像狗一樣狺狺狂吠，無非是想得到食物。現在嘴裡有了東西，就默然無聲了。西方的地獄內容實在太單薄，比起東方地獄來，大有小巫見大巫之勢了。

為什麼東西方宗教家都幻想地獄，而在地獄中又必須忍受飢餓的折磨呢？他們大概都認為飢餓最難忍受，惡人在地獄中必須嘗一嘗飢餓的滋味。這個問題我且置而不論。不管怎樣，我當時實在是正處在飢餓地獄中，如果有人向我嘴裡投擲熱鐵丸或者泥土，為了抑制住難忍的飢餓，我一定會毫不遲疑地不顧一切地把它們吞了下去，至於肚子燒焦不燒焦，就管不了那樣多了。

我當時正在讀俄文原文的果戈里的《欽差大臣》。在第二幕第一場裡，我讀到了奧西普躺在主人的床上獨白的一段話：

現在旅館老闆說啦，前賬沒有付清就不開飯；可我們要是付不出錢呢？（歎口氣）唉，我的天，哪怕有點菜湯喝喝也好呀。我現在恨不得要把整個世界都吞下肚子裡去。

這寫得何等好呀！果戈里一定挨過餓，不然的話，他無論如何也寫不出要把整個世界都吞下去的話來。

長期挨餓的結果是，人們都逐漸瘦了下來。現在有人害怕肥胖，提倡什麼減肥，往往費上極大的力量，卻不見效果。於是有人說：「我就是喝白水，身體還是照樣胖起來的。」這話現在也許是對的，但在當時卻完全不是這樣。我的男房東在戰爭激烈時因心臟病死去。他原本是一個大胖子，到死的時候，體重已經減輕了二三十公斤，成了一個瘦子了。我自己原來不胖，沒有減肥的物質基礎。但是飢餓在我身上也留下了傷痕：我失掉了飽的感覺，大概有八年之久。後來到了瑞士，才慢慢恢復過來。此是後話，這裡不提了。

Wala

總有一個女孩子的面影飄動在我的眼前：淡紅的雙腮，圓圓的大眼睛。這面影對我這樣熟悉，卻又這樣生疏。每次當它浮起來的時候，我一點也不去理會，它只是這麼搖搖曳曳地在我眼前浮動一會，驀地又暗淡下去，終於消逝到不知什麼地方去了。我的記憶也自然會隨了這消逝去的影子追上去，一直追到六年前的波蘭車上。

也是同現在一樣的夏末秋初的天氣，我在赤都游了一整天以後，腦海裡裝滿了紅紅綠綠的花壇的影像，走上波德通車。我們七個中國同學佔據了一個車廂，談笑得頗為熱鬧。大概快到華沙了吧，車裡漸漸暗了下來，這時忽然走進一個年輕的女孩子來。我只覺得有一個秀挺的身影在我眼前一閃，還沒等我細看的時候，她已經坐在我的對面。我的地理知識本來不高明。在國內的時候，對波蘭我就不大清楚，對波蘭的女孩子更模糊成一團。後來讀到一位先生游波蘭描寫波蘭女孩子的詩，當時的印象似乎很深，但不久就漸漸淡了下來，終於連一點痕跡都沒有了。然而自己竟到了波蘭，而且對面就坐了一個美麗的波蘭女孩子：淡紅的雙腮，圓圓的大眼睛。

倘若在國內的話，七個男人同一個孤身的女孩子坐在一起，我們即使再道學，恐怕也會說一兩句帶著暗示的話，讓女孩子紅上一陣臉，我們好來欣賞嬌羞含怒然而卻又帶笑的態度。然而現在卻輪到我們紅臉了。女孩子坦然地坐在那裡，臉上掛著一絲微笑，把我們七個異邦的青年男子輪流看了一遍，似乎想要說話的樣子。但我們都彷彿變成在老師跟前背不出書來的小學生，低了頭，沒有一個人敢說什麼。終於還是女孩子先開了口。她大概知道我們不能說波蘭話，只用德文問我們會說哪一國話。我們七個中有一半沒學過德文。我自己雖然學過，但也只是書本子裡的東西。現在既然有人問到了，也只好勉強回答說自己會說德文。談話也就開始了，而且還是愈來愈熱鬧。我們真覺得語言的功能有時候並不怎樣大，靜默或其他別的動作還能表達更多更複雜更深刻的思想。當時我們當然不能長篇大論地敘述什麼，有的時候竟連意思都表達不出來，這時我們便相對一笑，在這一笑裡，我們似乎互相瞭解了更多更深的東西。剛才她走進來的時候，先很小心地把一個坐墊放在座位上，然後坐下去。經過了也不知道多少時候，我驀地發現這坐墊已經移到一位中國同學的身子下面去；然而他們兩個人都沒注意到，當時熱鬧的情形也可以想見了。

在滿洲里的時候，我們曾經買了幾瓶啤酒似的東西。一路上，每到一個大車站，我們就下去用鐵壺提開水來喝，這幾瓶東西卻始終珍惜著沒有打開。現在卻彷彿驀地有一個默契流過我們每個人的心中，一位同學匆匆忙忙地找出來了一瓶打開，沒有問別人，其餘的人也都興高采烈地幫忙找杯子，沒有一個人有半點反對的意思。不用說，我們第一杯是捧給這位美麗的女孩子的。她用手接了，先不喝，問我這是什麼。我本來不很知道這究竟是什麼，反正不過是酒一類的東西，而且我腦子裡關於這方面的德文字也就只有一個酒字，就順口回答說：「是酒。」她於是喝了一口，立刻抬起眼含著笑彷彿譴責似的問著我說：「你說是酒？」這雙眼睛這樣大，這樣亮，又這樣圓，再加上玫瑰花似的微笑，這一切深深地壓住了我的心，我本來沒有意思辯解，現在更沒話可說，其實也不能說什麼話了。她沒有再說什麼，拿出她自己帶來的餅乾分給我們吃。我們又吃又喝，忘記了現在是在火車上，是在異域；忘記了我們是初相識的異國青年男女，根本忘記了我們自己，忘記了一切。她皮包裡帶著許多相片，她一張一張地拿給我們看。我們也把我們身邊帶的書籍畫片，甚至連我們的畢業證書都找出來給她看。小小的車廂裡充滿了融融的欣悅。一位同學忽然問她叫什麼名字，她立刻毫不忸怩地把自己的名字寫在我們的簿子上：Wala，一個多麼美妙令人一聽就神往的名字！

大概將近半夜了吧，我走到另外一個車廂裡想去找一個地方睡一會。終於在一個角裡找到一個位子。對面坐了一位大鼻子的中年人。才一出國，看到滿車外國人，已經有點覺得生疏；再看了他這大鼻子，彷彿自己已經走進了一個童話的國土裡來了，有說不出的感覺。這個大鼻子彷彿有魔力，把我的眼睛吸住，我非看不行。我敢發誓，我一生還沒有看到這樣大的鼻子。他耳朵上又罩上了無線電收音機，襯上這生在臉正中的一塊大肉，這一切合起來湊成一幅奇異的圖案畫，看了我再也忍不住笑起來。但他偏又高興同我說話，說著破碎的英語，一手指著自己的頭，一手指遠處坐著的 Wala，頭搖了兩搖，奇異的圖案畫上浮起一絲鄙夷微笑。我抬起頭來看了看Wala，才發現她頭上戴了一頂紅紅綠綠的小帽子。剛才我竟沒有注意到，我的全部精神都讓她的淡紅的雙腮同圓圓的大眼睛吸住了。現在忽然發現她頭上的小帽子，只覺得更增加了她的嫵媚。一直到現在我還不明白，這位中年人為何討厭這一頂同她的秀美的面孔相得益彰的小帽子。

我現在已經憶不起來，我們怎樣分的手。大概是我們，最少是我，坐著矇矇矓矓地睡了會，其間Wala就下了車。我當時醒了後確曾覺得非常值得惋惜，我們竟連一聲再會都沒能說，這美麗的女孩子就像神龍似的去了。我彷彿看了一個夏夜的流星。但後來自己到了德國，驀地投到一個新的環境裡去，整天讓工作壓得不能喘一口氣。以前在國內的時候，無論是做學生，是教書，盡有餘裕的時間讓自己的幻想出去飛一飛，上至青天，下至黃泉，到種種奇幻的世界裡去翱翔，想到許多荒唐的事情，摹繪給自己種種金色的幻影，然後再回到這個世界裡來。現在每天對著自己的全是死板板的現實，自己再沒有餘裕把幻想放出去，Wala的影子似乎已經從我的記憶裡消逝了去，我再也想不到她了。這樣就過去了六個年頭。

前兩天，一個細雨蕭索的初秋的晚上，一位中國同學到我家裡來閒談。談到附近一個菜園子裡新近來了一個波蘭女孩子在工作。這女孩子很年輕，長得又非常美麗，父母都很有錢。在波蘭剛中學畢業，正要準備進大學的時候，德國軍隊衝進波蘭。在聽過幾天飛機大炮以後，於是就來了大恐怖，到處是殘暴與血光。在風聲鶴唳的情況裡過了一年，正在慶幸著自己還能活下去的時候，又被希特勒手下的穿黑衣服的兩足走獸強迫裝進一輛火車裡運到德國來，終於被派到哥廷根來，在這個菜園子裡做下女。她天天做著牛馬的工作，受著牛馬的待遇，一生還沒有做過這樣的苦工。出門的時候，衣襟上還要掛上一個繡著P字的黃布，表示她是波蘭人，讓德國人隨時都能注意她的行動；而且也只能白天出門，晚上出去捉起來立刻入監獄。電影院戲院一類娛樂的地方是不許她去的。衣服票鞋票當然領不到，衣服鞋破了也只好將就著穿，所以她這樣一個年輕又美麗的女孩子，衣服是破爛不堪的，腳下穿的又是木頭鞋。工資少到令人吃驚。回家的希望簡直更渺茫，只有天知道，她什麼時候能再見到她的故鄉，她的父母！我的朋友也不由得歎了一口氣。

我的眼前電火似的一閃，立刻浮起Wala的面影，難道這個女孩子就是Wala麼？但立刻我又自己否認，這不會是她的，天下不會有這樣湊巧的事情。然而立刻又想到，這女孩子說不定就是Wala，而且非是她不行；命運是非常古怪的，它有時候會安排下出人意料的事情。就這樣，我的腦海裡紛亂成一團，躺下無論如何也睡不著，伏在枕上聽窗外雨聲滴著落葉，一直到不知什麼時候。

第二天早晨起來，到研究所去的時候，我就繞路到那菜園子去。這裡我以前本來是常走的，一切我都很熟悉。但今天我看到這綠綠的菜畦，黃了葉子的蘋果樹，中間一座兩層的小樓，我的眼前發亮，一切都驀地對我生疏起來，我彷彿第一次看到這許多東西，我簡直失了神似的，覺得以前菜畦沒有這樣綠，蘋果樹的葉子也沒有黃過，中間並沒有這樣一座小樓。但現在卻清清楚楚地看到眼前有這樣一座樓。小小的紅窗子就對著黃了葉子的蘋果林，小巧得古怪又可愛。我注視這窗口，每一剎那我都盼望著，驀地會有一個女孩子的頭探出來，而且這就是Wala。在黃了葉子的蘋果樹下面，我也每一剎那都在盼望著，驀地會有一個秀挺的少女的身影出現，而且這也就是Wala。但我什麼也沒有看到。我帶了一顆失望的心走到研究所，工作當然做不下去。黃昏回家的時候，我又繞路從這菜園子旁邊走過，我直覺地覺得反正在離我住的地方不遠的小樓裡有一個Wala在；但我卻沒有一點願望再看這小樓，再注視這窗口，只匆匆走過去，彷彿是一個被檢閱的兵士。

以後，我每天要繞路到那菜園子附近去走上兩趟。我什麼也沒有看到，而且我也不希望看到什麼，因為我現在已經知道，這女孩子不會是Wala了。不看到，自己心裡終究有一個極渺茫極不成希望的希望：說不定她真是Wala。懷了這渺茫的希望，回到家來，每當夜深人靜的時候，就把幻想放出去，到種種奇幻世界裡去翱翔，想到許多荒唐的事情，給自己摹描種種金色的幻影。這幻想會自然而然地把我帶到了六年前的波蘭車上。我瞪大了眼睛向眼前的空虛處看去，也自然而然地有一個這樣熟悉然而又這樣生疏的女孩子的面影搖搖曳曳地浮現起來：淡紅的雙腮，圓圓的大眼睛。

我每次想到的就是這似乎平淡然而卻又很深刻的詩句：「同是天涯淪落人。」因為，我已經不再懷疑，即使這女孩子不是Wala，但Wala的命運也不會同這女孩子的有什麼區別，或者還更壞。她也一定是在看過殘暴與血光以後，被另外一個希特勒手下的穿黑衣服的兩足走獸強迫裝進一輛火車裡拖到德國來，在另一塊德國土地上，做著牛馬的工作，受著牛馬的待遇，出門的時候也同樣要掛上一個P字黃牌，同樣不能看到她的父母，她的故鄉。但我自己的命運又有什麼兩樣呢？不正是另一群獸類在千山萬山外自己的故鄉裡散佈殘暴與火光嗎？故鄉的人們也同樣做著牛馬的工作，受著牛馬的待遇，自己也同樣不能見到自己的家屬，自己的故鄉。「同是天涯淪落人」，但是我們連「相逢」的機會都沒有，我真希望我們這曾經一度「相識」者能夠相對流一點淚，互相給一點安慰。但是，即使她現在有淚，也只好一個人獨灑了，她又到什麼地方能找到我呢？有時候，我曾經覺得世界過小，小到令人連呼吸都不自由；但現在我卻覺得世界真正太大了。在茫茫的人海裡，找尋她，不正像在大海裡找尋一粒芥子麼？我們大概終不能再會面了。

一九四一年德國哥廷根

我的老師們

在深切懷念我的兩個不在眼前的母親的同時，在我眼前那一些德國老師們，就越發顯得親切可愛了。

在德國老師中同我關係最密切的當然是我的Doktor Vater（博士父親）瓦爾德施米特教授。我同他初次會面的情景，我在上面已經講了一點。他給我的第一個印象是，他非常年輕。他的年齡確實不算太大，同我見面時，大概還不到四十歲吧。他穿一身厚厚的西裝，面孔是孩子似的面孔。我個人認為，他待人還是彬彬有禮的。德國教授多半都有點教授架子，這是他們的社會地位和經濟地位所決定的，是不以人的意志為轉移的。後來聽說，在我以後的他的學生們都認為他很嚴厲。據說有一位女士把自己的博士論文遞給他，他翻看了一會兒，一下子把論文摔到地下，忿怒地說道：「Das ist aber alles Mist！（這全是垃圾，全是胡說八道！）」這位小姐從此耿耿於懷，最終離開了哥廷根。

我跟他學了十年，應該說，他從來沒有對我發過脾氣。他教學很有耐心，梵文語法摳得很細。不這樣是不行的，一個字多一個字母或少一個字母，意義方面往往差別很大。我以後自己教學生，也學他的榜樣，死摳語法。他的教學法是典型的德國式的。記得是德國十九世紀的偉大東方語言學家埃瓦爾德（Ewald）說過一句話：「教語言比如教游泳，把學生帶到游泳池旁，把他往水裡一推，不是學會游泳，就是淹死，後者的可能是微乎其微的。」瓦爾德施米特採用的就是這種教學法。第一二兩堂，念一念字母。從第三堂起，就讀練習，語法要自己去鑽。我最初非常不習慣，準備一堂課，往往要用一天的時間。但是，一個學期四十多堂課，就讀完了德國梵文學家施滕茨勒的教科書，學習了全部異常複雜的梵文文法，還念了大量的從梵文原典中選出來的練習。這個方法是十分成功的。

瓦爾德施米特教授的家庭，最初應該說是十分美滿的。夫婦二人，一個上中學的十幾歲的兒子。有一段時間，我幫助他翻譯漢文佛典，常常到他家去，同他全家一同吃晚飯，然後工作到深夜。餐桌上沒有什麼人多講話，安安靜靜。有一次他笑著對兒子說道：「家裡來了一個中國客人，你明天大概要在學校裡吹噓一番吧？」看來他家裡的氣氛是嚴肅有餘，活潑不足。他夫人也是一個不大愛說話的人。

後來，大戰一爆發，他自己被征從軍，是一個什麼軍官。不久，他兒子也應徵入伍。過了不太久，從一九四一年冬天起，東部戰線膠著不進，相持不下，但戰鬥是異常激烈的。他們的兒子在北歐一個國家陣亡了。我現在已經忘記了，夫婦倆聽到這個噩耗時反應如何。按理說，一個獨生子幼年戰死，他們的傷心可以想見。但是瓦爾德施米特教授是一個十分剛強的人，他在我面前從未表現出傷心的樣子，他們夫婦也從未同我談到此事。然而活潑不足的家庭氣氛，從此更增添了寂寞冷清的成分，這是完全可以想像的了。

在瓦爾德施米特被征從軍後的第一個冬天，他預訂的大劇院的冬季演出票，沒有退掉。他自己不能觀看演出，於是就派我陪伴他夫人觀看，每週一次。我吃過晚飯，就去接師母，陪她到劇院。演出有歌劇，有音樂會，有鋼琴獨奏，有小提琴獨奏等等，演員都是外地或國外來的，都是赫赫有名的人物。劇場裡燈火輝煌，燦如白晝；男士們服裝筆挺，女士們珠光寶氣，一片昇平祥和氣象。我不記得在演出時遇到空襲，因此不知道敵機飛臨上空時場內的情況。但是散場後一走出大門，外面是完完全全的另一個世界，頂天立地的黑暗，由於燈火管制，不見一縷光線。我要在這任何東西都看不到的黑暗中，送師母摸索著走很長的路到山下她的家中。一個人在深夜回家時，萬籟俱寂，走在寧靜的長街上，只聽到自己腳步的聲音，跫然而喜。但此時正是鄉愁最濃時。

我想到的第二位老師是西克教授。

他的家世，我並不清楚。到他家裡，只見到老伴一人，是一個又瘦又小的慈祥的老人。子女或什麼親眷，從來沒有見過。看來是一個非常孤寂清冷的家庭，儘管老夫婦情好極篤，相依為命。我見到他時，他已經早越過了古稀之年。他是我平生所遇到的中外各國的老師中對我最愛護、感情最深、期望最大的老師。一直到今天，只要一想到他，我的心立即劇烈地跳動，老淚立刻就流滿全臉。他對我傳授知識的情況，上面已經講了一點，下面還要講到。在這裡我只講我們師徒二人相互間感情深厚的一些情況。為了存真起見，我仍然把我當時的一些日記，一字不改地抄在下面：

一九四〇年十月十三日

昨天買了一張Prof. Sieg的相片，放在桌子上，對著自己。這位老先生我真不知道應該怎樣感激他。他簡直有父親或者祖父一般的慈祥。我一看到他的相片，心裡就生出無窮的勇氣，覺得自己對梵文應該拚命研究下去，不然簡直對不住他。

一九四一年二月一日

五點半出來，到Prof. Sieg家裡去。他要替我交涉增薪，院長已答應。這真是意外的事。我真不知道應該怎樣感謝這位老人家，他對我好得真是無微不至，我永遠不會忘記！

原來他發現我生活太清苦，親自找文學院長，要求增加我的薪水。其實我的薪水是足夠用的，只因我枵腹買書，所以就顯得清苦了。

一九四一年，我一度想設法離開德國回國。我在十月二十九日的日記裡寫道：

十一點半，Prof. Sieg去上課。下了課後，我同他談到我要離開德國，他立刻與奮起來，臉也紅了，說話也有點震顫了。他說，他預備將來替我找一個固定的位置，好讓我繼續在德國住下去，萬沒想到我居然想走。他勸我無論如何不要走，他要替我設法同Rektor（大學校長）說，讓我得到津貼，好出去休養一下。他簡直要流淚的樣子。我本來心裡還有點遲疑，現在又動搖起來了。一離開德國，誰知道哪一年再能回來，能不能回來？這位像自己父親一般替自己操心的老人十九是不能再見了。我本來容易動感情。現在更制不住自己，很想哭上一場。

像這樣的情況，日記裡還有一些，我不再抄錄了。僅僅這三則，我覺得，已經完全能顯示出我們之間的關係了。還有一些情況，我在下面談吐火羅文的學習時再談，這裡暫且打住。

我想到的第三位老師是斯拉夫語言學教授布勞恩。他父親生前在萊比錫大學擔任斯拉夫語言學教授，他可以說是家學淵源，能流利地說許多斯拉夫語。我見他時，他年紀還輕，還不是講座教授。由於年齡關係，他也被征從軍。但根本沒有上過前線，只是擔任翻譯，是最高級的翻譯。蘇聯一些高級將領被德軍俘虜，希特勒等法西斯頭子要親自審訊，想從中挖取超級秘密。擔任翻譯的就是布勞恩教授，其任務之重要可想而知。他每逢休假回家的時候，總高興同我閒聊他當翻譯時的一些花絮，很多是德軍和蘇軍內部最高領導層的真實情況。他幾次對我說，蘇軍的大炮特別厲害，德國難望其項背。這是德國方面從來沒有透露過的極端機密，給我留下了深刻的印象。

他的家庭十分和美。他有一位年輕的夫人，兩個男孩子，大的叫安德烈亞斯，約有五六歲，小的叫斯蒂芬，只有二三歲。斯蒂芬對我特別友好，我一到他家，他就從遠處飛跑過來，撲到我的懷裡。他母親教導我說：「此時你應該抱住孩子，身子轉上兩三圈，小孩子最喜歡這玩意！」教授夫人很和氣，好像有點愣頭愣腦，說話直爽，但有時候沒有譜兒。

布勞恩教授的家離我住的地方很近，走二三分鐘就能走到。因此，我常到他家裡去玩。他有一幅中國古代的刺繡，上面繡著五個大字：時有溪山興。他要我翻譯出來。從此他對漢文產生了興趣，自己買了一本漢德字典，念唐詩。他把每一個字都查出來，居然也能講出一些意思。我給他改正，並講一些語法常識。對漢語的語法結構，他覺得既極怪而又極有理，同他所熟悉的印歐語系語言迥乎不同。他認為，漢語沒有形態變化，也可能是優點，它能給讀者以極大的聯想自由，不像印歐語言那樣被形態變化死死地捆住。

他是一個多才多藝的人，擅長油畫。有一天，他忽然建議要給我畫像。我自然應允了，於是有比較長的一段時間，我天天到他家裡去，端端正正地坐在那裡，當模特兒。畫完了以後，他問我的意見。我對畫不是內行，但是覺得畫得很像我，因此就很滿意了。

在科學研究方面，他也表現了他的才藝。他的文章和專著都不算太多，他也不搞德國學派的拿手好戲：語言考據之學。用中國的術語來說，他擅長義理。他有一本講十九世紀沙俄文學的書，就是專從義理方面著眼，把列•托爾斯泰和陀斯妥也夫斯基列為兩座高峰，而展開論述，極有獨特的見解，思想深刻，觀察細緻，是一部不可多得的著作。可惜似乎沒有引起多少注意。我都覺得有寂寞冷落之感。

總之，布勞恩教授在哥廷根大學是頗為不得志的。正教授沒有份兒，哥廷根科學院院士更不沾邊兒。有一度，他告訴我，斯特拉斯堡大學有一個正教授缺了人，他想去，而且把我也帶了去。後來不知為什麼，沒有實現。一直到四十多年以後我重新訪問西德時，我去看他，他才告訴我，他在哥廷根大學終於得到了一個正教授的講座，他認為可以滿意了。然而他已經老了，無復年輕時的瀟灑英俊。我一進門他第一句話說是：「你晚來了一點，她已經在月前去世了！」我知道他指的是誰，我感到非常悲痛。安德烈亞斯和斯蒂芬都長大了，不在身邊。老人看來也是冷清寂寞的。在西方社會中，失掉了實用價值的老人，大多如此。我欲無言了。去年聽德國來人說，他已經去世。我謹以心香一瓣，祝願他永遠安息！

我想到的第四位德國老師是馮•格林（Dr.von Grimm）博士。據說他是來自俄國的德國人，俄文等於是他的母語。在大學裡，他是俄文講師。大概是因為他從來沒有發表過什麼學術論文，所以連副教授的頭銜都沒有。在德國，不管你外語多麼到家，只要沒有學術著作，就不能成為教授。工齡長了，工資可能很高，名位卻不能改變。這一點同中國是很不一樣的。中國教授貶值，教授膨脹，由來久矣。這也算是中國的「特色」吧。反正馮・格林始終只是講師。他教我俄文時已經白髮蒼蒼，心裡總好像是有一肚子氣，終日鬱鬱寡歡。他只有一個老伴，他們就住在高斯韋伯樓的三樓上。屋子極為簡陋。老太太好像終年有病，不大下樓。但心眼極好，聽說我患了神經衰弱症，夜裡盜汗，特意送給我一個雞蛋，補養身體。要知道，當時一個雞蛋抵得上一個元寶，在餓急了的時候，雞蛋能吃，而元寶則不能。這一番情意，我異常感激。馮・格林博士還親自找到大學醫院的內科主任沃爾夫（Wolf）教授，請他給我檢查。我到了醫院，沃爾夫教授仔仔細細地檢查過以後，告訴我，這只是神經衰弱，與肺病毫不相干。這一下子排除了我的一塊心病，如獲重生。這更增加了我對這兩位孤苦伶仃的老人的感激。離開德國以後，沒有能再見到他們，想他們早已離開人世了，卻永遠活在我的心中。

我回想起來的老師當然不限於以上四位，比如阿拉伯文教授馮・素頓（von Soden），英文教授勒德爾和懷爾德（Wilde），哲學教授海澤（Heyse），藝術史教授菲茨圖姆（Vitzthum）侯爵，德文教授麥伊（May），伊朗語教授欣茨（Hinz）等等，我都聽過課或有過來往，他們待我親切和藹，我都永遠不會忘記。我在這裡就不一一敘述了。

別哥廷根

是我要走的時候了。
是我離開德國的時候了。
是我離開哥廷根的時候了。

我在這座小城裡已經住了整整十年了。

中國古代俗語說：千里涼棚，沒有不散的筵席。人的一生就是這個樣子。當年佛祖規定，浮屠不三宿桑下。害怕和尚在一棵桑樹下連住三宿，就會產生留戀之情。這對和尚的修行不利。我在哥廷根住了不是三宿，而是三宿的一千二百倍。留戀之情，焉能免掉？好在我是一個俗人，從來也沒有想當和尚，不想修仙學道，不想涅，西天無分，東土有根。留戀就讓它留戀吧！但是留戀畢竟是有限期的。我是一個有國有家有父母有妻子的人，是我要走的時候了。

回憶十年前我初來時，如果有人告訴我：你必須在這裡住上五年，我一定會跳起來的：五年還了得呀！五年是一千八百多天呀！然而現在，不但過了五年，而且是五年的兩倍。我一點也沒有感覺到有什麼了不得。正如我在本書開頭時說的那樣，宛如一場縹緲的春夢，十年就飛去了。現在，如果有人告訴我：你必須在這裡再住上十年。我不但不會跳起來，而且會愉快地接受下來的。

然而我必須走了。

是我要走的時候了。

當時要想從德國回國，實際上只有一條路，就是通過瑞士，那裡有國民黨政府的公使館。張維和我於是就到處打聽到瑞士去的辦法。經多方探詢，聽說哥廷根有一家瑞士人。我們連忙專程拜訪，是一位家庭婦女模樣的中年婦人，人很和氣。但是，她告訴我們，入境簽證她管不了；要辦，只能到漢諾威（Hannover）去。張維和我於是又搭乘公共汽車，長驅百餘公里，趕到了這一地區的首府漢諾威。

漢諾威是附近最大最古的歷史名城。我久仰大名，只是從沒有來過。今天來到這裡，我真正大吃一驚：這還算是一座城市嗎？儘管從遠處看，仍然是高樓林立；但是，走近一看，卻只見廢墟。剩下沒有倒的一些斷壁頹垣，看上去就像是古羅馬留下來的鬥獸場。馬路還是有的，不過也佈滿了大大小小的彈坑。汽車有的已經恢復了行駛，不過數目也不是太多。引起我們注意的是馬路兩旁人行道上的情況。德國高樓建築的格局，各大城市幾乎都是一模一樣：不管樓高多少層，最下面總有一個地下室，是名副其實地建築在地下的。這裡不能住人。住在樓上的人每家分得一二間，在裡面貯存德國人每天必吃的馬鈴薯，以及蘋果、瓶裝的草莓醬、煤球、劈柴之類的東西。從來沒有想到還會有別的用途的。戰爭一爆發，最初德國老百姓輕信法西斯頭子的吹噓，認為英美飛機都是紙糊的，決不能飛越德國國境線這個雷池一步。大城市裡根本沒有修建真正的防空壕洞。

後來，大出人們的意料，敵人紙糊的飛機變成鋼鐵的了，法西斯頭子們的吹噓變成了肥皂泡了。英美的炸彈就在自己頭上爆炸，不得已就逃入地下室躲避空襲。這當然無濟於事。英美的重磅炸彈有時候能穿透樓層，在地下室中向上爆炸。其結果可想而知。有時候份量稍輕的炸彈在上面炸穿了一層兩層或多一點層的樓房，就地爆炸。地下室倖免於難，然而結果卻更可怕。上面的被炸的樓房倒塌下來，把地下室嚴密蓋住。活在裡面的人，呼天天不應，叫地地不靈，這是什麼滋味，我沒有親身經歷，不願瞎說。然而誰想到這一點，會不不寒而慄呢？最初大概還會有自己的親人費上九牛二虎的力量，費上不知多少天的努力，把地下室中受難者親屬的屍體挖掘出來，弄到墓地裡去埋掉。可是時間一久，轟炸一頻繁，原來在外面的親屬說不定自己也被埋在什麼地方的地下室，等待別人去挖屍體了。他們哪有可能來挖別人的屍體呢？但是，到了上墳的日子，倖存下來的少數人又不甘不給親人掃墓，而親人的墓地就是地下室。於是馬路兩旁高樓斷壁之下的地下室外垃圾堆旁，就擺滿了原來應該擺在墓地上的花圈。我們來到漢諾威看到的就是這些花圈，這種景像在哥廷根是看不到的。最初我是大惑不解。瞭解了原因以後，我又感到十分吃驚，感到可怕，感到悲哀。據說地窖裡的老鼠，由於飽餐人肉，營養過分豐富，長到一尺多長。德國這樣一個優秀偉大的民族，竟落到這個下場。我心裡酸甜苦辣，萬感交集，真想到什麼地方去痛哭一場。

漢諾威的情況就是這個樣子。這當然是狂轟濫炸時「鋪地毯」的結果。但是，即使是地毯，也難免有點空隙。在這樣的空隙中還倖存下少數大樓，裡面還有房間勉強可以辦公。於是在城裡無房可住的人，晚上回到城外鄉鎮中的臨時住處，白天就進城來辦公。瑞士的駐漢諾威的代辦處也設在這樣一座樓房裡。我們穿過無數的斷壁殘垣，找到辦事處。因為我沒有收到瑞士方面的正式邀請和批准，辦事處說無法給我簽發入境證。我算是空跑一趟。然而我卻不但不後悔，而且還有點高興：我於無意中得到一個機會，親眼看一看所謂轟炸究竟真實情況如何。不然的話，我白白在德國住了十年，也自命經歷過轟炸。哥廷根那一點轟炸，同漢諾威比起來，真如小巫見大巫。如沒能看到真正的轟炸，將會抱恨終生了。

漢諾威是這樣，其他比漢諾威更大的城市，比如柏林之類，被炸的情況略可推知。我後來聽說，在柏林，一座大樓上面幾層被炸倒以後，塌了下來，把地下室嚴嚴實實地埋了起來。地下室中有人在黑暗中赤手扒碎磚石，走運扒通了牆壁，爬到鄰居的尚沒有被炸的地下室中，鑽了出來，重見天日。然而十個指頭的上半截都已磨掉，血肉模糊了。沒有這樣走運的，則是扒而無成，只有呼叫。外面的人明明聽到叫聲，然而堆積如山的磚瓦碎石，一時無法清除。只能忍心聽下去，最初叫聲還高，後來則逐漸微弱，幾天之後，一片寂靜，結果可知。親人們心裡是什麼滋味，他們是受到什麼折磨，人們能想下去嗎？有過這樣一場經歷，不入瘋人院，則入醫院。這樣慘絕人寰的悲劇是號稱「萬物之靈」的人類自己親手釀成的。難道不是這樣的嗎？

聽到這些情況以後，我自然而然地就想到了原來的柏林，十年前和三年前我到過的柏林。十年前不必說了，就是在三年前，柏林是個什麼樣子呀！當時戰爭雖然已經爆發，柏林也已有過空襲，但是還沒有被「鋪地毯」，市面上仍然是繁華的，人們熙攘往來，還頗有一點勁頭。然而轉瞬之間，就幾乎變成了一片廢墟。這變化真是太大了。現在讓我來描述這一個今昔對比的變化，我本非江郎，談不到才盡，不過現在更加窘迫而已。在苦思冥想之餘，我想出了一個偷巧的辦法。我想借用中國古代詞賦大家的文章，從中選出兩段，一表盛，一表衰，來作今昔對比。時隔將近兩千年，地距超過數萬里，情況當然是完全不一樣的。然而氣氛則是完全一致的，我現在迫切需要的正是描述這種氣氛。借古人的生花妙筆，抒我今日盛衰之感懷。能想出這樣移花接木的絕妙好法，我自己非常得意，不知是哪一路神仙在冥中點化，使我獲得「頓悟」，我真想五體投地虔誠膜拜了。是否有文抄公的嫌疑呢？不，決不。我是付出了勞動的，是我把舊酒裝在新瓶中的，我是偷之無愧的。

下面先抄一段左太沖《蜀都賦》：

亞以少城，接乎其西。市廛所會，萬商之淵。列隧百重，羅肆巨千。賄貨山積，纖麗星繁。都人士女，服靚妝。賈貿𨊺，舛錯縱橫。異物崛詭，奇於八方。

上面列舉了一些奇貨。從這短短的幾句引文裡，也可以看出蜀都的繁華。這樣繁華的氣氛，同柏林留給我的印象是完全符合的。

我再從鮑明遠的《蕪城賦》裡引一段：

觀基扃之固護，將萬祀而一君。出入三代，五百餘載，竟瓜剖而豆分。澤葵依井，荒葛途。壇羅虺蜮，階斗麏鼯。……通池既已夷，峻隅又已頹。直視千里外，惟見起黃埃。凝思寂聽，心傷已摧。

這裡寫的是一座蕪城，實際上鮑照是有所寄託的。被炸得一塌糊塗的柏林，從表面上來看，與此大不相同。然而人們從中得到的感受又何其相似！法西斯頭子們何嘗不想「萬祀而一君」。然而結果如何呢？所謂「第三帝國」被「瓜剖而豆分」了。現在人們在柏林看到的是斷壁頹垣，「直視千里外，惟見起黃埃」了。據德國朋友告訴我，不用說重建，就是清除現在的垃圾也要用上五十年的時間。德國人「凝思寂聽，心傷已摧」，不是很自然的嗎？我自己在德國住了這麼多年，看到眼前這種情況，我心裡是什麼滋味，也就概可想見了。

然而是我要走的時候了。是我離開德國的時候了。

是我離開哥廷根的時候了。

我的真正的故鄉向我這遊子招手了。

一想到要走，我的離情別緒立刻就兜上心頭。我常對人說，哥廷根彷彿是我的第二故鄉。我在這裡住了十年，時間之長，僅次於濟南和北京。這裡的每一座建築、每一條街，甚至一草一木，十年來和我同甘共苦，共同度過了將近四千個日日夜夜。我本來就喜歡它們的，現在一旦要離別，更覺得它們可親可愛了。哥廷根是個小城，全城每一個角落似乎都留下了我的足跡，我彷彿踩過每一粒石頭子，不知道有多少商店我曾出出進進過。看到街上的每一個人都似曾相識。古城牆上高大的橡樹、席勒草坪中芊綿的綠草、俾斯麥塔高聳入雲的尖頂、大森林中驚逃的小鹿、初春從雪中探頭出來的雪鐘、晚秋群山頂上斑斕的紅葉，等等，這許許多多紛然雜陳的東西，無不牽動我的情思。至於那一所古老的大學和我那一些尊敬的老師，更讓我覺得難捨難分。最後但不是最小，還有我的女房東，現在也只得分手了。十年相處，多少風晨月夕，多少難以忘懷的往事，「當時只道是尋常」，現在卻是可想而不可即，非常非常不尋常了。

然而我必須走了。

我那真正的故鄉向我招手了。

我忽然想起了唐代詩人劉皂的《旅次朔方》那一首詩：

客舍并州已十霜
歸心日夜憶咸陽
無端更度桑乾水
卻望并州是故鄉

別了，我的第二故鄉哥廷根！
別了，德國！
什麼時候我再能見到你們呢？

輯三 清華夢憶

清華頌

清華園，永遠佔據著我的心靈。回憶起清華園，就像回憶我的母親。

又怎能不這樣呢？我離開清華已經四十多年了，中間只回去二三次。但是每次回到清華園，就像回到母親的身邊，我內心深處油然起幸福之感。在清華的四年生活，是我一生中最難忘、最愉快的四年。在那時候，我們國家民族正處在危急存亡的緊急關頭，清華園也不可能成為世外桃源。但是園子內的生活始終是生氣勃勃的，充滿了活力的。民主的氣氛，科學的傳統，始終佔著主導的地位。我同廣大的清華校友一樣，現在所以有這一點點知識，難道不就是在清華園中打下的基礎嗎？離開清華以後，我當然也學習了不少的新知識，但是在每一個階段，只要我感覺到學習有所收穫，我立刻想到清華園，沒有在那裡打下的基礎，所有這一切都是不可能的。

但是清華園卻不僅僅是像我的母親，而且像一首美麗的詩，它永遠佔據著我的心靈。

又怎能不這樣呢？清華園這名稱本身就充滿了詩意。它的自然風光又是無限地美妙。每當嚴冬初過，春的信息，在清華園要比別的地方來得早，陽光似乎比別的地方多。這裡的青草從融化過的雪地裡探出頭來，我們就知道：春天已經悄悄地來了。過不了多久，滿園就開滿了繁花，形成了花山、花海。再一轉眼，就聽到滿園蟬聲，荷香飄溢。

等到蟬聲消逝，荷花凋零，紅葉又代替了紅花，「霜葉紅於二月花」。明月之夜，散步荷塘邊上，充分享受朱自清先生所特別欣賞的「荷塘月色」。待到紅葉落盡，白雪漸漸飄，滿園就成了銀妝玉塑，「既然冬天已經到了，春天還會遠嗎？」我們就盼望春天的來臨了。在這四時變換、景色隨時改變的情況下，有一個永遠不變的背景，那就是西山的紫氣。「煙光凝而暮山紫」，唐朝王勃已在一千多年以前讚美過這美妙絕倫的紫色了。這樣，清華園不是一首詩而是什麼呢？

在人生的道路上，我已經走了不短的一段路。看來我要走的道路也還不會是很短很短的，對我來說，清華園這一幅母親的形象，這一首美麗的詩，將在我要走的道路上永遠伴隨著我，永遠佔據著我的心靈。

一九八一年一月二十二日

夢縈水木清華

離開清華園已經五十多年了，但是我經常想到她。我無論如何也忘不掉清華的四年學習生活。如果沒有清華母親的哺育，我大概會是一事無成的。

在三十年代初期，清華和北大的門檻是異常高的。往往有幾千學生報名投考，而被錄取的還不到十分之一甚至二十分之一。因此，清華學生的素質是相當高的，而考上清華，多少都有點自豪感。

我當時是極少數的幸運兒之一，北大和清華我都考取了。經過了一番艱苦的思考，我決定入清華。原因也並不複雜，據說清華出國留學方便些。我以後沒有後悔。清華和北大各有其優點，清華強調計劃培養，嚴格訓練；北大強調兼容並包，自由發展，各極其妙，不可偏執。

在校風方面，兩校也各有其特點。清華校風我想以八個字來概括：清新、活潑、民主、向上。我只舉幾個小例子。新生入學，第一關就是「拖屍」，這是英文字toss的音譯，意思是，新生在報到前必須先到體育館，舊生好事者列隊在那裡對新生進行「拖屍」。辦法是，幾個彪形大漢把新生的兩手、兩腳抓住，舉了起來，在空中搖晃幾次，然後抛到墊子上，這就算是完成了手續，頗有點像《水滸傳》上提到的殺威棍。牆上貼著大字標語：「反抗者入水！」游泳池的門確實在敞開著。我因為有同鄉大學籃球隊長許振德保駕，沒有被「拖屍」。至今回想起來，頗以為憾：這個終生難遇的機會輕輕放過，以後想補課也不行了。

這個從美國輸入的「舶來品」，是不是表示舊生「虐待」新生呢？我不認為是這樣。我覺得，這裡面並無一點敵意，只不過是對新夥伴開一點玩笑，其實是充滿了友情的。這種表示友情的美國方式，也許有人看不慣，覺得洋裡洋氣的。我的看法正相反。我上面說到清華校風清新和活潑，就是指的這種「拖屍」還有其他一些行動。

我為什麼說清華校風民主呢？我也舉一個小例子。當時教授與學生之間有一條鴻溝，不可逾越。教授每月薪金高達三四百元大洋，可以購買麵粉二百多袋，雞蛋三四萬個。他們的社會地位極高，往往目空一切，自視高人一等。學生接近他們比較困難。但這並不妨礙學生開教授的玩笑。開玩笑幾乎都在《清華週刊》上。這是一份由學生主編的刊物，文章生動活潑，而且圖文並茂。現在著名的戲劇家孫浩然同志，就常用「古巴」的筆名在《週刊》上發表漫畫。有一天，俞平伯先生忽然大發豪興，把腦袋剃了個淨光，大搖大擺，走上講台，全堂為之愕然。幾天以後，《週刊》上就登出了文章，諷刺俞先生要出家當和尚。

第二件事情是針對吳雨僧（宓）先生的。他正教我們「中西詩之比較」這一門課。在課堂上，他把自己的新作《空軒》十二首詩印發給學生。這十二首詩當然意有所指，究竟指的是什麼？我們說不清楚。反正當時他正在多方面的談戀愛，這些詩可能與此有關。他熱愛毛彥文是眾所周知的。他的詩句：「吳宓苦愛（毛彥文），三洲人士共驚聞」，是夫子自道。《空軒》詩發下來不久，校刊上就刊出了一首七律今譯，我只記得前一半：

一見亞北貌似花，
順著秫秸往上爬。
單獨進攻忽失利，
跟蹤盯梢也挨刷。

最後一句是：「椎心泣血叫媽媽。」詩中的人物呼之欲出，熟悉清華今典的人都知道是誰。

學生同俞先生和吳先生開這樣的玩笑，學生覺得好玩，威嚴方正的教授也不以為忤。這種氣氛我覺得很和諧有趣。你能說這不民主嗎？這樣的瑣事我還能回憶起一些來，現在不再嘮了。

清華學生一般都非常用功，但同時又勤於鍛煉身體。每天下午四點以後，圖書館中幾乎空無一人，而體育館內則是人山人海，著名的「鬥牛」正在熱烈進行。操場上也擠滿了跑步、踢球、打球的人。到了晚飯以後，圖書館裡又是燈火通明，人人伏案苦讀了。

根據上面談到的各方面的情況，我把清華校風歸納為八個字：清新、活潑、民主、向上。

我在這樣的環境中生活、學習了整整四個年頭，其影響當然是非同小可的。至於清華園的景色，更是有口皆碑，而且四時不同：春則繁花爛漫，夏則籐影荷聲，秋則楓葉似火，冬則白雪蒼松。其他如西山紫氣，荷塘月色，也令人憶念難忘。

現在母校八十週年了。我可以說是與校同壽。我為母校祝壽，也為自己祝壽。我對清華母親依戀之情，彌老彌濃。我祝她長命千歲，千歲以上。我祝自己長命百歲，百歲以上。我希望在清華母親百歲華誕之日，我自己能參加慶祝。

一九八八年七月二十二日

清華夢憶

人有人格，國有國格，校也有校格。

就以北大和清華而論，兩校同為全國最高學府，共同之處當然很多；但是不同之處也頗突出。這就是所謂兩校校格不同。

不同之處究竟何在呢？

這是一個大題目，恐怕開上幾次國際研討會，也難以說得明白的。我現在不揣譾陋，聊陳己見。

整整七十年前，在一九三〇年，我從山東到北京（平）來考大學。來自五湖四海的五六千學生，心目中最高的目標就是北大和清華。但是這兩所大學門坎是異常高的，往往是幾十個學生中才能錄取一個。我有幸兩所大學都錄取了。由於我幻想把自己這一個渺小粗陋的身軀鍍上一層不管是多麼薄的金子，好以此嚇唬人，搶得一隻好飯碗，而鍍金只能出國留學，留學的機會清華比北大多一些，所以我就捨北大而取清華。

在清華住了一段時間以後，對清華的校格逐漸明確了，最後形成了初步的看法。我在北大有不少朋友，言談之間，也瞭解到了北大的一些情況，於是對北大的校格也逐漸形成了一個明確的概念。我恍然小悟：兩所大學的校格原來竟是有許多不同之處的。

我從小處談起，先舉一個小例子。在清華，呼喚服務的工人，一般都叫做「工友」。在北大，據說是叫「聽差」。而在朝陽大學則是「茶房」。在清華，工人和教師、學生處於平等的地位上。在北大則處於主僕的地位。而在朝陽大學則是處於雇客與旅館雜役的地位。這是一件十分細微的末節；然而卻是多麼生動，多麼清楚，又多麼耐人尋味。

其中原因，我認為，並不複雜。清華建立的基礎是美國退還的庚子賠款，完全受美國的影響，受資本主義的影響，身上沒有封建的包袱。而北大則是由京師大學堂轉變成的，身上背著幾千年的封建傳統。好的方面是文化基礎雄厚，壞的方面是封建主義嚴重。我聽人說到過——據說這並不是笑話——北大初建時，學習西方，有體操一門課，聘請了專門的體操教員，這些人當然都是平頭老百姓。而被他們訓練的學生則很多都是世蔭的二三品大員。教員發口令時，不敢明目張膽地喊出「立正！」、「稍息！」於是想出了一個奇妙的辦法，改變舶來的口令，大喊：「老爺們立正！」「老爺們稍息！」從這些小事兒也可以看出來，清華多的是資本主義，北大多的是封建主義。

但是，稍有一點辯證法常識的人都會知道，世間事物都是一分為二的。北大的封建主義也能產生好的效果，如果北大沒有這樣濃重的封建傳統或者氣氛，五四運動，即使是注定要爆發，也決不會是在北大。你能夠想像清華會爆發反封建的五四運動嗎？即使一九一九年清華已經建成了大學，而不是留美預備學校，這樣的事情也決不會出現的。人們常說，壞事變好事，北大的封建傳統促成了改變中國面貌的啟蒙運動，不正證實了這一句話嗎？

五四運動對中國，特別是對中國學界，更特別是對北大，留下了深遠的影響。北大學生繼承了自東漢太學生起就有了的關心國家大事，天下興亡，匹夫有責的愛國主義傳統，對政治動向特別敏感，到了五四運動，達到了一個高潮。從那以後，歷屆學生運動幾乎都從北大開始就是一個證明。在這方面，清華並不落後，一二九運動就是一個生動的例證。在這一點上，清華與北大是有相同之處的。

我在清華待了四年，而在北大則已經待了五十四年，是清華的十幾倍。我一直到今天還在不斷考慮兩校同異的問題。我一向不贊成西方那種以分析的思維模式為基礎的一、二、三、四，A、B、C、D的分析方法，而垂青於中國的以綜合的思維模式為基礎的評斷方法。中國古代月旦人物，品評藝術，都不採用分析的方法，而是選用幾個簡單的、生動的、形象的，看似模糊而實則內涵極為豐富的詞語，形神畢具，給人以無量的暗示能力，給人以無限的想像活動的餘地。根據這一條準則，我用四個字來表示清華的校格，這四個字是：清新俊逸。給北大的則是：凝重深厚。二者各有千秋，無所軒輊於其間。但二者是能夠，也是必須互相學習的。這樣做是互補的，兩利的。誰要是想成為「老子天下第一」，那就必然會是「可憐無補費精神」。

以上是我對北大和清華兩校校格的看法，也是我對兩校的希望和祝福。

在母校將慶祝成立九十年華誕之際，《清華大學學報》（哲社版）的副主編劉石教授寫信給我，要我寫點紀念文字。這是我義不容辭的。但是，可寫的東西真是太多太多了。想來想去，終於決定了寫上面這一番怪論。我自己說它是「怪論」，這是我以退為進的手法，我是一點也不覺得它有什麼「怪」的。如果我真正認為它怪，我就決不會寫出來出自己的醜。我認為，這是我一家之言，是長期思考的結果。我希望能夠在北大、清華兩校找到一些知音。

二〇〇〇年十一月七日

《世紀清華》序

唐代大詩人元稹有一首著名的詩：

寥落古行宮，
宮花寂寞紅。
白頭宮女在，
閒坐說玄宗。

講的是唐玄宗的一座行宮，在開元、天寶時期，一定是富麗堂皇，美奐美輪。然而，時移世遷，滄海桑田，到了今天，已經寥落不堪，狐鼠成群。當年大概也屬於「後宮粉黛三千人」的一些宮女，至今已老邁龍鐘，便被流放在這一座離宮中，白髮青燈，宮花寂寞。剩給她們的只是寂寞、孤獨、淒涼、悲傷；留給她們的只有回憶，回憶當年的輝煌，從中吸取點溫馨。她們大概都是相信輪迴轉生的；她們賴以活下去的希望，大概只有渺茫幽杳的來生了。

現在收入我們這一本集子中的文章，都屬於回憶一類，是清華人自己回憶水木清華的。寫的人有的出身於清華學校，有的人出身於清華大學；有的人已經離開人世，有的人還活在人間。活著的人都已成了「白頭宮女」，這一點是毫無疑問的。但是，同樣是回憶，我們今天清華人的回憶，卻同唐代的老宮女迥異其趣，有如天淵。我們不是「閒坐說玄宗」，我們是「白頭學士在，忙中說清華」。我們一不寂寞、孤獨，二不淒涼、悲傷，我們決不是「發思古之幽情」。

那麼，我們為什麼寫這樣的回憶文章呢？

幾年以前，我曾揭集一義：懷舊回憶能淨化人們的靈魂，能激勵人們的鬥志，能促使人們前進，能擴大人們的視野。試讀集中的文章，或回憶水木清華之明秀；或回憶圖書館收藏之豐富和實驗室設備之齊全；或回憶恩師們之傳道授業，諄諄教誨；或回憶學友們之耳鬢厮磨，切磋琢磨。清華園中的一山一水，一草一木；師友們的一顰一笑，一詞一語，無不蘊含著無量溫馨。西山紫氣，東海碧波，凝聚於清華園中，幻成一股靈氣。天寶物華，地靈人傑，幾十年來清華造就了大量人才，遍佈全中國，擴大到全世界，行當不同，各界都有，而且都或多或少地做出了自己的貢獻，豈無因哉！回憶到這一切的時候，哪一個清華人會不感到溫馨，感到自豪呢？白頭學生，忙說清華，豈無故哉！在這樣的情況下，我們的憶舊，能不淨化我們的靈魂嗎？

「淨化」二字是我從古代希臘 Cathasris 一詞借來的。古希臘哲學家主張，悲劇能淨化人們的靈魂。他們自有一番說法，是很能持之有故，言之成理的。我借來一用，也有我的說法。我同古希臘的說法，不是沒有相通之處的；但是，基本上是「外為中用，古為今用」的。我相信，我的說法也是能持之有故，言之成理的。這個「淨化說」能不能用到唐朝的「白頭宮人」身上，我姑且存而不論。用到清華的「白頭學士」身上，卻是毫無疑義的。

今天清華的「白頭學士」也同唐代「白頭宮人」一樣會看到我們的未來。但是，我們的未來決不是來生。那一套我們是不相信的，也是用不著相信的。我們要看的未來是就要來到我們眼前的二十一世紀，以及其後的還不知道多少世紀。今天的清華已經有了過去的輝煌和眼前的輝煌。但是，清華人——其中包括本書中憶舊的這一批清華人在內——並不滿足於過去的輝煌和眼前的輝煌，我們看得更遠，更高，我們看到的是比過去和眼前輝煌到不知多少倍的未來的輝煌。我們對全中國和全世界還會做出更大的貢獻。我們這些「白頭學士」雖然垂垂老矣；但是我們是有後來人的。清華今天在校的學生，以及還不知道有多少屆未來的學生，都是後來人。我們人是暫時的，但是清華卻會永存。是為序。

一九九八年七月二十八日

輯四 燕園春秋

春歸燕園

凌晨，在熹微的晨光中，我走到大圖書館前草坪附近去散步。我看到許多男女大孩子，有的耳朵上戴著耳機，手裡拿著收音機和一本什麼書；有的只在手裡拿著一本書，都是凝神潛慮，目不斜視，嘴裡喃喃地朗誦什麼外語。初升的太陽在長滿黃葉的銀杏樹頂上抹上了一縷淡紅。我們這些早晨八九點鐘的太陽，面對著那一輪真正的太陽。我只感覺到滿眼金光，卻分不清這金光究竟是從哪裡來的了。

黃昏時分，在夕陽的殘照中，我又走到大圖書館前草坪附近去散步。我看到的仍然是那一些男女大孩子。他們仍然戴著耳機，手裡拿著收音機和書，嘴裡喃喃地跟著念。夕陽的餘暉從另外一個方向在銀杏樹頂上的黃葉上抹上了一縷淡紅。此時，我們這些早晨八九點鐘的太陽，同西山落日比起來，反而顯得光芒萬丈。

眼前的情景對我是多麼熟悉然而又是多麼陌生啊！

十多年以前，我曾在這風景如畫的燕園裡看到過類似的情景。當時我曾滿懷激情地歌頌過春滿燕園。雖然時序已經是春末夏初時節；但是在我的感覺中卻仍然是三春盛時，繁花似錦。我曾幻想把這春天永遠留在燕園內，「留得春光過四時」，讓它成為一個永恆的春天。

然而我的幻想卻落了空。跟著來的不是永恆的春天，而是三九嚴冬的天氣。雖然大自然仍然巋然不動，星換斗移，每年一度，在冬天之後一定來一個春天，燕園仍然是一年一度百花爭妍，萬紫千紅。然而對我們住在燕園裡的人來說，卻是「鎮日尋春不見春」，宛如處在一片荒漠之中。不但沒有什麼永恆的春天，連剎那間春天的感覺也消逝得無影無蹤了。當時我惟一的慰藉就是英國浪漫詩人雪萊的兩句詩：

既然冬天到了，春天還會遠嗎？

我堅決相信，春天還會來臨的。

雪萊的話終於應驗了，春天終於來臨了。美麗的燕園又煥發出青春的光輝。我在這裡終於又聽到了琅琅的書聲。而且在這琅琅的書聲中我還聽到了十多年前沒有聽到的東西，聽到了一些嶄新的東西。在這平凡的書聲中我聽到的難道不就是千軍萬馬向四個現代化進軍的腳步聲嗎？我聽到的難道不就是向科學技術高峰艱苦而又樂觀的攀登聲嗎？我聽到的難道不就是那美好的理想的社會向前行進的開路聲嗎？我聽到的難道不就是我們的青年一代內心深處的聲音嗎？不就是春天的聲音嗎？

眼前，就物候來說，不但已經不是春天，而且也已經不是夏天；眼前是西風勁吹、落葉辭樹的深秋天氣。「悲哉秋之為氣也」，眼前是古代詩人高呼「悲哉」的時候。然而在這春之聲大合唱中，在我們燕園裡大圖書館前的草坪上，在黃葉叢中，在紅樹枝下，我看到的卻是陽春艷景，奼紫嫣紅。這些男女大孩子一下子就成了巨大的花朵，一霎時開滿了校園。連黃葉樹頂上似乎也開出了碗口大的山茶花和木棉花。紅紅的一片，把碧空都映得通紅。至於那些「霜葉紅於二月花」的霜葉，真地變成了紅艷的鮮花。整個的燕園變成了一座花山，一片花海。

春天又回到燕園來了啊！

而且這個春天還不限於燕園，也不限於北京，不限於中國。它伸向四海，通向五洲，瀰漫全球，輝映大千。我站在這個小小的燕園裡，彷佛能與全世界呼吸相通。我彷佛能夠看到富士山的雪峰，聽到恆河裡的濤聲，聞到牛津的花香，摸到紐約的摩天高樓。書聲動大地，春色滿寰中。這一個無所不在的春天把我們聯到一起來了。它還將不是一個短暫的春天。它將存在於繁花綻開的枝頭，它將存在於映日接天的荷花上，它將存在於遼闊的萬里霜天，它將存在於千里冰封、萬里雪飄的嚴冬。一年四季，季季皆春。它是比春天更加春天的春天。它的蹤跡將印在湖光塔影裡，印在每一個人的心中。它將是一個真正的永恆的春天。

一九七九年一月一日

燕園盛夏

走在路上，偶一抬頭，看到池塘裡開出了第一朵荷花，臨風搖曳，紅艷奪目。我不禁一愣，夏意驀地兜上心頭：盛夏原來已經悄悄地來到燕園了。

幾天來，天氣也確實很熱。一大早，坐在窗前讀書的時候，聽到外面柳樹叢中有一種鳥邊飛邊叫「快拿鋤頭」，心裡還微微地感到一點涼意。但是，一近中午，炎陽當頂，熱氣從四面八方襲來。從高樹枝頭飄下來的蟬聲似乎都是溫熱的。池塘裡，成群的魚浮到有綠陰的水面上來納涼。炎熱彷彿統治了整個宇宙。

但是，最熱的還不是自然界的這些，而是青年人的心。今年有兩千個男女青年在這裡學習了五六年之後，就要走上社會主義建設的工作崗位了。他們一方面努力溫課，準備考試，要拿出最出色的成績向祖國人民匯報；一方面又做好思想準備，要到最艱苦的地方去。偉大祖國的各個方面和各個地區，都在他們考慮之中。他們想到欣欣向榮的農村，他們想到鋼水奔流熱火朝天的工廠，他們想到冰天雪地、林深草密或者大海汪洋的遼闊的邊疆，他們也想到培育比他們更年輕一代的中學的課堂。對他們說來，這些地方都是最好的地方。祖國大地的每一個角落都是他們理想寄託之所在。他們想到什麼地方，什麼地方就在他們心中開成一朵花。

多麼可愛的青年人啊！

我對這些青年人一向懷著特殊的好感。我看他們都樸素率真，平易近人。女孩子有的梳著兩條長辮子，有的剪短了頭髮，蓬蓬鬆鬆。男孩子頭髮更是隨便，有的還比較整齊，有的就不大在乎。他們成天價嘻嘻哈哈，好像總有樂不完的事。看起來並沒有什麼特別驚人的地方。但是，我總覺得，他們走路時脊樑骨是直的，好像有什麼東西在那裡撐著他們。他們的腳底板是硬的，好像永遠也不會滑倒。他們的眼睛，即使還充滿了稚氣，但卻是亮的，好像能看到許多東西，既能看到昨天和今天，又能看到明天。

今年要畢業的這一些青年人眼睛好像就更亮了。他們在黨的教育下，開始看到一些他們以前不大注意的東西。我曾參加畢業同學的大會。我沒有同任何人說過一句話，但是，我從他們的眼睛裡好像就完全瞭解了他們的心情，看到他們那一顆顆火熱的心。他們知道，自己現在進行的事業是人類歷史上空前偉大的事業，它關係到億萬人民的解放，關係到人類的前途。進行這樣的事業，路途不會是平坦的，這樣或那樣的風險是不可避免的。可是他們心中有數，只要跟著黨走，風暴再大，也決不會迷失方向。

同這樣一些青年人在一起是幸福的。

當我像他們這樣大的時候，我想的完全是另外一些事情。我腦子裡常常浮起一個問題：人生的意義究竟是什麼？當時很多人都有這樣一個問題，學術界還曾就這個問題大討論而特討論。結果是越討論越糊塗，問題還依然是問題。

解放以後，我自己逐漸解決了這個問題。要對今天的青年人來談這個問題，他們會覺得異常地可笑，甚至不可理解。人生的意義嘛，那就是鬥爭，為了共產主義，為了億萬人民的幸福而鬥爭。這還有什麼可討論的呢？這些青年人正準備著參加到鬥爭的最前線去。他們肩膀上的擔子是重的，但是他們願意擔，而且只要努力，我看也擔得起。

我常常在校園裡靜觀周圍的青年人。他們的打扮不一樣，姿態千差萬別，從事的活動也多種多樣。看上去有點目迷五色。但是，不管是哪一個站在樹下高聲朗誦的男孩子，還是從實驗室裡走出來的女孩子；不管是哪一個在操場上奔跑的女孩子，還是拿著鐵鍬正在勞動的男孩子，他們在黨的教育下，也都同我一樣，慢慢懂得了革命的道理，有著一個共同的目的，一個偉大的目的。

無論誰，無論在什麼時候，只要想到這一點，他心裡就會像點上一把火。就是在酷暑的伏天，也不例外。現在就要走上工作崗位的青年人心裡有這樣一把火，難道不是很自然的嗎？

可是，說也奇怪，心裡有了這樣一把火，外面天氣再熱，我們反而感覺不到。我們只覺得心曠神怡，清涼遍體。燕園的盛夏好像是一轉眼就消逝得無影無蹤，眼前正是惠風和暢或金風送爽的春秋佳日，池塘裡開的不是荷花，而是牡丹和菊花。

一九六三年七月

清塘荷韻

樓前有清塘數畝。記得三十多年前初搬來時，池塘裡好像是有荷花的，我的記憶裡還殘留著一些綠葉紅花的碎影。後來時移事遷，歲月流逝，池塘裡卻變得「半畝方塘一鑒開，天光雲影共徘徊」，再也不見什麼荷花了。

我腦袋裡保留的舊的思想意識頗多，每一次望到空蕩蕩的池塘，總覺得好像缺點什麼。這不符合我的審美觀念。有池塘就應當有點綠的東西，哪怕是蘆葦呢，也比什麼都沒有強。最好的最理想的當然是荷花。中國舊的詩文中，描寫荷花的簡直是太多太多了。周敦頤的《愛蓮說》讀書人不知道的恐怕是絕無僅有的。他那一句有名的「香遠益清」是膾炙人口的。幾乎可以說，中國沒有人不愛荷花的。可我們樓前池塘中獨獨缺少荷花。每次看到或想到，總覺得是一塊心病。

有人從湖北來，帶來了洪湖的幾顆蓮子，外殼呈黑色，極硬。據說，如果埋在淤泥中，能夠千年不爛。因此，我用鐵錘在蓮子上砸開了一條縫，讓蓮芽能夠破殼而出，不至永遠埋在泥中。這都是一些主觀的願望，蓮芽能不能夠出，都是極大的未知數。反正我總算是盡了人事，把五六顆敲破的蓮子投入池塘中，下面就是聽天命了。

這樣一來，我每天就多了一件工作：到池塘邊上去看幾次。心裡總是希望，忽然有一天，「小荷才露尖尖角」，有翠綠的蓮葉長出水面。可是，事與願違，投下去的第一年，一直到秋涼落葉，水面上也沒有出現什麼東西。經過了寂寞的冬天，到了第二年，春水盈塘，綠柳垂絲，一片旖旎的風光。可是，我翹盼的水面上卻仍然沒有露出什麼荷葉。此時我已經完全灰了心，以為那幾顆湖北帶來的硬殼蓮子，由於人力無法解釋的原因，大概不會再有長出荷花的希望了。我的目光無法把荷葉從淤泥中吸出。

但是，到了第三年，卻忽然出了奇蹟。有一天，我忽然發現，在我投蓮子的地方長出了幾個圓圓的綠葉，雖然顏色極惹人喜愛，但是卻細弱單薄，可憐兮兮地平臥在水面上，像水浮蓮的葉子一樣。而且最初只長出了五六個葉片。我總嫌這有點太少。總希望多長出幾片來。於是，我盼星星，盼月亮，天天到池塘邊上去觀望。有校外的農民來撈水草，我總請求他們手下留情，不要碰斷葉片。但是經過了漫漫的長夏，淒清的秋天又降臨人間，池塘裡浮動的仍然只是孤零零的那五六個葉片。對我來說，這又是一個雖微有希望但究竟仍是一個令人灰心的一年。

真正的奇蹟出現在第四年上。嚴冬一過，池塘裡又溢滿了春水。到了一般荷花長葉的時候，在去年飄浮著五六個葉片的地方，一夜之間，突然長出了一大片綠葉，而且看來荷花在嚴冬的冰下並沒有停止行動，因為在離開原來五六個葉片的那塊基地比較遠的池塘中心，也長出了葉片。葉片擴張的速度，擴張範圍的擴大，都是驚人地快。幾天之內，池塘內不小一部分，已經全為綠葉所覆蓋。而且原來平臥在水面上的像是水浮蓮一樣的葉子，不知道是從哪裡聚集來了力量，有一些竟然躍出了水面，長成了亭亭的荷葉。

原來我心中還遲遲疑疑，怕池中長的是水浮蓮，而不是真正的荷花。這樣一來，我心中的疑雲一掃而光：池塘中生長的真正是洪湖蓮花的子孫了。我心中狂喜，這幾年總算是沒有白等。

天地萌生萬物，對包括人在內的動植物等有生命的東西，總是賦予一種極其驚人的求生存的力量和極其驚人的擴展蔓延的力量，這種力量大到無法抗禦。只要你肯費力來觀摩一下，就必然會承認這一點。現在擺在我面前的就是我樓前池塘裡的荷花。自從幾個勇敢的葉片躍出水面以後，許多葉片接踵而至。一夜之間，就出來了幾十枝，而且迅速地擴散、蔓延。不到十幾天的工夫，荷葉已經蔓延得遮蔽了半個池塘。從我撒種的地方出發，向東西南北四面擴展。我無法知道，荷花是怎樣在深水中淤泥裡走動。反正從露出水面荷葉來看，每天至少要走半尺的距離，才能形成眼前這個局面。

光長荷葉，當然是不能滿足的。荷花接踵而至，而且據瞭解荷花的行家說，我門前池塘裡的荷花，同燕園其他池塘裡的，都不一樣。其他地方的荷花，顏色淺紅；而我這裡的荷花，不但紅色濃，而且花瓣多，每一朵花能開出十六個復瓣，看上去當然就與眾不同了。這些紅艷耀目的荷花，高高地凌駕於蓮葉之上，迎風弄姿，似乎在睥睨一切。幼時讀舊詩：「畢竟西湖六月中，風光不與四時同。接天蓮葉無窮碧，映日荷花別樣紅。」愛其詩句之美，深恨沒有能親自到杭州西湖去欣賞一番。現在我們門前池塘中呈現的就是那一派西湖景象。是我把西湖從杭州搬到燕園裡來了，豈不大快人意也哉！前幾年才搬到朗潤園來的周一良先生賜名為「季荷」。我覺得很有趣，又非常感激。難道我這個人將以荷而傳嗎？

前年和去年，每當夏月塘荷盛開時，我每天至少有幾次徘徊在塘邊，坐在石頭上，靜靜地吸吮荷花和荷葉的清香。「蟬噪林逾靜，鳥鳴山更幽。」我確實覺得四周靜得很。我在一片寂靜中，默默地坐在那裡，水面上看到的是荷花綠肥、紅肥。倒影映入水中，風乍起，一片蓮瓣墮入水中，它從上面向下落，水中的倒影卻是從下邊向上落，最後一接觸到水面，二者合為一，像小船似的漂在那裡。我曾在某一本詩話上讀到兩句詩：「池花對影落，沙鳥帶聲飛。」作者深惜這二句對仗不工。這也難怪，像「池花對影落」這樣的境界究竟有幾個人能參悟透呢？

晚上，我們一家人也常常坐在塘邊石頭上納涼。有一夜，天空中的月亮又明又亮，把一片銀光灑在荷花上。我忽聽撲通一聲，是我的小白波斯貓毛毛撲入水中，牠大概是認為水中有白玉盤，想撲上去抓住。牠一入水，大概就覺得不對頭，連忙矯捷地回到岸上，把月亮的倒影打得支離破碎，好久才恢復了原形。

今年夏天，天氣異常悶熱，而荷花則開得特歡。綠蓋擎天，紅花映日，把一個不算小的池塘塞得滿而又滿，幾乎連水面都看不到了。一個喜愛荷花的鄰居，天天興致勃勃地數荷花的朵數。今天告訴我，有四五百朵；明天又告訴我，有六七百朵。但是，我雖然知道他為人細緻，卻不相信他真能數出確實的朵數。在荷花底下，石頭縫裡，旮旮旯兒，不知還隱藏著多少兒，都是在岸邊難以看到的。粗略估計，今年大概開了將近一千朵。真可以算是洋洋大觀了。

連日來，天氣突然變寒，好像是一下子從夏天轉入秋天。池塘裡的荷葉雖然仍然是綠油一片，但是看來變成殘荷之日也不會太遠了。再過一兩個月，池水一結冰，連殘荷也將消逝得無影無蹤。那時荷花大概會在冰下冬眠，做著春天的夢。它們的夢一定能夠圓的。「既然冬天到了，春天還會遠嗎？」

我為我的「季荷」祝福。

一九九七年九月十六日中秋節

夢縈紅樓

沙灘的紅樓時來入夢，我同它有一段頗不尋常的因緣。

一九四六年深秋，我從上海乘船到了秦皇島，又從那裡乘火車到了北京，當時叫做北平。為什麼繞這樣大的彎子呢？當時全國正處在第二次革命戰爭中，津浦鐵路中斷，從上海或南京到北京，除了航空以外，只能走上面說的這一條路。

我們從前門外的舊車站下車。時已黃昏，街燈慘黃，落葉滿街。我這個從遠方歸來的遊子，心中又歡悅，又惆悵，一時說不清是什麼滋味，忽然吟出了兩句詩：「秋風吹古殿，落葉滿長安（長安街也）。」迎接我們的人，就先把我們安置在沙灘紅樓。

提起紅樓，真是大大地有名，這裡是五四運動的發源地。遙憶當年全盛時期，中國近代學術史和文學史上的許多顯赫人物，都曾在這裡上過課。而今卻是人去樓空。五層大樓，百多間房子，漆黑一片，只有我們新住進去的這幾間房子給紅樓帶來了一點光明。日寇佔領期間，這裡是他們的一個什麼司令部。地下室就是日寇刑訊甚至殺害中國人民的地方。現在日寇雖已垮臺，逃回本國，傳說地下室裡時聞鬼哭聲。我雖不信什麼鬼神，但是，如今處在這樣昏黃慘淡淒涼荒漠的氣氛中，不由得不毛骨悚然，似見淒迷的鬼影。

但是，我們真正怕的不是鬼，而是人。當時中國革命形勢正處在轉折關頭。北京市民傳說，在北京有兩個解放區：一在北大民主廣場，一在清華園。紅樓正是民主廣場的屏障，學生遊行示威，都從這裡出發，積久遂成為國民黨市黨部，軍統北京站，還有什麼憲兵團之類組織的眼中釘，他們經常從天橋一帶收買一批地痞、流氓、無賴、混混，手持木棒，來紅樓挑釁、搗亂，見人便打。我常從紅樓上看到這一批雇來的打手，橫七豎八地躺在原有的那一條臭水溝邊，待命出擊。我們住在樓上的人，白天日子還好過一點。我們最怕晚上。這一批暴徒，在光天化日之下，還敢手揮木棒，行兇肆虐，到了晚上，不更會肆無忌憚為所欲為嗎？有一段時間，樓上住的不多的人，天天晚上把樓內東頭和西頭的樓梯道用椅子堵塞，只留中間的樓梯，供我們上下之用，夜裡輪流把守這樓道，在椅子群中，大有「一夫當關，萬夫莫開」之勢。但是，暴徒們終究沒有進入紅樓。當時傳說，這應該歸功於胡適校長，他同北平的國民黨的最高的頭子約定：不許暴徒進北大。

這一段鎮守紅樓的壯舉，到了今天，已經過去了半個多世紀。但是仍常有「紅樓夢」。我逐漸悟出一個道理：凡是反動的政權，比如張作霖、段祺瑞、國民黨等等，無不視北大如眼中釘、肉中刺。這是北大的光榮，這是北大的驕傲，很值得大書特書的。

一九九八年三月四日

夢縈未名湖

北京大學正在慶祝九十週年華誕。對一個人來說，九十週年是一個很長的時期，就是所謂耄耋之年。自古以來，能夠活到這個年齡的只有極少數的人。但是，對一個大學來說，九十週年也許只是幼兒園階段。北京大學肯定還要存在下去的，二百年，三百年，一千年，甚至更長的時期。同這樣長的時間相比，九十週年難道還不就是幼兒園階段嗎？

我們的校史，還有另外一種計算方法，那就是從漢代的太學算起。這決非我的發明創造，國外不乏先例。這樣一來，我們的校史就要延伸到兩千來年，要居世界第一了。就算是兩千來年吧，我們的北大還要照樣存在下去的。也許三千年，四千年，誰又敢說不行呢？同將來的歷史比較起來，活了兩千年也只能算是如日中天，我們的學校遠遠沒有達到耄耋之年。

一個大學的歷史存在於什麼樣的地方？在書面的記載裡，在建築的實物上，當然是的。但是，它同樣也存在於人們的記憶中。相對而言，存在於人們的記憶中，時間是有限的，但它畢竟是存在，而且這個存在更具體，更生動，更動人心魄。在過去九十年中，從北京大學畢業的人數無法統計，每個人都有自己的對母校的回憶。在這些人中，有許多在中國近代史上非常顯赫的名字。離開這一些人，中國近代史的寫法恐怕就要改變。這當然只是極少數人。其他絕大多數的人，儘管知名度不盡相同，也都在自己的工作崗位上，為祖國的建設事業作出了自己的貢獻。他們個人的情況錯綜複雜，他們的工作崗位五花八門。但是，我相信，有一點卻是共同的：他們都沒有忘記自己的母校北京大學，母校像是一塊大磁石吸引住了他們的心，讓他們那記憶的絲縷永遠同母校掛在一起：掛在巍峨的紅樓上面，掛在未名湖的湖光塔影上面，掛在燕園的四時不同的景光上面：春天的桃杏籐蘿，夏天的綠葉紅荷，秋天的紅葉黃花，冬天的青松瑞雪；甚至臨湖軒的修篁，紅湖岸邊的古松，夜晚大圖書館的燈影，綠茵上飄動的琅琅書聲，所有這一切無不掛上校友們回憶的絲縷，他們的夢永遠縈繞在未名湖畔。《沙恭達羅》裡面有一首著名的詩：

你無論走得多麼遠也不會走出了我的心，
黃昏時刻的樹影拖得再長也離不開樹根。

北大校友們不完全是這個樣子嗎！

至於我自己，我七十多年的一生（我只是說到目前為止，並不想就要做結論），除了當過一年高中國文教員，在國外工作了幾年以外，惟一的工作崗位就是北京大學，到現在已經四十多年了，佔了我一生的一半還要多。我於一九四六年深秋回到故都，學校派人到車站去接。汽車行駛在十里長街上，淒風苦雨，街燈昏黃，我真有點悲從中來。

我離開故都已經十幾年了，身處萬里以外的異域，作為一個海外遊子經常給自己描繪重逢的歡悅情景。誰又能想到，重逢竟是這般淒苦！我心頭不由自主地湧出了兩句詩：「西風凋碧樹，落葉滿長安（長安街也）。」我心頭有一個比深秋更深秋的深秋。

到了學校以後，我被安置在紅樓三層樓上。在日寇佔領時期，紅樓駐有日寇的憲兵隊，地下室就是行刑殺人的地方，傳說裡面有鬼叫聲。我從來不相信有什麼鬼神。但是，在當時，整個紅樓上下五層，寥寥落落，只住著四五個人，再加上電燈不明，在樓道的薄暗處真彷彿有鬼影飄忽。走過長長的樓道，聽到自己的足音迴盪，頗疑非置身人間了。

但是，我怕的不是真鬼，而是假鬼，這就是決不承認自己是魔鬼的國民黨特務，以及由他們糾集來的當打手的天橋的地痞流氓。當時國民黨反動派正處在垂死掙扎階段。號稱北平解放區的北大的民主廣場，成了他們的眼中釘、肉中刺。紅樓又是民主廣場的屏障，於是就成了他們進攻的目標。他們白天派流氓到紅樓附近來搗亂，晚上還想伺機進攻。住在紅樓的人逐漸多起來了。大家都提高警惕，注意動靜。我記得有幾次甚至想用椅子堵塞紅樓主要通道，防備壞蛋衝進來。這樣緊張的氣氛頗延續了一段時間。

延續了一段時間，惡魔們終於也沒能闖進紅樓，而北平卻解放了。我於此時真正是耳目為之一新。這件事把我的一生明顯地分成了兩個階段。從此以後，我的回憶也截然分成了兩個階段：一段是魑魅橫行，黑雲壓城；一段是魍魎現形，天日重明。二者有天淵之別、雲泥之分。北大不久就遷至城外有名的燕園中，我當然也隨學校遷來，一住就住了將近四十年。我的記憶的絲縷會掛在紅樓上面，會掛在截然不同的兩個世界上，這是不言自喻的。

一住就是四十年，天天面對未名湖的湖光塔影。難道我還能有什麼回憶絲縷要掛在湖光塔影上面嗎？別人認為沒有，我自己也認為沒有。我住房的窗子正面對未名湖畔的寶塔。一抬頭，就能看到高聳的塔尖直刺蔚藍的天空。層樓櫛比，綠樹歷歷，這一切都是活生生的現實，一瞬眼，就明明白白能夠看到，哪裡還用去回憶呢？

然而，世事多變。正如世界上沒有一條完全平坦筆直的道路一樣，我腳下的道路也不可能是完全平坦筆直的。在魍魎現形、天日重明之後，新生的魑魅魍魎仍然可能出現。我在美麗的燕園中，同一些正直善良的人們在一起，又經歷了一場群魔亂舞、黑雲壓城的特大暴風驟雨。這在中國人民的歷史上是空前的（我但願它也能絕後）！我同一些善良正直的人們被關了起來，一關就是八九個月。但是，終於又像「鳳凰涅」一般，活了下來，遺憾的是，燕園中許多美好的東西遭到了破壞。許多樓房外面牆上的「爬山虎」，那些有一二百年壽命的丁香花，在北京城頗有一點名氣的西府海棠，繁榮茂盛了三四百年的籐蘿，都堅決、徹底、乾淨、全部地被消滅了。為什麼世間一些美好的花草樹木也竟像人一樣成了「反革命」，成了十惡不赦的罪犯呢？我百思不得其解。

我自己總算僥倖活了下來。但是，這一些為人們所深深喜愛的花草樹木，卻再也不能見到了。如果它們也有靈魂的話（我希望它們有！），這靈魂也決不會離開美麗的燕園。月白風清之夜，它們也會流連於未名湖畔湖光塔影中吧！如果它們能回憶的話，它們回憶的絲縷也會掛在未名湖上吧！可惜我不是活神仙，起死無方，回生乏術。它們消逝了，永遠消逝了。這裡用得上一句舊劇的戲詞：「要相會，除非是夢裡團圓。」

到了今天，這場噩夢早已消逝得無影無蹤。我又經歷了一次魑魅現形、天日重明的局面。我上面說到，將近四十年來，我一直住在燕園中、未名湖畔，我那記憶的絲縷用不著再掛在未名湖上。然而，那些被剷除的可愛的花草時來入夢。我那些本來應該投閒置散的回憶的絲縷又派上了用場。它掛在蒼翠繁茂的爬山虎上，芳香四溢的丁香花上，紅綠皆肥的西府海棠上，葳蕤茂密的籐蘿花上。這樣一來，我就同那些離開母校的校友一樣，也夢縈未名湖了。

儘管我們目前還有這樣那樣的困難，但是我們未來的道路將會越走越寬廣。我們今天回憶過去，決不僅僅是發思古之幽情。我們回憶過去是為了未來。願普天之下的北大校友：國內的、海外的、男的、女的、老的、少的，什麼時候也不要割斷你們對母校的回憶的絲縷，願你們永遠夢縈未名湖，願我們大家在十年以後都來慶祝母校的百歲華誕。

「但願人長久，千里共嬋娟！」

一九八八年一月三日

《牛棚雜憶》緣起

「牛棚」這個詞兒，大家一聽就知道是什麼意思。但是，它是否就是法定名稱，卻誰也說不清楚。我們現在一切講「法治」。講「法治」，必先正名。但是「牛棚」的名怎麼正呢？牛棚的創建本身就是同法「對著幹的」。現在想用法來正名，豈不是南轅而北轍嗎？

在北大，牛棚這個詞兒並不流行。我們這裡的「官方」叫做「勞改大院」，有時通俗化稱之為「黑幫大院」，含義完全是一樣的。但是後者更生動，更具體，因而在老百姓嘴裡就流行了起來。顧名思義，「黑幫」不是「白幫」。他們是專在暗中幹「壞事」的，是同「革命司令部」唱反調的。這一幫傢伙被關押的地方就叫做「黑幫大院」。

「童子何知，躬逢勝餞！」我三生有幸，也住進了大院——從語言學上來講，這裡的「住」字應該作被動式——而且一住就是八九個月。要說裡面很舒服，那不是事實。但是，像十年浩劫這樣的現象，在人類歷史上絕對是空前的——我但願它也絕後——「人生不滿百」，我居然躬與其盛，這真是千載難逢的機會，我不得不感謝蒼天，特別對我垂青、加佑，以至於感激涕零了。不然的話，想找這樣的機會，真比駱駝穿過針眼還要難。我不但趕上這個時機，而且能住進大院。試想，現在還會有人為我建院，派人日夜守護，使我得到絕對的安全嗎？

我也算是一個研究佛教的人。我既研究佛教的歷史，也搞點佛教的義理。但是最使我感興趣的卻不是這些堂而皇之的佛教理論，而是不登大雅之堂的一些迷信玩意兒，特別是對地獄的描繪。這在正經的佛典中可以找到，在老百姓的口頭傳說中更是說得活靈活現。這是中印兩國老百姓集中了他們從官兒們那裡受到的折磨與酷刑，經過提煉，「去粗取精，去偽存真」，然後形成的，是人類幻想不可多得的傑作。誰聽了地獄的故事不感到毛骨悚然、毛髮直豎呢？

我曾有志於研究比較地獄學久矣。積幾十載寒暑探討的經驗，深知西方地獄實在有點太簡單、太幼稚、太單調、太沒有水平。不信你去讀一讀但丁的《神曲》。那裡有對地獄的描繪。但丁的詩句如黃鐘大呂，但是詩句所描繪的地獄，卻實在不敢恭維，一點想像力都沒有，過於簡單，過於表面。讀了只能讓人覺得好笑。回觀印度的地獄則真正是博大精深。再加上中國人的擴大與渲染，地獄簡直如七寶樓台，令人目眩神馳。讀過中國《玉歷至寶鈔》一類描寫地獄的書籍的人，看到裡面的刀山火海，油鍋大鋸，再配上一個牛頭，一個馬面，角色齊全，道具無缺，誰能不五體投地地欽佩呢？東方文明超過西方文明；東方人民的智慧超過西方人民的智慧，於斯可見。

我非常佩服老百姓的幻想力，非常欣賞他們對地獄的描繪。我原以為這些幻想力和這些描繪已經是至矣盡矣，蔑以復加矣。然而，我在牛棚裡待過以後，才恍然大悟，「革命小將」在東勝神州大地上，在光天化日之下建造起來的牛棚，以及對牛棚的管理措施，還有在牛棚裡製造的恐怖氣氛，同佛教的地獄比較起來，遠遠超過印度的原版。西方的地獄更是瞠乎後矣，有如小巫見大巫了。

我懷疑，造牛棚的小將中有跟我學習佛教的學生。我懷疑，他們不但學習了佛教史和佛教教義，也學習了地獄學。而且理論聯繫實際，他們在建造北大的黑幫大院時，由遠及近，由裡及表，加以應用，一時成為全國各大學學習的樣板。他們真正是青出於藍而勝於藍。僅此一點，就足以證明，我在北大四十年的教學活動，沒有白費力量。我雖然自己被請入甕中，但衷心欣慰，不能自已了。

猶有進者，這一群革命小將還充分發揮了創新能力。在這個牛棚裡確實沒有刀山、油鍋、牛頭、馬面等等。可是，在沒有這樣的必需的道具下而能製造出遠遠超過佛教地獄的恐怖氣氛，誰還能吝惜自己的讚賞呢？在舊地獄裡，牛頭馬面不過根據閻羅王的命令把罪犯用鋼叉叉入油鍋，叉上刀山而已。這最多只能折磨犯人的肉體，沒有「觸及靈魂」的措施，絕沒有「斗私批修」、「狠鬥活思想」等等的辦法。我們北大的革命（？）小將，卻在他們的「老佛爺」的領導下在大院中開展了背語錄的活動。這是嶄新的創造，從來也沒有聽說牛頭馬面會讓犯人背誦什麼佛典，什麼「揭諦，揭諦，波羅揭諦」，背錯一個字，立即一記耳光。每天晚上的訓話，也是舊地獄中決不會有的。每當夜幕降臨，犯人們列隊候訓。惡狠狠的訓斥聲，清脆的耳光聲，互相應答，融入夜空。院外小土山上，在薄暗中，人影晃動。我低頭斜眼一瞥，知道是「自由人」在欣賞院內這難得的景觀，宛如英國白金漢宮前面廣場上欣賞御林軍換崗的盛況。此時我的心情實在不足為外人道也。

簡短截說，牛棚中有很多新的創造發明。裡面的生活既豐富多彩，又陰森刺骨。我們住在裡面的人，日日夜夜，分分秒秒，都讓神經緊張到最高限度，讓五官的本能發揮到最高限度，處處有荊棘坑坎，時時有橫禍飛來。這種生活，對我來說，是絕對空前的。對門外人來說，是無法想像的。當時在全國進入牛棚的人雖然沒有確切統計，但一定是成千累萬。可是同全國人口一比，仍然相形見絀，只不過是小數一端而已。換句話說，能進入牛棚並不容易，是一個非常難得的機會。人們不是常常號召作家在創作之前要深入生活嗎？但是有哪一個作家心甘情願地到黑幫大院裡來呢？成為黑幫一員，也並不容易，需要具備的條件還是非常苛刻的。

我是有幸進入牛棚的少數人之一，幾乎把老命搭上才取得了一些難得的經驗。我認為，這些經驗實在應該寫出來的。我自己雖非作家，卻也有一些舞筆弄墨的經驗。自己要寫，非不可能。但是，我實在不願意再回憶那一段生活，一回憶一直到今天我還是不寒而慄，不去回憶也罷。我有一個渺渺茫茫的希望，希望有哪一位蹲過牛棚的作家，提起如椽大筆，把自己不堪回首的經歷，淋漓盡致地寫了出來，一定會開闊全國全世界讀者的眼界，為人民立一大功。

可是我盼星星，盼月亮，盼著冬天出太陽，一直盼到今天，雖然讀到了個別人寫的文章或書，總還覺得很不過癮，我想要看到的東西始終沒有出現。蹲過牛棚，有這種經驗而又能提筆寫的人無慮百千，為什麼竟都沉默不語呢？這樣下去，等這一批人一個個遵照自然規律離開這個世界的時候，那些極可寶貴的，轉瞬即逝的經驗，也將會隨之而消泯得無影無蹤。對人類全體來說，這是一個莫大的損失。對有這種經驗而沒有寫出來的人來說，這是犯了一個極大的錯誤。最可怕的是，我逐漸發現，十年浩劫過去還不到二十年，人們已經快要把它完全遺忘了。我同今天的青年，甚至某一些中年人談起這一場災難來，他們往往瞪大了眼睛，滿臉疑雲，表示出不理解的樣子。從他們的眼神中可以看出來，他們的腦袋裡裝滿了疑問號。他們懷疑，我是在講「天方夜譚」，我是故意誇大其辭。他們懷疑，我別有用心。他們不好意思當面駁斥我；但是他們的眼神卻流露出：「天下哪裡可能有這樣的事情呢？」我感到非常悲哀、孤獨與恐懼。

我感到悲哀，是因為我九死一生經歷了這一場巨變，到頭來竟然得不到一點瞭解，得不到一點同情。我並不要別人會全面理解，整體同情。事實上我對他們講的只不過是零零碎碎、片片段段。有一絲細節我甚至對家人好友都沒有講過，至今還悶在我的心中。然而，我主觀認為，就是那些片段就足以喚起別人的同情了。結果卻是適得其反，於是我悲哀。

我孤獨，是因為我感到，自己已屆耄耋之年，在茫茫大地上，我一個人踽踽獨行，前不見古人，後不見來者。年老的像三秋的樹葉，逐漸飄零。年輕的對我來說像日本人所說的「新人類」那樣互不理解。難道我就懷著這些秘密離開這個世界嗎？於是我孤獨。

我恐懼，是因為我怕這些千載難得的經驗一旦泯滅，以千萬人遭受難言的苦難為代價而換來的經驗教訓就難以發揮它的「社會效益」了。想再獲得這樣的教訓恐怕是難之又難了。於是我恐懼。

在悲哀、孤獨、恐懼之餘，我還有一個牢固的信念。如果把這一場災難的經過如實地寫了出來，它將成為我們這個偉大民族的一面鏡子。常在這一面鏡子裡照一照，會有無限的好處的。它會告訴我們，什麼事情應當幹，什麼事情又不應當幹，絕沒有任何壞處。

就這樣，在反反覆覆考慮之後，我下定決心，自己來寫。我在這裡先鄭重聲明：我決不說半句謊言，決不添油加醋。我的經歷是什麼樣子，我就寫成什麼樣子。增之一分則太多，減之一分則太少。不管別人說什麼，我都坦然處之，「只等秋風過耳邊」。謊言取寵是一個品質問題，非我所能為，亦非我所願為。我對自己的記憶力還是有信心的。經過了所謂「文化大革命」煉獄的洗禮，「曾經滄海難為水」，我現在什麼都不怕。如果有人讀了我寫的東西感到不舒服，感到好像是揭了自己的瘡疤；如果有人想

抄家

隨著天氣的轉涼，風聲越來越緊。我頭上的風暴已經凝聚了起來：那一位女頭領要對我下手了。

此時，我是否還有僥倖心理呢？還是有的。我自恃頭上沒有辮子，屁股上沒有尾巴，不怕你抓。

然而我錯了。

一九六七年十一月三十日深夜，我服了安眠藥正在沉睡，忽然聽到門外有汽車聲，接著是一陣異常激烈的打門聲。連忙披衣起來，門開處闖進來大漢六七條，都是東語系的學生，都是女頭領的鐵桿信徒，人人手持大木棒，威風凜凜，面如寒霜。我知道發生了什麼事，我早有思想準備，因此我並不吃驚。俗話說：「英雄不吃眼前虧。」我決非英雄，眼前虧卻是不願意吃的。我毫無抵抗之意，他們的大棒可惜無用武之地了。這叫做「革命行動」，我天天聽到叫嚷「革命無罪，造反有理」！我知道這話是有來頭的。我只感到，這實在是一樁非常離奇古怪的事情。什麼「革命」，什麼「造反」，誰一聽都明白；但是卻沒有人真正懂得是什麼意思。什麼樣的壞事，什麼樣的罪惡行為，都能在「革命」、「造反」等堂而皇之的偉大的名詞掩護下，在光天化日之下公然去幹。我自己也是一個非常離奇古怪的人物，我要拚命維護什麼人的「革命路線」，現在革命革到自己頭上來了。然而我卻絲毫也不清醒，仍然要維護這一條革命路線。

我沒有來得及穿衣服，就被趕到廚房裡去。我那年近古稀的嬸母和我的老伴，也被趕到那裡，一家三人做了楚囚。此時正是深夜風寒，廚房裡吹著刺骨的過堂風，「全家都在風聲裡」，人人渾身打戰。兩位老婦人心裡想些什麼，我不得而知。我們被禁止說話，大棒的影子就在我們眼前晃。我此時腦筋還是清楚的。我並沒有想到什麼人道主義，因為人道主義早已批倒批臭，誰提人道主義，誰就是「修正主義分子」。一直到今天，我還是不明白，難道人就不許有一點人性，講一點人道嗎？中國八千年的哲學史上有性善、性惡之爭，迄今仍是眾說紛紜莫衷一是。我原來是相信性善說的，我相信：惻隱之心人皆有之的。從被抄家的一刻起，我改變了信仰，改宗性惡說。「人性本惡，其善者人為也。」從抄家的行動來看，你能說這些人的性還是善的嗎？你能說他們所具有的不是獸性嗎？今天社會風氣，稍有良知者都不能不為之擔憂。始作俑者究竟是誰呢？這種不良的社會風氣究竟是從什麼時候開始的呢？

這話扯得太遠了。有些想法決不是被抄家時有的，而是後來陸續出現的。我當時既不敢頑強抵抗，也不卑躬屈膝請求高抬貴手。同禽獸打交道是不能講人話談人情的。我只是蜷縮在廚房裡冰冷的洋灰地上，冷眼旁觀，傾耳細聽。我很奇怪，殺雞焉用牛刀？對付三個手無寸鐵的老人，何必這樣興師動眾！只派一個小伙子來，就綽綽有餘了。然而只是站廚房門口的就是兩個彪形大漢，其中一個是姓谷的朝鮮語科的學生。過去師生，今朝敵我。我知道，我們的性命就掌握在他們手中。當時打死人是可以不受法律制裁的。他們的木棒中，他們的長矛中，就出法律。

我的眼睛看不到外面的情況，但耳朵是能聽到的。這些小將究竟年紀還小，舊社會土匪綁票時，是把被綁的人眼睛上貼上膏藥，耳朵裡灌上灶油的。我這為師的沒有把這一套東西教給自己的學生，是我的失職。由於失職，今天我得到了點好處：我還能聽到外面的情況。外面的情況並不美妙。只聽到我一大一小兩間屋子裡乒乒作響，聲震屋瓦。我此時彷彿得到了佛經上所說的天眼通，透過幾層牆壁，我能看到「小將們」正在挪動床桌，翻箱倒櫃。他們所向無前，順我者昌，逆我者亡。他們願意砸爛什麼，就砸爛什麼；他們願意踢碎什麼，就踢碎什麼。遇到鎖著的東西，他們把開啟的手段一律簡化，不用鑰匙，而用斧鑿。管你書箱衣箱，管你木櫃鐵櫃，喀嚓一聲，鐵斷木飛。我多年來省吃儉用，積累了一些小古董、小擺設，都灌注著我的心血；來之不易，又多有紀念意義。在他們眼中，卻視若草芥；手下無情，頃刻被毀。看來對抄家這一行，他們已經非常熟練，這是「文化大革命」中集中強化實踐的結果。他們手足麻利，「橫掃千軍如卷席」。然而我的心在流血。

樓上橫掃完畢，一位姓王的學泰語的學生找我來要樓下的鑰匙。原來他到我家來過，知道我書都藏在樓下。我搬過來以後，住在樓上。學校有關單位，怕書籍過多過重，可能把樓壓壞，勸我把書移到樓下車庫裡去。車庫原來準備放自行車的。如果全樓只有幾輛車的話，車庫是夠用的。但是自行車急劇增加，車庫反而失去作用，空在那裡。於是徵求全樓同意，我把樓上的書搬了進去。小將們深謀遠慮，涓滴不漏。他伸手向我要鑰匙，我知道他是內行，敬謹從命。車庫裡我心愛的書籍遭殃的情況，我既看不見，也聽不到。然而此時我既得了天眼通，又得了天耳通。庫裡一切破壞情況，朗朗如在眼前。我的心在流血。

這一批小將，東方語文學得不一定怎樣有成績，對中國歷史上那一套誣陷羅織卻是瞭解的。古代有所謂「瓜蔓抄」的做法，就是順籐摸瓜，把與被抄家者的三親六友有關的線索都摸清楚，然後再夷九族。他們逼我交出記載著朋友們地址的小本本，以便進行「瓜蔓抄」。我此時又多了一層擔心：我那些無辜的親戚朋友不幸同我有了關係，把足跡留在我的小本本上。他們哪裡知道，自己也都要跟著我倒霉了。我的心在流血。

我蜷曲在廚房裡，心裡面思潮翻滾，宛如大海波濤。我心裡是什麼滋味呢？「只是當時已惘然」，現在更說不清楚了，好像是打翻了醬缸，酸甜苦辣，一時具陳。說我悲哀嗎？是的，但不全是。說我憤怒嗎？是的，但不全是。說我恐懼嗎？是的，也不全是。說我坦然嗎？是的，更不全是。總之，我是又清楚，又糊塗；又清醒，又迷離。此時我們全家三位老人的性命，掌握在別人手中。我們像是幾隻螞蟻，別人手指一動，我們立即變為粉。我們呼天天不應，呼地地不答。我不知道，我們是置身於人的世界，還是鬼的世界，抑或是牲畜的世界。茫茫大地，竟無三個老人的容身之地了。「椎胸直欲依坤母」。我真想像印度古典名劇《沙恭達羅》中的沙恭達羅那樣，在走投無路的情況下，生母天上仙女突然下凡，把女兒接回天宮去了。我知道，這只是神話中的故事，人世間是不會有的。那麼，我的出路在什麼地方呢？

暗夜在窗處流逝。大自然根本不管人間有喜劇，還是有悲劇，或是既喜且悲的劇。對於這些，它是無動於衷的，我行我素，照常運行。「英雄」們在革過命以後，「興闌啼鳥盡」，他們的興已經「闌」了。我聽到門外忽然靜了下來，兩個手持大棒的彪形大漢，一轉瞬間消逝不見。樓外響起了一陣汽車開動的聲音：英雄們得勝回朝了。汽車聲音刺破夜空，越響越遠。此時正值朔日，天昏地暗。一片寧靜瀰漫天地之間，彷彿剛才什麼事情也沒有發生，只留下三個孤苦無告的老人，從棒影下解脫出來，呆對英雄們革過命的戰場。

屋子裡成了一堆垃圾。桌子、椅子，只要能打翻的東西，都打翻了。那一些小擺設、小古董，只要能打碎的，都打碎了。地面堆滿了書架子上掉下來的書和從抽屜裡丟出來的文件。我辛辛苦苦幾十年積累起來的科研資料，一半被擄走，一半散落在地上。睡覺的床被徹底翻過，被子裡非常結實的暖水袋，被什麼人踏破，水流滿了一床。看著這樣被洗劫的情況，我們三個人誰都不說話——我們還有什麼話可說呢？人生到此，天道寧論！我們哪裡還能有一絲一毫的睡意呢？我們都變成了木雕泥塑，我們變成了失去語言，失去情感的人，我們都變成了植物人！

但是，我的潛意識還能活動，還在活動。我想到當時極為流行的一種說法：好人打好人是誤會；壞人打好人是鍛煉；好人打壞人是應該；壞人打壞人是內訌。如果把芸芸眾生按照小孩子的邏輯分為好人與壞人兩大類的話，我自己屬於哪一類呢？不管我自己有多少缺點，也不管我幹過多少錯事，我堅決認為自己應該歸入好人一類。我除了考慮自己以外，也還考慮別人，我不是「寧教我負天下人，不能教天下人負我」的曹孟德。這就是天公地道的好人的標準。來到我家抄家打砸搶的小將們是什麼人呢？他們之中肯定有好人，一時受到蒙蔽幹了壞事，這是可以原諒的。但是，大部分人恐怕都是乘人之危，藉此發洩獸性的迫害狂，以達到不可告人的目的。如果說這樣的人不是壞人，世界上還有壞人嗎？他們在上面那種說法的掩護下，放心大膽地作起惡來。事情不是很明顯嗎？那幾句話，我曾五體投地地崇拜過。及今視之，那不過是不講是非，不分皂白，不講原則，不講正義的最低級的形而上學的詭辯。可惜受它毒害的年輕人上十萬，上百萬，到了後來，他們已經是四五十歲的成年人了。在他們中，有的飛黃騰達；有的找到一個闊丈人，成了東床快婿；有的發了大財，官居高品，他們中有的人對自己過去的所作所為沒有感到一點悔恨，豈非咄咄怪事！難道這些人都那麼健忘？難道這一些人連人類起碼的良知都泯滅淨盡了嗎？

好不容易才熬到了天明。「長夜漫漫何時旦？」這一夜是我畢生最長的一夜，也是最難忘的一夜，用任何語言也無法形容的一夜。天一明，我就騎上了自行車到井岡山總部去。我癡心妄想，要從「自己的組織」這裡來撈一根稻草。走在路上，北大所有的高音喇叭都放開了，一遍又一遍地高呼「打倒季羨林！」歷數我的「罪行」。我這個人大概還有一點影響，所以新北大公社才這樣興師動眾，大張旗鼓。一個渺小的季羨林騎在自行車上，天空瀰漫著「打倒季羨林」的聲音。我此時幾疑置身於神話世界，妖魅之國。這種滋味連今天回憶起來，都覺得又是可笑，又是可怕。從今天起，我已經變成了一隻飛鳥，人人可以得而誅之了。

到了井岡山總部，說明了情況。他們早已知道了。一方面派攝影師到我家進行現場拍攝；另一方面——多可怕呀！——他們已經決定調查我的歷史，必要時把我拋出來，甩掉這個包袱，免得受到連累，不利於同新北大公社的鬥爭。這是後來才知道的，當時我還是一片癡心。走出大門，我那輛倚在樹上的自行車已經被人——當然是新北大公社的——用鎖鎖死。沒有別的辦法，我只好步行回家。從此便同我那輛伴隨我將近二十年的車永遠「拜拜」了。

回到家中，那一位井岡山的攝影師，在一堆垃圾中左看右看，尋找什麼。我知道，在這裡有決定意義的不是美，而是政治。他主要尋找公社抄家時在對待偉大領袖方面有沒有留下可抓的小辮子，比如說領袖像，他們撕了或者污染了沒有？有領袖像的報紙，他們用腳踩了沒有？如此等等。如果有一條被他抓住，拍攝下來，這就是對領袖的大不敬，可以上綱上到駭人的高度，是對敵鬥爭的一顆重型炮彈。但是，要知道新北大公社的抄家專家也是有水平的，是訓練有素的，那樣的「錯誤」或者「罪行」他們是決不會犯的。攝影師找了半天，發現公社的抄家術真正是無懈可擊，嗒然離去。

我的處境，井岡山領導表面上表示同情。我當時有一個後來想起來令我感到後怕的想法：我想留在井岡山總部裡。我害怕，公社隨時都可能派人來，把我抓走，關在什麼秘密的地方。這是當時屢次出現過的事，並不新鮮。井岡山總部是比較安全的，那裡幾乎是一個武裝堡壘。可是我有點遲疑。我雖然還不知道他們準備同公社一樣派人到處去調查我的歷史。但是，在幾天前我在井岡山總部裡聽到派人調查我在上面提到的那一位身為井岡山總勤務員之一的老教授的歷史。他們認為，老知識分子，特別是留過洋的老知識分子的歷史複雜；不如自己先下手調查，然後採取措施，以免被動。既然他們能調查那位老教授的歷史，為什麼就不能調查我的歷史呢？我當時確曾感到寒心。現在我已經被公社「打倒」了。為了擺脫我這個包袱，他們會採取什麼措施呢？我的歷史，我最清楚。但是，那種兩派共有的可怕的形而上學和派性，確實是能殺人的。用那種形而上學的方式調查出來的東西能準確嗎？能公正嗎？與其將來陷入極端尷尬的境地，被「自己人」拋了出去，還不如索性橫下一條心，任敵人宰割吧。我毅然離開那裡，回到自己家中。現在的家就成了我的囚籠。我在上面談到，那年夏秋兩季我時時感到有風暴在我頭上凝聚，隨時可以劈了下來。現在我彷彿成了躺在砍頭架下的死囚，時時刻刻等待利刃從架上砍向我的脖頸。原來我認為天地是又寬又大的。現在才覺得，天地是極小極小的，小得容不下我這一身單薄的軀體。從前讀一篇筆記文章，記載金聖歎臨刑時說的話：「殺頭，至痛也。我於無意得之，不亦快哉！」我這個「反革命」帽子，也是於無意中得之，我卻無論如何也說不出：「不亦快哉！」我只能說：奈何！奈何！

不管怎樣，一夜之間，我身上發生了質變：由人民變成了「反革命分子」。沒有任何手續，公社一聲「打倒！」我就被打倒了。東語系的公社命令我：必須待在家裡！只許規規矩矩，不許亂說亂動！要隨時聽候傳訊！但是，在最初幾天，我等呀，等呀；然而沒有人來。原因何在呢？十年浩劫過了以後，有人告訴我：當時公社視我如眼中釘，必欲拔之而後快。但是，他們也感到，「罪證」尚嫌不足。於是便採用了先打倒，後取證的戰略，希望從抄家抄出的材料中取得「可靠的」證據，證明打倒是正確的。結果他們「勝利」了。他們用誣陷羅織的手段，深文周納，移花接木，加深了我的罪名。到了抄家後的第三天或第四天，來了，來了，兩個臂纏紅袖章的公社紅衛兵，雄赳赳，氣昂昂，闖進我家，把我押解到外文樓去受審。以前我走進外文樓是以主人的身份，今天則是階下囚了。可憐我在外文樓當了二十多年的系主任，晨晨昏昏，風風雨雨，嘔心瀝血，努力工作，今天竟落到這般地步。世事真如白雲蒼狗了！

第一次審訊，還讓我坐下。我有點不識抬舉，態度非常「惡劣」。我憋了一肚子氣，又自恃沒有辮子和尾巴，同審訊者硬頂。我心裡還在想：俗話說，捉虎容易放虎難，我看你們將來怎樣放我？我說話有時候聲音很大，極為激烈。結果審訊不出什麼。如是一次，兩次，三次。最初審訊我的人——其中有幾個就是我的學生——有時候還微露窘相。可是他們的態度變得強硬了。可能是由於他們掌握的關於我的材料多起來了，他們心中有「底」了。——我禁不住要在這裡提出一個問題：當年審訊我的朋友們！你們當時對這些「底」是怎樣想的呀？你們是不是真相信，這一切全是真的呢？

這話扯遠了，還是回來談他們的「底」。第一個底是一隻竹籃子，裡面裝著燒掉一半的一些信件。他們說這是我想焚信滅跡的鐵證。說我燒的全是一些極端重要的、含有重大機密的信件。事實是，我原來住四間房子，「文革」起來後，我看形勢不對，趕忙退出兩大間，讓樓下住的我的一位老友上來住，樓下的房子被迫交給一個無巧不沾的自命「出身」很好的西語系公社的一位女職員。房子減了一多半，積存的信件太多，因此想燒掉一些，減輕空間的負擔。我在光天化日之下公然焚燒，心中並沒有鬼。然而被一個革命小將勸阻，把沒有燒完的裝在一隻竹籃中。今天竟成了我的「罪證」。我對審訊我的人說明真相，結果對方說我態度極端惡劣。第二個「罪證」是一把菜刀，是抄家時從住在另一間小房間裡我嬸母枕頭下搜出來的。原來在「文化大革命」興起以後，社會治安極壞，傳說壞人闖入人家搶劫，進門先奔廚房搜尋菜刀，威脅主人。我嬸母年老膽小，每夜都把菜刀藏在自己枕下，以免被壞人搜到。現在審訊者卻說是在我的房裡我的枕頭下搜出來的，是準備殺紅衛兵的。我把真相說明，結果對方又說我態度更加極端惡劣。第三個「罪證」是一張石印的蔣介石和宋美齡的照片。這是我在德國哥廷根時一個可能是三青團員或藍衣社分子的姓張的「留學生」送給我的。我對蔣介石的態度，除了一段時間不明真相以外，從一九三二年南京請願一直到今天，從來沒有好過。我認為他是一個流氓。我也從來沒有幻想過他真會反攻大陸。歷史的規律是，一個壞統治者，一旦被人民趕走，決不可能再復辟成功的。可是我有一個壞毛病，別人給我的信件，甚至片紙隻字，我都保留起來，同我在上面提到的那一位公安總隊的陳同志正相反，他是把所有的收到的信件都燒掉的。結果我果然由這一張照片而碰到點子上了。審訊者硬說，我保留這一張照片是想在國民黨反攻大陸成功後邀功請賞的。他們還沒有好意思給我戴上「國民黨潛伏特務」的帽子，但已間不容髮了。我向他們解釋。結果是對方認為我的態度更加極端惡劣。

我百喙莫明。我還有什麼辦法呢？

輯五 擁抱自然

聽雨

從一大早就下起雨來。下雨，本來不是什麼稀罕事兒，但這是春雨，俗話說：「春雨貴似油。」而且又在罕見的大旱之中，其珍貴就可想而知了。

「潤物細無聲」，春雨本來是聲音極小極小的，小到了「無」的程度。但是，我現在坐在隔成了一間小房子的陽台上，頂上有塊大鐵皮。樓上滴下來的簷溜就打在這鐵皮上，打出聲音來，於是就不「細無聲」了。按常理說，我坐在那裡，同一種死文字拚命，本來應該需要極靜極靜的環境，極靜極靜的心情，才能安下心來，進入角色，來解讀這天書般的玩意兒。這種雨敲鐵皮的聲音應該是極為討厭的，是必欲去之而後快的。

然而，事實卻正相反。我靜靜地坐在那裡，聽到頭頂上的雨滴聲，此時有聲勝無聲，我心裡感到無量的喜悅，彷彿飲了仙露，吸了醍醐，大有飄飄欲仙之概了。這聲音時慢時急，時高時低，時響時沉，時斷時續，有時如金聲玉振，有時如黃鐘大呂，有時如大珠小珠落玉盤，有時如紅珊白瑚沉海裡，有時如彈素琴，有時如舞霹靂，有時如百鳥爭鳴，有時如兔起鶻落，我浮想聯翩，不能自已，心花怒放，風生筆底。死文字彷彿活了起來，我也彷彿又溢滿了青春活力。我平生很少有這樣的精神境界，更難為外人道也。

在中國，聽雨本來是雅人的事。我雖然自認還不是完全的俗人，但能否就算是雅人，卻還很難說。我大概是介乎雅俗之間的一種動物吧。中國古代詩詞中，關於聽雨的作品是頗有一些的。順便說上一句：外國詩詞中似乎少見。我的朋友章用回憶表弟的詩中有：「頻夢春池添秀句，每聞夜雨憶聯床。」是頗有一點詩意的。連《紅樓夢》中的林妹妹都喜歡李義山的「留得殘荷聽雨聲」之句。最有名的一首聽雨的詞當然是宋蔣捷的「虞美人」，詞不長，我索性抄它一下：

少年聽雨歌樓上，
紅燭昏羅帳。
壯年聽雨客舟中，
江闊雲低，
斷雁叫西風。
而今聽雨僧廬下，
鬢已星星也。
悲歡離合總無情，
一任階前點滴到天明。

蔣捷聽雨時的心情，是頗為複雜的。他是用聽雨這一件事來概括自己的一生的，從少年、壯年一直到老年，達到了「悲歡離合總無情」的境界。但是，古今對老的概念，有相當大的懸殊。他是「鬢已星星也」，有一些白髮，看來最老也不過五十歲左右。用今天的眼光看，他不過是介乎中老之間，用我自己比起來，我已經到了望九之年，鬢邊早已不是「星星也」，頂上已是「童山濯濯」了。要講達到「悲歡離合總無情」的境界，我比他有資格。我已經能夠「縱浪大化中，不喜亦不懼」了。

可我為什麼今天聽雨竟也興高采烈呢？這裡面並沒有多少雅味，我在這裡完全是一個「俗人」。我想到的主要是麥子，是那遼闊原野上的青春的麥苗。我生在鄉下，雖然六歲就離開，談不上幹什麼農活，但是我拾過麥子，撿過豆子，割過青草，劈過高粱葉。我血管裡流的是農民的血，一直到今天垂暮之年，畢生對農民和農村懷著深厚的感情。農民最高希望是多打糧食。天一旱，就威脅著莊稼的成長。即使我長期住在城裡，下雨一少，我就望雲霓，自謂焦急之情，決不下於農民。北方春天，十年九旱。今年似乎又旱得邪行。我天天聽天氣預報，時時觀察天上的雲氣。憂心如焚，徒喚奈何。在夢中也看到的是細雨濛濛。

今天早晨，我的夢竟實現了。我坐在這長寬不過幾尺的陽台上，聽到頭頂上的雨聲，不禁神馳千里，心曠神怡。在大大小小高高低低，有的方正有的歪斜的麥田裡，每一個葉片都彷彿張開了小嘴，盡情地吮吸著甜甜的雨滴，有如天降甘露，本來有點黃萎的，現在變青了。本來是青的，現在更青了。宇宙間憑空添了一片溫馨，一片祥和。

我的心又收了回來，收回到了燕園，收回到了我樓旁的小山上，收回到了門前的荷塘內。我最愛的二月蘭正在開著花。它們拚命從泥土中掙扎出來，頂住了乾旱，無可奈何地開出了紅色的白色的小花，顏色如故，而鮮亮無蹤，看了給人以孤苦伶仃的感覺。在荷塘中，冬眠剛醒的荷花，正準備力量向水面衝擊。水當然是不缺的。但是，細雨滴在水面上，畫成了一個個的小圓圈，方逝方生，方生方逝。這本來是人類中的詩人所欣賞的東西，小荷花看了也高興起來，勁頭更大了，肯定會很快地鑽出水面。

我的心又收近了一層，收到了這個陽台上，收到了自己的腔子裡，頭頂上叮噹如故，我的心情怡悅有加。但我時時擔心，它會突然停下來。我潛心默禱，祝願雨聲長久響下去，響下去，永遠也不停。

一九九五年四月十三日

馬纓花

曾經有很長的一段時間，我孤零零一個人住在一個很深的大院子裡。從外面走進去，越走越靜，自己的腳步聲越聽越清楚，彷彿從鬧市走向深山。等到腳步聲成為空谷足音的時候，我住的地方就到了。

院子不小，都是方磚鋪地，三面有走廊。天井裡遮滿了樹枝，走到下面，濃蔭匝地，清涼蔽體。從房子的氣勢來看，從樑柱的粗細來看，依稀還可以看出當年的富貴氣象。

這富貴氣像是有來源的。在幾百年前，這裡曾經是明朝的東廠。不知道有多少憂國憂民的志士曾在這裡被囚禁過，也不知道有多少人在這裡受過苦刑，甚至喪掉性命。據說當年的水牢現在還有跡可尋哩。

等到我住進去的時候，富貴氣象早已成為陳跡，但是陰森淒苦的氣氛是原封未動。再加上走廊上陳列的那一些漢代的石棺石槨，古代的刻著篆字和隸字的石碑，我一走回這個院子裡，就彷彿進入了古墓。這樣的環境，這樣的氣氛，把我的記憶提到幾千年前去；有時候我簡直就像是生活在歷史裡，自己儼然成為古人了。

這樣的氣氛同我當時的心情是相適應的，我一向又不相信有什麼鬼神，所以我住在這裡，也還處之泰然。

但是也有緊張不泰然的時候。往往在半夜裡，我突然聽到推門的聲音，聲音很大，很強烈。我不得不起來看一看。那時候經常停電。我只能在黑暗中摸索著爬起來，摸索著找門，摸索著走出去。院子裡一片濃黑，什麼東西也看不見。連樹影子也彷彿同黑暗粘在一起，一點都分辨不出來。我只聽到大香椿樹上有一陣窸窸窣窣的聲音，然後咪噢的一聲，有兩隻小電燈似的眼睛從樹枝深處對著我閃閃發光。

這樣一個地方，對我那些經常來往的朋友們來說，是不會引起什麼好感的。有幾位在白天還有興致來找我談談，他們很怕在黃昏時分走進這個院子。萬一有事，不得不來，也一定在大門口向工友再三打聽，我是否真在家裡，然後才有勇氣，跋涉過那一個長長的胡同，走過深深的院子，來到我的屋裡。有一次，我出門去了，看門的工友沒有看見。一位朋友走到我住的那個院子裡，在黃昏的微光中，只見一地樹影，滿院石棺，我那小窗上卻沒有燈光。他的腿立刻抖了起來，費了好大力量，才拖著它們走了出去。第二天我們見面時，談到這點經歷，兩人相對大笑。

我是不是也有孤寂之感呢？應該說是有的。當時正是「萬家墨面沒蒿萊」的時代，北京城一片黑暗。白天在學校裡的時候，同青年同學在一起，從他們那蓬蓬勃勃的鬥爭意志和生命活力裡，還可以吸取一些力量和快樂，精神十分振奮。但是，一到晚上，當我孤零一個人走回這個所謂家的時候，我彷彿遺世而獨立。沒有人聲，沒有電燈，沒有一點活氣。在煤油燈的微光中，我只看到自己那高得、大得、黑得驚人的身影在四面的牆壁上晃動，彷彿是有個巨靈來到我的屋內。寂寞像毒蛇似的偷偷地襲來，折磨著我，使我無所逃於天地之間。

在這樣無可奈何的時候，有一天，在傍晚的時候，我從外面一走進那個院子，驀地聞到一股似濃似淡的香氣。我抬頭一看，原來是遮滿院子的馬纓花開花了。在這以前，我知道這些樹都是馬纓花；但是我卻沒有十分注意它們。今天它們用自己的香氣告訴了我它們的存在。這對我似乎是一件新事。我不由得就站在樹下，仰頭觀望；細碎的葉子密密地搭成了一座天棚，天棚上面是一層粉紅色的細絲般的花瓣，遠處望去，就像是綠雲層上浮上了一團團的紅霧。香氣就是從這一片綠雲裡灑下來的，灑滿了整個院子，灑滿了我的全身，使我彷彿游泳在香海裡。

花開也是常有的事，開花有香氣更是司空見慣。但是，在這樣一個時候，這樣一個地方，有這樣的花，有這樣的香，我就覺得很不尋常；有花香慰我寂寥，我甚至有一些近乎感激的心情了。

從此，我就愛上了馬纓花，把它當成了自己的知心朋友。

北京終於解放了。一九四九年的十月一日給全中國帶來了光明與希望，給全世界帶來了光明與希望。這一個具有重大意義的日子在我的生命裡劃上了一道鴻溝，我彷彿重新獲得了生命。可惜不久我就搬出了那個院子，同那些可愛的馬纓花告別了。

時間也過得真快，到現在，才一轉眼的工夫，已經過去了十三年。這十三年是我生命史上最重要、最充實、最有意義的十三年。我看了很多新東西，學習了很多新東西，走了很多新地方。我當然也看了很多奇花異草。我曾在亞洲大陸最南端科摩林海角看到高凌霄漢的巨樹上開著大朵的紅花；我曾在緬甸的避暑勝地東枝看到開滿了小花園的火紅照眼的不知名的花朵；我也曾在塔什干看到長得像小樹般的玫瑰花。這些花都是異常美妙動人的。

然而使我深深地懷念的卻仍然是那些平凡的馬纓花。我是多麼想見到它們呀！

最近幾年來，北京的馬纓花似乎多起來了。在公園裡，在馬路旁邊，在大旅館的前面，在草坪裡，都可以看到新栽種的馬纓花。細碎的葉子密密地搭成了一座座的天棚，天棚上面是一層粉紅色的細絲般的花瓣。遠處望去，就像是綠雲層上浮上了一團團的紅霧。這綠雲紅霧飄滿了北京。襯上紅牆、黃瓦，給人民的首都增添了絢麗與芬芳。

我十分高興。我彷彿是見了久別重逢的老友。但是，我卻隱隱約約地感覺到，這些馬纓花同我回憶中的那些很不相同。葉子仍然是那樣的葉子，花也仍然是那樣的花；在短短的十幾年以內，它決不會變了種。它們不同之處究竟何在呢？

我最初確實是有些困惑，左思右想，只是無法解釋。後來，我擴大了我回憶的範圍，不把回憶死死地拴在馬纓花上面，而是把當時所有同我有關的事物都包括在裡面。不管我是怎樣喜歡院子裡那些馬纓花，不管我是怎樣愛回憶它們，回憶的範圍一擴大，同它們聯繫在一起的不是黃昏，就是夜雨，否則就是迷離淒苦的夢境。我好像是在那些可愛的馬纓花上面從來沒見到哪怕是一點點陽光。

然而，今天擺在我眼前的這些馬纓花，卻彷彿總是在光天化日之下。即使是在黃昏時候，在深夜裡，我看到它們，它們也彷彿是生氣勃勃，同浴在陽光裡一樣。它們彷彿想同燈光競賽，同明月爭輝。同我回憶裡那些馬纓花比起來，一個是照相的底片，一個是洗好的照片；一個是影，一個是光。影中的馬纓花也許是值得留戀的，但是光中的馬纓花不是更可愛嗎？

我從此就愛上了這光中的馬纓花。而且我也愛藏在我心中的這一個光與影的對比。它能告訴我很多事情，帶給我無窮無盡的力量，送給我無限的溫暖與幸福；它也能促使我前進。我願意馬纓花永遠在這光中含笑怒放。

一九六二年十月一日

二月蘭

一轉眼，不知怎樣一來，整個燕園竟成了二月蘭的天下。

二月蘭是一種常見的野花。花朵不大，紫白相間。花形和顏色都沒有什麼特異之外。如果只有一兩棵，在百花叢中，決不會引起任何人的注意。但是它卻以多勝，每到春天，和風一吹拂，便綻開了小花；最初只有一朵，兩朵，幾朵。但是一轉眼，在一夜間，就能變成百朵，千朵，萬朵。大有凌駕百花之上的勢頭了。

我在燕園裡已經住了四十多年。最初我並沒有特別注意到這種小花。直到前年，也許正是二月蘭開花的大年，我驀地發現，從我住的樓旁小土山開始，走遍了全園，眼光所到之處，無不有二月蘭在。宅旁，籬下，林中，山頭，土坡，湖邊，只要有空隙的地方，都是一團紫氣，間以白霧，小花開得淋漓盡致，氣勢非凡，紫氣直衝雲霄，連宇宙都彷彿變成紫色的了。

我在迷離恍惚中，忽然發現二月蘭爬上了樹，有的已經爬上了樹頂，有的正在努力攀登，連喘氣的聲音似乎都能聽到。我這一驚可真不小：莫非二月蘭真成了精了嗎？再定睛一看，原來是二月蘭叢中的一些籐蘿，也正在開著花，花的顏色同二月蘭一模一樣，所差的就僅僅只缺少那一團白霧。我實在覺得我這個幻覺非常有趣。帶著清醒的意識，我仔細觀察起來：除了花形之外，顏色真是一般無二。反正我知道了這是兩種植物，心裡有了底。然而再一轉眼，我仍然看到二月蘭往枝頭爬。這是真的呢？還是幻覺？一由它去吧。

自從意識到二月蘭存在以後，一些同二月蘭有聯繫的回憶立即湧上心頭。原來很少想到的或根本沒有想到的事情，現在想到了；原來認為十分平常的瑣事，現在顯得十分不平常了。我一下子清晰地意識到，原來這種十分平凡的野花竟在我的生命中佔有這樣重要的地位。我自己也有點吃驚了。

我回憶的絲縷是從樓旁的小土山開始的。這一座小土山，最初毫無驚人之處，只不過二三米高，上面長滿了野草。當年歪風狂吹時，每次「打掃衛生」，全樓住的人都被召喚出來拔草，不是「綠化」，而是「黃化」。我每次都在心中暗恨這小山野草之多。後來不知由於什麼原因，把山堆高了一兩米。這樣一來，山就頗有一點山勢了。東頭的蒼松，西頭的翠柏，都彷彿恢復了青春，一年四季鬱鬱蔥蔥。中間一棵榆樹，從樹齡來看，只能算是松柏的曾孫，然而也枝幹繁茂，高枝直刺入蔚藍的晴空。

我不記得從什麼時候起我注意到小山上的二月蘭。這種野花開花大概也有大年小年之別的。碰到小年，只在小山前後稀疏地開上那麼幾片。遇到大年，則山前山後開成大片。二月蘭彷彿發了狂。我們常講什麼什麼花「怒放」，這個「怒」字下得真是無比地奇妙。二月蘭一「怒」，彷彿從土地深處吸來一股原始力量，一定要把花開遍大千世界，紫氣直衝雲霄，連宇宙都彷彿變成紫色的了。

東坡的詞說：「月有陰晴圓缺，人有悲歡離合，此事古難全。」但是花們好像是沒有什麼悲歡離合的。應該開時，它們就開；該消失時，它們就消失。它們是「縱浪大化中」，一切順其自然，自己無所謂什麼悲與喜。我的二月蘭就是這個樣子。

然而，人這個萬物之靈卻偏偏有了感情，有了感情就有了悲歡。這真是多此一舉，然而沒有法子。人自己多情，又把情移到花，「淚眼問花花不語」，花當然「不語」了。如果花真「語」起來，豈不嚇壞了人！這些道理我十分明白。然而我仍然把自己的悲歡掛到了二月蘭上。

當年老祖還活著的時候，每到春天二月蘭開花的時候，她往往拿一把小鏟，帶一個黑書包，到成片的二月蘭旁青草叢裡去搜挖薺菜。只要看到她的身影在二月蘭的紫霧裡晃動，我就知道在午餐或晚餐的餐桌上必然瀰漫著薺菜餛飩的清香。當婉如還活著的時候，她每次回家，只要二月蘭正在開花，她離開時，總穿過左手是二月蘭的紫霧，右手是湖畔垂柳的綠煙，匆匆忙忙走去，把我的目光一直帶到湖對岸的拐彎處。當小保姆楊瑩還在我家時，她也同小山和二月蘭結上了緣。我曾套宋詞寫過三句話：「午靜攜侶尋野菜，黃昏抱貓向夕陽，當時只道是尋常。」我的小貓虎子和咪咪還在世的時候，我也往往在二月蘭叢裡看到她們：一黑一白，在紫色中格外顯眼。

所有這些瑣事都是尋常到不能再尋常了。然而，曾幾何時，到了今天，老祖和婉如已經永遠永遠地離開了我們。小瑩也回了山東老家。至於虎子和咪咪也各自遵循貓的規律，不知鑽到了燕園中哪一個幽暗的角落裡，等待死亡的到來。老祖和婉如的走，把我的心都帶走了。虎子和咪咪我也憶念難忘。如今，天地雖寬，陽光雖照樣普照，我卻感到無邊的寂寥和淒涼。回憶這些往事，如雲如煙，原來是近在眼前，如今卻如蓬萊靈山，可望而不可即了。

對於我這樣的心情和我的一切遭遇，我的二月蘭一點也無動於衷，照樣自己開花。今年又是二月蘭開花的大年。在校園裡，眼光所到之處，無不有二月蘭在。宅旁，籬下，林中，山頭，土坡，湖邊，只要有空隙的地方，都是一團紫氣，間以白霧，小花開得淋漓盡致，氣勢非凡，紫氣直衝霄漢，連宇宙都彷彿變成紫色的了。

這一切都告訴我，二月蘭是不會變的，世事滄桑，於她如浮雲。然而我卻是在變的，月月變，年年變。我想以不變應萬變，然而辦不到。我想學習二月蘭，然而辦不到。不但如此，她還硬把我的記憶牽回到我一生最倒霉的時候。在十年浩劫中，我自己跳出來反對北大那一位「老佛爺」，被抄家，被打成了「反革命」。正是二月蘭開花的時候，我被管制勞動改造。有很長一段時間，我每天到一個地方去撿破磚碎瓦，還隨時準備著被紅衛兵押解到什麼地方去「批鬥」，坐噴氣式，還要挨上一頓揍，打得鼻青臉腫。可是在磚瓦縫裡二月蘭依然開放，怡然自得，笑對春風，好像是在嘲笑我。

我當時日子實在非常難過。我知道正義是在自己手中，可是是非顛倒，人妖難分，我呼天天不應，叫地地不答，一腔義憤，滿腹委屈，毫無人生之趣。在很長一段時間內，我成了「不可接觸者」，幾年沒接到過一封信，很少有人敢同我打個招呼。我雖處人世，實為異類。

然而我一回到家裡，老祖、德華她們，在每人每月只能得到恩賜十幾元錢生活費的情況下，殫思竭慮，弄一點好吃的東西，希望能給我增加點營養；更重要的恐怕還是，希望能給我增添點生趣。婉如和延宗也盡可能地多回家來。我的小貓憨態可掬，偎依在我的身旁。她們不懂哲學，分不清兩類不同性質的矛盾，人視我為異類，她們視我為好友，從來沒有表態，要同我劃清界限。所有這一些極其平常的瑣事，都給我帶來了無量的安慰。窗外儘管千里冰封，室內卻是暖氣融融。我覺得，在世態炎涼中，還有不炎涼者在，這一點暖氣支撐著我，走過了人生最艱難的一段路，沒有墮入深澗，一直到今天。

我感覺到悲，又感覺到歡。

到了今天，天運轉動，否極泰來，不知怎麼一來，我一下子成為「極可接觸者」。到處聽到的是美好的言詞，到處見到的是和悅的笑容。我從內心裡感激我這些新老朋友，他們絕對是真誠的。他們鼓勵了我，他們啟發了我。然而，一回到家裡，雖然德華還在，延宗還有。可我的老祖到哪裡去了呢？我的婉如到哪裡去了呢？世界雖照樣朗朗，陽光雖照樣明媚，我卻感覺異樣的寂寞與淒涼。

我感覺到歡，又感覺到悲。

我年屆耄耋，前面的路有限了。幾年前，我寫過一篇短文，叫《老貓》，意思很簡明，我一生有個特點：不願意麻煩人。瞭解我的人都承認的。難道到了人生最後一段路上我就要改變這個特點嗎？不，不，不想改變。我真想學一學老貓，到了大限來臨時，鑽到一個幽暗的角落裡，一個人悄悄地離開人世。

這話又扯遠了。我並不認為眼前就有制定行動計劃的必要。我還有很多事情要做，而且我的健康情況也允許我去做。有一位青年朋友說我忘記了自己的年齡。這話極有道理。可我並沒有全忘。有一個問題我還想弄弄清楚哩。按說我早已到了「悲歡離合總無情」的年齡，應該超脫一點了。然而在離開這個世界以前，我還有一件心事：我想弄清楚，什麼叫「悲」？什麼又叫「歡」？是我成為「不可接觸者」時悲呢？還是成為「極可接觸者」時歡？如果沒有老祖和婉如的逝世，這問題本來是一清二白的。現在卻是悲歡難以分辨了。我想得到答覆。我走上了每天必登臨幾次的小山，我問蒼松，蒼松不語；我問翠柏，翠柏不答。我問三十多年來親眼目睹我這些悲歡離合的二月蘭，她也沉默不語，兀自萬朵怒放，笑對春風，紫氣直衝霄漢。

一九九三年六月十一日

洛陽牡丹

「洛陽牡丹甲天下」這一句在中國流行了千百年的話，我是相信的，我是承認的。但是，我以前從沒有意識到，這一句話的真正含義，自己並沒有完全瞭解。

牡丹，我看得多了。在我的故鄉，我看到過。在北京的許多地方，特別是法源寺和頤和園，我也看到過。牡丹花朵之大、之美，花色品種之多，確實使我驚詫不已。我覺得，唐人詠牡丹的名句「國色朝酣酒，天香夜染衣」約略可以概括。牡丹被尊為花中之王，是當之無愧的。

但是，什麼叫「國色」？什麼又叫「天香」，我的理解介乎明暗之間。

今年四月中旬，應洛陽北京大學校友會的邀請，我第一次到了洛陽這座「牡丹之城」。此時正是洛陽牡丹花會舉行期間。今年因為氣候偏冷，我們初到的第一天，連大馬路旁開得最早的「洛陽紅」，都沒有全開放。焉知天公作美，到了第二天竟然晴空萬里，陽光普照。彷彿那一位大名鼎鼎的金輪聖神皇帝武則天又突然降臨人間，下詔牡丹在一夜之間必須開放，不但「洛陽紅」開得火紅火紅，連公園裡那些比較名貴的品種也都從夢中醒來一般，打起精神，迎著朝陽，一一開放。

我們當然都不禁狂喜。在感謝天公之餘，在忙著參觀白馬寺、少林寺、中岳廟和龍門石窟之餘，擠出了早晨的時間，來到了牡丹最集中的地方王城公園，欣賞「甲天下」

的洛陽牡丹。不看不知道，一看嚇一跳。洛陽牡丹原來是這個樣子呀！光看花名，就是幾十上百種，個個美妙非凡，詩意盎然，我記也記不住。花的形體和顏色也各不相同。直看得我眼花繚亂，目迷五色。我想到神話裡面的百花仙子，我想到《聊齋誌異》裡面的變成美女的牡丹花神，一時搔首無言，不知道要說什麼好。昨天夜裡，我想到今天要來看牡丹，想了半天，把我腦海裡積累了幾十年的詞藻寶庫，翻箱倒櫃，窮搜苦索，想今天面對洛陽牡丹大展文才，把牡丹好好地描繪一番。我真希望我的筆能夠生花，產生奇蹟，寫出一篇名文，使天下震驚。然而，到了此時此地，面對著迎風怒放的牡丹，卻一點詞兒也沒有了，我的「才」耗盡了，一點兒也擠不出來了。我想，坐對這樣的牡丹，對畫家來說，名花的意態是畫不出來的；對攝影家來說，是照不出來的；對作家來說，是寫不出來的。我什麼家都不是，更是手足無所措了。

《世說新語‧任誕》第二十三有一段話：

> 桓子野每聞清歌，輒喚「奈何」！謝公聞之曰：「子野可謂一往有深情。」

我對牡丹花真是一往情深。我覺得，值此時機最好的辦法就是喊上幾聲：「奈何！奈何！」

洛陽人民有福了，中國人民有福了。在林林總總全世界的無數民族中，造物主——

假如真有這麼一個玩意兒的話——獨獨垂青於我們中華民族，把牡丹這一種奇特而無與倫比的名花創造在神州大地上，洛陽人和全中國的人難道不應該感到驕傲、感到幸福嗎？在王城公園裡擁擁擠擠圍觀牡丹的千萬人中，有中國人，其中包括洛陽人，也有外國人，個個臉上都流露出興奮幸福的神情，看來世界上一切美好的東西，都既是民族的，又是全人類的。牡丹也是如此。在洛陽，在中國的洛陽，坐對迎風怒放的牡丹，我不應該只說：洛陽人民有福了，中國人民有福了，而應該說，全世界人民都有福了。

我覺得，我現在方才瞭解了「洛陽牡丹甲天下」這一句話的真正含義。

一九九一年五月十五日病後寫

香櫞

書桌上擺著一隻大香櫞，半黃半綠，黃綠相間，耀目爭輝。每當夜深人靜，我坐下來看點什麼寫點什麼的時候，它就在燈光下閃著淡淡的光芒，散發出一陣陣的暗香，驅除了我的疲倦，振奮了我的精神。

它也喚起了我的回憶，回憶到它的家鄉，雲南思茅。

思茅是有名的地方。可是，在過去幾百年幾千年的歷史上，它是地地道道的蠻煙瘴雨之鄉。對內地的人來說，它是一個神秘莫測的地方；除非被充軍，是沒有人敢到這裡來的。來到這裡，也就不想再活著離開。「江南瘴癘地」，真令人談虎色變。當時這裡流行著許多俗語：「要下思茅壩，先把老婆嫁」，「只見娘懷胎，不見兒上街」等等。這是從實際生活中歸納出來的結論，情況也真夠慘的了。

就說十幾二十年以前吧，這裡也還是一個人間地獄。一九三八年和一九四八年，這裡爆發了兩次惡性瘧疾，每兩個人中就有一個患病死亡的。城裡的人死得沒有剩下幾個。即使在白天，也是陰風慘慘。縣大老爺的衙門裡，野草長到一人多高。平常住在深山密林裡的虎豹，乾脆扶老攜幼把家搬到縣衙門裡來，在這裡生男育女，安居樂業，這裡比山上安全得多。

這就是過去的情況。

但是，不久以前，當我來到祖國這個邊疆城市的時候，情況卻完全不一樣了。我們一走下飛機，就愛上了這個地方。這簡直是一個寶地，一個樂園。這裡群山環翠，碧草如茵，有四時不謝之花，八節長春之草。我們都情不自禁地唱起「思茅的天，是晴朗的天」這樣自己編的歌來。你就看那菜地吧：大白菜又肥又大，一棵看上去至少有三十斤。葉子綠得像翡翠，這綠色彷彿凝固了起來，一伸手就抓到一塊。香蕉和芭蕉也長得高大逾常，有的竟賽過兩層樓房，把黑大的影子鋪在地上。其他的花草樹木，無不繁榮茂盛，鬱鬱蒼蒼。到處是一片綠、綠、綠。我感到有一股活力，奔騰橫溢，如萬斛泉湧，拔地而出。

人呢，當然也都是健康的。現在，惡性瘧疾已經基本上撲滅。患這種病的人一千人中才有兩個，只等於過去的二百五十分之一。即使不幸得上這種病，也有藥可以治好。所謂「蠻煙瘴雨」，早成歷史陳跡了。

我永遠也忘不掉我們參觀的那一個托兒所。這裡面窗明几淨，地無纖塵。誰也不會想到，就在十幾年前，這裡還是一片荒草。我們看了所有的屋子，那些小桌子、小椅子、小床、小凳、小碗、小盆，無不整整齊齊，乾乾淨淨。這裡的男女小主人更是個個活潑可愛，個個都是小胖子。他們穿著花花綠綠的衣服，向我們高聲問好，給我們表演唱歌跳舞。紅蘋果似的小臉笑成一朵朵的花。我立刻想到那句俗語：「只見娘懷胎，不見兒上街」，我心裡思緒萬端，真有不勝今昔之感了。我們說這個地方現在是樂園、是寶地，除此之外，難道還有更恰當的名稱嗎？

就在這樣一個寶地上，我第一次見到大香櫞。香櫞，我早就見過；但那是北京溫室裡培育出來的，倒是嬌小玲瓏，可惜只有鴨蛋那樣大。思茅的香櫞卻像小南瓜那樣大，一個有四五斤重。拿到手裡，清香撲鼻。顏色有綠有黃，綠的像孔雀的嗉袋，黃的像田黃石，令人愛不釋手。我最初確有點吃驚：怎麼香櫞竟能長到這樣大呢？但立刻又想到：寶地生寶物，不也是很自然的嗎？

我們大家都想得到這樣一隻香櫞。畫家想畫它，攝影家想照它。我既不會畫，也不會攝影，但我十分愛這個邊疆的城市，卻又無法把它放在箱子裡帶回北京。我覺得，香櫞就是這個城市的象徵，帶走一隻大香櫞，就無異於帶走思茅。於是我就買了一隻，帶回北京來，現在就擺在我的書桌上。我每次看到它，就回憶起思茅來，回憶起我在那裡度過的那一些愉快的日子來，那些動人心魄的感受也立刻湧上心頭。思茅彷彿就在我的眼前，歷歷如繪。在這時候，我的疲倦被驅除了，我的精神振奮起來了，而且我還幻想，在今天的情況下，已經長得夠大的香櫞，將來還會愈長愈大。

一九六二年三月三十日

夾竹桃

夾竹桃不是名貴的花，也不是最美麗的花；但是，對我說來，它卻是最值得留戀最值得回憶的花。

不知道由於什麼緣故，也不知道從什麼時候起，在我故鄉的那個城市裡，幾乎家家都種上幾盆夾竹桃，而且都擺在大門內影壁牆下，正對著大門口。客人一走進大門，撲鼻的是一陣幽香，入目的是綠蠟似的葉子和紅霞或白雪似的花朵，立刻就感覺到彷彿走進自己的家門口，大有賓至如歸之感了。

我們家的大門內也有兩盆，一盆紅色的，一盆白色的。我小的時候，天天都要從這下面走出走進。紅色的花朵讓我想到火，白色的花朵讓我想到雪。火與雪是不相容的；但是這兩盆花卻融洽地開在一起，宛如火上有雪，或雪上有火。我顧而樂之，小小的心靈裡覺得十分奇妙，十分有趣。

只有一牆之隔，轉過影壁，就是院子。我們家裡一向是喜歡花的；雖然沒有什麼非常名貴的花，但是常見的花卻是應有盡有。每年春天，迎春花首先開出黃色的小花，報告春的消息。以後接著來的是桃花、杏花、海棠、榆葉梅、丁香等等，院子裡開得花團錦簇。到了夏天，更是滿院葳蕤。鳳仙花、石竹花、雞冠花、五色梅、江西臘等等，五彩繽紛，美不勝收。夜來香的香氣熏透了整個夏夜的庭院，是我什麼時候也不會忘記的。

一到秋天，玉簪花帶來淒清的寒意，菊花報告花事的結束。總之，一年三季，花開花落，沒有間歇；情景雖美，變化亦多。

然而，在一牆之隔的大門內，夾竹桃卻在那裡靜悄悄地一聲不響，一朵花敗了，又開出一朵；一嘟嚕花黃了，又長出一嘟嚕；在和煦的春風裡，在盛夏的暴雨裡，在深秋的清冷裡，看不出什麼特別茂盛的時候，也看不出什麼特別衰敗的時候，無日不迎風弄姿，從春天一直到秋天，從迎春花一直到玉簪花和菊花，無不奉陪。這一點韌性，同院子裡那些花比起來，不是形成一個強烈的對照嗎？

但是夾竹桃的妙處還不止於此。我特別喜歡月光下的夾竹桃。你站在它下面，花朵是一團模糊；但是香氣卻毫不含糊，濃濃烈烈地從花枝上襲了下來。它把影子投到牆上，葉影參差，花影迷離，可以引起我許多幻想。我幻想它是地圖，它居然就是地圖了。這一堆影子是亞洲，那一堆影子是非洲，中間空白的地方是大海。碰巧有幾隻小蟲子爬過，這就是遠渡重洋的海輪。我幻想它是水中的荇藻，我眼前就真地展現出一個小池塘。夜蛾飛過映在牆上的影子就是游魚。我幻想它是一幅墨竹，我就真看到一幅畫。微風乍起，葉影吹動，這一幅畫竟變成活畫了。

有這樣的韌性，能這樣引起我的幻想，我愛上了夾竹桃。

好多好多年，我就在這樣的夾竹桃下面走出走進。最初我的個兒矮，必須仰頭才能看到花朵。後來，我逐漸長高了，夾竹桃在我眼中也就逐漸矮了起來。等到我眼睛平視就可以看到花的時候，我離開了家。

我離開了家，過了許多年，走過許多地方。我曾在不同的地方看到過夾竹桃，但是都沒有留下深刻的印象。

兩年前，我訪問了緬甸。在仰光開過幾天會以後，緬甸的許多朋友們熱情地陪我們到緬甸北部古都蒲甘去遊覽。這地方以佛塔著名，有「萬塔之城」的稱號。據說，當年確有萬塔。到了今天，數目雖然沒有那樣多了，但是，縱目四望，嶙嶙峋峋，群塔簇天，一個個從地裡湧出，宛如陽朔群山，又像是雲南的石林，用「雨後春筍」這一句老話，差堪比擬。雖然花草樹木都還是綠的，但是時令究竟是冬天了，一片蕭瑟荒寒氣象。

然而就在這地方，在我們住的大樓前，我卻意外地發現了老朋友夾竹桃。一株株都跟一層樓差不多高，以至我最初竟沒有認出它們來。花色比國內的要多，除了紅色的和白色的以外，記得還有黃色的。葉子比我以前看到的更綠得像綠蠟，花朵開在高高的枝頭，更像片片的紅霞、團團的白雪、朵朵的黃雲。蒼鬱繁茂，濃翠逼人，同荒寒的古城形成了強烈的對比。

我每天就在這樣的夾竹桃下走出走進。晚上同緬甸朋友們在樓上憑欄閒眺，暢談各種各樣的問題，談蒲甘的歷史，談中緬文化交流，談中緬兩國人民的胞波的友誼。在這時候，遠處的古塔漸漸隱入暮靄中，近處的幾個古塔上卻給電燈照得通明，望之如靈山幻境。我伸手到欄外，就可以抓到夾竹桃的頂枝。花香也一陣一陣地從下面飄上樓來，彷彿把中緬友誼熏得更加芬芳。

就這樣，在對於夾竹桃的婉美動人的回憶裡，又塗上了一層絢爛奪目的中緬人民友誼的色彩。我從此更愛夾竹桃。

一九六二年十月十七日

枸杞樹

在不經意的時候，一轉眼便會有一棵蒼老的枸杞樹的影子飄過。這使我困惑。最先是去追憶：什麼地方我曾看見這樣一棵蒼老的枸杞樹呢？是在某處的山裡麼？是在另一個地方的一個花園裡麼？但是，都不像。最後，我想到才到北平時住的那個公寓；於是我想到這棵蒼老的枸杞樹。

我現在還能很清晰地溫習一些事情：我記得初次到北平時，在前門下了火車以後，這古老都市的影子，便像一個秤錘，沉重地壓在我的心上。我迷惘地上了一輛洋車，跟著木屋似的電車向北跑。遠處是紅的牆，黃的瓦。我是初次看到電車的；我想，「電」不是很危險嗎？後面的電車上的腳鈴響了；我坐的洋車仍然在前面悠然地跑著。我感到焦急，同時，我的眼仍然「如入山陰道上，應接不暇」，我仍然看到，紅的牆，黃的瓦，終於，在焦急，又因為初踏入一個新的境地而生的迷惘的心情下，折過了不知多少滿填著黑土的小胡同以後，我被拖到西城的某一個公寓裡去了，我仍然非常迷惘而有點近於慌張，眼前的一切都彷彿給一層輕煙籠罩起來似的，我看不清院子裡有什麼東西，我甚至也沒有看清我住的小屋，黑夜跟著來了，我便糊里糊塗地睡下去，做了許許多多離奇古怪的夢。

雖然做了夢；但是卻沒有能睡得很熟，剛看到窗上有點發白，我就起來了。因為心比較安定了一點，我才開始看得清楚：我住的是北屋，屋前的小院裡，有不算小的一缸荷花，四周錯落地擺了幾盆雜花。我記得很清楚：這些花裡面有一棵仙人頭，幾天後，還開了很大的一朵白花，但是最惹我注意的，卻是靠牆長著的一棵枸杞樹，已經長得高過了屋簷，枝幹蒼老鉤曲像千年的古松，樹皮皺著，色是黝黑的，有幾處已經開了裂。幼年在故鄉裡的時候，常聽人說，枸杞花是長得非常慢的，很難成為一棵樹，現在居然有這樣一棵虬乾的老枸杞站在我面前，真像夢；夢又掣開了輕渺的網，我這是站在公寓裡麼？於是，我問公寓的主人，這枸杞有多大年齡了，他也渺茫：他初次來這裡開公寓時，這樹就是現在這樣，三十年來，沒有多少變動。這更使我驚奇，我用驚奇的太息的眼光注視著這蒼老的枝幹在沉默著，又注視著接連著樹頂的藍藍的長天。

就這樣，我每天看書乏了，就總在這樹底下徘徊。在細弱的枝條上，蜘蛛結著網，間或有一片樹葉兒或蒼蠅蚊子之流的屍體粘在上面。在有太陽或燈火照上去的時候，這小小的網也會反射出細弱的清光來。倘若再走近一點，你又可以看到有許多葉上都爬著長長的綠色的蟲子，在爬過的葉上留了半圓缺口。就在這有著缺口的葉片上，你可以看到各樣的斑駁陸離的彩痕。對了這彩痕，你可以隨便想到什麼東西：想到地圖，想到水彩畫，想到被雨水沖過的牆上的殘痕，再玄妙一點，想到宇宙，想到有著各種彩色的迷離的夢影。這許許多多的東西，都在這小的葉片上呈現給你。當你想到地圖的時候，你可以任意指定一個小的黑點，算做你的故鄉。再大一點的黑點，算做你曾遊過的湖或山，你不是也可以在你心的深處浮起點溫熱的感覺麼？這蒼老的枸杞樹就是我的宇宙。不，這葉片就是我的全宇宙。我替它把長長的綠色的蟲子拿下來，摔在地上。對了它，我描畫給自己種種塗著彩色的幻象，我把我的童稚的幻想，拴在這蒼老的枝幹上。

在雨天，牛乳色的輕霧給每件東西塗上一層淡影。這蒼黑的枝幹更顯得黑了。雨住了的時候，有一兩個蝸牛在上面悠然地爬著，散步似的從容，蜘蛛網上殘留的雨滴，靜靜地發著光。一條虹從北屋的脊上伸展出去，像拱橋不知伸到什麼地方去了。這枸杞的頂尖就正頂著這橋的中心。不知從什麼地方來的陰影，漸漸地爬過了西牆。牆隅的蜘蛛網，樹葉濃密的地方彷佛把這陰影捉住了一把似的，漸漸地黑起來。只剩了夕陽的餘暉返照在這蒼老的枸杞樹的圓圓的頂上，淡紅的一片，熠耀著，儼然如來佛頭頂上金色的圓光。

以後，黃昏來了，一切角隅皆為黃昏所佔領了。我同幾個朋友出去到西單一帶散步。穿過了花市，晚香玉在薄暗裡發著幽香。不知在什麼時候，什麼地方，我曾讀過一句詩：「黃昏裡充滿了木犀花的香。」我覺得很美麗。雖然我從來沒有聞到過木犀花的香；雖然我明知道現在我聞到的是晚香玉的香。但是我總覺得我到了那種飄渺的詩意的境界似的。在淡黃色的燈光下，我們摸索著轉近了幽黑的小胡同，走回了公寓。這蒼老的枸杞樹只剩了一團淒迷的影子，靠了北牆站著。

跟著來的是個長長的夜。我坐在窗前讀著預備考試的功課。大頭尖尾的綠色小蟲，在糊了白紙的玻璃窗外有所尋覓似的撞擊著。不一會，一個從縫裡擠進來了，接著又一個，又一個。成群地圍著燈飛。當我聽到賣「玉米麵餑餑」戛長的永遠帶點兒寒冷的聲音，從遠處的小巷裡越過了牆飄了過來的時候，我便捻熄了燈，睡下去。於是又開始了同蚊子和臭蟲的爭鬥。在靜靜的長夜裡，忽然醒了，殘夢仍然壓在我心頭，倘若我聽到又有悉索的聲音在這棵蒼老的枸杞樹周圍，我便知道外面又落了雨。我注視著這神秘的黑暗，我描畫給自己：這枸杞樹的蒼黑的枝幹該變黑了罷；那只蝸牛有所趨避該匆匆地在向隱僻處爬去罷；小小的圓的蜘蛛網，該又捉住雨滴了罷，這雨滴在黑夜裡能不能靜靜地發著光呢？我做著天真的童話般的夢。我夢到了這棵蒼老的枸杞樹。——這枸杞樹也作夢麼？第二天早起來，外面真的還在下著雨。空氣裡充滿了清新的沁人心脾的清香。荷葉上頂著珠子似的雨滴，蜘蛛網上也頂著，靜靜地發著光。

在如火如荼的盛夏轉入初秋的澹遠裡去的時候，我這種詩意的又充滿了稚氣的生活，終於也不能繼續下去。我離開這公寓，離開這蒼老的枸杞樹，移到清華園裡來。到現在差不多四年了。這園子素來是以水木著名的。春天裡，滿園裡怒放著紅的花，遠處看，紅紅的一片火焰。夏天裡，垂柳拂著地，濃翠撲上人的眉頭。紅霞般的爬山虎給冷清的深秋塗上一層淒艷的色彩。冬天裡，白雪又把這園子安排成為一個銀的世界。在這四季，又都有西山的一層輕渺的紫氣，給這園子添了不少的光輝。這一切顏色：紅的，翠的，白的，紫的，混合地塗上了我的心，在我心裡幻成一幅絢爛的彩畫。我做著紅色的，翠色的，白色的，紫色的，各樣顏色的夢。論理說起來，我在西城的公寓做的童話般的夢，早該被擠到不知什麼地方去了。但是，我自己也不瞭解，在不經意的時候，總有一棵蒼老的枸杞樹的影子飄過。飄過了春天的火焰似的紅的花；飄過了夏天的垂柳的濃翠；飄過了紅霞似的爬山虎，一直到現在，是冬天，白雪正把這園子裝成銀的世界。混合了氤氳的西山的紫氣，靜定在我的心頭。在一個浮動的幻影裡，我彷佛看到：有夕陽的餘暉返照在這棵蒼老的枸杞樹的圓圓的頂上，淡紅的一片，熠耀著，像如來佛頭頂上的金光。

一九三三年十二月八日　雪之下午

兔子

不記得是什麼時候，大概總在我們全家剛從一條滿鋪了石頭的古舊的街的北頭搬到南頭以後，我有了三隻兔子。

說起兔子，我從小就喜歡的。在故鄉裡的時候，同村的許多的家裡都養著一窩兔子。在地上掘一個井似的圓洞，不深，在洞底又有向旁邊通的小洞。兔子就住在裡面。不知為什麼，我們卻總不記得家裡有過這樣的洞。每次隨了大人往別的養兔子的家裡去玩的時候，大人們正在扯不斷拉不斷絮絮地談得高興的當兒，我總是放輕了腳步走到洞口，偷偷地向裡瞧——兔子正在小洞外面徘徊著呢。有黑白花的，有純黑的。我頂喜歡純白的，因為眼睛紅亮得好看，透亮的長耳朵左右搖擺著。嘴也彷彿戰慄似的顫動著，在嚼著菜根什麼的。驀地看見人影，都迅速地跑進小洞去了，像一溜溜的白色黑色的煙。倘若再伏下身子去看，在小洞的薄暗裡，便只看見一對對的瑩透的寶石似的眼睛了。

在我走出了童年以前的某一個春天，記得是剛過了年，因為一種機緣的湊巧，我離開故鄉，到一個以湖山著名的都市裡去。從櫛比的高的樓房的空隙裡，我只看到一線藍藍的天，這哪裡像故鄉裡鍋似的覆蓋著的天呢？我看不到遠遠的籠罩著一層輕霧的樹，我看不到天邊上飄動的水似的雲煙，我嗅不到土的氣息。我彷彿住在灰之國裡。終日裡，我只聽到鬧嚷嚷的車馬的聲音。在半夜裡，還有小販的咽聲從遠處的小巷裡飄了過來。

我是地之子，我渴望著再回到大地的懷裡去。當時，小小的心靈也會感到空漠的悲哀吧。但是，最使我不能忘懷的，佔據了我的整個的心的，卻還是有著寶石似的眼睛的故鄉裡的兔子。

也不記得是幾年以後了，總之是在秋天，叔父從望口山回家來，僕人挑了一擔東西。上面是用蒲包裝的有名的肥桃，下面有一個木籠。我正懷疑木籠裡會裝些什麼東西，僕人已經把木籠舉到我的眼前了——戰慄似的顫動著的嘴，透亮的長長的耳朵，紅亮的寶石似的眼睛……這不正是我夢寐渴望的兔子麼？記得他臨到望口山去的時候，我曾向他說過，要他帶幾個兔子回來。當時也不過隨意一說，現在居然真帶來了。這彷彿把我拉回了故鄉裡去。我是怎麼狂喜呢？籠裡一共有三隻：一隻大的，黑色，像母親；兩隻小的，白色。我立刻捨棄了美味的肥桃，東跑西跑，忙著找白菜，找豆芽，餵牠們。我又替牠們張羅住處，最後就定住在我的床下。

童年在故鄉裡的時候，伏在別人的洞口上，羨慕人家的兔子，現在居然也有三隻在我的床下了。對我，這簡直比童話還不可信。最初，才從籠裡放出來的時候，立刻就有貓擠上來。兔子彷彿很膽怯，伏在地上，不敢動。耳朵緊貼在頭上，只有嘴顫動得更厲害。把貓趕走了，才慢慢地試著跑。我一轉眼，大的早領著兩隻小的躲在花盆後面了。再一轉眼，早又跑到床下面去了。有了兔子以後的第一個夜裡，我躺在床上，輾轉著睡不沉，聽兔子在床下嚼著豆芽的聲音。我彷彿浮在雲堆裡，已經忘記了做過些什麼樣的夢了。

就這樣，我的床下面便憑空添了三個小生命。每當我坐在靠窗的一張桌子的旁邊讀書的時候，兔子便偷偷地從床下面踱出來，沒有一點聲音。我從書頁上面屏息地看著牠們。——先是大的一探頭，又縮回去；再一探頭，走出來了，一溜黑煙似的。緊隨著的是兩隻小的，都白得像一團雪，眼睛紅亮，像——我簡直說不出像什麼。像瑪瑙麼？比瑪瑙還光瑩。就用這小小的紅亮的眼睛四面看著，走到從花盆裡垂出的拂著地的草葉下面，嘴戰慄似的顫動幾下，停一停，走到書旁邊。嘴戰慄似的顫動幾下，停一停，走到小凳下面。嘴戰慄似的顫動幾下，停一停。忽然，我覺得有軟茸茸的東西靠上了我的腳了。我知道是小兔正伏在我的腳下。我忍耐著不敢動，不知怎地，腿忽然一抽。我再看時，一溜黑煙，兩溜白煙，兔子都藏到床下面去。伏下身子去看，在床下面暗黑的角隅裡，便只看見瑩透的寶石似的一對對的眼睛了。

是秋天，前面已經說過。我住的屋的窗外有一棵海棠樹。以前常聽人說，兔子是頂孱弱的。貓對牠便是個大的威脅。在兔子沒來我床下面住以前，屋裡也常有貓的蹤跡。門關嚴了的時候，這棵海棠樹就成了貓來我屋的路。自從有了兔子以後，在冷寂的秋的長夜裡，我常常無所謂地驀地醒轉來。——窗外風吹著落葉，窸窣地響，我疑心是貓從海棠樹上爬上了窗子。連綿的夜雨擊著落葉，窸窣地響，我又疑心是貓爬上了窗子。我靜靜地等著，不見有貓進來。低頭看時，兔子正在地上來回地跑著。在微明的燈光裡，更像一溜溜的黑煙和白煙了，眼睛也更紅亮得像寶石了。當我正要矇矓睡去的時候，恍惚聽到「咪」的一聲。看窗子上破了一個洞的地方，正有兩顆燈似的眼睛向裡瞅著。

第二天早晨起來，第一件要做的事情，就是伏下頭去看，兔子丟了沒有。看到兩個小兔兩團白絮似的偎在大的身旁熟睡的時候，心裡彷彿得到點安慰。過了一會，再回到屋裡來讀書的時候，又可以看到牠們在腳下來回地跑了。其實並沒有什麼聲息，屋裡總彷彿充滿了生氣與歡騰似的。周圍的空氣，也軟濃濃地變得甜美了。兔子也漸漸不膽怯起來，看見我也不很躲避了。第一次一個小兔很馴順地讓我撫摸的時候，我簡直歡喜得流淚呢。

倘若我的記憶靠得住的話，大約總有半個秋天，就在這樣的頗有詩意的情況裡度過去。我還能模模糊糊地記得：兔子才在籠裡裝來的時候，滿院子都擠滿了花。我一閉眼，還能看到當時院子裡飄動著的那一層淡淡的綠色。兔子常從屋裡跑出來，到花盆縫裡去玩，金魚缸裡的子午蓮還彷彿從水面上突出兩朵白花來。只依稀有一點影，這記憶恐怕靠不大住了。隨了這綠氣，這金魚缸，我又能看到靠近海棠樹的塗上了紅油綠油的窗子，嵌著一方不小的玻璃，上面有雨和土的痕跡。窗紙上還粘著幾條蜘蛛絲，窗子裡面就是我的書桌，再往裡，就是床，兔子就住在床下面……這一切彷彿在眼前浮動。但又像煙，像霧，眼看就要幻化到空濛裡去了。

我不是說大概過了有半個秋天麼？——等到院子裡的花草漸漸地減少了，立刻顯得很空闊。落葉卻在階下多起來，金魚缸裡也早沒了水。天更藍，更長；澹遠的秋有轉入陰沉的冬的樣兒了。就在這樣一個藍天的早晨，我又照例伏下身子，去看兔子丟了沒有。——奇怪，床下面空空的，彷彿少了什麼東西似的。再仔細看，只看到兩個小兔淒涼地互相偎著睡。牠們的母親跑到哪裡去了呢？我立刻慌了，汗流遍了全身。本來，幾天以來，大兔子的膽更大了，常常自己偷跑到天井裡去。這次恐怕又是自己偷跑出去了吧。但各處，屋裡，屋外，都找到了，沒有影，回頭又看到兩個小兔子偎在我的腳下，一種莫名其妙的淒涼襲進了我的心。我哭了，我是很早就離開母親的，我時常想到她。我感到淒涼和寂寞。看來這兩個小兔子也同我一樣地感到淒涼和寂寞吧。我沒地方傾訴，除非在夢裡，小兔子又向哪裡，而且又怎樣傾訴呢？——我又哭了。

起初，我還有希望，我希望大兔子會自己跑回來，驀地給我一個大的歡喜。但是一天一天地過去，我這希望終於成了泡影。我卻更愛這兩個小兔子了。以前我愛牠們，因為牠們紅亮的眼睛，雪絮似的軟毛。這以後的愛裡，卻摻入了同情。有時我還想拿我的愛撫來彌補牠們失掉母親的悲哀。但這哪是可能的呢？眼看牠們漸漸消瘦了下去，在屋裡跑的時候也不像以前那樣輕快了，時常偎到我的腳下來。我把牠們抱在懷裡，也馴順地伏著不動。當我看到牠們踽踽地走開的時候，小小的心真的充滿了無名的悲哀呢。

這樣的情況也沒能延長多久。兩三天以後，我忽然發現在屋裡跑著的只有一個兔子了，那個同伴到哪裡去了呢？我又慌了，又各處都找到：牆隅，桌下，又在天井各處找，低聲喚著，落葉在腳下窣窣地響。終於，沒有影。當我看到這剩下的一個小生命孤獨地踱著的時候，再聽簷邊秋天特有的風聲，眼淚又流下來了。——牠在找牠的母親嗎？找牠的兄弟嗎？為什麼連歎息一聲也不呢？寶石似的眼睛裡也彷彿含著晶瑩的淚珠了。夜裡，在微明的燈光下，我不見牠在床下沉睡；牠只是不停地在屋裡跑著。這冷硬的土地，這漫漫的秋的長夜，沒有母親，沒有兄弟偎著。淒涼的冷夢縈繞著牠，牠怎能睡得下去呢？

第二天的早晨，天更藍，藍得有點古怪。小屋裡照得通明，小兔在我眼前跑過的時候，潔白的茸毛上，彷彿有一點紅，一閃，我再看，就在透明紅潤的耳朵旁邊，發現一點血痕——只一點，襯了雪白的毛，更顯得紅艷，像雞血石上的斑，像西天一點晚霞。我卻真有點焦急了。我聽人說，兔子只要見血，無論多少滴，就會死去的。這剩下的一個沒有母親，沒有兄弟的孤獨的小生命也要死去的嗎？我不相信，這比神話還渺茫，然而擺在眼前的卻就是那一點紅艷的血痕，怎樣否認呢？我把牠抱了起來，牠彷彿也知道有什麼不幸要臨到牠身上，只伏在我懷裡，不動，放下，也不大跑了。就在這天的末尾，在黃昏的微光裡，當我再伏下頭去看床下的時候，除了一些白菜和豆芽以外，什麼也看不到了。我各處找了找，也沒找到什麼。我早知道有什麼事情要發生。而且，我也想：這樣也倒好。不然，孤零零的一個活在世界上，得不到一點溫熱，在淒涼和寂寞的襲擊下，這長長的一生又怎樣消磨呢？我不哭，但是眼淚卻流到肚子裡去了，悲哀沉重地壓在心頭，我想到了故鄉裡的母親。

就這樣，半個秋天以來，在我床下面跑出跑進的三個兔子一個都不見了。我再坐在靠窗的桌子旁讀書的時候，從書頁上面，什麼也看不到了。從有著風和雨的痕跡的玻璃窗裡望出去：海棠樹早落淨了葉子，只剩下禿光的枝幹，撐著晴晴的秋的長空。夜裡，我再聽到外面窸窸窣窣地響的時候，我又疑心是貓。我從朦朧中醒轉來，雖然有時也會在窗洞裡看到兩盞燈似的圓圓的眼睛，但是看床下的時候，卻沒有兔子來回地踱著了。眼一花，便會看到滿地歷亂的影子，一溜黑煙，一溜白煙。再仔細看，有什麼呢？什麼也沒有，只有暗淡的燈照澈了冷寂的秋夜，外面又窸窣地響，是雨吧？冷慄，寂寞，混上了一點輕微空漠的悲哀，壓住了我的心。一切都空虛。我能再做什麼樣的夢呢？

一九三四年二月十六日

老貓

老貓虎子蜷曲在玻璃窗外窗台上一個角落裡，縮著脖子，瞇著眼睛，渾身一片寂寞、淒清、孤獨、無助的神情。

外面正下著小雨，雨絲一縷一縷地向下飄落，像是珍珠簾子。時令雖已是初秋，但是隔著雨簾，還能看到緊靠窗子的小土山上叢草依然碧綠，毫無要變黃的樣子。在萬綠叢中赫然露出一朵鮮艷的紅花。古詩「萬綠叢中一點紅」，大概就是這般光景吧。這一朵小花如火似燃，照亮了渾茫的雨天。

我從小就喜愛小動物。同小動物在一起，別有一番滋味。牠們天真無邪，率性而行；有吃搶吃，有喝搶喝；不會說謊，不會推諉；受到懲罰，忍痛挨打；一轉眼間，照偷不誤。同牠們在一起，我心裡感到怡然，坦然，安然，欣然。不像同人在一起那樣，應對進退，謹小慎微；斟酌詞句，保持距離。感到異常地彆扭。

十四年前，我養的第一隻貓，就是這個虎子。剛到我家來的時候，比老鼠大不了多少。蜷曲在窄狹的窗內窗台上，活動的空間好像富富有餘。牠並沒有什麼特點，僅只是一隻最平常的狸貓，身上有虎皮斑紋，顏色不黑不黃，並不美觀。但是異於常貓的地方也有，牠有兩隻炯炯有神的眼睛，兩眼一睜，還真虎虎有虎氣，因此起名叫虎子。牠脾氣也確實暴烈如虎。牠從來不怕任何人。誰要想打牠，不管是用雞毛撣子，還是用竹竿，牠從不迴避，而是向前進攻，聲色俱厲。得罪過牠的人，牠永世不忘。我的外孫打過一次，從此結仇。只要他到我家來，隔著玻璃窗子，一見人影，牠就做好準備，向前進攻，爪牙並舉，吼聲震耳。他沒有辦法，在家中走動，都要手持竹竿，以防萬一，否則寸步難行。有一次，一位老同志來看我，他顯然是非常喜歡貓的。一見虎子，嘴裡連聲說著：「我身上有貓味，貓不會咬我的。」他伸手想去撫摩牠，可萬沒有想到，我們虎子不懂什麼貓味，回頭就是一口。這位老同志大驚失色。總之，到了後來，虎子無人不咬，只有我們家三個主人除外。牠的「咬聲」頗能聳人聽聞了。

但是，要說這就是虎子的全面，那也是不正確的。除了暴烈咬人以外，牠還有另外一面，這就是溫柔敦厚的一面。我舉一個小例子。虎子來我們家以後的第三年，我又要了一隻小貓。這是一隻混種的波斯貓，渾身雪白，毛很長，但在額頭上有一小片黑黃相間的花紋。我們家人管這隻貓叫洋貓，起名咪咪；虎子則被尊為土貓。這隻貓的脾氣同虎子完全相反：膽小、怕人，從來沒有咬過人。只有在外面跑的時候，才露出一點野性。牠只要有機會溜出大門，但見牠長毛尾巴一擺，像一溜煙似的立即竄入小山的樹叢中，半天不回家。這兩隻貓並沒有血緣關係。但是，不知道是由於什麼原因，一進門，虎子就把咪咪看作是自己的親生女兒。牠自己本來沒有什麼奶，卻堅決要給咪咪餵奶，把咪咪摟在懷裡，讓牠咂自己的乾奶頭，牠瞇著眼睛，彷彿在享著天福。我在吃飯的時候，有時丟點雞骨頭、魚刺，這等於貓們的燕窩、魚翅。但是，虎子卻只蹲在旁邊，瞅著咪咪一隻貓吃，從來不同牠爭食。有時還「咪噢」上兩聲，好像是在說：「吃吧，孩子！安安靜靜地吃吧！」有時候，不管是春夏還是秋冬，虎子會從西邊的小山上逮一些小動物，麻雀、蚱蜢、蟬、蛐蛐之類，用嘴叼著，蹲在家門口，嘴裡發出一種怪聲。這是貓語，屋裡的咪咪，不管是睡還是醒，聳耳一聽，立即跑到門後，饞涎欲滴，等著吃母親帶來的佳餚，大快朵頤。我們家人看到這樣母子親愛的情景，都由衷地感動，一致把虎子稱作「義貓」。有一年，小咪咪生了兩個小貓。大概是初做母親，沒有經驗，正如我們聖人所說的那樣：「未有學養子而後嫁者也」，人們能很快學會，而貓們則不行。咪咪丟下小貓不管，虎子卻大忙特忙起來，覺不睡，飯不吃，日日夜夜把小貓摟在懷裡。但小貓是要吃奶的，而奶正是虎子所缺的。於是小貓暴躁不安，虎子眉頭一皺，計上心來，叼起小貓，到處追著咪咪，要牠給小貓餵奶。還真像一個姥姥樣子，但是小咪咪並不領情，依舊不給小貓餵奶。有幾天的時間，虎子不吃不喝，瞪著兩隻閃閃發光的眼睛，嘴裡叼著小貓，從這屋趕到那屋；一轉眼又趕了回來。小貓大概真是受不了啦，便辭別了這個世界。

我看了這一出貓家庭裡的悲劇又是喜劇，實在是愛莫能助，惋惜了很久。

我同虎子和咪咪都有深厚的感情。每天晚上，牠們倆搶著到我床上去睡覺。在冬天，我在棉被上面特別鋪上了一塊布，供牠們躺臥。我有時候半夜裡醒來，神志一清醒，覺得有什麼東西重重地壓在我身上，一股暖氣彷彿透過了兩層棉被，撲到我的雙腿上。我知道，小貓睡得正香，即使我的雙腿由於僵臥時間過久，又痠又痛，但我總是強忍著，決不動一動雙腿，免得驚了小貓的輕夢。牠此時也許正夢著捉住了一隻耗子。只要我的腿一動，牠這耗子就吃不成了，豈非大煞風景嗎？

這樣過了幾年，小咪咪大概有八九歲了。虎子比牠大三歲，十一二歲的光景。依然威風凜凜，脾氣暴烈如故，見人就咬，大有死不改悔的神氣。而小咪咪則出我意料地露出了下世的光景。常常到處小便，桌子上，椅子上，沙發上，無處不便。如果到醫院裡去檢查的話，大夫在列舉的病情中一定會有一條的：小便失禁。最讓我心煩的是，牠偏偏看上了我桌子上的稿紙。我正寫著什麼文章，然而牠卻根本不管這一套，跳上去，屁股往下一蹲，一泡貓尿流在上面，還閃著微弱的光。說我不急，那不是真的。我心裡真急，但是，我謹遵我的一條戒律：決不打小貓一掌，在任何情況之下，也不打牠。此時，我趕快把稿紙拿起來，抖掉了上面的貓尿，等它自己乾。心裡又好氣，又好笑，真是哭笑不得。家人對我的嘲笑，我置若罔聞，「全等秋風過耳邊」。

我不信任何宗教，也不歸依任何神靈。但是，此時我卻有點想迷信一下。我期望會有奇蹟出現，讓咪咪的病情好轉。可世界上是沒有什麼奇蹟的，咪咪的病一天一天地嚴重起來。牠不想回家，喜歡在房外荷塘邊上石頭縫裡待著，或者藏在小山的樹木叢裡。牠再也不在夜裡睡在我的被子上了。每當我半夜裡醒來，覺得棉被上輕飄飄的，我惘然若有所失，甚至有點悲傷了。我每天凌晨起來，第一件事情就是拿著手電到房外塘邊山上去找咪咪。牠渾身雪白，是很容易找到的。在薄暗中，我眼前白白地一閃，我就知道是咪咪。見了我，「咪噢」一聲，起身向我走來。我把牠抱回家，給牠東西吃，牠似乎根本沒有胃口。我看了直想流淚。有一次，我拖著疲憊的身子，走幾里路，到海澱的肉店裡去買豬肝和牛肉。拿回來，餵給咪咪，牠一聞，似乎有點想吃的樣子；但肉一沾唇，牠立即又把頭縮回去，閉上眼睛，不聞不問了。

有一天傍晚，我看咪咪神情很不妙，我預感要發生什麼事情。我喚牠，牠不肯進屋。我把牠抱到籬笆以內，窗台下面。我端來兩隻碗，一隻盛吃的，一隻盛水。我拍了拍牠的腦袋，牠偎依著我，「咪噢」叫了兩聲，便閉上了眼睛。我放心進屋睡覺。第二天凌晨，我一睜眼，三步並作一步，手裡拿著手電，到外面去看。哎呀不好！兩碗全在，貓影頓杳。我心裡非常難過，說不出是什麼滋味。我手持手電找遍了塘邊，山上，樹後，草叢，深溝，石縫。有時候，眼前白光一閃。「是咪咪！」我狂喜。走近一看，是一張白紙。我嗒然若喪，心頭彷彿被挖掉了點什麼。「屋前屋後搜之遍，幾處茫茫皆不見。」從此我就失掉了咪咪，牠從我的生命中消逝了，永遠永遠地消逝了。我簡直像是失掉了一個好友，一個親人。至今回想起來，我內心裡還顫抖不止。

在我心情最沉重的時候，有一些通達世事的好心人告訴我，貓們有一種特殊的本領，能知道自己什麼時候壽終。到了此時此刻，牠們決不待在主人家裡，讓主人看到死貓，感到心煩，或感到悲傷。牠們總是逃了出去，到一個最僻靜、最難找的角落裡，地溝裡，山洞裡，樹叢裡，等候最後時刻的到來。因此，養貓的人大都在家裡看不見死貓的屍體。只要自己的貓老了，病了，出去幾天不回來，他們就知道，牠已經離開了人世，不讓舉行遺體告別的儀式，永遠永遠不再回來了。

我聽了以後，憬然若有所悟。我不是哲學家，也不是宗教家。但卻讀過不少哲學家和宗教家談論生死大事的文章。這些文章多半有非常精闢的見解，閃耀著智慧的光芒，我也想努力從中學習一些有關生死的真理。結果卻是毫無所得。那些文章中，除了說教以外，幾乎沒有什麼有用的東西。大半都是老生常談，不能解決什麼實際問題，沒能給我留下深刻的印象。現在看來，倒是貓們臨終時的所作所為，即使僅僅是出於本能吧，卻給了我很大的啟發。人們難道就不應該向貓們學習這一點經驗嗎？有生必有死，這是自然規律，誰都逃不過。中國歷史上的赫赫有名的人物，秦皇、漢武，還有唐宗，想方設法，千方百計，想求得長生不老。到頭來仍然是竹籃子打水一場空，只落得黃土一抔，「西風殘照漢家陵闕」。我輩平民百姓又何必煞費苦心呢？一個人早死幾個小時，或者晚死幾個小時，甚至幾天，實在是無所謂的小事，決影響不了地球的轉動，社會的前進。再退一步想，現在有些思想開明的人士，不想長生不死，不想在大地上再留黃土一抔；甚至開明到不要遺體告別，不要開追悼會。但是仍會給後人留下一些麻煩：登報，發訃告，還要打電話四處通知，總得忙上一陣。何不學一學貓們呢？牠們這樣處理生死大事，幹得何等乾淨利索呀！一點痕跡也不留，走了，走了，永遠地走了，讓這花花世界的人們不見貓屍，用不著落淚，照舊做著花花世界的夢。

我忽然聯想到我多次看過的敦煌壁畫上的西方淨土變。所謂「淨土」，指的就是我們常說的天堂、樂園。是許多宗教信徒燒香念佛，查經禱告，甚至實行苦行，折磨自己，夢寐以求想到達的地方。據說在那裡可以享受天福，得到人世間萬萬得不到的快樂。我看了壁畫上畫的房子、街道、樹木、花草，以及大人、小孩，林林總總，覺得十分熱鬧。可我覺得沒有什麼出奇之處。只有一件事給我留下了永不磨滅的印象，那就是，那裡的人們都是笑口常開，沒有一個人愁眉苦臉，他們的日子大概過得都很愜意。不像在我們人間有這樣許多不如意的事情，有時候辦點事，還要找後門，鑽空子。在他們的商店裡——淨土裡面還實行市場經濟嗎?他們還用得著商店嗎?——售貨員大概都很和氣，不給人白眼，不訓斥「上帝」，不扎堆閒侃，不給人釘子碰。這樣的天堂樂園，我也真是心嚮往之的。但是給我印象最深，使我最為吃驚或者羨慕的還是他們對待要死的人的態度。那裡的人，大概同人世間的貓們差不多，能預先知道自己壽終的時刻。到了此時，要死的老嬤嬤或者老頭，健步如飛地走在前面，身後簇擁著自己的子子孫孫、至親好友，個個喜笑顏開，全無悲慼的神態，彷彿是去參加什麼喜事一般，一直把老人送進墳墓。後事如何，壁畫不是電影，是不能動的。然而畫到這個程度，以後的事盡在不言中。如果一定要畫上填土封墳，反而似乎是多此一舉了。我覺得，淨土中的人們給我們人類爭了光。他們這一手比貓們又漂亮多了。知道必死，而又興高采烈，多麼豁達！多麼聰明！貓們能做得到嗎？這證明，淨土裡的人們真正參透了人生奧秘，真正參透了自然規律。人為萬物之靈，他們為我們人類在同貓們對比之下真正增了光！真不愧是淨土！

上面我胡思亂想得太遠了，還是回到我們人世間來吧。我坦白承認，我對人生的奧秘參透得還不夠，我對自然規律參透得也還不夠。我仍然十分懷念我的咪咪。我心裡彷彿有一個空白，非填起來不行。我一定要找一隻同咪咪一模一樣的白色波斯貓。後來果然朋友又送來了一隻，渾身長毛，潔白如雪，兩隻眼睛全是綠的，亮晶晶像兩塊綠寶石。為了紀念死去的咪咪，我仍然為牠命名「咪咪」，見了牠，就像見到老咪咪一樣。過了大約又有一年的光景，友人又送了我一隻據說是純種的波斯貓，兩隻眼睛顏色不同，一黃一藍。在太陽光下，黃的特別黃，藍的特別藍，像兩顆黃藍寶石，閃閃發光，競妍爭艷。這隻貓特別調皮，簡直是膽大無邊，然而也因此就更特別可愛。這一下子又忙壞了虎子，牠認為這兩隻小貓都是自己的親生女兒，硬逼著牠們吮吸自己那乾癟的奶頭。只要牠走出去，不知在什麼地方弄到了小鳥、蚱蜢之類，就帶回家來，給兩隻小貓吃。好久沒有聽到的「咪噢」喚小貓的聲音，現在又聽到了。我心裡漾起了一絲絲甜意。這大大地減輕了我對老咪咪的懷念。

可是歲月不饒人，也不會饒貓的。這一隻「土貓」虎子已經活到十四歲。據通達世情的人們說，貓的十四歲，就等於人的八九十歲。這樣一來，我自己不是成了虎子的同齡「人」了嗎？這個虎子卻也真怪。有時候，頗現出一些老相。兩隻炯炯有神的眼睛裡忽然被一層薄膜蒙了起來。嘴裡流出了哈喇子，鬍子上都沾得亮晶晶的。不大想往屋裡來，日日夜夜趴在陽台上蜂窩煤堆上，不吃，不喝。我有了老咪咪的經驗，知道牠快不行了。我也跑到海澱，去買來牛肉和豬肝，想讓牠不要餓著肚子離開這個世界。我隨時準備著：第二天早晨一睜眼，虎子不見了。結果虎子並沒有這樣幹。我天天凌晨第一件事就是來看虎子，隔著窗子，依然黑糊糊的一團，臥在那裡。我心裡感到安慰。有時候，牠也起來走動了。我在本文開頭時寫的就是去年深秋一個下雨天我隔窗看到的虎子的情況。

到了今天，半年又過去了。虎子不但沒有走，而且頑健勝昔，仍然是天天出去。有時候在晚上，窗外的布簾子的一角驀地被掀了起來，一個丑角似的三花臉一閃。我便知道，這是虎子回來了，連忙開門，放牠進來。大概同某一些老年人一樣——不是所有的老年人——到了暮年就改惡向善，虎子的脾氣大大地改變了，幾乎再也不咬人了。我早晨摸黑起床，寫作看書累了，常常到門外湖邊山下去走一走。此時，我冷不防腳下忽然踢著了一團軟乎乎的東西。這是虎子。牠在夜裡不知道在什麼地方待了一夜，現在看到了我，一下子竄了出來，用身子蹭我的腿，在我身前和身後轉悠。牠跟著我，亦步亦趨，我走到哪裡，牠就跟到哪裡，寸步不離。我有時故意爬上小山，以為牠不會跟來了，然而一回頭，虎子正跟在身後。貓是從來不跟人散步的，只有狗才這樣幹。有時候碰到過路的人，他們見了這情景，都大為吃驚。「你看貓跟著主人散步哩！」他們說，露出滿臉驚奇的神色。最近一個時期，虎子似乎更精力旺盛了，牠返老還童了。有時候竟帶一個牠重孫輩的小公貓到我們家陽台上來。「今夜我們相識。」虎子用不著介紹就相識了。看樣子，虎子一去不復返的日子遙遙無期了。我成了擁有三隻貓的家庭的主人。

我養了十幾年貓，前後共有四隻。貓們向人們學習什麼，我不通貓語，無法詢問。我作為一個人卻確實向貓學習了一些有用的東西。上面講過的對處理死亡的辦法，就是一個例子。我自己畢竟年紀已經很大了，常常想到死的問題。魯迅五十多歲就想到了，我真是瞠乎後矣。人生必有死，這是無法抗禦的。而且我還認為，死也是好事情。如果世界上的人都不死，連我們的軒轅老祖和孔老夫子今天依然峨冠博帶，坐著奔馳車，到天安門去遛彎，你想人類世界會成一個什麼樣子！人是百代的過客，總是要走過去的，這決不會影響地球的轉動和人類社會的進步。每一代人都只是一場沒有終點的長途接力賽的一環。前不見古人，後不見來者，是宇宙常規。人老了要死，像在淨土裡那樣，應該算是一件喜事。老人跑完了自己的一棒，把棒交給後人，自己要休息了，這是正常的。不管快慢，他們總算跑完了一棒，總算對人類的進步做出了貢獻，總算盡上了自己的天職。年老了要退休，這是身體精神狀況所決定的，不是哪個人能改變的。老人們會不會感到寂寞呢？我認為，會的。但是我卻覺得，這寂寞是順乎自然的，從倫理的高度來看，甚至是應該的。我始終主張，老年人應該為青年人活著，而不是相反。青年人有接力棒在手，世界是他們的，未來是他們的，希望是他們的。吾輩老年人的天職是盡上自己僅存的精力，幫助他們前進，必要時要躺在地上，讓他們踏著自己的軀體前進，前進。如果由於害怕寂寞而學習《紅樓夢》裡的賈母，讓一家人都圍著自己轉，這不但是辦不到的，而且從人類前途利益來看是犯罪的行為。我說這些話，也許有人懷疑，我是不是碰到了什麼不如意的事，才說出這樣令某些人駭怪的話來。不，不，決不。我現在身體頑健，家庭和睦，在社會上廣有朋友，每天照樣讀書、寫作、會客、開會不輟。我沒有不如意的事情，也沒有感到寂寞。不過自己畢竟已逾耄耋之年，面前的路有限了，不免有時候胡思亂想。而且，我同貓們相處久了，覺得牠們有些東西確實值得我們學習，我們這些萬物之靈應該屈尊一下，學習學習。即使只學到貓們處理死亡大事這一手，我們社會上會減少多少麻煩呀！

「那麼，你是不是準備學習呢？」我彷彿聽到有人這樣質問了。是的，我心裡是想學習的。不過也還有些困難。我沒有貓的本能，我不知道自己的大限何時來到。而且我還有點擔心。如果我真正學習了貓，有一天忽然偷偷地溜出了家門，到一個旮旯裡、樹叢裡、山洞裡、河溝裡，一頭鑽進去藏了起來，這樣一來，我們人類社會可不像貓社會那樣平靜，有些人必然認為這是特大新聞，指手畫腳，嘁嘁喳喳。如果是在舊社會裡或者在今天的香港等地的話，這必將成為頭版頭條的爆炸性新聞，不亞於當年的楊乃武和小白菜。我的親屬和朋友也必將派人出去尋找，派的人也許比尋找彭加木的人還要多。

喜鵲窩

我是鄉下人。小時候在鄉下住過幾年。鄉下，樹多，鳥多，樹上的鳥窩多。秋冬之際，樹上的葉子落光，抬頭就能看到高樹頂上的許多鳥窩，宛如一個個的黑色蘑菇。

但是，我同許多鄉下人一樣，對鳥並不特別感興趣。我感興趣的是昆蟲中的知了（我們那裡讀如 Jie-liu，也就是蟬），在水族中是蝦。夏天晚上，在場院裡乘涼，在大柳樹下，用麥秸點上一把火。赤腳爬上樹去，用力一搖晃，知了便像雨點似的紛紛落下。如果嫌熱，就跳到葦坑裡，在葦叢中伸手一摸，就能摸到一些個兒不小的蝦，帶著雙夾，齊白石畫的就是這一種蝦。

鳥卻不能帶給我這樣的快樂，我有時甚至還感到厭煩。麻雀整天喳喳亂叫，還偷吃莊稼。烏鴉穿一身黑色的晚禮服，名聲一向不好，鄉下人總把牠同死亡聯繫起來，「哇！哇！」兩聲，叫得人身上起雞皮疙瘩。只有喜鵲沾了「喜」字的光，至少不引起人們的反感。那時候，鄉下人餓著肚皮，又不是詩人，哪裡會有甚麼閒情雅興來欣賞鳥的鳴聲呢？連喜鵲「喳，喳」的叫聲也不例外。我雖然只有幾歲，鄉下人的偏見我都具備。只有一件事現在回想起來還能聊以自慰：我從來沒有爬上樹去掏喜鵲的窩。

後來我到了城裡，變成了城裡人。初到的時候，我簡直像是進入迷宮。這麼多人，這麼多車，這麼多商店，這麼多大街小巷。我吃驚得目瞪口呆。有一年，母親在鄉下去世了，我回家奔喪。小時候的大娘、大嬸見了我就問：

「尋（讀若Xin）了媳婦沒有？」

這問題好回答。我敬謹答曰：

「尋了。」

「是一個莊上的嗎？」

我一時語塞，知道鄉下人沒有進過城，他們不知道城裡不是村莊。想解釋一下，又怕三言兩語說不清楚，最終還是弄一個「丈二和尚，摸不著頭腦」。我一時靈機一動，採用了魯迅先生的辦法，含糊答曰：

「唔！唔！」

誰也不知道「唔，唔」是甚麼意思。妙就妙在誰也不知道是甚麼意思。鄉下的大娘、大嬸不是哲學家，不懂甚麼邏輯思維，她們不「打破砂鍋問到底」。我的口試就算及了格。

這一件小事雖小，它卻充分說明了鄉下人和城裡人的思維和情趣是多麼不同。回頭再談鳥兒。城裡不是鳥的天堂。除了麻雀以外，別的鳥很少見到。常言道：物以稀為貴。於是城裡的鳥就「貴」起來了，城裡一些人對鳥也就有了感情。如果碰巧能看到高樹頂端上的鳥窩，那簡直是一件稀罕事兒。小孩子會在樹下面拍手歡跳。

中國古代的詩人，雖然有的出生在鄉下，但是科舉，當官一定是在城裡。既然是詩人，感情定是十分細膩。這種細膩表現在方方面面，也表現在對鳥，特別是對鳥鳴的喜愛上。這樣的詩句，用不著去查書，一回想就能夠想到一大堆。「鳥鳴山更幽」，「月出驚山鳥，時鳴春澗中」，「兩個黃鸝鳴翠柳，一行白鷺上青天」，「蕩胸生層雲，決眥入歸鳥」，「人歸山郭暗，雁下蘆洲白」，「微雨靄芳原，春鳩鳴何處」，「空山百鳥散還合，萬里浮雲陰且晴。嘶酸芻雁失群夜，斷絕胡兒戀母聲。川為靜其波，鳥亦罷其鳴。」等等，用不著再多舉了。中國古代詩人對鳥和鳥鳴感情之深概可想見了。

只有陶淵明的一句詩，我覺得有點怪。「犬吠深巷中，雞鳴桑樹巔。」雞飛上樹去高聲鳴叫，我確實沒有見過。「雞鳴桑樹巔」，這一句話頗為突兀。難道晉朝江西的雞真有飛到桑樹頂上去高叫的脾氣嗎？

不管怎樣，中國古代詩人對鳥及其鳴聲特別敏感，已是一個彰明昭著的事實。再看一看西方文學，不能不感到其間的差別。西方詩歌中，除了雲雀和夜鶯外，其他的鳥及其鳴聲似乎很少受詩人的垂青。這裡面是否也涵有很深的審美情趣的差別呢？是否也涵有東西方詩人，再擴而大之是一般人之間對大自然的關係的差別呢？姑妄言之。

我繞彎子說了半天，無非是想說中國的城裡人對鳥比較有感情而已。我這個由鄉下人變為城裡人的人，也逐漸愛起鳥來。可惜我半輩子始終是在大城市裡轉，在中國是如此，在德國和瑞士仍然是如此。空有愛鳥之心，愛的對象卻難找到，在心靈深處難免感到惆悵。

一直到四十多年前，我四十多歲了，才從沙灘——真像是一片沙漠——搬到風光旖旎林木蓊鬱的燕園裡來。這裡雖處城市，卻似鄉村，真正是鳥的天堂。我又能看到鳥了；不是一隻，而是成群；不是一種，而是多種；不但看到牠們飛，而且聽到牠們叫；不但看到牠們在草地上蹦跳，而且看到高樹頂上搭窩。我真是顧而樂之，多年乾涸的心靈似乎又注入了一股清泉。

在眾多的鳥中，給我印象最深、我最喜愛的還是喜鵲。在我住的樓前，沿著湖畔，有一排高大的垂柳，在馬路對面則是一排高聳入雲的楊樹。樓西和樓後，小山下面，有幾棵高大的榆樹，小山上有一棵至少有六七百年的古松。可以說我們的樓是處在綠色叢中。我原住在西門洞的二樓上，書房面西，正對著那幾棵榆樹。一到春天，喜鵲和其他鳥的叫聲不停。喜鵲不知道是通過甚麼方式，大概是既無父母之命，也沒有媒妁之言，自由戀愛，結成了情侶，情侶不停地在群樹之間穿梭飛行，嘴裡往往叼著小樹枝，想到甚麼地方去搭窩。我天天早上最大的樂趣就是看喜鵲們箭似的飛翔，喳喳地歡叫，往往能看上、聽上半天。

有一天，完全出我的意料，然而又合乎我的心願，窗外大榆樹上有一團黑色的東西，我豁然開朗：這是喜鵲在搭窩。我現在不用出門就能夠看到喜鵲窩了，樂何如之。從此我的眼睛和耳朵完全集中到這一對喜鵲和牠們的窩上，其他的鳥鳴聲彷彿都不存在了。每次我看書寫作疲倦了，就向窗外看一看。一看到喜鵲窩就像鄭板橋看到白銀那樣，「心花怒放，書畫皆佳」。我的靈感風起雲湧，連記憶力都彷彿是變了樣子，大有過目不忘之概了。

光陰流轉，轉瞬已是春末夏初。窩裡的喜鵲小寶寶看樣子已經成長起來了。每當颳風下雨，我心裡就揪成一團，我很怕牠們的窩經受不住風吹雨打。當我看到，不管風多麼狂，雨多麼驟，那一個黑蘑菇似的窩仍然固若金湯，我的心就放下了。我幻想，此時喜鵲媽媽和喜鵲爸爸正在窩裡伸開了翅膀，把小寶寶遮蓋得嚴嚴實實，喜鵲一家正在做著甜美的夢，夢到燕園風和日麗；夢到燕園花團錦簇；夢到小蟲子和小蚱蜢自己飛到窩裡來，小寶寶食用不盡；夢到湖光塔影忽然移到了大榆樹下面……

這一切原本都是幻影，然而我卻淚眼模糊，再也無法幻想下去了。我從小失去了慈母，失去了母愛。一個失去了母愛的人，必然是一個心靈不完整或不正常的人。在七八十年的漫長時期中，不管是甚麼時候，也不管我是在甚麼地方，只要提到了失去母愛，失去母親，我必然立即淚水盈眶。對人是如此，對鳥獸也是如此。中國古人常說「終天之恨」，我這真正是「終天之恨」了，這個恨只能等我離開人世才能消泯，這是無可懷疑的了。中國古詩說：「勸君莫打三春鳥，子在巢中待母歸，」真是藹然仁者之言，我每次暗誦，都會感到心靈震撼的。

但是，天有不測風雲，鳥有旦夕禍福。正當我為這一家幸福的喜鵲感到幸福而自我陶醉的時候，禍事發生了。一天早上，我坐在書桌前，真是無巧不成書，我一抬頭正看到一個小男孩赤腳爬上了那一棵榆樹，伸手從喜鵲窩裡把喜鵲寶寶掏了出來。掏了幾隻，我沒有看清，不敢瞎說。總之是掏走了。只看這一個小男孩像猿猴一般，轉瞬跳下樹來，前後也不過幾分鐘，手裡抓著小喜鵲，消逝得無影無蹤了。我很想下樓去干預一下；但是一想到在浩劫中我頭上戴的那一羅可怕的沉重的帽子，都還在似摘未摘之間，我只能規規矩矩，不敢亂說亂動。如果那一個小男孩是工人的孩子，那豈不成了「階級報復」了嗎？我吃了老虎心、豹子膽，也不敢動一動呀！我只有伏在桌上，暗自啜泣。

完了，完了，一切全完了。喜鵲的美夢消失了，我的美夢也消失了。我從此抑鬱不樂，甚至不敢再抬頭看窗外的大榆樹。喜鵲媽媽和喜鵲爸爸的心情我不得而知。牠們痛失愛子，至少也不會比我更好過。一連好幾天，我聽到窗外這一對喜鵲喳喳哀鳴，繞樹千匝，無枝可依。我不忍再抬頭看牠們。不知甚麼時候，這一對喜鵲不見了。牠們大概是懷著一顆破碎的心，飛到甚麼地方另起爐灶去了。過了一兩年，大榆樹上的那一個喜鵲窩，也由於沒加維修，鵲去窩空，被風吹得無影無蹤了。

我卻還並沒有死心，那一棵大榆樹不行了，我就寄希望於其他樹木。喜鵲們選擇搭窩的樹，不知道是根據甚麼標準。根據我這個人的標準，我覺得，樓前，樓後，樓左，樓右，許多高大的樹都合乎搭窩的標準。我於是就盼望起來，年年盼，月月盼，盼星星，盼月亮，盼得雙眼發紅光。一到春天，我出門，首先抬頭往樹上瞧，枝頭光禿禿的，甚麼東西也沒有。我有時候真有點發急，甚至有點發狂，我想用眼睛看出一個喜鵲窩來。然而這一切都白搭，都徒然。

今年春天，也就是現在，我走出樓門，偶爾一抬頭，我在上面講的那一棵大榆樹上，在光禿禿的枝幹中間，又看到一團黑糊糊的東西。連年來我老眼昏花，對眼睛已經失去了自信力，我在驚喜之餘，連忙擦了擦眼，又使勁瞪大了眼睛，我明白無誤地看到了：是一個新搭成的喜鵲窩。我的高興是任何語言文字都無法形容的。然而福不單至。過了不久，臨湖的一棵高大的垂柳頂上，一對喜鵲又在忙忙碌碌地飛上飛下，嘴裡叼著小樹枝，正在搭一個窩。這一次的驚喜又遠遠超過了上一回。難道我今生的華蓋運真已經交過了嗎？

當年爬樹掏喜鵲窩的那一個小男孩，現在早已長成大人了吧。他或許已經留了洋，或者下了海，或者成了「大款」。此事他也許早已忘記了。我潛心默禱，希望不要再出這樣一個孩子，希望這兩個喜鵲窩能夠存在下去，希望在燕園裡千百棵大樹上都能有這樣黑蘑菇似的喜鵲窩，希望在這裡，在全中國，在全世界，人與鳥都能和睦融洽像一家人一樣生活下去，希望人與鳥共同造成一個和諧的宇宙。

一九九四年二月二十五日

輯六 馨愛市井

我愛北京的小胡同

我愛北京的小胡同，北京的小胡同也愛我，我們已經結下了永恆的緣分。

六十多年前，我到北京來考大學，就下榻於西單大木倉裡面一條小胡同中的一個小公寓裡。白天忙於到沙灘北大三院去應試。北大與清華各考三天，考得我焦頭爛額，精疲力竭；夜裡回到公寓小屋中，還要忍受臭蟲的圍攻，特別可怕的是那些臭蟲的空降部隊，防不勝防。

但是，我們這一幫山東來的學生仍然能夠苦中作樂。在黃昏時分，總要到西單一帶去逛街。街燈並不輝煌，「無風三尺土，有雨一街泥」，也會令人不快。我們卻甘之若飴。耳聽鏗鏘清脆、悠揚有致的京腔，如聞仙樂。此時鼻管裡會驀地湧入一股幽香，是從路旁小花攤上的梔子花和茉莉花那裡散發出來的。回到公寓，又能聽到小胡同中的叫賣聲：「驢肉！驢肉！」、「王致和的臭豆腐！」其聲悠揚、深邃，還含有一點淒清之意。這聲音把我送入夢中，送到與臭蟲搏鬥的戰場上。

將近五十年前，我在歐洲待了十年多以後，又回到了故都。這次是住在東城的一條小胡同裡：翠花胡同，與南面的東廠胡同為鄰。我住的地方後門在翠花胡同，前門則在東廠胡同，據說就是明朝的特務機關東廠所在地，是折磨、囚禁、拷打、殺害所謂「犯人」的地方，冤死之人極多，他們的鬼魂據說常出來顯靈。我是不相信什麼鬼怪的。我感興趣的不是什麼鬼怪顯靈，而是這一所大房子本身。它地跨兩個胡同，其大可知。裡面重樓復閣，迴廊盤曲，院落錯落，花園重疊，一個陌生人走進去，必然是如入迷宮，不辨東西。

然而，這樣複雜的內容，無論是從前面的東廠胡同，還是從後面的翠花胡同，都是看不出來的。外面十分簡單，裡面十分複雜；外面十分平凡，裡面十分神奇。這是北京許多小胡同共有的特點。

據說當年黎元洪大總統在這裡住過。我住在這裡的時候，北大校長胡適住在黎住過的房子中。我住的地方僅僅是這個大院子中的一個旮旯，在西北角上。但是這個旮旯也並不小，是一個三進的院子，我第一次體會到「庭院深深深幾許」的意境。我住在最深一層院子的東房中，院子裡擺滿了漢代的磚棺。這裡本來就是北京的一所「凶宅」，再加上這些棺材，黃昏時分，總會讓人感覺到鬼影憧憧，毛骨悚然。所以很少有人敢在晚上來拜訪我。我每日「與鬼為鄰」，倒也過得很安靜。

第二進院子裡有很多樹木，我最初沒有注意是什麼樹。有一個夏日的晚上，剛下過一陣雨，我走在樹下，忽然聞到一股幽香。原來這些是馬纓花樹，現在樹上正開著繁花，幽香就是從這裡散發出來的。

這一下子讓我回憶起十幾年前西單的梔子花和茉莉花的香氣。當時我是一個十九歲的大孩子，現在成了中年人。相距將近二十年的兩個我，忽然融合到一起來了。

不管是六十多年，還是五十年，都成為過去了。現在北京的面貌天天在改變，層樓摩天，國道寬敞。然而那些可愛的小胡同，卻日漸消逝，被摩天大樓吞噬掉了。看來在現實中小胡同的命運和地位都要日趨消沉，這是不可抗禦的，也不一定就算是壞事。可是我仍然執著地關心我的小胡同。就讓它們在我的心中佔一個地位吧，永遠，永遠。

我愛北京的小胡同，北京的小胡同也愛我。

一九九三年十月二十五日

母與子

一想到故鄉，就想到一個老婦人。我自己也覺得奇怪：乾皺的面紋，霜白的亂髮，眼睛因為流淚多了鑲著紅腫的邊，嘴癟了進去。這樣一張面孔，看了不是很該令人不適意的嗎？為什麼它總霸佔住我的心呢？但是再一想到，我是在怎樣的一個環境裡遇到了這老婦人，便立刻知道，她不但現在霸佔住我的心，而且要永遠地霸佔住了。

現在回憶起來，還恍如眼前的事。

去年的初秋，因為母親的死，我在火車裡悶了一天，在長途汽車裡又顛蕩了一天以後，又回到八年沒曾回過的故鄉去。現在已經不能確切地記得是什麼時候，只記得我才到故鄉的時候，樹叢裡還殘留著一點浮翠，當我離開的時候就只有淡遠的長天下一片淒涼的黃霧了。就在這浮翠裡，我踏上印著自己童年遊蹤的土地。當我從遠處看到自己的在煙雲籠罩下的小村的時候，想到死去的母親就躺在這煙雲裡的某一個角落裡，我不能描寫我的心情。像一團烈焰在心裡燒著，又像嚴冬的厚冰積在心頭。我迷惘地撞進了自己的家，在淚光裡看著一切都在浮動。我更不能描寫當我看到母親的棺材時的心情。幾次在夢裡接受了母親的微笑，現在微笑的人卻已經睡在這木匣子裡了。有誰有過同我一樣的境遇的麼？他大概知道我的心是怎樣地絞痛了。我哭，我哭到一直不知道自己是在哭。漸漸地聽到四周有嘈雜的人聲圍繞著我，似乎都在解勸我，都叫著我的乳名，自己聽了，在冰冷的心裡也似乎得到了點溫熱。又經過了許久，我才睜開眼。看到了許多以前熟悉現在都變了但也還能認得出來的面孔。除了自己家裡的大娘嬸子以外，我就看到了這個老婦人：乾皺的面紋，霜白的亂髮，眼睛因為流淚多了鑲著紅腫的邊，嘴癟了進去……

她就用這癟了進去的嘴，一凹一凹地似乎對我說著什麼話。我只聽到絮絮的扯不斷拉不斷彷彿唸咒似的低聲，並沒有聽清她對我說的什麼。等到陰影漸漸地從窗外爬進來，我從窗櫺裡看出去，小院裡也織上了一層朦朧的暗色。我似乎比以前清楚了點，看到眼前仍然擠著許多人。在陰影裡，每個人擺著一張陰暗蒼白的面孔，卻看不到這一凹一凹的嘴了。一打聽，才知道，她就是同村的算起來比我長一輩的，應該叫做大娘之流的在我小時候也曾抱我玩過的一個老婦人。

以後，我過的是一個極端痛苦的日子。母親的死使我對一切都灰心。以前也曾自己吹起過幻影：怎樣在十幾年的漂泊生活以後，回到故鄉來，聽到母親的一聲含有溫熱的呼喚，彷彿飲一杯甘露似的，給疲憊的心加一點生氣，然後再衝到人世裡去。現在這幻影終於證實了是個幻影。我現在是處在怎樣一個環境裡呢？

寂寞冷落的屋裡，牆上滿佈著灰塵和蛛網，正中放著一個大而黑的木匣子。這匣子裝走了我的母親，也裝走了我的希望和幻影。屋外是一個用黃土堆成的牆圍繞著的天井。牆上已經有了幾處傾地的缺口，上面長著亂草。從缺口裡看出去是另一片黃土的牆，黃土的屋頂，黃土的街道，接連著棗林裡的一片淡淡的還殘留著點綠色的黃霧，棗林的上面是初秋陰沉的也有點黃色的長天。我的心也像這許多黃的東西一樣地黃，也一樣地陰沉。一個丟掉希望和幻影的人，不也正該丟掉生趣嗎？

我的心，雖然像黃土一樣地黃，卻不能像黃土一樣地安定。我被圈在這樣一個小的天井裡：天井的四周都栽滿了樹，榆樹最多，也有桃樹和梨樹。每棵樹上都有母親親自砍伐的痕跡。在給煙燻黑了的小廚房裡，還有母親沒死前吃剩的半個茄子，半棵蔥。吃飯用的碗筷，隨時用的手巾，都印有母親的手澤和口澤。在地上的每一塊磚上，每一塊土上，母親在活著的時候每天不知道要踏過多少次。這活著，並不渺遠，一點都不；只不過是十天前。十天算是怎樣短的一個時間呢？然而不管怎樣短，就在十天後的現在，我卻只看到母親躺在這黑匣子裡。看不到，永遠也看不到，母親的身影再在榆樹和桃樹中間，在這磚上，在黃的牆，黃的棗林，黃的長天下游動了。

雖然白天和夜仍然交替著來，我卻只覺到有夜。在白天，我有顆夜的心。在夜裡，夜長，也黑，長得莫名其妙，黑得更莫名其妙；更黑的還是我的心。我枕著母親枕過的枕頭，想到母親在這枕頭上想到她兒子的時候不知道流過多少淚，現在卻輪到我枕著這枕頭流淚了。淒涼零亂的夢縈繞在我的四周，我睡不熟。在朦朧裡睜開眼睛，看到淡淡的月光從門縫裡流進來，反射在黑漆的棺材上的清光。在黑影裡，又浮起了母親的淒冷的微笑。我的心在戰慄，我渴望著天明。但夜更長，也更黑，這漫漫的長夜什麼時候過去呢？我什麼時候才能看到天光呢？

時間終於慢慢地走過去。

白天裡悲痛襲擊著我，夜裡黑暗壓住了我的心。想到故都學校裡的校舍和朋友，恍如回望雲天裡的仙闕，又像捉住了一個荒誕的古代的夢。眼前仍然是一片黃土色，每天接觸到的仍然是一張張陰暗灰白的面孔。他們雖然都用天真又單純的話和舉動來對我表示親熱，但他們哪能瞭解我這一腔的苦水呢？我感覺到寂寞。

就在這時候，這老婦人每天總到我家裡來看我。仍然是乾皺的面紋，霜白的亂髮，眼睛鑲著紅腫的邊，嘴癟了進去。就用這癟了進去的嘴一凹一凹地絮絮地說著話，以前我總以為她說的不過是同別人一樣的勸解我的話，因為我並沒曾聽清她說的什麼。現在聽清了，才知道這一凹一凹的嘴裡發出的並不是我想的那些話。她老向我問著外面的事情，尤其很關心地問著軍隊的事情，對於我母親的死卻一句也不提。我很覺得奇怪，我不明瞭她的用意。我在當時那種心情之下，有什麼心緒同她閒扯呢？

當她絮絮地扯不斷拉不斷地彷彿唸咒似的說著話的時候，我仍然看到母親的面影在各處飄，在榆樹旁，在天井裡，在牆角的陰影裡。寂寞和悲哀仍然霸佔住我的心。我有時也答應她一兩句。她於是就絮絮地說下去，說，她怎樣有一個兒子，她的獨子，三年前因為在家裡沒飯吃，偷跑了出去當兵。去年只接到他的一封信，說是不久就要開到不知道哪裡去打仗。到現在又一年沒信了。留下一個媳婦和一個孩子（說著指了指偎在她身旁的一個骯髒的拖著鼻涕的小孩）。家裡又窮，幾年來年成又不好，媳婦時常哭……問我知道不知道他在什麼地方。說著，在歎了幾口氣以後，晶瑩的淚點順著乾皺的面紋流下來，流過一凹一凹的嘴，落到地上去了。我知道，悲哀怎樣啃著這老婦人的心。本來需要安慰的我也只好反過頭來，安慰她幾句，看她領著她的孫子沿著黃土的路踽踽地走去的漸漸消失的背影。

接連著幾天的過午，她總領著她孫子來看我。她這孫子實在不高明，骯髒又淘氣。他死死地纏住她，但是她卻一點都不急躁。看著她孫子的拖著鼻涕的面孔，微笑就浮在她這癟了進去的嘴旁。拍著他，嘴裡哼著催眠曲似的歌。我知道，這單純的老婦人怎樣在她孫子身上發見了她兒子。她仍然絮絮地問著我，關於外面軍隊裡的事情，問我知道她兒子在什麼地方不。我也很想在談話間隔的時候，問她一問我母親活著時的情形，好使我這八年不見面的渴望和悲哀的烈焰消熄一點。她卻只「唔唔」兩聲支吾過去，仍然絮絮地扯不斷拉不斷地彷彿唸咒似的自己低語著，說她兒子小的時候怎樣淘氣，有一次，他打碎一個碗，她打了他一掌，他哭得真兇呢。大了怎樣不正經做活。說到高興的地方，也有一絲微笑掠過這乾皺的臉。最後，又問我知道她兒子在什麼地方不。我發見了這老婦人出奇的固執，我只好再安慰她兩句。在黃昏的微光裡，送她出去，眼看著她領著她的孫子在黃土道上踽踽地淒涼地走去，暮色壓在她的微駝的背上。

就這樣，有幾個寂寞的過午和黃昏就度過了。間或有一兩天，這老婦人因為有事沒來看我。我自己也受不住寂寞的襲擊，常出去走走。緊靠著屋後是一個大坑，汪洋一片水，有外面的小湖那樣大。是秋天，前面已經說過。坑裡叢生著的蘆草都頂著白茸茸的花，望過去，像一片銀海。蘆花的裡面是水。從蘆花稀處，也能看到深碧的水面，我曾整個過午坐在這水邊的蘆花叢裡，看水面反射的靜靜的清光。間或有一兩條小魚衝出水面來唼喋著。一切都這樣靜。母親的面影仍然浮動在我眼前。我想到童年時候怎樣在這裡洗澡；怎樣在夏天裡，太陽出來以前，水面還發著藍黑色的時候，沿著坑邊去摸鴨蛋；倘若摸到一個的話，拿給母親看的時候，母親的微笑怎樣在當時的童稚的心靈裡開成一朵花；怎樣又因為淘氣，被母親在後面追打著，當自己被逼緊了跳下水去站在水裡回頭看岸上的母親的時候，母親卻因了這過分頑皮的舉動，笑了，自己也笑……然而這些美麗的回憶，卻隨了母親給死吞噬了去，只剩了一把兩把的眼淚。我要問，母親怎麼會死了？我究竟是什麼東西？但一切都這樣靜。我眼前閃動著各種的幻影。蘆花流著銀光，水面上反射著青光，夕陽的殘暉照在樹梢上發著金光：這一切都混雜地攪動在我眼前，像一串串的金星，又像迸發的火花。裡面仍然閃動著母親的面影，也是一串串地——我忘記了自己，忘記了一切，像浮在一個荒誕的神話裡，踏著暮色走回家了。

有時候，我也走到場裡去看看。豆子穀子都從田地裡用牛車拖了來，堆成一個個小山似的垛。有的也攤開來在太陽裡曬著。老牛拖著石碾在上面轉，有節奏地擺動著頭。驢子也搖著長耳朵在拖著車走。在正午的沉默裡，只聽到豆莢在陽光下開裂時畢剝的響聲，和柳樹下老牛的喘氣聲。風從割淨了莊稼的田地裡吹了來，帶著土的香味。一切都沉默。這時候，我又往往遇到這個老婦人，領著她的孫子，從遠遠的田地裡順著一條小路走了來，手裡間或拿著幾支玉蜀黍秸，霜白的髮被風吹得輕微地顫動著。一見了我，立刻紅腫的眼睛裡也彷彿有了光輝，站住便同我說起話來。嘴一凹一凹地說過了幾句話以後，立刻轉到她的兒子身上。她自己又低著頭絮絮地扯不斷拉不斷地彷彿唸咒似的說起來。又說到她兒子小的時候怎樣淘氣。有一次他摔碎了一個碗，她打了他一掌，他哭得真兇呢。他大了又怎樣不正經做活。說到高興的地方，乾皺的臉上仍然浮起微笑。接著又問到我外面軍隊上的情形，問我知道他在什麼地方、見過他沒有。她還要我保證，他不會被人打死的。我只好再安慰安慰她，說我可以帶信給他，叫他家來看她。我看到她那一凹一凹的乾癟的嘴旁又浮起了微笑。旁邊看的人，一聽到她又說這一套，早走到柳蔭下看牛去了。我打發她回家去，仍然讓沉默籠罩著這正午的場。

這樣也終於沒能延長多久。在由一個鄉間的陰陽先生按著什麼天干地支找出的所謂「好日子」的一天，我從早晨就穿了白布袍子，聽著一個人的暗示。他暗示我哭，我就伏在地上咧開嘴嚎啕地哭一陣。正哭得淋漓的時候，他忽然暗示我停止，我也只好立刻收了淚。在收了淚的時候，就又可以從淚光裡看來來往往的各樣的弔喪的人，也就嚎啕過幾場，又被一個人牽著東走西走。跪下又站起，一直到自己莫名其妙，這才看到有幾十個人去抬母親的棺材了。

這裡，我不願意，實在是不可能，說出我看到母親的棺材被人抬動時的心痛。以前母親的棺材在屋裡，雖然死彷彿離我很遠，但只隔一層木板裡面就躺著母親，現在卻被抬到深的永恆黑暗的洞裡去了。我腦筋裡有點糊塗，跟了棺材沿著坑走過了一段長長的路，到了墓地。又被拖著轉了幾個圈子……不知怎樣腦筋裡一閃，卻已經給人拖到家裡來了。又像我才到家時一樣，漸漸聽到四周有嘈雜的人聲圍繞著我，似乎又在說著同樣的話。過了一會，我才聽到有許多人都說著同樣的話，裡面雜著絮絮地扯不斷拉不斷的彷彿唸咒似的低語。我聽出是這老婦人的聲音，但卻聽不清她說的什麼，也看不到她那一凹一凹的嘴了。

在我清醒了以後，我看到的是一個變過的世界。塵封的屋裡，沒有了黑亮的木匣子。我覺得一切都空虛寂寞。屋外的天井裡，殘留在樹上的一點浮翠也消失到不知哪兒去了。草已經都轉成黃色，聳立在牆頭上，在秋風裡打顫。牆外一片黃土的牆更黃；黃土的屋頂，黃土的街道也更黃；尤其黃的是棗林裡的一片黃霧，接連著更黃更黃的陰沉的秋的長天。但頂黃頂陰沉的卻仍然是我的心。一個對一切都感到空虛和寂寞的人，不也正該丟掉希望和幻影嗎？

又走近了我的行期。在空虛和寂寞的心上，加上了一點綿綿的離情。我想到就要離開自己漂泊的心所寄托的故鄉，以後，聞不到土的香味，看不到母親住過的屋子、母親的墓，也踏不到母親曾經踏過的地，自己心裡說不出是什麼味。在屋裡覺到窒息，我只好出去走走。沿著屋後的大坑蹚著，看銀耀的蘆花在過年的陽光裡閃著光，看天上的流雲，看流雲倒在水裡的影子。一切又都這樣靜。我看到這老婦人從穿過蘆花叢的一條小路上走了來。霜白的亂髮，襯著霜白的蘆花，一片輝耀的銀光。極目蒼茫微明的雲天在她身後伸展出去。在雲天的盡頭，還可以看到一點點的遠村。這次沒有領著她的孫子，神氣也有點匆促，但掩不住乾皺的面孔上的喜悅。手裡拿著有點紅顏色的東西，遞給我，是一封信。除了她兒子的信以外，她從沒接到過別人的信。所以，她雖然不認字，也可以斷定這是她兒子的信。因為村裡人沒有能念信的，於是趕來找我。她站在我面前，臉上充滿了微笑，紅腫的眼裡也射出喜悅的光。癟了進去的嘴仍然一凹一凹地動著，但卻沒有絮絮的唸咒似的低語了。信封上的紅線因為淋過雨擴成淡紅色的水痕。看郵戳，卻是半年前在河南南部一個作過戰場的縣城裡寄出的。地址也沒寫對，所以經過許多時間的輾轉。但也居然能落到這老婦人手裡。我的空虛的心裡，也因了這奇蹟，有了點生氣。拆開看，寄信人卻不是她兒子，是另一個同村的跑去當兵的。大意說，她兒子已經陣亡了，請她找一個人去運回他的棺材。

我的手戰慄起來，這不正給這老婦人一個致命的打擊嗎?我抬眼又看到她臉上抑壓不住的微笑，我知道這老人是怎樣切望得到一個好消息。我也知道，倘若我照實說出來，會有怎樣一幅悲慘的景象展開在我眼前。我只好對她說，她兒子現在很好，已經升了官，不久就可以回家來看她。她喜歡得流下眼淚來。嘴一凹一凹地動著，她又扯不斷拉不斷地絮絮地對我說起來。不厭其詳地說到她兒子各樣的好處：怎樣她昨天夜裡還做了一個夢，夢著他回來。我看到這老婦人把信揣在懷裡轉身走去的漸漸消失的背影，我再能說什麼話？

第二天，我便離開我故鄉里的小村。臨走，這老婦人又來送我，領著她的孫子，臉堆滿了笑意。她不管別人在說什麼話，總絮絮地扯不斷拉不斷地彷彿唸咒似的自己低語著。不厭其詳地說到她兒子的好處，怎樣她昨天夜裡還做了一個夢，夢見她兒子回來，她兒子已經升成了官了。嘴一凹一凹地急促地動著。我身旁的送行的人的臉色漸漸有點露出不耐煩，有的也就躲開了。我偷偷地把這信的內容告訴別人，叫他在我走了以後慢慢地轉告給這老婦人，或者簡直就不告訴她。因為，我想，好在她不會再有許多年的活頭，讓她抱住一個希望到墳墓裡去罷。當我離開這小村的一剎那，我還看到這老婦人的眼裡的喜悅的光輝，乾皺的面孔上浮起的微笑……

不一會兒，回望自己的小村，早在雲天蒼茫之外，觸目儘是長天下一片淒涼的黃霧了。

在顛簸的汽車裡，在火車裡，在驢車裡，我仍然看到這聖潔的光輝，聖潔的微笑，那老婦人手裡拿著的那封信。我知道，正像裝走了母親的大黑匣子裝走了我的希望和幻影，這封信也裝走了她的希望和幻影。我卻又把這希望和幻影替她拴在上面，雖然不知道能拴得久不。

經過了蕭瑟的深秋，經過了陰暗的冬，看死寂凝定在一切東西上，現在又來了春天。回想故鄉的小村，正像在故鄉裡回想到故都一樣，恍如回望雲天裡的仙闕，又像捉住了一個荒誕的古代的夢了。這個老婦人的面孔總在我眼前盤桓：乾皺的面紋，霜白的亂髮，眼睛因為流淚多了鑲著紅腫的邊，嘴癟了進去。又像看到她站在我面前，絮絮地扯不斷拉不斷地彷彿唸咒似的低語著，嘴一凹一凹地在動。先彷彿聽到她向我說，她兒子小的時候怎樣淘氣，怎樣有一次他摔碎了一個碗，她打了他一巴掌，他哭。又彷彿看到她手裡拿著一封雨水漬過的信，臉上堆滿了微笑，說到她兒子的好處，怎樣她做了一個夢，夢著他回來……然而，我卻一直沒接到故鄉裡的來信。我不知道別人告訴她兒子已經死了沒有，倘若她仍然不知道的話，她願意把自己的喜悅說給別人；卻沒有人願意聽。沒有我這樣一個忠實的聽者，她不感到寂寞嗎？倘若她已經知道了，我能想像，大的晶瑩的淚珠從乾皺的面紋裡流下來，她這癟了進去的嘴一凹一凹地，她在哭，她又哭暈了過去……不知道她現在還活在人間沒有？

我們同樣都是被惡運踏在腳下的苦人，當悲哀正在啃著我的心的時候，我怎忍再看你那老淚浸透你的面孔呢？請你不要怨我騙你吧，我為你祝福！

一九三四年四月一日

一雙長滿老繭的手

有誰沒有手呢?每個人都有兩隻手。手,已經平凡到讓人不再常常感覺到它的存在了。

然而,一天黃昏,當我乘公共汽車從城裡回家的時候,一雙長滿了老繭的手卻強烈地引起了我的注意。我最初只是坐在那裡,看著一張晚報。在有意無意之間,我的眼光偶爾一滑,正巧落在一位老婦人的一雙長滿老繭的手上。我的心立刻震動了一下,眼光不由地就順著這雙手向上看去:先看到兩手之間的一個脹得圓圓的布包;然後看到一件洗得挺乾淨的褪了色的藍布褂子;再往上是一張飽經風霜佈滿了皺紋的臉,長著一雙和善慈祥的眼睛;最後是包在頭上的白手巾,銀絲般的白髮從裡面披散下來。這一切都給了我極好的印象。但是給我印象最深的還是那一雙長滿了老繭的手,它像吸鐵石一般吸住了我的眼光。

老婦人正在同一位青年學生談話,她談到她是從鄉下來看她在北京讀書的兒子的,談到鄉下年成的好壞,談到來到這裡人生地疏,感謝青年對她的幫助。聽著她的話,我不由深深地陷入回憶中,幾十年的往事驀地湧上心頭。

在故鄉的初秋,秋莊稼早已經熟透了,一望無際的大平原上長滿了穀子、高粱、老玉米、黃豆、綠豆等等,鬱鬱蒼蒼,一片綠色,裡面點綴著一片片的金黃和星星點點的淺紅和深紅。雖然暑熱還沒有退盡，秋的氣息已經瀰漫大地了。

我當時只有五六歲，高粱比我的身子高一倍還多。我走進高粱地，就像是走進大森林，只能從密葉的間隙看到上面的藍天。我天天早晨在朝露未退的時候到這裡來擗高粱葉。葉子上的露水像一顆顆的珍珠，閃出淡白的光。把眼睛湊上去仔細看，竟能在裡面看到自己的縮得像一粒芝麻那樣小的面影，心裡感到十分新鮮有趣。老玉米也比我高得多，必須踮起腳才能摘到棒子。穀子同我差不多高，現在都成熟了，風一吹，就湧起一片金浪。只有黃豆和綠豆比我矮，我走在裡面，覺得很爽朗，一點也不悶氣，頗有趾高氣揚之概。

因此，我就最喜歡幫助大人在豆子地裡幹活。我當時除了跟大奶奶去玩以外，總是整天纏住母親，她走到哪裡，我跟到哪裡。有時候，在做午飯以前，她到地裡去摘綠豆莢，好把豆粒剝出來，拿回家去煮午飯。我也跟了來。這時候正接近中午，天高雲淡，蟬聲四起，蟈蟈兒也爬上高枝，縱聲歡唱，空氣中飄拂著一股淡淡的草香和泥土的香味。太陽曬到身上，雖然還有點熱，但帶給人暖烘烘的舒服的感覺，不像盛夏那樣令人難以忍受了。

在這時候，我的興致是十分高的。我跟在母親身後，跑來跑去。捉到一隻蚱蜢，要拿給她看一看；掐到一朵野花，也要拿給她看一看。棒子上長了烏霉，我覺得奇怪，一定問母親為什麼；有的豆莢生得短而粗，也要追問原因。總之，這一片豆子地就是我的樂園，我說話像百靈鳥，跑起來像羚羊，腿和嘴一刻也不停。幹起活來，更是全神貫注，總想用最高的速度摘下最多的綠豆莢來。但是，一檢查成績，卻未免令人氣短：母親的筐子裡已經滿了，而自己的呢，連一半還不到哩。在失望之餘，就細心加以觀察和研究。不久，我就發現，這裡面也並沒有什麼奧妙，關鍵就在母親那一雙長滿了老繭的手上。

這一雙手看起來很粗，由於多年勞動，上面長滿了老繭，可是摘起豆莢來，卻顯得十分靈巧迅速。這是我以前沒有注意到的事情。在我小小的心靈裡不禁有點困惑。我注視著它，久久不願意把眼光移開。

我當時歲數還小，經歷的事情不多。我還沒能把許多同我的生活有密切聯繫的事情都同這一雙手聯繫起來，譬如說做飯、洗衣服、打水、種菜、養豬、餵雞，如此等等。我當然更沒能讀到「慈母手中線，遊子身上衣」這樣的詩句。但是，從那以後，這一雙長滿了老繭的手卻在我的心裡佔據了一個重要的地位，留下了一個不可磨滅的印象。

後來大了幾歲，我離開母親，到了城裡跟叔父去唸書，代替母親照顧我的生活的是王媽，她也是一位老人。

她原來也是鄉下人，幹了半輩子莊稼活。後來丈夫死了，兒子又逃荒到關外去，二十年來，音訊全無。她孤苦伶仃，一個人在鄉裡活不下去，只好到城裡來謀生。我叔父就把她請到我們家裡來幫忙，做飯、洗衣服、掃地、擦桌子，家裡那一些瑣瑣碎碎的活全給她一個人包下來了。

王媽除了從早到晚幹那一些刻板工作以外，每年還有一些帶季節性的工作。每到夏末秋初，正當夜來香開花的時候，她就搓麻線，準備納鞋底，給我們做鞋。幹這活都是在晚上。這時候，大家都吃過了晚飯，坐在院子裡乘涼，在星光下，黑暗中，隨意說著閒話。我仰面躺在蓆子上，透過海棠樹的雜亂枝葉的空隙，看到夜空裡眨著眼的星星。大而圓的蜘蛛網的影子隱隱約約地印在灰暗的天幕上。不時有一顆流星在天空中飛過，拖著長長的火焰尾巴，只是那麼一閃，就消逝到黑暗裡去。一切都是這樣靜。在寂靜中，夜來香正散發著濃烈的香氣。

這正是王媽搓麻線的時候。幹這個活本來是聽不到多少聲音的，然而現在那揉搓的聲音卻聽得清清楚楚。這就不能不引起我的注意了。我轉過身來，側著身子躺在那裡，藉著從窗子裡流出來的微弱的燈光，看著她搓。最令我吃驚的是她那一雙手，上面也長滿了老繭。這一雙手看上去拙笨得很，十個指頭又短又粗，像是一些老幹樹枝子。但是，在這時候，它卻顯得異常靈巧美麗。那些雜亂無章的麻在它的擺佈下，服服帖帖，要長就長，要短就短，一點也不敢違抗。這使我感到十分有趣。這一雙手左旋右轉，只見它搓呀搓呀，一刻也不停，彷彿想把夜來香的香氣也都搓進麻線裡似的。

這樣一雙手我是熟悉的，它同母親的那一雙手是多麼相像呀。我總想多看上幾眼，看著看著，不知道在什麼時候，竟沉沉睡去了。到了深夜，王媽就把我抱到屋裡去，同她睡在一張床上。半夜醒來，還聽到她手裡拿著大芭蕉扇給我趕蚊子。在矇矇矓矓中，扇子的聲音聽起來好像是從很遠很遠的地方傳來似的。

去年秋天，我隨著學校裡的一些同志到附近鄉村裡一個人民公社去參加勞動。同樣是秋天，但是這秋天同我五六歲時在家鄉摘綠豆莢時的秋天大不一樣。天彷彿特別藍，草和泥土也彷彿特別香，人的心情當然也就特別舒暢了。因此，我們幹活都特別帶勁。

人民公社的同志們知道我們這一群白面書生幹不了什麼重活，只讓我們砍老玉米秸。但是，就算是砍老玉米秸吧，我們幹起來，仍然是縮手縮腳，一點也不利落。於是一位老大娘就走上前來，熱心地教我們：怎樣抓玉米稈，怎樣下刀砍。在這時候，我注意到，她也有一雙長滿了老繭的手。我雖然同她素昧平生，但是她這一雙手就生動地具體地說明了她的歷史。我用不著再探詢她的姓名、身世，還有她現在在公社所擔負的職務。我一看到這一雙手，一想到母親和王媽的同樣的手，我對她的感情就油然而生，而且肅然起敬，再說什麼別的話，似乎就是多餘的了。

就這樣，在公共汽車行駛聲中，我的回憶圍繞著一雙長滿了老繭的手聯成一條線，從幾十年前，一直牽到現在，集中到坐在我眼前的這一位老婦人的手上。這回憶像是一團絲，愈抽愈細，愈抽愈多。它甜蜜而痛苦，錯亂而清晰。在我一生中給我印象最深的三雙長滿了老繭的手，現在似乎重疊起來化成一雙手了。它在我眼前不停地晃動，體積愈來愈擴大，形象愈來愈清晰。

這時候，老婦人同青年學生似乎發生了什麼爭執。我抬頭一看：老婦人正從包袱裡掏出來了兩個煮雞蛋，硬往青年學生手裡塞，青年學生無論如何也不接受。兩個人你推我讓，正在爭執得不可開交的時候，公共汽車到了站，驀地停住了，青年學生就扶了老婦人走下車去。我透過玻璃窗，看到青年學生用手扶著老婦人的一隻胳臂，慢慢地向前走去。我久久注視著他倆逐漸消失的背影。我雖然仍坐在公共汽車上，但是我的心卻彷彿離我而去。

一九六一年九月二十五日

兩個乞丐

時間已經過去了七十多年；但是兩個乞丐的影像總還生動地儲存在我的記憶裡，時間越久，越顯得明晰。我說不出理由。

我小的時候，家裡貧無立錐之地，沒有辦法，六歲就離開家鄉和父母，到濟南去投靠叔父。記得我到了不久，就搬了家，新家是在南關佛山街。此時我正上小學。在上學的路上，有時候會在南關一帶，圩子門內外，城門內外，碰到一個老乞丐，是個老頭，頭髮鬍子全雪樣地白，蓬蓬鬆鬆，像是深秋的蘆花。偏偏臉色有點發紅。現在想來，這決不會是由於營養過度，體內積存的膽固醇表露到臉上來。他連肚子都填不飽，哪裡會有什麼佳餚美食可吃呢？這恐怕是一種什麼病態。他雙目失明，右手拿一根長竹竿，用來探路；左手拿一隻破碗，當然是準備接受施捨的。他好像是無法找到施主的大門，沒有法子，只有亮開嗓子，在長街上哀號。他那種動人心魄的哀號聲，同嘈雜的市聲攪混在一起，在車水馬龍中，嘹亮清澈，好像上面的天空，下面的大地都在顫動。喚來的是幾個小制錢和半塊窩窩頭。

像這樣的乞丐，當年到處都有。最初並沒有引起我的注意。可是久而久之，我對他注意了。我說不出理由。我忽然在內心裡對他油然起了一點同情之感。我沒有見到過祖父，我不知道祖父之愛是什麼樣子。別人的愛，我享受得也不多。母親是十分愛我的，可惜我享受的時間太短太短了。我是一個孤寂的孩子。難道在我那幼稚孤寂的心靈裡在這個老丐身上頓時看到祖父的影子了嗎?我喜歡在路上碰到他,我喜歡聽他的哀號聲。到了後來,我竟自己忍住飢餓,把每天從家裡拿到的買早點用的幾個小制錢,統統遞到他的手裡,才心安理得,算是了了一天的心事,否則就好像缺了點什麼。當我的小手碰到他那粗黑得像樹皮一般的手時,我心裡說不出是什麼滋味:憐憫、喜愛、同情、好奇混攪在一起,最終得到的是極大的欣慰。雖然餓著肚子,也覺得其樂無窮了。他從我的手裡接過那幾個還帶著我的體溫的小制錢時,難道不會感到極大的欣慰,覺得人世間還有那麼一點溫暖嗎?

這樣大概過了沒有幾年,我忽然聽不到他的哀叫聲了。我覺得生活中缺了點什麼。我放學以後,手裡仍然捏著幾個沾滿了手汗的制錢,沿著他常走動的那幾條街巷,瞪大了眼睛看,伸長了耳朵聽。好幾天下來,既不聞聲,也不見人。長街上依然車水馬龍,這老丐卻哪裡去了呢?我感到淒涼,感到孤寂,好幾天心神不安。從此這個老乞丐就從我眼裡消逝,永遠永遠地消逝了。

差不多在同時,或者稍後一點,我又遇到了另一個老乞丐,僅有一點不同之處:這是一個老太婆。她的頭髮還沒有全白,但蓬亂如秋後的雜草。面色黧黑,滿是皺紋,一點也沒有老頭那樣的紅潤。她右手持一根短棍。因為她也是雙目失明,棍子是用來探路的。不知為什麼,她能找到施主的家門。我第一次見到她,就是在我家的二門外面。她從不在大街上叫喊，而是在門口高喊：「爺爺！奶奶！可憐可憐我吧！」也許是因為，她到我們家來，從不會空手離開的，她對我們家產生了感情；所以，隔上一段時間，她總會來一次的。我們成了熟人。

據她自己說，她住在南圩子門外亂葬崗子上的一個破墳洞裡。裡面是否還有棺材，她沒有說。反正她瞎著一雙眼，即使有棺材，她也看不見。即使真有鬼，對她這個瞎子也是毫無辦法的。多麼猙獰恐怖的形象，她也是眼不見，心不怕。這是一種什麼樣的日子，我今天回想起來，都有點覺得毛骨悚然。

不知道為什麼，她竟然還有閒情逸致來種扁豆。她不知從哪裡弄了點扁豆種子，就栽在墳洞外面的空地上，不時澆點水。到了夏天，扁豆是不會關心主人是否是瞎子的，一到時候，它就開花結果。這個老乞丐把扁豆摘下來，裝到一個破竹筐子裡，拄上了拐棍，摸摸索索來到我家二門外面，照例地喊上幾聲。我連忙趕出來，看到扁豆，碧綠如翡翠，新鮮似帶露，我一時吃驚得說不出話來。我當時還不到十歲，雖有感情，決不會有現在這樣複雜、曲折。我不會想像，這個老婆子怎樣在什麼都看不到的情況下，刨土、下種、澆水、採摘。這真是一首絕妙好詩的題目。可是限於年齡，對這一些我都木然懵然。只覺得這件事頗有點不尋常而已。扁豆並不是什麼名貴的東西，然而老丐心中有我們一家，從她手中接過來的扁豆便非常非常不尋常了。這一點我當時朦朦朧朧似乎感覺到了。這扁豆的滋味也隨之大變。在我一生中，在那以前我從沒有吃過那樣好吃的扁豆，在那以後也從未有過。我於是真正喜歡上了這一個老年的乞丐。

然而好景不長，這樣也沒有過上幾年。有一年夏天，正是扁豆開花結果的時候，我天天盼望在二門外面看到那個頭髮蓬亂鶉衣百結的老乞丐。然而卻是天天失望，我又感到淒涼，感到孤寂，又是好幾天心神不寧。從此這一個老太婆同上面說的那一個老頭子一樣，在我眼前消逝了，永遠永遠地消逝了。

到了今天，時間已經過去了七十多年。我的年齡恐怕早已超過了當年這兩個乞丐的年齡。不知道是為什麼我又突然想起了他倆。我說不出理由。不管我表面上多麼冷，我內心裡是充滿了熾熱的感情的。但是當時我涉世未久，或者還根本不算涉世，人間滄桑，世態炎涼，我一概不懂。我的感情是幼稚而淳樸的，沒有後來那一些不切實際的非常浪漫的想法。兩位老丐在絕對孤寂淒涼中離開人世的情景，我想都沒有想過。在當年那種社會裡，人的心都是非常硬的，幾乎人人都有一副鐵石心腸，否則你就無法活下去。老行幼效，我那時的心，不管有多少感情，大概比現在要硬多了。惟其因為我的心硬，我才能夠活到今天的耄耋之年。事情不正是這樣子嗎？

我現在已經走到了快讓別人回憶自己的時候了。這兩個老丐在我回憶中保留的時間也不會太久了。今天即使還有像我當年那樣心軟情富的孩子，但是人間已經換過，再也不會有那樣的乞丐供他們回憶了。在我以後，恐怕再也不會出現我這樣的人了。我心甘情願地成為有這樣回憶的最後一個人。

師生之間

我前後在北京住了二十多年，前一段是當學生，後一段是當老師，一直當到現在，而且看樣子還要當下去。因此，如果有人問我，撫今追昔，在北京什麼事情使我感觸最深，我首先想到的就是師生之間的關係。

師生之間的關係是古老的關係了。在過去，曾把老師歸入五倫；又把老師與天、地、君、親並列，師道尊嚴可謂至矣盡矣。至於實際情況究竟怎樣，餘生也晚，沒有親身趕上，不敢亂說。

等到我上小學的時候，學校已經改成了新式的學校，不是從《百家姓》、《三字經》念起，而是念人、手、足、刀、尺了。表面上，學生對老師還是很尊敬的。見了面，老遠就鞠躬如也，像避貓鼠似的躲在一旁。從來也不給老師提什麼意見，那在當時是不可能想像的。老師對學生是嚴厲的，「教不嚴，師之惰」，不嚴還能算是老師嗎？結果是學生經常受到體罰，用手擰耳朵，用戒尺打手心，是最常用的方式。學生當然也有受不了的時候。於是，連十二三歲的中小學生也只好鋌而走險，起來「革命」了。

我在中小學的時候，曾「革命」兩次。一次是對一個圖畫教員。這人脾氣暴烈，伸手就打人。結果我們全班團結一致，把教桌倒翻過來，向他示威。他知難而退，自己辭職不幹了。這是一次成功的「革命」。另一次是對一個珠算教員。這人嗜打成性。

他有一個規定，打算盤打錯一個數打一戒尺。有時候，我們稍不小心就會錯上成百的數，那後果就不堪設想了。我們決定全班罷課。可是，因為出了「叛徒」，有幾個人留在班上上課。我們失敗了，每個人的手心被打得腫了好幾天。

到了大學，情況也並沒有改變。因為究竟是大學生了，再不被打手心，可是老師的威風依然炙手可熱。有一位教授專門給學生不及格。每到考試，他先定下一個不及格的指標，不管學生成績怎樣，指標一定要完成。他因此就名揚全校，成了「名教授」了。另一位教授正相反。他考試時預先聲明，十題中答五題就及格，多答一題加十分。實際上他根本不看卷子，學生一交卷，他馬上打分。無不及格，皆大歡喜。如果有人在他面前多站一會，他立刻就問：「你嫌少嗎？」於是大筆一揮，再加十分。

至於教學態度，好像當時根本就沒有這樣的概念。教學大綱和教案，更是聞所未聞。教授上堂，可以信口開河。談天氣，可以；罵人，可以；講掌故，可以；扯閒話，可以。總之，他願意怎樣就怎樣，天上天下，惟我獨尊，誰也管不著。有的老師竟能在課堂上睡著。有的上課一年，不和同學說一句話。有的在八個大學兼課，必須制定一個輪流請假表，才能解決上課衝突的矛盾。當然並不是每一個教授都是這樣，勤勤懇懇誨人不倦的也有。但是這種例子是很少的。

老師這樣對待學生，學生當然也這樣對待老師。師生不是互相利用，就是互相敵對。老師教書為了吃飯，或者陞官發財。學生唸書為了文憑。師生關係，說穿了就是這樣。

終於來了一九四九年。這是北京師生關係史上劃時代的一年，是值得大書特書的一年。

從這一年起，老師在變，學生在變，師生關係也在變。十四年來，我不知道經歷過多少令人讚歎感動的事情。我不知道有多少夜因歡喜而失眠。當我聽到我平常很景仰的一位老先生在七十高齡光榮地參加中國共產黨的時候，我曾喜極不寐。當我聽到從前我的一位十分固執倔強的老師受到表揚的時候，我曾喜極不寐。至於我身邊的同事和同學，他們踏踏實實地向著新的方向邁進，日新月異；他們身上的舊東西愈來愈少，新東西愈來愈多。我每次出國，住上一兩個月，回來後就覺得自己落後了。才知道，我們祖國，我們的老師和學生，是用著多麼快速的步伐前進。

現在，老師上課都是根據詳細的大綱和教案，這都是事前討論好的，決不能信口開河。老師們關心同學的學習，有時候還到同學宿舍裡去輔導或者瞭解情況，備課一直到深夜。每當夜深人靜我走過校園的時候，就看到這裡那裡有不少燈光通明的窗子。我知道，老師們正在查閱文獻，翻看字典。要想送給同學一杯水，自己先準備下一桶。老師們誰都不願提著空桶走上課堂。

而學生呢？他們絕大多數都能老師指到哪裡，他們做到哪裡。他們刻苦學習，認真鑽研。我曾在一個黑板報上看到一個學生填的詞，其中有兩句：「松濤聲低，讀書聲高。」描寫學生高聲朗讀外文的情景，是很生動的，也是能反映實際情況的。今天，老師教書不是為了吃飯，更不是為了陞官發財。學生唸書，也不是為了文憑。師生有一個共同的偉大的目標。他們既是師生，又是同志。這是幾千年的歷史上從來沒有，也不可能有的現象。

如果有人對同學們談到我前面寫的情況，他們一定會認為是神話，或是笑話，他們決不會相信的。說實話，連我自己回想起那些事情來，都有恍如隔世之感，何況他們從來沒有經歷過呢？然而，這都是事實，而且還不能算是歷史上的事實，它們離開今天並不遠。撫今追昔，我想到師生之間的關係的變化而感慨萬端，不是很自然嗎？

想到這些，也是有好處的。它能使我們更愛新中國，更愛新北京，更愛今天。

我要用無限的熱情歌頌新北京的老師，我要用無限的熱情歌頌新北京的學生。

一九六三年四月七日

三個小女孩

我生平有一樁往事：一些孩子無緣無故地喜歡我，愛我；我也無緣無故地喜歡這些孩子，愛這些孩子。如果我以糖果餅餌相誘，引得小孩子喜歡我，那是司空見慣，平平常常，根本算不上什麼「怪事」。但是，對我來說，情況卻絕對不是這樣。我同這些孩子都是邂逅相遇，都是第一次見面，我語不驚人，貌不壓眾，不過是普普通通，不修邊幅，常常被人誤認為是學校的老工人。這樣一個人而能引起天真無邪、毫無功利目的、二三歲以至十一二歲的孩子的歡心，其中道理，我解釋不通，我相信，也沒有別人能解釋通，包括贊天地之化育的哲學家們在內。

我說這是一樁「怪事」，不是恰如其分嗎？不說它是「怪事」，又能說它是什麼呢？

大約在五十年代，當時老祖和德華還沒有搬到北京來。我暑假回濟南探親。我的家在南關佛山街。我們家住西屋和北屋，南屋住的是一家姓田的木匠。他有一兒二女，小女兒名叫華子，我們把這個小名又進一步變為愛稱：「華華兒。」她大概只有兩歲，路走不穩，走起來晃晃蕩蕩，兩條小腿十分吃力，話也說不全。按輩分，她應該叫我「大爺」，但是華華還發不出兩個字的音，她把「大爺」簡化為「爺」。一見了我，就搖搖晃晃，跑了過來，滿嘴「爺」、「爺」不停地喊著。走到我跟前，一下子抱住了我的腿，彷彿有無限的樂趣。她媽喊她，她置之不理，勉強抱走，她就哭著奮力掙脫。有時候，我在北屋睡午覺，只覺得周圍鴉雀無聲，闃靜幽雅。「北堂夏睡足」，一枕黃粱，猛一睜眼：一個小東西站在我的身旁，大氣不出。一見我醒來，立即「爺」、「爺」叫個不停，不知道她已經等了多久了。

我此時真是萬感集心，連忙抱起小東西，連聲叫著「華華兒」。有一次我出門辦事，回來走到大門口，華華媽正把她抱在懷裡，她說，她想試一試華華，看她怎麼辦。然而奇蹟出現了：華華一看到我，立即用驚人的力量，從媽媽懷裡掙脫出來，舉起小手，要我抱她。她媽媽說，她早就想到有這種可能，但卻沒有想到華華掙脫的力量竟是這樣驚人地大。大家都大笑不止，然而我卻在笑中想流眼淚。

有一年，老祖和德華來京小住，後來聽同院的人說，在上著鎖的西屋門前，天天有兩個小動物在那裡蹲守：一個是一隻貓，一個是已經長到三四歲的華華。「可憐小兒女，不解憶長安。」華華大概還不知道什麼北京，不知道什麼別離。天天去蹲守，她那天真稚嫩的心靈裡，不知是什麼滋味，望眼欲穿而不見伊人。她的失望，她的寂寞，大概她自己也說不出，只能意會而不能言傳了。

上面是華華的故事，下面再講吳雙的故事。

八十年代的某一年，我應邀赴上海外國語大學去訪問。我的學生吳永年教授十分熱情地招待我。學校領導陪我參觀，永年帶了他的妻子和女兒吳雙來見我。吳雙大概有六七歲光景，是一個秀美、文靜、活潑、伶俐的小女孩。我們是第一次見面，最初她還有點靦腆，叫了一聲「爺爺」以後，低下頭，不敢看我。但是，我們在校園中走了沒有多久，她悄悄地走過來，挽住我的右臂，扶我走路，一直偎依在我的身旁，她爸爸媽媽都有點吃驚，有點不理解。我當然更是吃驚，更是不理解。一直等到我們參觀完了圖書館和許多大樓，吳雙總是寸步不離地挽住我的右臂，一直到我們不得不離開學校，不得不同吳雙和她爸爸媽媽分手為止，吳雙眼睛中流露出依戀又頗有一點淒涼的眼神。從此，我們就結成了相差六七十歲的忘年交。她用幼稚但卻認真秀美的小字寫信給我。我給永年寫信，也總忘不了吳雙。我始終不知道，我有什麼地方值得這樣一個聰明可愛的小女孩眷戀？

上面是吳雙的故事，現在輪到未未了。未未是一個十二歲的小女孩，姓賈，爸爸是延邊大學出版社的社長，學國文出身，剛強、正直、幹練，是一個決不會阿諛奉承的硬漢子。母親王文宏，延邊大學中文系副教授，性格與丈夫迥乎不同，多愁、善感、溫柔、淳樸、感情充沛，用我的話來說，就是：感情超過了需要。她不相信天底下還有壞人，她是個才女，寫詩、寫小說，在延邊地區頗有點名氣，研究的專行是美學、文藝理論與禪學，是一個極有前途的女青年學者。十年前，我在北大通過劉教授的介紹，認識了她。去年秋季她又以訪問學者的名義重返北大，算是投到了我的門下。一年以來，學習十分勤奮。我對美學和禪學，雖然也看過一些書，並且有些想法和看法，寫成了文章，但實際上是「野狐談禪」，成不了正道的。蒙她不棄，從我受學，使得我經常觳觫不安，如芒刺在背。也許我那一些內行人決不會說的石破天驚的奇談怪論，對她有了點用處？連這一點我也是沒有自信的。

由於她母親在北大學習，未未曾於寒假時來北大一次，她父親也陪來了。第一次見面，我發現未未同別的年齡差不多的女孩不一樣。面貌秀美，逗人喜愛；但卻有點蒼白。個子不矮，但卻有點弱不禁風。不大說話，說話也是慢聲細語。文宏說她是嬌生慣養慣了，有點自我撒嬌。但我看不像。總之，第一次見面，這個東北長白山下來的小女孩，對我成了個謎。我約了幾位朋友，請她全家吃飯。吃飯的時候，她依然是少言寡語。但是，等到出門步行回北大的時候，卻出現了出我意料的事情。我身居師座，兼又老邁，文宏便從左邊扶住我的左臂攙扶著我。說老實話，我雖老態龍鐘，但卻還不到非讓人攙扶不行的地步；文宏這一番心意我卻不能拒絕，索性倚老賣老，任她攙扶，倘若再遞給我一個龍頭枴杖，那就很有點舊戲台上佘太君或者國畫大師齊白石的派頭了。然而，正當我在心中暗暗覺得好笑的時候，未未卻一步搶上前來，抓住了我的右臂來攙扶住我，並且示意她母親放鬆抓我左臂的手，彷彿攙扶我是她的專利，不許別人插手。她這一舉動，我確實沒有想到。然而，事情既然發生——由它去吧！

過了不久，未未就回到了延吉。適逢今年是我八十五歲生日，文宏在北大雖已結業，卻專門留下來為我祝壽。她把丈夫和女兒都請到北京來，同一些在我身邊工作了多年的朋友，為我設壽宴。最後一天，出於玉潔的建議，我們一起共有十六人之多，來到了圓明園。圓明園我早就熟悉，六七十年前，當我還在清華大學讀書的時候，晚飯後，常常同幾個同學步行到圓明園來散步。此時圓明園已破落不堪，滿園野草叢生，狐鼠出沒，「西風殘照，清家廢宮」，我指的是西洋樓遺址。當年何等輝煌，而今只剩下幾個漢白玉雕成的古希臘式的宮門，也都已殘缺不全。「牧童打碎了龍碑帽」，雖然不見得真有牧童，然而情景之淒涼、寂寞，恐怕與當年的明故宮也差不多了。我們當時還都很年輕，不大容易發思古之幽情，不過愛其地方幽靜，來散散步而已。

建國後，北大移來燕園，我住的樓房，僅與圓明園有一條馬路之隔。登上樓旁小山，遙望圓明園之一角綠樹蓊鬱，時涉遐想。今天竟然身臨其境，早已面目全非，讓我連連吃驚，彷彿美國作家 Washington Irving 筆下的 Rip Van Winkei「山中方七日，世上幾千年」，等他回到家鄉的時候，連自己的曾孫都成了老爺爺，沒有人認識他了。現在我已不認識圓明園了，圓明園當然也不會認識我。園內遊人摩肩接踵，多如過江之鯽。而商人們又競奇鬥妍，各出奇招，想出了種種的門道，使得遊人如癡如醉。我們當然也不會例外，痛痛快快地暢遊了半天，福海泛舟，飯店盛宴。我的「西洋樓」卻如蓬萊三山，不知隱藏在何方了？

第二天是文宏全家回延吉的日子。一大早，文宏就帶了未未來向我辭行。我上面已經說到，文宏是感情極為充沛的人，雖是暫時別離，她恐怕也會受不了。小蕭為此曾在事前建議過：臨別時，誰也不許流眼淚。在許多人心目中，我是一個怪人，對人呆板冷漠，但是，真正瞭解我的人卻給我送了一個綽號：「鐵皮暖瓶」，外面冰冷而內心極熱。我自己覺得，這個比喻道出了一部分真理，但是，我現在已屆望九之年，我走過陽關大道，也走過獨木小橋，天使和撒旦都對我垂青過。一生磨練，已把我磨成了一個「世故老人」，於必要時，我能夠運用一個世故老人的禪定之力，把自己的感情控制住。年輕人，道行不高的人，恐怕難以做到這一點的。

現在，未未和她媽媽就坐在我的眼前。我口中唸唸有詞，調動我的定力來拴住自己的感情，滿面含笑，大講蘇東坡的詞：「月有陰晴圓缺，人有悲歡離合，此事古難全。」又引用俗語：「千里涼棚，沒有不散的筵席。」自謂「口若懸河瀉水，滔滔不絕」。然而，言者諄諄，而聽者藐藐。文宏大概為了遵守對小蕭的諾言，淚珠只停留在眼眶中，間或也滴下兩滴。而未未卻不懂什麼諾言，不會有什麼定力，坐在床邊上，一語不發，淚珠彷彿斷了線似的流個不停。我那八十多年的定力有點動搖了，我心裡有點發慌。連忙強打精神，含淚微笑，送她母女出門。一走上門前的路，未未好像再也忍不住了，一把抓住了我的胳臂，伏在我懷裡，哭了起來。熱淚透過了我的襯衣，透過了我的皮膚，熱意一直滴到我的心頭。我忍住眼淚，捧起未未的臉，說：「好孩子！不要難過！我們還會見面的！」未未說：「爺爺！我會給你寫信的！」我此時的心情，連才尚未盡的江郎也是寫不出來的，他那名垂千古的《別賦》中，就找不到對類似我現在的心情的描繪，何況我這樣本來無才可盡的俗人呢？我挽著未未的胳臂，送她們母女過了樓西曲徑通幽的小橋。又忽然臨時頓悟：唐朝人送別有灞橋折柳的故事。我連忙走到湖邊，從一棵垂柳上折下了一條柳枝，遞到文宏手中。我一直看她母女倆折過小山，向我招手，直等到連消逝的背影也看不到的時候，才慢慢地走回家來。此時，我再不需要我那勞什子定力，索性讓眼淚流個痛快。

三個女孩的故事就講完了。

還不到兩歲的華華為什麼對我有這樣深的感情，我百思不得其解。五六歲第一次見面的吳雙，為什麼對我有這樣深的感情，我千思不得其解。十二歲下學期才上初中的未未，為什麼對我有這樣深的感情，我萬思不得其解。然而這都是事實，我沒有半個字的虛構。我一生能遇到這樣三個小女孩，就算是不虛此生了。

到今天，華華已經超過四十歲。按正常的生活秩序，她早應該「綠葉成蔭」了，不知道她是否還記得我這「爺」？

吳雙恐大學已經畢業了，因為我同她父親始終有聯繫，她一定還會記得我這樣一位「北京爺爺」的。

至於未未，我們離別才幾天。我相信，她會遵守自己的諾言給我寫信的。而且她父親常來北京，她母親也有可能再到北京學習、進修。我們這一次分別，僅僅不過是為下一次會面創造條件而已。

像奇蹟一般，在八十多年內，我遇到了這樣三個小女孩，是我平生一大樂事，一樁怪事，但是人們常說，普天之下，沒有無緣無故的愛。可是我這「緣」何在？我這「故」又何在呢？佛家講因緣，我們老百姓講「緣分」。雖然我不信佛，從來也不迷信，但是我卻只能相信「緣分」了。在我走到那個長滿了野百合花的地方之前，這三個同我有著說不出是怎樣來的緣分的小姑娘，將永遠留在我的記憶中，保留一點甜美，保留一點幸福，給我孤寂的晚年塗上點有活力的色彩。

兩行寫在泥土地上的字

夜裡有雷陣雨，轉瞬即停。「薄雲疏雨不成泥」，門外荷塘岸邊，綠草坪畔，沒有積水，也沒有成泥，土地只是濕漉漉的。一切同平常一樣，沒有什麼特異之處。

我早晨出門，想到外面呼吸點新鮮空氣，這也同平常一樣，並沒有什麼特異之處。然而，我的眼睛一亮，驀地瞥見塘邊泥土地上有一行用樹枝寫成的字：

季老好　九八級日語

回頭在臨窗玉蘭花前的泥土地上也有一行字：

來訪　九八級日語

我一時懵然，莫名其妙。還不到一瞬間，我恍然大悟：九八級是今年的新生。今天上午，全校召開迎新大會；下午，東方學系召開迎新大會。在兩大盛會之前，這一群（我不知道準確數目）從未謀面的十七八九歲男女大孩子們，先到我家來，帶給我無法用言語形容的這一番深情厚誼。但他們恐怕是怕打擾我，便想出了這一個驚人的匪夷所思的辦法，用樹枝把他們的深情寫在了泥土地上。他們估計我會看到的，便悄然離開了我的家門。

我果然看到他們留下的字了。我現在已經望九之年，我走過的橋比這一幫大孩子走過的路還要長，我吃過的鹽比他們吃過的面還要多，自謂已經達到了「悲歡離合總無情」的境界。然而，今天，我一看到這兩行寫在泥土地上的字，我卻真正動了感情，眼淚一下子湧出了眼眶，雙雙落到了泥土地上。

我是一個平凡的人，生平靠自己那一點勤奮，做出了一點微不足道的成績。對此我並沒有多大信心。獨獨對於青年，我卻有自己一套看法。我認為，我們中年人或老年人，不應當一過了青年階段，就忘記了自己當年穿開襠褲的樣子，好像自己一下生就老成持重，對青年總是橫挑鼻子豎挑眼。我們應當努力理解青年，同情青年，幫助青年，愛護青年。不能要求他們總是四平八穩，總是溫良恭儉讓。我相信，中國青年都是愛國的，愛真理的。即使有什麼「逾矩」的地方，也只能耐心加以勸說，懲罰是萬不得已而為之的。一個國家，一個民族，如果對自己的青年失掉了信心，那它就失掉了希望，失掉了前途。我常常這樣想，也努力這樣做。在風和日麗時是這樣，在陰霾蔽天時也是這樣。這要不要冒一點風險呢？要的。但我人微言輕，人小力薄，除了手中的一支圓珠筆以外，就只是嘴裡那三寸不爛之舌，除了這樣做以外，也沒有別的辦法。

大概就由於這些情況，再加上我的一些所謂文章，時常出現在報刊雜誌上，有的甚至被選入中學教科書，於是普天下青年男女頗有知道我的姓名的。青年們容易輕信，他們認為報刊雜誌上所說的都是真實的，就輕易對我產生了一種好感，一種情意。我現在幾乎每天都能收到全國各地、甚至窮鄉僻壤、邊遠地區，青年們的來信，大中小學生都有。他們大概認為我無所不能，無所不通，而又頗為值得信賴，向我提出各種各樣的問題，有的簡直石破天驚；有的向我傾訴衷情。我想，有的事情他們對自己的父母也未必肯講的，比如想輕生自殺之類，他們卻肯對我講。我讀到這些書信，感動不已。我已經到了風燭殘年，對人生看得透而又透，只等造化小兒給我的生命畫上句號。然而這些素昧平生的男女大孩子的信，卻給我重新注入了生命的活力。蘇東坡的詞說：「誰道人生無再少？門前流水尚能西。休將白髮唱黃雞。」我確實有「再少」之感了。這一切我都要感謝這些男女大孩子們。

東方學系九八級日語專業的新生，一定就屬於我在這裡所說的男女大孩子們。他（她）們在五湖四海的什麼中學裡，讀過我寫的什麼文章，聽到過關於我的一些傳聞，腦海裡留下了我的影子。所以，一進燕園，趕在開學之前，就迫不及待地把自己那一份情意，用他們自己發明出來的也許從來還沒有被別人使用過的方式，送到了我的家門來，驚出了我的兩行老淚。我連他們的身影都沒有看到，我看到的只是清塘裡面的荷葉。此時雖已是初秋，卻依然綠葉擎天，水影映日，滿塘一片濃綠。回頭看到窗前那一棵玉蘭，也是翠葉滿枝，一片濃綠。

綠是生命的顏色，綠是青春的顏色，綠是希望的顏色，綠是活力的顏色。這一群男女大孩子正處在平常人們所說的綠色年華中。荷葉和玉蘭所象徵的正是他們。我想，他們一定已經看到了綠色的荷葉和綠色的玉蘭。他們的影子一定已經倒映在荷塘的清水中。雖然是轉瞬即逝，連他們自己也未必注意到。可他們與這一片濃綠真可以說是相得益彰，溢滿了活力，充滿了希望，將來左右這個世界的，決定人類前途的正是這一群年輕的男女大孩子們。他們真正讓我「再少」，他們在這方面的力量決不亞於我在上面提到的那些全國各地青年的來信。我虔心默禱——雖然我並不相信——造物主能從我眼前的八十七歲中抹掉七十年，把我變成一個十七的少年，使我同他們一起學習，一起娛樂，共同分享普天下的涼熱。

一九九八年九月二十五日

輯七 感悟人生

年，像淡煙，又像遠山的晴嵐。我們握不著，也看不到。當它走來的時候，只在我們的心頭輕輕地一拂，我們就知道：年來了。但是究竟什麼是年呢？卻沒有人能說得清了。

當我們沿著一條大路走著的時候，遙望前路茫茫，花樣似乎很多。但是，及至走上前去，身臨切近，卻正如向水裡撲自己的影子，捉到的只有空虛。更遙望前路，仍然渺茫得很。這時，我們往往要回頭看看的。其實，回頭看，隨時都可以。但是我們卻不。最常引起我們回頭看的，是當我們走到一個路上的界石的時候。說界石，實在沒有什麼石。只不過在我們心上有那麼一點痕跡。痕跡自然很虛飄。所以不易說。但倘若不管易說不易說，說了出來的話，就是年。

說出來了，這年，仍然很虛飄。也許因為這一說，變得更虛飄。但這卻是沒有辦法的事了。我前面不是說我們要回頭看嗎？就先說我們回頭看到的吧。

我們究竟看到些什麼呢？灰濛濛的一片，彷彿白雲，又彷彿輕霧，朦朧成一團。裡面浮動著種種的面影，各樣的彩色。這似乎真有花樣了。但仔細看來，卻又不然，仍然是平板單調。就譬如從最近的界石看回去吧。先看到白皚皚的雪凝結在丫杈著刺著灰的天空的樹枝上。再往前，又看到澄碧的長天下流泛著的蕭瑟冷寂的黃霧。再往前，蒼鬱欲滴的濃碧鋪在雨後的林裡，鋪在山頭。烈陽閃著金光。更往前，到處閃動著火焰般的花的紅影。中間點綴著亮的白天，暗的黑夜。在白天裡，我們拚命填滿了肚皮。在黑夜裡，我們挺在床上咧開大嘴打呼。就這樣，白天接著黑夜，黑夜接著白天；一明一暗地滾下去，像玉盤上的珍珠……

於是越過一個界石。看上去，仍然看到白皚皚的雪，看到蕭瑟冷寂的黃霧，看到蒼鬱欲滴的濃碧，看到火焰般的紅影。仍然是連續的亮的白天，暗的黑夜——於是又越過了一個界石。於是又——一個界石，一個界石，界石接著界石，沒有完。亮的白天，暗的黑夜交織著。白雪，黃霧，濃碧，紅影，混成一團。影子卻漸漸地淡了下來。我們的記憶也被拖到遼遠又遼遠的霧濛濛的暗陬裡去了。我們再看到什麼呢？更茫茫。然而，不新奇。

不新奇嗎？卻終究又有些新的花樣了。彷彿是跨過第一個界石的時候——實在還早，彷彿是才踏上了世界的時候，我們眼前便障上了幕。我們看不清眼前的東西；只是摸索著走上去。隨了白天的消失，暗夜的消失，這幕漸漸地一點一點地撤下去。但我們不覺得。我們覺得的時候，往往是踏上了一個界石回頭看的一剎那。一覺得，我們又慌了：「會有這樣的事情發生到我身上嗎？」其實，當這事情正在發生的時候，我們還熱烈地參加著，或表演著。現在一覺得，便大驚小怪起來。

我們又肯定地信，不會有這樣的事情發生到我們身上的。我們想：自己以前彷彿沒曾打算有這樣的事情發生。實在，打算又有什麼用呢？事情早已給我們安排在幕後。只是幕不撤，我們看不到而已。而且又真沒曾打算過。以後我們又證明給自己：的確發生過這樣的事情了，於是，因了這驚，這怪，我們也似乎變得比以前更聰明些。「以後我要這樣了，」我們想。真地，以後我們要這樣了。然而，又走到一個界石，回頭一看，我們又驚疑：「怎麼又會有這樣的事情發生到我身上呢？」是的，真有過。「以後我要這樣了，」我們又想。

雖然一點一點地撤開，我們眼前仍然是幕。於是，一個界石，一個界石，就在這隨時發現的新奇中過下去，一直到現在，我們眼前仍然是幕。這幕什麼時候才撤淨呢？我們苦惱著。

但也因而得到了安慰了。一切事情，雖然都已經安排在幕後，有時我們也會驀地想到幾件。其中也不缺少一想到就使我們流汗戰慄喘息的事情。我們知道它們一定會發生，只是不知道什麼時候而已。但現在回頭看來，許多這樣的事情，只在這幕的微啟之下，便悠然地露了出來，我們也不知怎樣竟闖了過來。回顧當時的流汗，的戰慄，的喘息，早成殘象，只在我們心的深處留下一點痕跡。不禁微笑浮上心頭了。回首綿綿無盡的灰霧中，竟還有自己踏過的微白的足跡在，蜿蜒一條長長的路，一直通到現在的腳跟下。再一想踏這條路時的心情，看這眼前的幕一點一點撤開時的或驚，或懼，或喜的心情，微笑更要浮上嘴角了。

這樣，這條微白的長長的路就一直蜿蜒到腳跟。現在腳下踏著的又是一塊新的界石了。不容我們遲疑，這條路又把我們引上前去。我們不能停下來，也不願意停下來的。倘若抬頭向前看的時候——又是一條微白的長長的路，伸展開去。又是一片灰濛濛的霧，這路就蜿蜒到霧裡去。到哪裡止呢？誰知道，我們只是走上前去。過去的，混沌迷茫，不知其所以然了。未來的，混沌迷茫，更不知其所以然了。但是我們時時刻刻都在向前走著。時時刻刻這條蜿蜒的長長的路向後縮了回去，又時時刻刻地向前伸了出去，擺在我們面前。仍然再縮了回去，離我們漸遠，漸遠，窄了，更窄了。埋在茫茫的霧裡。剛才看見的東西，一轉眼，便隨了這條路縮了回去，漸漸地不清楚，成雲、成煙，埋在記憶裡，又在記憶裡消失了。只有在我們眼前的這一點短短的時間——一分鐘，不，還短；一秒鐘，不，還短；短到說不出來，就算有那麼一點時間吧；我們眼前有點亮：一抬眼，便可以看到桌子上擺著的花的蔓長的枝條在風裡裊動，看到架上排著的書，看到玻璃杯在靜默裡反射著清光，看到窗外枯樹寒鴉的淡影，看到電燈罩的絲穗在輕微地散佈著波紋，看到眼前的一切，都發亮。然而一轉眼，這一切又縮了回去，漸漸地不清楚，成雲、成煙，埋在記憶裡，也在記憶裡消失吧。等到第二次抬眼的時候，看到的一切已經同前次看到的不同了。我說，我們就只有那樣短短的時間的一點亮。這條蜿蜒的長長的路伸展出去，這一點亮也跟著走。一直到我們不願意，或者不能走了，我們眼前仍然只有那一點亮，帶大糊塗走開。

當我們還在沿著這條路走的時候，雖然眼前只有那樣一點亮，我們也只好跟著它走上去了。腳踏上一塊新的界石的時候，固然常常引起我們回頭去看；但是，我們仍要時時提醒自己：前面仍然有路。我前面不是說，我們又看到一條微白的長長的路引到霧裡去嗎？渺茫，自然；但不必氣餒。譬如遊山，走過了一段路之後，乘喘息未定的時候，回望來路，白雲四合，當然很有意思的。倘再翹首前路，更有青靄流泛，不也增加遊興不少嗎？而且，正因為渺茫，卻更有味。當我翹首前望的時候，只看到霧海，茫茫一片，不辨山水雲樹。我們可以任意把想像加到上面。我們可以自己塗上粉紅色，彩紅色；任意製成各種的夢，各種的幻影，各種的蜃樓。製成以後，隨便按上，無不適合。較之回頭看時，只見殘跡，只見過去的面影，趣味自然不同。這時，我們大概也要充滿了欣慰與生力，怡然走上前去。倘若瞭如指掌，毫髮都現，一眼便看到自己的墳墓。無所用其塗色；更無所用其蜃樓，只懶懶地抬起了沉重的腿腳，無可奈何地踱上去，不也大煞風景，生趣全丟嗎？

然而，話又要說了回來。

雖然我們可以把未來塗上了彩色，製成了夢、幻影，和蜃樓；一想到，蜿蜒到灰霧裡去的長長的路，仍然不過是長長的路，同從霧裡蜿蜒出來的並不會有多大的差別；我們不禁又惘然了。我們知道，雖然說不定也有點變化，仍然要看到同樣的那一套。真地，我們也只有看到同樣的那一套。微微有點不同的，就是次序倒了過來。

我們將先看到到處閃動著的花的紅影；以後，再看到蒼鬱欲滴的濃碧；以後，又看到蕭瑟冷寂的黃霧；以後，再看到白皚皚的雪凝在丫杈著刺著灰的天空的樹枝上。中間點綴著的仍然是亮的白天，暗的黑夜。在白天裡，我們填滿了肚皮。在夜裡，我們咧開大嘴打呼。照樣地，白天接著黑夜，黑夜接著白天。於是到了一個界石，我們眼前仍然只有那短短的時間的一點亮。腳踏上這個界石的時候，說不定還要回過頭來看到現在。現在早籠在灰霧裡，埋在記憶裡了。我們的心情大概不會同踏在現在的這塊界石上回望以前有什麼差別吧。看了微白的足跡從現在的腳下通到那裡的腳下，微笑浮上心頭呢？浮上嘴角呢？惘然呢？漠然呢？看了眼前的幕一點一點地撤去，驚呢？懼呢？喜呢？那就都不得而知了。

於是，通過了一塊界石，又看上去，仍然是紅影，濃碧，黃霧，白雪。亮的白天，暗的黑夜，一個推一個，滾成一團，滾上去，像玉盤上的珍珠。終於我們看到些什麼呢？灰濛濛；然而不新奇。但卻又使我們戰慄了。

在這微白的長長的路的終點，在霧的深處，誰也說不清是什麼地方，有一個充滿了威嚇的黑洞，在向我們獰笑，那就是我們的歸宿。障在我們眼前的幕，到底也不會撤去。我們眼前仍然只有當前一剎那的亮，帶了一個大混沌，走進這個黑洞去。

走進這個黑洞去，其實也倒不壞，因為我們可以得到靜息。但又不這樣簡單。中間經過幾多花樣，經過多長的路才能達到呢？誰知道。當我們還沒有達到以前，腳下又正在踏著一塊界石的時候，我們命定的只能向前看，或向後看。向後看，灰濛濛，不新奇了。向前看，灰濛濛，更不新奇了，然而，我們可以作夢。再要問：我們要作什麼樣的夢呢？誰知道。

一切都交給命運去安排吧。

一九三四年一月二十四日

寂寞

寂寞像大毒蛇，盤住了我整個的心，我自己也奇怪：幾天前喧騰的笑聲現在還縈繞在耳際，我竟然給寂寞克服了嗎？

但是，克服了，是真的，奇怪又有什麼用呢？笑聲雖然縈繞在耳際，早已恍如夢中的追憶了，我只有一顆心，空虛寂寞的心被安放在一個長方形的小屋裡。我看四壁，四壁冰冷像石板，書架上一行行排列著的書，都像一行行的石塊，床上棉被和大衣的折紋也都變成雕刻家手下的作品了，死寂，一切死寂，更死寂的卻是我的心。

我到了龐培（PomPaii）了麼？不，我自己證明沒有，隔了窗子，我還可以看見裊動的煙縷，雖然還在裊動，但是又是怎樣地微弱呢。

我到了西敏斯大寺（Westminster Abbey）了麼？我自己又證明沒有，我看不到陰森的長廊，看不到詩人的墓壙，我只是被裝在一個長方形的小屋裡，四周圈著冰冷的石板似的牆壁，我究竟在什麼地方呢？桌子上那兩盆草的曼長嫩綠的枝條，反射在鏡子裡的影子，我透過玻璃杯看到的淡淡的影子；反射在電鍍過的小鐘座上的影子，在平常總輕輕地籠罩上一層綠霧，不是很美麗有生氣的嗎？為什麼也變成浮雕般地呆僵著不動呢？

一切完了，一切都給寂寞吞噬了，寂寞凝定在牆上掛的相片上，凝定在屋角的蜘蛛網上，凝定在鏡子裡我自己的影子上……

一切都真地給寂寞吞噬了嗎？不，還有我自己，我試著抬一抬胳膊，還能抬得起，我擺了擺頭，鏡子裡的影子也還隨著動，我自己問：是誰把我放在這裡的呢？是我自己，現在我才發現，就是自己，我能逃……

我能逃，然而，寂寞又跟上我了呀！在平常我們跑著百米搶書的圖書館，不是很熱鬧的嗎？現在為什麼也這樣冷清呢？我從這頭看到那頭，像看一個矇矓的殘夢，淡黃的陽光從窗子裡穿進來造成一條光的路，又射在光滑的桌面上，不耀眼，不輝騰，只是死死地貼在桌上，像……像什麼呢？我不願意說，像鄉間黑漆棺材上貼的金邊，寥寥的幾個看書的，錯落地散坐著，使我想到月明夜天空裡的星子，但也都石像似的坐著，不響也不動，是人麼？不是，我左右看全不像，像木乃伊？又不像，因為我聞不到木乃伊應該有的那種香味，像死屍？有點，但也不全像……我看到他們僵坐的姿勢了；我看到他們一個個的翻著的死白的眼了，我現在知道他們像什麼，像魚市裡的死魚，一堆堆地排列著，鼓著肚皮，翻著白眼，可怕！然而我能逃，然而寂寞又跟上了我，我向哪裡逃呢？

到了世界的末日了嗎？世界的末日，多可怕！以前我曾自己想像，自己是世界上最後的一個生物，因了這無謂的想像，我流過不知多少汗，但是現在卻真教我嘗到這個滋味了，天空倒掛著，像個盆，遠處的西山，近處的樓台，都彷彿剪影似的貼在這灰白盆底上，小鳥縮著脖子站在土山上，不動，像博物院裡的標本，流水在冰下低緩地唱著喪歌，天空裡破絮似的雲片，看來像一貼貼的膏藥，糊在我這寂寞的心上，枯枝丫杈著，看來像魚刺，也刺著我這寂寞的心。

但是，我在身旁發見有人影在遊動了，我知道，我自己不是世界上最後的生物，我在內心裡浮起一絲笑意，但是（又是但是）卻怪沒等這笑意浮到臉上，我又看到我身旁的人也同樣翻著死白的眼，像木乃伊？像殭屍？像魚市上陳列的死魚？誰耐心去管，戰慄通過了我全身，我想逃，寂寞驅逐著我，我想逃，向哪裡逃呢？

天哪！我不知道向哪裡逃了。

夜來了，隨了夜來的是更多的寂寞，當我從外面走回宿舍的時候，四周死一般沉寂，但總彷彿有悉索的腳步聲繞在我四圍，說聲，其實哪裡有什麼聲呢？只是我覺得有什麼東西跟著我而已，倘若在白天，我一定說這是影子；倘若睡著了，我一定說這是夢，究竟是什麼呢？我知道，這是寂寞，從遠處我看到壓在黑暗的夜氣下面的宿舍，以前不是每個窗子都射出溫熱的暖光來麼？但是，變了，一切變了，大半的窗子都黑黑的，閉著寥寥的幾個窗子，無力地迸射出幾條光線來，又都是怎樣暗淡灰白呢？

不，這不是窗子裡射出的燈光，這是墓地裡的鬼火，這是魔窟裡的發出的魔光，我是到了鬼影憧憧的世界裡了，我自己也成了鬼影了。

我平臥在床上，讓柔弱的燈光流在我的身上，讓寂寞在我四周跳動，靜聽著遠處傳來的跫跫的足音，隱隱地，細細弱弱到聽不清，聽不見了，這聲音從哪裡傳來的呢？是從遼遠又遼遠的國土裡呀！是從寂寞的大沙漠裡呀！但是，又像比遼遠的國土更遼遠；

我的小屋是墳墓，這聲音是從塞外過路人的腳下出來的呀！離這裡多遠呢？想像不出，也不能想像，望吧！是一片茫茫的白海流布在中間，海裡是什麼呢？是寂寞。

隔了窗子，外面是死寂的夜，從蒙翳的玻璃裡看出去，不見燈光；不見一切東西的清晰的輪廓，只是黑暗，在黑暗裡的迷離的樹影，丫杈著，刺著暗灰的天，在三個月前，這禿光的枯枝上，有過一串串的葉子，在蕭瑟的秋風裡打戰，又罩上一層淡淡的黃霧。再往前，在五六個月以前吧，同樣的這枯枝上織上一叢叢的茂密的綠，在雨裡凝成濃翠，在毒陽下閃著金光；倘若再往前推，在春天裡，這枯枝上嵌著一顆顆火星似的紅花，遠處看，輝耀著，像火焰——但是，一轉眼，溜到現在，現在怎樣了呢？變了，全變了，只剩了禿光的枯枝，刺著天空，把小小的溫熱的生命力蘊蓄在這枯枝的中心，外面披上這層剛勁的皮，忍受著北風的狂吹；忍受著白雪的凝固；忍受著寂寞的來襲，同我一樣。它也該同我一樣切盼著春的來臨，切盼著寂寞的退走吧。春什麼時候會來呢？寂寞什麼時候會走呢？這漫漫的長長的夜，這漫漫的更長的冬……

一九三四年一月二十二日

晨趣

一抬頭，眼前一片金光：朝陽正跳躍在書架頂上玻璃盒內日本玩偶藤娘身上，一身和服，花團錦簇，手裡拿著淡紫色的籐蘿花，都熠熠發光，而且閃爍不定。

我開始工作的時候，窗外暗夜正在向前走動。不知怎樣一來，暗夜已逝，旭日東昇。這陽光是從哪裡流進來的呢？窗外一棵高大的梧桐樹，枝葉繁茂，彷彿張開了一張綠色的網。再遠一點，在湖邊上是成排的垂柳。所有這一些都不利於陽光的穿透。然而陽光確實流進來了，就流在籐娘身上……

然而，一轉瞬間，陽光忽然又不見了，籐娘身上，一片陰影。窗外，在梧桐和垂柳的縫隙裡，一塊塊藍色的天空。成群的鴿子正盤旋飛翔在這樣的天空裡，黑影在蔚藍上面劃上了弧線。鴿影落在湖中，清晰可見，好像比天空裡的更富有神韻，宛如鏡花水月。

朝陽越升越高，透過濃密的枝葉，一直照到我的頭上。我心中一動，陽光好像有了生命，它啟迪著什麼，它暗示著什麼。我忽然想到印度大詩人泰戈爾，每天早上對著初升的太陽，靜坐沉思，幻想與天地同體，與宇宙合一。我從來沒達到這樣的境界，我沒有這一份福氣。可是我也感到太陽的威力，心中思緒騰翻，彷彿也能洞察三界，透視萬有了。

現在我正處在每天工作的第二階段的開頭上。緊張地工作了一個階段以後，我現在想緩鬆一下，心裡有了餘裕，能夠抬一抬頭，向四周，特別是窗外觀察一下。窗外風光如舊，但是四季不同：春花，秋月，夏雨，冬雪，情趣各異，動人則一。現在正是夏季，濃綠撲人眉宇，鴿影在天，湖光如鏡。多少年來，當然都是這個樣子。為什麼過去我竟視而不見呢？今天，籐娘身上一點閃光，彷彿照透了我的心，讓我抬起頭來，以嶄新的眼光，來衡量一切，眼前的東西既熟悉，又陌生，我彷彿搬到了一個新的地方，把我好奇的童心一下子都引逗起來了。我注視著籐娘，我的心卻飛越茫茫大海，飛到了日本，懷念起贈送給我籐娘的室伏千律子夫人和室伏佑厚先生一家來。真摯的友情溫暖著我的心……

窗外太陽升得更高了。梧桐樹橢圓的葉子和垂柳的尖長的葉子，交織在一起，橢圓與細長相映成趣。最上一層陽光照在上面，一片嫩黃；下一層則處在背陰處，一片黑綠。遠處的塔影，屹立不動。天空裡的鴿影仍然在劃著或長或短、或遠或近的弧線。再把眼光收回來，則看到裡面窗台上擺著的幾盆君子蘭，深綠肥大的葉子，給我心中增添了綠色的力量。

多麼可愛的清晨，多麼寧靜的清晨！

此時我怡然自得，其樂陶陶。我真覺得，人生畢竟是非常可愛的，大地畢竟是非常可愛的。我有點不知老之已至了。我這個從來不寫詩的人心中似乎也有了一點詩意。

此身合是詩人未？
鴿影湖光入目明。
我好像真正成為一個詩人了。

一九八八年十月十三日晨

成功

什麼叫成功？順手拿來一本《現代漢語詞典》，上面寫道：「成功：獲得預期的結果」，言簡意賅，明白之至。

但是，談到「預期」，則錯綜複雜，紛紜混亂。人人每時每刻每日每月都有大小不同的預期，有的成功、有的失敗，總之是無法界定，也無法分類，我們不去談它。我在這裡只談成功，特別是成功之道。這又是一個極大的題目，我卻只是小做。積七八十年之經驗，我得到了下面這個公式：

天資＋勤奮＋機遇＝成功

「天資」，我本來想用「天才」；但天才是個稀見現象，其中不少是「偏才」，所以我棄而不用，改用「天資」，大家一看就明白。這個公式實在是過分簡單化了，但其中的含義是清楚的。搞得太煩瑣，反而不容易說清楚。

談到天資，首先必須承認，人與人之間天資是不相同的，這是一個事實，誰也否定不掉。十年浩劫中，自命天才的人居然號召大批天才。葫蘆裡賣的是什麼藥，至今不解。到了今天，學術界和文藝界自命天才的人頗不稀見，我除了羨慕這些人「自我感覺過分良好」外，不敢贊一詞。對於自己的天資，我看，還是客觀一點好，實事求是一點好。

至於勤奮，一向為古人所讚揚。囊螢、映雪、懸樑、刺股等故事流傳了千百年，家喻戶曉。韓文公的「焚膏油以繼晷，恆兀兀以窮年」，更為讀書人所嚮往。如果不勤奮，則天資再高也毫無用處。事理至明，無待饒舌。

談到機遇，往往為人所忽視。它其實是存在的，而且有時候影響極大。就以我自己為例，如果清華不派我到德國去留學，則我的一生完全不會像現在這個樣子。

把成功的三個條件拿來分析一下，天資是由「天」來決定的，我們無能為力。機遇是不期而來的，我們也無能為力。只有勤奮一項完全是我們自己決定的，我們必須在這一項上狠下工夫。在這裡，古人的教導也多得很。還是先舉韓文公。他說：「業精於勤荒於嬉，行成於思毀於隨。」這兩句話是大家都熟悉的。

王靜安在《人間詞話》中說：「古今之成大事業大學問者必經過三種之境界。『昨夜西風凋碧樹，獨上高樓，望盡天涯路』。此第一境也。『衣帶漸寬終不悔，為伊消得人憔悴』。此第二境也。『眾裡尋他千百度，驀然回首，那人卻在，燈火闌珊處』。此第三境也。」靜安先生第一境寫的是預期。第二境寫的是勤奮。第三境寫的是成功。其中沒有寫天資和機遇。我不敢說，這是他的疏漏，因為寫的角度不同。但是，我認為，補上天資與機遇，似更為全面。我希望，大家都能拿出「衣帶漸寬終不悔」的精神來從事做學問或幹事業，這是成功的必由之路。

知足知不足

曾見冰心老人為別人題座右銘：「知足知不足，有為有不為。」言簡意賅，尋味無窮。特寫短文兩篇，稍加詮釋。光講知足知不足。

中國有一句老話：「知足常樂」，為大家所遵奉。什麼叫「知足」呢？還是先查一下字典吧。《現代漢語詞典》說：「知足：滿足於已經得到的（指生活、願望等）。」如果每個人都能滿足於已經得到的東西，則社會必能安定，天下必能太平，這個道理是顯而易見的。可是社會上總會有一些人不安分守己，癩蛤蟆想吃天鵝肉。這樣的人往往要栽大跟頭的。對他們來說，「知足常樂」這句話就成了靈丹妙藥。

但是，知足或者不知足也要分場合的。在舊社會，窮人吃草根樹皮，闊人吃燕窩魚翅。在這樣的場合下，你勸窮人知足，能勸得動嗎？正相反，應當鼓勵他們不能知足，要起來鬥爭。這樣的不知足是正當的，是有重大意義的，它能伸張社會正義，能推動人類社會前進。

除了場合以外，知足還有一個分（fen）的問題。什麼叫分？籠統言之，就是適當的限度。人們常說的「安分」、「非分」等等，指的就是限度。這個限度也是極難掌握的，是因人而異、因地而異的。勉強找一個標準的話，那就是「約定俗成」。我想，冰心老人之所以寫這一句話，其意不過是勸人少存非分之想而已。

至於知不足，在漢文中雖然字面上相同，其涵義則有差別。這裡所謂「不足」，指的是「不足之處」，「不夠完美的地方」。這句話同「自知之明」有聯繫。

自古以來，中國就有一句老話：「人貴有自知之明。」這一句話暗示我們，有自知之明並不容易，否則這一句話就用不著說了。事實上也確實如此。就拿現在來說，我所見到的人，大都自我感覺良好。專以學界而論，有的人並沒有讀幾本書，卻不知天高地厚，以天才自居，靠自己一點小聰明——這能算得上聰明嗎？——狂傲恣睢，罵盡天下一切文人，大有用一枚毛錐橫掃六合之概，令明眼人感到既可笑，又可憐。這種人往往沒有什麼出息的。因為，又有一句中國老話：「學如逆水行舟，不進則退。」還有一句中國老話：「學海無涯」，說的都是真理。但在這些人眼中，他們已經窮了學海之源，往前再沒有路了，進步是沒有必要的。他們除了自我欣賞之外，還能有什麼出息呢？

古代希臘也認為自知之明是可貴的，所以語重心長地說出了：「要瞭解你自己！」中國同希臘相距萬里，可竟說了幾乎是一模一樣的話，可見這些話是普遍的真理。中外幾千年的思想史和科學史，也都證明了一個事實：只有知不足的人才能為人類文化做出貢獻。

二〇〇一年二月二十一日

有為有不為

「為」，就是「做」。應該做的事，必須去做，這就是「有為」。不應該做的事，必不能做，這就是「有不為」。

在這裡，關鍵是「應該」二字。什麼叫「應該」呢？這有點像仁義的「義」字。韓愈給「義」字下的定義是「行而宜之之謂義」。「義」就是「宜」。而「宜」就是「合適」，也就是「應該」，但問題仍然沒有解決。要想從哲學上從倫理學上說清楚這個問題，恐怕要寫上一篇長篇論文，甚至一部大書。我沒有這個能力，也認為根本無此必要。我覺得，只要訴諸一般人都能夠有的良知良能，就能分辨清是非善惡了，就能知道什麼事應該做，什麼事不應該做了。

中國古人說：「勿以善小而不為，勿以惡小而為之。」可見善惡是有大小之別的，應該不應該也是有大小之別的，並不是都在一個水平上。什麼叫大，什麼叫小呢？這裡也用不著煩瑣的論證，只須動一動腦筋，睜開眼睛看一看社會，也就夠了。

小惡、小善，在日常生活中，隨時可見。比如在公共汽車上給老人和病人讓座，能讓，算是小善；不能讓，也只能算是小惡，夠不上大逆不道。然而，從那些一看到有老人或病人上車就立即裝出閉目養神的樣子的人身上，不也能由小見大看出了社會道德的水平嗎？

至於大善大惡，目前社會中也可以看到，但在歷史上卻看得更清楚。比如宋代的文天祥。他為元軍所虜。如果他想活下去，屈膝投敵就行了，不但能活，而且還能有大官做，最多是在身後被列入「貳臣傳」，「身後是非誰管得」，管那麼多幹嘛呀。然而他卻高賦《正氣歌》，從容就義，留下英名萬古傳，至今還在激勵著我們全國人民的愛國熱情。

通過上面舉的一個小惡的例子和一個大善的例子，我們大概對大小善和大小惡能夠得到一個籠統的概念了。凡是對國家有利，對人民有利，對人類發展、前途有利的事情就是大善，反之就是大惡。凡是對處理人際關係有利，對保持社會安定團結有利的事情可以稱之為小善，反之就是小惡。大小之間有時難以區別，這只不過是一個大體的輪廓而已。

大小善和大小惡有時候是有聯繫的。俗話說：千里之堤，潰於蟻穴。拿眼前常常提到的貪污行為而論。往往是先貪污少量的財物，心裡還有點打鼓。但是，一旦得逞，嘗到甜頭，又沒被人發現，於是膽子越來越大，貪污的數量也越來越多，終至於一發而不可收拾，最後受到法律的制裁，悔之晚矣。也有個別的識時務者，迷途知返，就是所謂浪子回頭者，然而難矣哉！

我的希望很簡單，我希望每個人都能有為有不為。一旦「為」錯了，就毅然回頭。

二〇〇一年二月二十三日

九十述懷

杜甫詩：「人生七十古來稀。」對舊社會來說，這是完全正確的，因為它符合實際情況。但是，到了今天，老百姓卻創造了三句順口溜：「七十小弟弟，八十多來兮，九十不稀奇。」這也是完全正確的，因為它符合實際情況。

但是，對我來說，卻另有一番糾葛。我行年九十矣，是不是感到不稀奇呢？答案是：不是，又是。不是者，我沒有感到不稀奇，而是感到稀奇，非常地稀奇。我曾在很多地方都說過，我在任何方面都是一個沒有雄心壯志的人，我不會說大話，不敢說大話，在年齡方面也一樣。我的第一本帳只計劃活四十歲到五十歲。因為我的父母都只活了四十多歲，遵照遺傳的規律，遵照傳統倫理道德，我不能也不應活得超過了父母。我又哪裡知道，彷彿一轉瞬間，我竟活過了從心所欲不逾矩之年，又進入了耄耋的境界，要向期頤進軍了。這樣一來，我能不感到稀奇嗎？

但是，為什麼又感到不稀奇呢？從目前的身體情況來看，除了眼睛和耳朵有點不算太大的問題和腿腳不太靈便外，自我感覺還是良好的，寫一篇一兩千字的文章，倚椅可待。待人接物，應對進退，還是「難得糊塗」的。這一切都同十年前，或者更長的時間以前，沒有什麼兩樣。李太白詩：「高堂明鏡悲白髮。」我不但髮已全白（有人告訴我，又有黑髮長出），而且禿了頂。這一切也都是事實，可惜我不是電影明星，一年照不了兩次鏡子，那一切我都不視不見。在潛意識中，自己還以為是「朝如青絲」哩。對我這樣無知無識、麻木不仁的人，連上帝也沒有辦法。在這樣的情況下，我怎麼能會不感到不稀奇呢？

但是，我自己又覺得，我這種精神狀態之所以能夠產生，不是沒有根據的。我國現行的退休制度，教授年齡是六十歲到七十歲。可是，就我個人而論，在學術研究上，我的衝刺起點是在八十歲以後。開了幾十年的會，經過了不知道多少次政治運動，做過不知道多少次自我檢查，也不知道多少次對別人進行批判，最後又經歷了十年浩劫，「對酒當歌，人生幾何？」我自己的一生就是這樣白白地消磨過去了。如果不是造化小兒對我垂青，制止了我實行自己年齡計劃的話，在我八十歲以前（這也算是高壽了）就「遽歸道山」，我留給子孫後代的東西恐怕是不會多的。不多也不一定就是壞事。留下一些不痛不癢，災禍梨棗的所謂著述，對任何人都沒有好處。但是，對我自己來說，恐怕就要「另案處理」了。

在從八十歲到九十歲這個十年內，在我衝刺開始以後，頗有一些值得紀念的甜蜜的回憶。在撰寫我一生最長的一部長達八十萬字的著作《糖史》的過程中，頗有一些情節值得回憶，值得玩味。在長達兩年的時間內，我每天跑一趟大圖書館，風雨無阻，寒暑無礙。燕園風光旖旎，四時景物不同。春天奼紫嫣紅，夏天荷香盈塘，秋天紅染霜葉，冬天六出蔽空。稱之為人間仙境，也不為過。然而，在這兩年中，我幾乎天天都在這樣瑰麗的風光中行走。可是我都視而不見，甚至不視不見。未名湖的漣漪，博雅塔的倒影，被外人視為奇觀的勝景，也未能逃過我的漠然、懵然、無動於衷。我心中想到的只是大圖書館中的盈室滿架的圖書，鼻子裡聞到的只有那裡的書香。

《糖史》的寫作完成以後，我又把陣地從大圖書館移到家中來。運籌於斗室之中，決戰於幾張桌子之上。我研究的對象變成了吐火羅文A方言的《彌勒會見記劇本》。這也不是一顆容易咬的核桃，非用上全力不行。最大的困難在於缺乏資料，而且多是國外的資料。沒有辦法，只有時不時地向海外求援。現在雖然號稱為信息時代，可是我要的消息多是刁鑽古怪的東西，一時難以搜尋，我只有耐著性子恭候。舞筆弄墨的朋友，大概都能體會到，當一篇文章正在進行寫作時，忽然斷了電，你心中真如火燒油澆，然而卻毫無辦法，只盼喜從天降了，只能聽天由命了。此時燕園旖旎的風光，對於我似有似無，心裡想到的，切盼的只有海外的來信。如此又熬了一年多，《彌勒會見記劇本》英譯本終於在德國出版了。

兩部著作完了以後，我平生大願算是告一段落。痛定思痛，驀地想到了，自己已是望九之年了。這樣的歲數，古今中外的讀書人能達到的只有極少數。我自己竟能置身其中，豈不大可喜哉！

我想停下來休息片刻，以利再戰。這時就想到，我還有一個家。在一般人心目中，家是停泊休息的最好的港灣。我的家怎樣呢？直白地說，我的家就我一個孤家寡人，我就是家，我一個人吃飽了，全家不害餓。這樣一來，我應該感覺很孤獨了吧。然而並不。我的家庭「成員」實際上並不止我一個「人」。我還有四隻極為活潑可愛的，一轉眼就偷吃東西的，從我家鄉山東臨清帶來的白色波斯貓，眼睛一黃一藍。牠們一點禮節都沒有，一點規矩都不懂，時不時地爬上我的脖子，為所欲為，大膽放肆。有一隻還專在我的褲腿上撒尿。這一切我不但不介意，而且顧而樂之，讓貓們的自由主義惡性發展。

我的家庭「成員」還不止這樣多，我還養了兩隻山大小校友張衡送給我的烏龜。烏龜這玩意兒，現在名聲不算太好；但在古代卻是長壽的象徵。有些人的名字中也使用「龜」字，唐代就有李龜年、陸龜蒙等等。龜們的智商大概低於貓們，牠們決不會從水中爬出來爬上我的肩頭。但是，龜們也自有龜之樂，當我向牠餵食時，牠們伸出了脖子，一口吞下一粒，牠們顯然是愉快的。可惜我遇不到惠施，他決不會同我爭辯，我何以知道龜之樂。

我的家庭「成員」還沒有到此為止，我還飼養了五隻大甲魚。甲魚，在一般老百姓嘴裡叫「王八」，是一個十分不光彩的名稱，人們諱言之。然而我卻堂而皇之地養在大磁缸內，一視同仁，毫無歧視之心。是不是我神經出了毛病？用不著請醫生去檢查，我神經十分正常。我認為，甲魚同其他動物一樣有生存的權利。稱之為王八，是人類對它的誣蔑，是向牠頭上潑髒水。可惜甲魚無知，不會向世界最高法庭上去狀告人類，還要要求賠償名譽費若干美元，而且要登報聲明。我個人覺得，人類在新世紀，新千年中最重要的任務是處理好與大自然的關係。恩格斯已經警告過我們，不要過分陶醉於我們對自然界的勝利。對每一次這樣的勝利，自然界都報復了我們。一百多年來的歷史事實，日益證明了恩格斯警告之正確與準確。在新世紀中，人類首先必須改惡向善，改掉亂吃其他動物的惡習。人類必須遵守宋代大儒張載的話：「民吾同胞，物吾與也」，把甲魚也看成是自己的夥伴，把大自然看成是自己的朋友，而不是征服的對象。這樣一來，人類庶幾能有美妙光輝的前途。至於對我自己，也許有人認為我是《世說新語》中的人物，放誕不經。如果真正有的話，那就，那就……由它去吧。

再繼續談我的家和我自己。

我在十年浩劫中，自己跳出來反對那位倒行逆施的「老佛爺」，被打倒在地，被戴上了無數頂莫須有的帽子，天天被打、被罵。最初也只覺得滑稽可笑。但「謊言說上一千遍，就變成了真理」，最後連我自己都懷疑起來了：「此身合是壞人未？淚眼迷離問蒼天。」其實我並沒有那麼壞；但在許多人眼中，我已經成了一個「不可接觸者」。

然而，世事多變，人間正道。不知道是怎麼一來，我竟轉身一變成了一個「極可接觸者」。我常以知了自比。知了的幼蟲最初藏在地下，黃昏時爬上樹幹，天一明就脫掉了舊殼，長出了翅膀，長鳴高枝，成了極富詩意的蟲類，引得詩人「倚杖柴門外，臨風聽暮蟬」了。我現在就是一隻長鳴高枝的蟬，名聲四被，頭上的桂冠比文革中頭上戴的高帽子還要高出多多，有時候我自己都覺得臉紅。其實我自己深知，我並沒有那麼好。然而，我這樣發自肺腑的話，別人是不會相信的。這樣一來，我雖孤家寡人，其實家裡每天都是熱鬧非凡。

有一位多年的老同事，天天到我家裡來「打工」，處理我的雜務，照顧我的生活，最重要的事情是給我讀報，讀信，因為我眼睛不好。還有就是同不斷打電話來或者親自登門來的自稱是我的「崇拜者」的人們打交道。學校領導因為覺得我年紀已大，不能再招待那麼多的來訪者，在我門上貼出了通告，想制約一下來訪者的襲來，但用處不大，許多客人都視而不見，照樣敲門不誤。有少數人竟在門外荷塘邊上等上幾個鐘頭。除了來訪者打電話者外，還有扛著沉重的錄像機而來的電視台的導演和記者，以及每天都收到的數量頗大的信件和刊物。有一些年輕的大中學生，把我看成了有求必應的土地爺，或者能預言先知的季鐵嘴，向我請求這請求那，向我傾訴對自己父母都不肯透露的心中的苦悶。這些都要我那位「打工」的老同事來處理，我那位打工者此時就成了攔駕大使。想盡花樣，費盡唇舌，說服那些想來採訪，想來拍電視的好心和熱心又誠心的朋友們，請他們稍安勿躁。

這是極為繁重而困難的工作，我能深切體會。其忙碌困難的情況，我是能理解的。

最讓我高興的是，我結交了不少新朋友。他們都是著名的書法家、畫家、詩人、作家、教授。我們彼此之間，除了真摯的感情和友誼之外，決無所求於對方。我是相信緣分的，「有緣千里來相會，無緣對面不相識」，緣分是說不明道不白的東西，但又確實存在。我相信，我同朋友之間就是有緣分的。我們一見如故，無話不談。沒見面時，總惦記著見面的時間；既見面則如魚得水，心曠神怡；分手後又是朝思暮想，憶念難忘。對我來說，他們不是親屬，勝似親屬。有人說：「人生得一知己足矣。」我得到的卻不只是一個知己，而是一群知己。有人說我活得非常滋潤。此情此景，豈是「滋潤」二字可以了得！

我是一個呆板保守的人，秉性固執。幾十年養成的習慣，我決不改變。一身卡其布的中山裝，國內外不變，季節變化不變，別人認為是老頑固，我則自稱是「博物館的人物」，以示「抵抗」，後發制人。生活習慣也決不改變。四五十年來養成了早起的習慣，每天早晨四點半起床，前後差不了五分鐘。古人說「黎明即起」，對我來說，這話夏天是適合的；冬天則是在黎明之前幾個小時，我就起來了。我五點吃早點，可以說是先天下之早點而早點。吃完立即工作。我的工作主要是爬格子。幾十年來，我已經爬出了上千萬的字。這些東西都值得爬嗎？我認為是值得的。我爬出的東西不見得都是精金粹玉，都是甘露醍醐，吃了能讓人升天成仙。但是其中決沒有毒藥，決沒有假冒偽劣，讀了以後至少能讓人獲得點享受，能讓人愛國、愛鄉、愛人類、愛自然、愛兒童、愛一切美好的東西。總之一句話，能讓人在精神境界中有所收益。

我常常自己警告說：人吃飯是為了活著，但活著決不是為了吃飯。人的一生是短暫的，決不能白白把生命浪費掉。如果我有一天工作沒有什麼收穫，晚上躺在床上就疚愧難安，認為是慢性自殺。爬格子有沒有名利思想呢？坦白地說，過去是有的。可是到了今天名利對我都沒有什麼用處了，我之所以仍然爬，是出於慣性，其他冠冕堂皇的話，我說不出。「爬格不知老已至，名利於我如浮雲」，或可道出我現在的心情。

你想到過死沒有呢？我彷彿聽到有人在問。好，這話正問到節骨眼上。是的，我想到過死，過去也曾想到死，現在想得更多而已。在十年浩劫中，在一九六七年，一個千鈞一髮般的小插曲使我避免了走上「自絕於人民的」道路。從那以後，我認為，我已經死過一次，多活一天，都是賺的，到現在已經三十多年了，我真賺了個滿堂滿貫，真成為一個特殊的大富翁了。但人總是要死的，在這方面，誰也沒有特權，沒有豁免權。雖然常言道：「黃泉路上無老少」，但是老年人畢竟有優先權。燕園是一個出老壽星的寶地。我雖年屆九旬，但按照年齡順序排隊，我仍落在十幾名之後。我曾私自發下宏願大誓：在向八寶山的攀登中，我一定按照年齡順序魚貫而登，決不搶班奪權，硬去加塞。至於事實究竟如何，那就請聽下回分解了。

既然已經死過一次，多少年來，我總以為自己已經參悟了人生。我常拿陶淵明的四句詩當做座右銘：「縱浪大化中，不喜亦不懼，應盡便須盡，無復獨多慮。」現在才逐漸發現，我自己並沒能完全做到。常常想到死，就是一個證明，我有時幻想，自己為什麼不能像朋友送給我擺在桌上的奇石那樣，自己沒有生命，但也決不會有死呢？我有時候也幻想：能不能讓造物主勒住時間前進的步伐，讓太陽和月亮永遠明亮，地球上一切生物都停住不動，不老呢？哪怕是停上十年八年呢？大家千萬不要誤會，認為我怕死怕得要命。決不是那樣。我早就認識到，永遠變動，永不停息，是宇宙根本規律，要求不變是荒唐的。萬物方生方死，是至理名言。江文通《恨賦》中說：「自古皆有死，莫不飲恨而吞聲。」那是沒有見地的庸人之舉，我雖庸陋，水平還不會那樣低。即使我做不到熱烈歡迎大限之來臨，我也決不會飲恨吞聲。

但是，人類是心中充滿了矛盾的動物，其他動物沒有思想，也就不會有這樣多的矛盾。我忝列人類的一分子，心裡面的矛盾總是免不了的。我現在是一方面眷戀人生，一方面卻又覺得，自己活得實在太辛苦了，我想休息一下了。我嚮往莊子的話：「大塊載我以形，勞我以生。」大家千萬不要誤會，以為我就要自殺。自殺那玩意兒我決不會再幹了。在別人眼中，我現在活得真是非常非常愜意了。不虞之譽，紛至沓來；求全之毀，幾乎絕跡。我所到之處，見到的只有笑臉，感到的只有溫暖。時時如坐春風，處處如沐春雨，人生至此，實在是真應該滿足了。然而，實際情況卻並不完全是這樣愜意。古人說：「不如意事常八九。」這話對我現在來說也是適用的。我時不時地總會碰到一些令人不愉快的事情，讓自己的心情半天難以平靜。即使在春風得意中，我也有自己的苦惱。我明明是一頭瘦骨嶙峋的老牛，卻有時被認成是日產鮮奶千磅的碩大的肥牛。已經擠出了奶水五百磅，還求索不止，認為我打了埋伏。其中情味，實難以為外人道也。這逼得我不能不想到休息。

我現在不時想到，自己活得太長了，快到一個世紀了。九十年前，山東臨清縣一個既窮又小的官莊出生了一個野小子，竟走出了官莊，走出了臨清，走到了濟南，走到了北京，走到了德國；後來又走遍了幾個大洲，幾十個國家。如果把我的足跡畫成一條長線的話，這條長線能繞地球幾周。我看過埃及的金字塔，看過兩河流域的古文化遺址，看過印度的泰姬陵，看過非洲的撒哈拉大沙漠，以及國內外的許多名山大川。我曾住過總統府之類的豪華賓館，會見過許多總統、總理一級的人物，在流俗人的眼中，真可謂極風光之能事了。然而，我走過的漫長的道路並不總是鋪著玫瑰花的，有時也荊棘叢生。我經過山重水復，也經過柳暗花明；走過陽關大道，也走過獨木小橋。我曾到閻王爺那裡去報到，沒有被接納。終於曲曲折折，顛顛簸簸，坎坎坷坷，磕磕碰碰，走到了今天。現在就坐在燕園朗潤園中一個玻璃窗下，寫著《九十述懷》。窗外已是寒冬。荷塘裡在夏天接天映日的荷花，只剩下乾枯的殘葉在寒風中搖曳。玉蘭花也只留下光禿禿的枝幹在那裡苦撐。但是，我知道，我彷彿看到荷花蜷曲在冰下淤泥裡做著春天的夢；玉蘭花則在枝頭夢著「春意鬧」。它們都在活著，只是暫時地休息，養精蓄銳，好在明年新世紀，新千年中開出更多更艷麗的花朵。

我自己當然也在活著。可是我活得太久了，活得太累了。歌德暮年在一首著名的小詩中想到休息。我也真想休息一下了。但是，這是絕對不可能的。我就像魯迅筆下的那一位「過客」那樣，我的任務就是向前走，向前走。前方是什麼地方呢？

老翁看到的是墳墓，小女孩看到的是野百合花。我寫《八十述懷》時，看到的是野百合花多於墳墓，今天則倒了一個個兒，墳墓多而野百合花少了。不管怎樣，反正我是非走上前去不行的，不管是墳墓，還是野百合花，都不能阻擋我的步伐。馮友蘭先生的「何止於米」，我已經越過了米的階段。下一步就是「相期以茶」了。我覺得，我目前的選擇只有眼前這一條路，這一條路並不遙遠。等到我十年後再寫《百歲述懷》的時候，那就離茶不遠了。

二〇〇〇年十二月二十日

一個老知識分子的心聲

按我出生的環境，我本應該終生成為一個貧農。但是造化小兒卻偏偏要播弄我，把我播弄成了一個知識分子。從小知識分子把我播弄成一個中年知識分子；又從中年知識分子把我播弄成一個老知識分子。現在我已經到了望九之年，耳雖不太聰，目雖不太明，但畢竟還是「難得糊塗」，仍然能寫能讀，焚膏繼晷，兀兀窮年，彷彿有什麼力量在背後鞭策著自己，欲罷不能。眼前有時閃出一個長隊的影子，是北大教授按年齡順序排成了的。我還沒有站在最前面，前面還有將近二十來個人。這個長隊緩慢地向前邁進，目的地是八寶山。時不時地有人「捷足先登」，登的不是泰山，而就是這八寶山。我暗暗下定決心：決不搶先加塞，我要魚貫而進。什麼時候魚貫到我面前，我就要含笑揮手，向人間說一聲「拜拜」了。

幹知識分子這個行當是並不輕鬆的，在過去七八十年中，我嘗夠了酸甜苦辣，經歷夠了喜怒哀樂。走過了陽關大道，也走過了獨木小橋。有時候，光風霽月，有時候，陰霾蔽天。有時候，峰迴路轉，有時候，柳暗花明。金榜上也曾題過名，春風也曾得過意，說不高興是假話。但是，一轉瞬間，就交了華蓋運，四處碰壁，五內如焚。原因何在呢？古人說：「人生識字憂患始」，這實在是見道之言。「識字」，當然就是知識分子了。一戴上這頂帽子，「憂患」就開始向你奔來。是不是杜甫的詩：「儒冠多誤身」？「儒」，當然就是知識分子，一戴上儒冠就倒楣。我只舉這兩個小例子，就可以知道，中國古代的知識分子們早就對自己這一行膩味了。「詩必窮而後工」，連作詩都必須先「窮」。「窮」並不是一定指的是沒有錢，主要指的也是倒楣。不倒楣就作不出好詩，沒有切身經歷和宏觀觀察，能說得出這樣的話嗎？

世界各國應該都有知識分子。但是，根據我七八十年的觀察與思考，我覺得，既然同為知識分子，必有其共同之處，有知識，承擔延續各自國家的文化的重任，至少這兩點必然是共同的。但是不同之處卻是多而突出。別的國家先不談，我先談一談中國歷代的知識分子，中國有五六千年或者更長的文化史，也就有五六千年的知識分子。我的總印象是：中國知識分子是一種很奇怪的群體，是造化小兒加心加意創造出來的一種「稀有動物」。雖然十年浩劫中，他們被批為「一心只讀聖賢書」的「修正主義」分子。這實際上是冤枉的。這樣的人不能說沒有，但是，主流卻正相反。幾千年的歷史可以證明，中國知識分子最關心時事，最關心政治，最愛國。這最後一點，是由中國歷史環境所造成的。在中國歷史上，沒有哪一天沒有虎視眈眈伺機入侵的外敵。歷史上許多赫然有名的皇帝，都曾受到外敵的欺侮。老百姓更不必說了。存在決定意識，反映到知識分子頭腦中，就形成了根深蒂固的愛國心。「天下興亡，匹夫有責」，不管這句話的原形是什麼樣子，反正它痛快淋漓地表達了中國知識分子的心聲。在別的國家是沒有這種情況的。

然而，中國知識分子也是極難對付的傢伙。他們的感情特別細膩，銳敏，脆弱，隱晦。他們學富五車，胸羅萬象。有的或有時自高自大，自以為「老子天下第一」；有的或有時卻又患了佛洛伊德講的那一種「自卑情結」（inferiority complex）。他們一方面吹噓想「通古今之變，究天人之際」，氣魄貫長虹，浩氣盈宇宙。有時卻又為芝麻綠豆大的一點小事而長吁短歎，甚至輕生，「自絕於人民」。關鍵問題，依我看，就是中國特有的「國粹」——面子問題。「面子」這個詞兒，外國文沒法翻譯，可見是中國獨有的。俗話裡許多話都與此有關，比如「丟臉」、「真不要臉」、「賞臉」，如此等等。「臉」者，面子也。中國知識分子是中國國粹「面子」的主要衛道士。

儘管極難對付，然而中國歷代統治者哪一個也不得不來對付。古代一個皇帝說：「馬上得天下，不能馬上治之！」真是一針見血。創業的皇帝決不會是知識分子，只有像劉邦、朱元璋等這樣一字不識的地痞流氓才能成為開國的「英主」。可是，一旦創業成功，坐上金鑾寶殿，這時候就用得著知識分子來幫他們治理國家。不用說國家大事，連定朝儀這樣的小事，劉邦還不得不求助於叔孫通。朝儀一定，朝廷井然有序，共同起義的那一群鐵哥兒們，個個服服帖帖，跪拜如儀，讓劉邦「龍心大悅」，真正嘗到了當皇帝的滋味。

同面子表面上無關實則有關的另一個問題，是中國知識分子的處世問題，也就是隱居或出仕的問題。中國知識分子很多都標榜自己無意為官，而實則正相反。一個最有典型意義又眾所周知的例子就是「大名垂宇宙」的諸葛亮。他高臥隆中，看來是在隱居，實則他最關心天下大事，他的「信息來源」看來是非常多的。否則，在當時既無電話電報，甚至連寫信都十分困難的情況下，他怎麼能對天下大勢瞭如指掌，因而寫出了有名的《隆中對》呢？他經世之心昭然在人耳目，然而卻偏偏讓劉先主三顧茅廬然後才出山「鞠躬盡瘁」。這不是面子又是什麼呢？

我還想進一步談一談中國知識分子的一個非常古怪、很難以理解又似乎很容易理解的特點。中國古代知識分子貧窮落魄的多。有詩為證：「文章憎命達。」文章寫得好，命運就不亨通；命運亨通的人，文章就寫不好。那些靠文章中狀元、當宰相的人，畢竟是極少數。而且中國文學史上根本就沒有哪一個偉大文學家中過狀元。《儒林外史》是專寫知識分子的小說。吳敬梓真把窮苦潦倒的知識分子寫活了。沒有中舉前的周進和范進等的形象，真是入木三分，至今還栩栩如生。中國歷史上一批窮困的知識分子，貧無立錐之地，決不會有面團團的富家翁相。中國詩文和老百姓嘴中有很多形容貧而瘦的窮人的話，什麼「瘦骨嶙峋」，什麼「骨瘦如柴」，又是什麼「瘦得皮包骨頭」，等等，都與骨頭有關。這一批人一無所有，最值錢的僅存的「財產」就是他們這一身瘦骨頭。這是他們人生中最後的一點「賭注」，輕易不能押上的，押上一輸，他們也就「涅」了。然而他們卻偏偏喜歡拚命，喜歡拼這一身瘦老骨頭。他們稱這個為「骨氣」。同「面子」一樣，「骨氣」這個詞兒也是無法譯成外文的，是中國的國粹。要舉實際例子的話，那就可以舉出很多來。《三國演義》中的禰衡，就是這樣一個人，結果被曹操假手黃祖給砍掉了腦袋瓜。近代有一個章太炎，胸佩大勳章，赤足站在新華門外大罵袁世凱，袁世凱不敢動他一根毫毛，只好欽贈美名「章瘋子」，聊以挽回自己的一點面子。

中國這些知識分子，脾氣往往極大。他們又仗著「骨氣」這個法寶，敢於直言不諱。一見不順眼的事，就發為文章，呼天叫地，痛哭流涕，大呼什麼「人心不古，世道日非」，又是什麼「黃鐘毀棄，瓦釜雷鳴」。這種例子，俯拾即是。他們根本不給當政的最高統治者留一點面子，有時候甚至讓他們下不了台。須知面子是古代最高統治者皇帝們的命根子，是他們的統治和尊嚴的最高保障。因此，我就產生了一個大膽的「理論」：一部中國古代政治史至少其中一部分就是最高統治者皇帝和大小知識分子互相利用又互相鬥爭，互相對付和應付，又有大棒，又有胡蘿蔔，間或甚至有剝皮凌遲的歷史。

在外國知識分子中，只有印度的同中國的有可比性。印度共有四大種姓，為首的是婆羅門。在印度古代，文化知識就掌握在他們手裡，這個最高種姓實際上也是他們自封的。他們是地地道道的知識分子，在社會上受到普遍的尊敬。然而卻有一件天大的怪事，實在出人意料。在社會上，特別是在印度古典戲劇中，少數婆羅門卻受到極端的嘲弄和污蔑，被安排成劇中的丑角。在印度古典劇中，語言是有階級性的。梵文只允許國王、帝師（當然都是婆羅門）和其他高級男士們說，婦女等低級人物只能說俗語。可是，每個劇中都必不可缺少的丑角也竟是婆羅門，他們插科打諢，出盡洋相，他們只准說俗語，不許說梵文。在其他方面也有很多嘲笑婆羅門的地方。這有點像中國古代嘲笑「腐儒」的做法。《儒林外史》中就不缺少嘲笑「腐儒」——就是落魄的知識分子——的地方。魯迅筆下的孔乙己也是這種人物。為什麼中印同出現這個現象呢？這實在是一個有趣的研究課題。

我在上面寫了我對中國歷史上知識分子的看法。本文的主要目的就是寫歷史，連鑑往知今一類的想法我都沒有。倘若有人要問：「現在怎樣呢？」因為現在還沒有變成歷史，不在我寫作範圍之內，所以我不答覆。如果有人研究去推論，那是他們的事，與我無干。

最後我還想再鄭重強調一下：中國知識分子有源遠流長的愛國主義傳統，是世界上哪一個國家也不能望其項背的。儘管眼下似乎有一點背離這個傳統的傾向，例證就是苦心孤詣千方百計地想出國，有的甚至歸化為「老外」，永留不歸。我自己對這個問題的看法是：這只能是暫時的現象，久則必變。就連留在外國的人，甚至歸化了的人，他們依然是「身在曹營心在漢」，依然要尋根，依然愛自己的祖國。何況出去又回來的人漸漸多了起來呢？我們對這種人千萬不要「另眼相看」，當然也大可不必「刮目相看」。只要我們國家的事情辦好了，情況會大大地改變的。至於沒有出國也不想出國的知識分子佔絕對的多數。如果說他們對眼前的一切都很滿意，那不是真話。但是愛國主義在他們心靈深處已經生了根，什麼力量也拔不掉的。甚至泰山崩於前，遲雷震於頂，他們會依然熱愛我們這偉大的祖國。這一點我完全可以保證。只舉一個眾所周知的例子，就足夠了。如果不愛自己的祖國，巴老為什麼以老邁龍鐘之身，嘔心瀝血來寫《隨想錄》呢？對廣大的中國老、中、青知識分子來說，我想借用一句曾一度流行的，我似非懂又似懂的話：愛國沒商量。

我生平優點不多，但自謂愛國不敢後人，即使把我燒成了灰，每一粒灰也還是愛國的。可是我對於當知識分子這個行當卻真有點談虎色變。我從來不相信什麼輪迴轉生。現在，如果讓我信一回的話，我就恭肅虔誠禱祝造化小兒，下一輩子無論如何也別再播弄我，千萬別再把我播弄成知識分子。

一九九五年七月十八日

輯八 品味書香

我和書

古今中外都有一些愛書如命的人。我願意加入這一行列。

書能給人以知識，給人以智慧，給人以快樂，給人以希望。但也能給人帶來麻煩，帶來災難。在大革文化命的年代裡，我就以收藏封資修大洋古書籍的罪名挨過批鬥。一九七六年地震的時候，也有人警告我，我坐擁書城，夜裡萬一有什麼情況，書城將會封鎖我的出路。

批鬥對我已成過眼雲煙，那種萬一的情況也沒有發生，我「死不改悔」，愛書如故，至今藏書已經發展到填滿了幾間房子。除自己購買以外，贈送的書籍越來越多。我究竟有多少書，自己也說不清楚。比較起來，大概是相當多的。搞抗震加固的一位工人師傅就曾多次對我說：這樣多的書，他過去沒有見過。學校領導對我額外加以照顧，我如今已經有了幾間真正的書窩，那種臥室、書齋、會客室三位一體的情況，那種「初極狹，才通人」的桃花源的情況，已經成為歷史陳跡了。

有的年輕人看到我的書，瞪大了吃驚的眼睛問我：「這些書你都看過嗎？」我坦白承認，我只看過極少極少的一點。「那麼，你要這麼多書幹嘛呢？」這確實是難以回答的問題。我沒有研究過藏書心理學，三言兩語，我說不清楚。我相信，古今中外愛書如命者也不一定都能說清楚。即使說出原因來，恐怕也是五花八門的吧。

真正進行科學研究，我自己的書是遠遠不夠的。也許我搞的這一行有點怪。我還沒有發現全國任何圖書館能滿足，哪怕是最低限度地滿足我的需要。有的題目有時候由於缺書，進行不下去，只好讓它擱淺。我抽屜裡面就積壓著不少這樣的擱淺的稿子。我有時候對朋友們開玩笑說：「搞我們這一行，要想有一個滿意的圖書室簡直比搞四化還要難。全國國民收入翻兩番的時候，我們也未必真能翻身。」這決非聳人聽聞之談，事實正是這樣。同我搞的這一行有類似困難，全國還有不少。這都怪我們過去底子太薄，解放後雖然做了不少工作，但是一時積重難返。我現在只有寄希望於未來，發呼籲於同行。我們大家共同努力，日積月累，將來總有一天會徹底改變目前情況的。古人說：「前人種樹，後人乘涼。」讓我們大家都來當種樹人吧。

一九八五年七月八日晨

我的書齋

最近身體不太好。內外夾攻，頭緒紛繁，我這已屆耄耋之年的神經有點吃不消了。於是下定決心，暫且封筆。喬福山同志打來電話，約我寫點什麼。我遵照自己的決心，婉轉拒絕。但一聽這題目是《我的書齋》，於我心有慼慼焉，立即精神振奮，暫停決心，拿起筆來。

我確實有個書齋，我十分喜愛我的書齋，這個書齋是相當大的，大小房間，加上過廳、廚房，還有封了頂的陽台，大大小小，共有八個單元。冊數從來沒有統計過，總有幾萬冊吧。在北大教授中，「藏書狀元」我恐怕是當之無愧的。而且在梵文和西文書籍中，有一些堪稱海內孤本。我從來不以藏書家自命，然而坐擁如此大的書城，心裡能不沾沾自喜嗎？

我的藏書都像是我的朋友，而且是密友。我雖然對它們並不是每一本都認識，它們中的每一本卻都認識我。我每一走進我的書齋，書籍們立即活躍起來，我彷彿能聽到它們向我問好的聲音，我彷彿能看到它們向我招手的情景，倘若有人問我，書籍的嘴在什麼地方？而手又在什麼地方呢？我只能說：「你的根器太淺，努力修持吧。有朝一日，你會明白的。」

我兀坐在書城中，忘記了塵世的一切不愉快的事情，怡然自得。以世界之廣，宇宙之大，此時卻彷彿只有我和我的書友存在。窗外粼粼碧水，絲絲垂柳，陽光照在玉蘭花的肥大的綠葉子上，這都是我平常最喜愛的東西，現在也都視而不見了。連平常我喜歡聽的鳥鳴聲「光棍兒好過」，也聽而不聞了。

我的書友每一本都蘊涵著無量的智慧。我只讀過其中的一小部分。這智慧我是能深深體會到的。沒有讀過的那一些，好像也不甘落後，它們不知道是施展一種什麼神秘的力量，把自己的智慧放了出來，像波浪似湧向我來。可惜我還沒有修煉到能有「天眼通」和「天耳通」的水平，我還無法接受這些智慧之流。如果能接受的話。我將成為世界上古往今來最聰明的人。我自己也去努力修持吧。

我的書友有時候也讓我窘態畢露。我並不是一個不愛清潔和秩序的人，但是，因為事情頭緒太多，腦袋裡考慮的學術問題和寫作問題也不少，而且每天都收到大量的寄來的書籍和報刊雜誌以及信件，轉瞬之間就摞成一摞。在這樣的情況下，如果我需要一本書，往往是遍尋不得。「只在此屋中，書深不知處」，急得滿頭大汗，也是枉然。只好到圖書館去借，等我把文章寫好，把書送還圖書館後，無意之間，在一摞書中，竟找到了我原來要找的書，「得來全不費工夫」，然而晚了，工夫早已費過了。我啼笑皆非，無可奈何。等到用另外一本書時，再重演一次這齣喜劇。

我知道，我要尋找的書友，看到我急得那般模樣，會大聲給我打招呼的，但是喊破了嗓子，也無濟於事。我還沒有修持到能聽懂書的語言的水平。我還要加倍努力去修持。

我有信心，將來一定能獲得真正的「天眼通」和「天耳通」。只要我想要哪一本書，那一本書就會自己報出所在之處，我一伸手，便可拿到，如探囊取物。這樣一來，文思就會像泉水般地噴湧，我的筆變成了生花妙筆，寫出來的文章會成為天下之至文。到了那時，我的書齋裡會充滿了沒有聲音的聲音，佈滿了沒有形象的形象。我同我的書友們能夠自由地互通思想，交流感情。我的書齋會成為宇宙間第一神奇的書齋。豈不猗歟休哉！

我盼望有這樣一個書齋。

一九九三年六月二十二日

藏書與讀書

有一個平凡的真理，直到耄耋之年，我才頓悟：中國是世界上最喜藏書和讀書的國家。

什麼叫書？我沒有能力，也不願意去下定義。我們姑且從孔老夫子談起吧。他老人家讀《易》，至於韋編三絕，可見用力之勤。當時還沒有紙，文章是用漆寫在竹簡上面的，竹簡用皮條拴起來，就成了書。翻起來很不方便，讀起來也有困難。我國古時有一句話，叫做「學富五車」，說一個人肚子裡有五車書，可見學問之大。這指的是用紙作成的書，如果是竹簡，則五車也裝不了多少部書。

後來發明了紙。這一來寫書方便多了；但是還沒有發明印刷術，藏書和讀書都要用手抄，這當然也不容易。如果一個人抄的話，一輩子也抄不了多少書。可是這絲毫也阻擋不住藏書和讀書者的熱情。我們古籍中不知有多少藏書和讀書的故事，也可以叫做佳話。我們浩如煙海的古籍，以及古籍中寄託的文化之所以能夠流傳下來，歷千年而不衰，我們不能不感謝這些愛藏書和讀書的先民。

後來我們又發明了印刷術。有了紙，又能印刷，書籍流傳方便多了。從這時起，古籍中關於藏書和讀書的佳話，更多了起來。宋版、元版、明版的書籍被視為珍品。歷代都有一些藏書家，什麼絳雲樓、天一閣、鐵琴銅劍樓、海源閣等等，說也說不完。有的已經消失，有的至今仍在，為我們新社會的建設服務。我們不能不感激這些藏書的祖先。

至於專門讀書的人，歷代記載更多。也還有一些關於讀書的佳話，什麼囊螢映雪之類。有人做過試驗，無論螢和雪都不能亮到讓人能讀書的程度，然而在這一則佳話中所蘊含的鼓勵人讀書的熱情則是大家都能感覺到的。還有一些鼓勵人讀書的話和描繪讀書樂趣的詩句。「書中自有顏如玉」之類的話，是大家都熟悉的，說這種話的人的「活思想」是非常不高明的，不會得到大多數人的讚賞。關於「四時讀書樂」一類的詩，也是大家所熟悉的。可惜我童而習之，至今老朽昏聵，只記住了一句：「綠滿窗前草不除」，這樣的讀書情趣也是頗能令人嚮往的。此外如「紅袖添香夜讀書」之類的讀書情趣，代表另一種趣味。據魯迅先生說，連大學問家劉半農也嚮往，可見確有動人之處了。「雪夜閉門讀禁書」代表的情趣又自不同，又是「雪夜」，又是「禁書」，不是也頗有人嚮往嗎？

這樣藏書和讀書的風氣，其他國家不能說一點沒有；但是據淺見所及，實在是遠遠不能同我國相比。因此我才悟出了「中國是世界上最愛藏書和讀書的國家」這一條簡明而意義深遠的真理。中國古代光輝燦爛的文化有極大一部分是通過書籍流傳下來的。到了今天，我們全體炎黃子孫如何對待這個問題，實際上是每個人都迴避不掉的。我們必須認真繼承這個世界上比較突出的優秀傳統，要讀書，讀好書。只有這樣，我們才能上無愧於先民，下造福於子孫萬代。

一九九一年七月五日

我最喜愛的書

我在下面介紹的只限於中國文學作品。外國文學作品不在其中。我的專業書籍也不包括在裡面，因為太冷僻。

一、司馬遷《史記》

《史記》這一部書，很多人都認為它既是一部偉大的史籍，又是一部偉大的文學作品。我個人同意這個看法。平常所稱的《二十四史》中，儘管水平參差不齊，但是哪一部也不能望《史記》之項背。

《史記》之所以能達到這個水平，司馬遷的天才當然是重要原因；但是他的遭遇起的作用似乎更大。他無端受了宮刑，以致鬱悶激憤之情溢滿胸中，發而為文，句句皆帶悲憤。他在《報任少卿書》中已有充分的表露。

二、《世說新語》

這不是一部史書，也不是某一個文學家和詩人的總集，而只是一部由許多頗短的小故事編纂而成的奇書。有些篇只有短短幾句話，連小故事也算不上。每一篇幾乎都有幾句或一句雋語，表面簡單淳樸，內容卻深奧異常，令人回味無窮。六朝和稍前的一個時期內，社會動亂，出了許多看來脾氣相當古怪的人物，外似放誕，內實懷憂。他們的舉動與常人不同。此書記錄了他們的言行，短短幾句話，而栩栩如生，令人難忘。

三、陶淵明的詩

有人稱陶淵明為「田園詩人」。籠統言之，這個稱號是恰當的。他的詩確實與田園有關。「採菊東籬下，悠然見南山」，這樣的名句幾乎是家喻戶曉的。從思想內容上來看，陶淵明頗近道家，中心是純任自然。從文體上來看，他的詩簡易淳樸，毫無雕飾，與當時流行的鏤金錯彩的駢文，迥異其趣。因此，在當時以及以後的一段時間內，對他的詩的評價並不高，在《詩品》中，僅列為中品。但是，時間越後，評價越高，最終成為中國偉大詩人之一。

四、李白的詩

李白是中國文學史上最偉大的天才之一，這一點是誰都承認的。杜甫對他的詩給予了最高的評價：「白也詩無敵，飄然思不群。清新庾開府，俊逸鮑參軍。」李白的詩風飄逸豪放。根據我個人的感受，讀他的詩，只要一開始，你就很難停住，必須讀下去。原因我認為是，李白的詩一氣流轉，這一股「氣」不可抗禦，讓你非把詩讀完不行。這在別的詩人作品中，是很難遇到的現象。在唐代，以及以後的一千多年中，對李白的詩幾乎只有讚譽，而無批評。

五、杜甫的詩

杜甫也是一個偉大的詩人，千餘年來，李杜並稱。但是二人的創作風格卻迴乎不同：李是飄逸豪放，而杜則是沉鬱頓挫。從使用的格律上，也可以看出二人的不同。七律在李白集中比較少見，而在杜集中則頗多。擺脫七律的束縛，李白是沒有枷鎖跳舞；杜甫善於使用七律，則是帶著枷鎖跳舞，二人的舞都達到了極高的水平。在文學批評史上，杜甫頗受到一些人的指摘，而對李白則是絕無僅有。

六、南唐後主李煜的詞

後主詞傳留下來的僅有三十多首，可分為前後兩期：前期仍在江南當小皇帝，後期則已降宋。後期詞不多，但是篇篇都是傑作，純用白描，不作雕飾，一個典故也不用，話幾乎都是平常的白話，老嫗能解；然而意境卻哀婉淒涼，千百年來打動了千百萬人的心。在詞史上巍然成一大家，受到了文藝批評家的讚賞。但是，對王國維在《人間詞話》中讚美後主有佛祖的胸懷，我卻至今尚不能解。

七、蘇軾的詩文詞

中國古代讚譽文人有三絕之說。三絕者，詩、書、畫三個方面皆能達到極高水平之謂也。蘇軾至少可以說已達到了五絕：詩、書、畫、文、詞。因此，我們可以說，蘇軾是中國文學史和藝術史上的最全面的偉大天才。論詩，他為宋代一大家。論文，他是唐宋八大家之一。筆墨凝重，大氣磅礴。論書，他是宋代蘇、黃、宋、蔡四大家之首。論詞，他擺脫了婉約派的傳統，創豪放派，與辛棄疾並稱。

八、納蘭性德的詞

宋代以後，中國詞的創作到了清代又掀起了一個新的高潮。名家輩出，風格不同，又都能各極其妙，實屬難能可貴。在這群燦若明星的詞家中，我獨獨喜愛納蘭性德。他是大學士明珠的兒子，生長於榮華富貴中，然而卻胸懷愁思，流溢於楮墨之間。這一點我至今還難以得到滿意的解釋。從藝術性方面來看，他的詞可以說是已經達到了完美的境界。

九、吳敬梓的《儒林外史》

胡適之先生給予《儒林外史》極高的評價。詩人馮至也酷愛此書。我自己也是極為喜愛《儒林外史》的。

此書的思想內容是反科舉制度，昭然可見，用不著細說。它的特點在藝術性上。吳敬梓惜墨如金，從不作冗長的描述。書中人物眾多，各有特性，作者只講一個小故事，或用短短幾句話，活脫脫一個人就彷彿站在我們眼前，栩栩如生。這種特技極為罕見。

十、曹雪芹的《紅樓夢》

在古今中外眾多的長篇小說中《紅樓夢》是一顆璀璨的明珠，是狀元。中國其他長篇小說都沒能成為「學」，而「紅學」則是顯學。內容描述的是一個大家族的衰微的過程。本書特異之處也在它的藝術性上。書中人物眾多，男女老幼、主子奴才、五行八作，應有盡有。作者有時只用寥寥數語而人物就活靈活現，讓讀者永遠難忘。讀這樣一部書，主要是欣賞它的高超的藝術手法。那些把它政治化的無稽之談，都是不可取的。

二〇〇一年三月二十一日

《賦得永久的悔》自序

我向不敢以名人自居，我更沒有什麼名作。但是當人民日報出版社的同志向我提出要讓我在《名人名家書系》中佔一席地時，我卻立即應允了。原因十分簡單明瞭；誰同冰心、巴金、蕭乾等我的或師或友的當代中國文壇的幾位元老並列而不感到光榮與快樂呢？何況我又是一個俗人，我不願矯情說謊。

我畢生舞筆弄墨，所謂「文章」，包括散文、雜感在內，當然寫了不少。語云：「當局者迷，旁觀者清。」自己的東西是好是壞，我當然會有所反思；但我從不評論，怕自己迷了心竅，說不出什麼符合實際的道道來。別人的評論，我當然注意；但也並不在意。我不願意像外國某一個哲人所說的那樣「讓別人在自己腦袋裡跑馬」。我只有一個信念、一個主旨、一點精神，那就是：寫文章必須說真話，不說假話。上面提到的那三位師友之所以享有極高的威望，之所以讓我佩服，不就在於他們敢說真話嗎？我在這裡用了一個「敢」字，這是「畫龍點睛」之筆。因為，說真話是要有一點勇氣的，有時甚至需要極大的勇氣。古今中外，由於敢說真話而遭到厄運的作家或非作家的人數還算少嗎？然而，歷史是無情的。千百年來流傳下來為人所欽仰頌揚的作家或非作家無一不是敢說真話的人。說假話者其中也不能說沒有，他們只能做反面教員，被釘在歷史的恥辱柱上。

但是，只說真話，還不能就成為一個文學家。文學家必須有文采和深邃的思想。這有點像我們常說的文學的思想性和藝術性的問題。我說「有點像」，就表示不完全像，不完全相符。說真話離不開思想，但思想有深淺之別，有高下之別。思想膚淺而低下，即使是真話，也不能感動人。思想必須是深而高，再濟之以文采，這樣才能感動人，影響人。我在這裡特別強調文采，因為，不管思想多麼高深，多麼正確，多麼放之四海而皆準，多麼超出流俗，仍然不能成為文學作品，這一點大家都會承認的。近幾年來，我常發一種怪論：談論文藝的準則，應該把藝術性放在第一位。上面講的那些話，就是我的「理論根據」。

談到文采，那是同風格密不可分的。古今中外，有成就的作家都有各自的風格，涇渭分明，決不含混。杜甫詩：「清新庾開府，俊逸鮑參軍。」這是杜甫對庾信和鮑照風格的評價。而杜甫自己的風格，則一向被認為是「沉鬱頓挫」，與之相對的是李白的「飄逸豪放」。對於這一點，自古以來，幾乎沒有異議。這些詞句都是從印象或者感悟得來的。在西方學者眼中，或者在中國迷信西方「科學主義」的學者眼中，這很不夠意思，很不「科學」，他們一定會拿起他們那慣用的分析的一「科學的」解剖刀，把世界上萬事萬物，也包括美學範疇在內肌分理析，解剖個淋漓盡致。可他們忘記了，解剖刀一下，連活的東西都立即變成死的。反而不如東方的直覺的頓悟、整體的把握，更能接近真理。

這話說遠了，就此打住，還來談我們的文采和風格問題。倘若有人要問：「你追求的是一種什麼樣的文采和風格呢？」這問題問得好。我舞筆弄墨六十多年，對這個問題當然會有所考慮，而且時時都在考慮。但是，說多了話太長，我只簡略地說上幾句。我覺得，文章的真髓在於我在上面提到的那個「真」字。有了真情實感，才能有感人的文章。文采和風格都只能在這個前提下來談。我追求的風格是：淳樸恬澹，本色天然，外表平易，秀色內涵，形式似散，經營慘淡，有節奏性，有韻律感，似譜樂曲，往復回還，萬勿率意，切忌顢頇。我認為，這是很高的標準，也是我自己的標準。別人不一定贊成，我也不強求別人讚成。喜歡哪一種風格，是每一個人自己的權利，誰也不能干涉。我最不贊成刻意雕琢，生造一些極為彆扭，極不自然的詞句，顧影自憐，自以為美。我也不贊成平板呆滯的文章。我定的這個標準，只是我追求的目標，我自己也做不到。

我對文藝理論只是一知半解，對美學更是門外漢。以上所言，純屬野狐談禪，不值得內行一顧。因為這與所謂「名人名作」有關，不禁說了出來，就算是序。

一九九五年十一月三日

《季羡林學術文化隨筆》跋

主編對我說：「要寫一篇跋。」我漫應之曰：「可以。」那一位我姑且稱之為「助理主編」的小伙子從旁邊敲了一聲邊鼓：「越長越好！」我也漫應之曰：「可以。」於是就寫跋。

但是，寫些什麼呢？我心中無數。

按照老習慣，我還是先交代一下本書編選原則和具體作法為好，這樣對讀者會有益處。

首先碰到的一個問題就是：什麼叫「學術文化隨筆」？最初我對這含義是並不清楚的。「學術文化」的含義我是清楚的。但是一同「隨筆」聯繫起來，我就糊塗。按照我的理解，隨筆都是短的或者比較短的，長篇大論的隨筆我沒有見到過。而真正學術文化的論文往往比較長，甚至非常長，至少我自己的論文就是這樣子。這真是一個矛盾，怎麼解決呢？削足適履，我認為不是好辦法，這樣會破壞了論文的完整性，為我所不取。我坦率地提出了我的意見，主編和「助理主編」通情達理，雖微有難色，但仍然安慰我說：「長一點也可以。」這可以說是給我吃了定心丸。但也只定了一半。「長一點」究竟長到什麼程度呢？我心裡仍然沒有底。

長短之爭是與「可讀性」有聯繫的。據說，短了就有可讀性，長了可讀性就差，或者甚至沒有。對於這一點，我又對他們兩位慷慨陳詞，說不要形而上學地看問題。最近報刊上時有一些短文，長只幾百字，短則短矣，無奈空話連篇，味同嚼蠟，一無文采，二乏內容。這樣的文章可讀性究竟在哪裡呢？反之，《紅樓夢》長達百餘萬言，然而人們卻一拿起書，就放不下，如磁吸鐵，愛不釋手，你能說這書的可讀性差嗎？

「你在狡辯！」我彷彿聽到有人在說。我承認，狡辯是有一點的，但不全是。我們且退一步想。只給今天的讀者，特別是青年讀者，吃冰淇淋和奶油可可等甜品，決非健康長壽之道。冰淇淋和奶油可可等是可以吃的；但應該加上一些苦的、辣的、澀的、酸的、鹹的食品。讓他們知道，世界上的食品不都是甜的。這樣可以鍛煉他們的胃口，使它能適應世間一切味道。偏食是有害無利的。

長篇的學術論文，有的確實是艱澀的，難以一下子就讀懂，決不像冰淇淋和奶油可可那樣香甜適口。但是，這樣的文章是有餘味的，如食橄欖，進口苦澀，回味方甘。這個「甘」同一進口就感覺到的「甜」，決不是同一個層次，同一個境界。稍有經驗的人一想便能明白。何況，這樣的文章在本「大系」裡是絕難避免的。因為，不管是「大師系列」，還是「探索系列」，其中有一些人是專門寫這樣的文章的。如果不選這樣的文章，有些人是難以進入任何「系列」的。

他們兩位還曾提出另一個解決矛盾的辦法，那就是，將一篇篇幅較長的論文分拆開來，分成幾個短篇。對此我也提出了不同的意見，否定的意見。我覺得，一個人寫論文，不管多長，總都有一個整體概念，整體結構，起承轉合，前後呼應。如果一旦分拆開來，則驢唇難對馬嘴，宛如一個八寶樓台，分拆開來，不成片段。

以上就算是我的「狡辯」。「予豈好辯哉？予不得已也。」幸而，他們兩位「從善如流」，沒加批駁。這個問題就算是圓滿解決了。他們大概有先見之明，早已注意到可能有「特殊情況」了。於是在「探索系列」編寫要求中，在第四條，特別加上了一句話：「特殊情況請作者自己決定。」尊重作者之誠意溢於言表。這對我來說，無疑就成了一把「尚方寶劍」拿在手中，我可以「便宜行事」了。

我在這裡還想講一個情況。主編無意中說了一句話：「你寫的悼念胡喬木的文章，頗有意味，也可以選入。」石破天驚，這是我原來完完全全沒有想到的。既然主編這樣說，他當然會有自己的考慮。我認為，這樣做是正確的，可以大大地增加「可讀性」。而且像喬木這樣的人當然與學術文化有關。選悼念他的文章，決不是離題，而正是切題。像喬木這樣的在中國學術文化界有影響的人物，我的師友中還有一大批。為什麼不把悼念、回憶他們的文章也選進來呢？於是一發而不能收拾，我一選就選了一大批。文章好壞，且不去說它，反正我的這一些師友大都在現代中國文壇和學壇上佔有相當重要的地位。讀了悼念、回憶他們的文章，對讀者來說決不會沒有收穫的。

說了這麼多的話，繞了這麼多的彎子，現在才談到正題：我的編選原則和具體作法。

編選原則和具體作法，上面實際上已有所涉及。總的原則不外是「編選要求」第一條提到的：「全書要求體現本人學術思想的『整體性』。」但是，我是一個雜家，我所涉獵的範圍多而且雜，體現這樣的「整體性」，必須分門別類來編選。即使這樣，也難做到面面俱到。我只能舉其犖犖大者，加以介紹。大體歸納起來，可以分為以下幾個方面：

一、佛教史

二、中印文化

三、比較文化

四、東方思想

五、懷舊

上面的項目已經夠多的了，但是「完整」不「完整」呢？還不完整。瞭解情況的人大概都知道，上面哪一項也不是我畢生精力集中興趣集中之所在。我在德國十年，精力完全集中在對印度古代俗語，或者更確切一點說，佛教混合梵語和吐火羅語上。真要想有「完整性」，這方面的文章是必須選一些的。但是，對一般讀者來說，無論是佛教混合梵語，還是吐火羅語，都無疑是「天書」一般。先不講語法的稀奇古怪，就以字母而論，用拉丁字母轉寫，必須頭上戴帽，腳下穿靴，看上去花裡胡哨，讓人莫名其妙。我雖然主張給讀者一點苦的、澀的東西，但是，不用水泡而竟把一盤苦瓜端上餐桌，這簡直是故意折磨讀者，有點不「道德」。考慮來，考慮去，最後我還是決定：把我那一套「天書」留給極少數的素心人去啃吧，在這裡我只好割愛了。由此而帶來的不「完整」——由它去吧。

編選原則和具體作法就講到這裡。但是我感到我的任務還沒有完成。我一開頭就提到那位「助理主編」的話：「越長越好！」對這句話，我曾漫應之曰：「可以」的。俗話說：「君子一言，駟馬難追。」不管我算不算「君子」，食言總是不好的。而且我一向是一個很容易對付的作者，對主編和責編一向馴順，善於「以意逆志」。這一次我能破壞自己的「善良的行為」嗎？我不想破壞。

但是，我卻遇到了實際困難。從模糊語言學的角度來講，「長」字是一個模糊概念。多長才算「長」呢？誰也說不清。至於「越」字，那就更模糊了。現在我已經寫了六頁半，有二千五六百字了。對一篇「跋」來說，我覺得，這已經夠長了。根據不成文法，跋一般都是比較短的。跋太長了，會有喧賓奪主的危險，為智者所不取。

如果「以意逆志」的話。我體會，「助理主編」是想讓我談一談我的治學經過或者什麼經驗之類。這個題目談起來並不難，而且我是頗願意談的。但是，我有一點擔心，怕一談起來就煞不住車，洋洋十萬言也還未必能盡意。前不久我寫了一篇短文：《老少之間》。在這裡面，我講到了一個現象，不少的老年人太愛說話。除了有一點「倚老賣老」的意味，似乎還有生理上的原因。我於是給自己和其他老人寫了幾句箴言：

老年之人
血氣已衰
煞車失靈
戒之在說

能做到這一步，就能避免許多尷尬局面。你看，開會時，一個老人包辦了會場，口若懸河，刺刺不休，一無內容，二無文采，在場的人有的看表，有的交頭接耳。但是，此老老眼昏花，耳又重聽，不視不見，不聽不聞，這豈不大煞風景。我多少有點自知之明，所以寫了上面的箴言。既然寫了，就必須遵守。因此，這一回我的什麼治學經過和經驗就先不談了。最近喜愛聽評書，千百年來講故事、說評書的藝人，為了招攬生意，說到興會淋漓處，總愛賣一賣關子，戛然停下，讓聽者牽腸掛肚，明天非聽不行。我現在也學學他們，賣一個關子，說上一聲：咱們下一回再說。

一九九四年七月十六日

輯九 屐印芳草

登廬山

蒼松翠柏，層層疊疊，從山麓向上猛奔，氣勢磅礴，壓山欲倒，整個宇宙彷彿沉浸在一片濃綠之中。原來這就是廬山啊！

汽車沿著盤山公路，在萬綠叢中盤旋而上。我一邊彷彿為這神奇的綠色所制服，一邊嘴裡哼著蘇東坡那一首膾炙人口的詩：

橫看成嶺側成峰，
遠近高低各不同。
不識廬山真面目，
只緣身在此山中。

我很後悔，在年輕讀中國小學的時候，學習馬虎，對嶺與峰的細微區別沒有弄清楚。到了此時，悔之晚矣。無論橫看，還是側看，我都弄不明白蘇東坡用意之所在。我只覺得，蘇東坡沒有搔著癢處，沒有真正地抓住廬山的神韻，沒有抓住廬山的靈魂，空留下這一首傳誦古今的名篇。

到了我們的住處以後，天色已經黃昏。窗外松濤澎湃，山風獵獵，鳥鳴在耳，蟬聲響徹，九奇峰朦朧聳立，天上有一彎新月。我耳朵裡聽到的是松聲，眼睛彷彿看到了綠色。我在廬山的第一夜，做了一個綠色的夢。

中國的名山勝境，我遊得不多。五十年前，我在大學畢業後，改行當了高中的國文教員。雖然為人師表，卻只有二十三歲。在學生眼裡，我大概只能算是一個大孩子。有一個學生含笑對我說：「我比你還大五歲哩！老師！」這有什麼辦法呢！我當時童心未泯，頗好遊玩。曾同幾個同事登泰山，沒費吹灰之力就登上了南天門。在一個雞毛小店裡住了一夜，第二天凌晨攀登玉皇頂，想看日出。適逢浮雲蔽天，等看到太陽時，它已經升得老高了。我們從後山黑龍潭下山，一路飽覽山色，頗有一點「一覽眾山小」的情趣。泰山給我留下了非常深刻的印象。從審美的角度上來評斷，我想用兩個字來概括泰山，這就是：雄偉。

六年以前，我遊了黃山。從前山溫泉向上攀，經過了許多名勝古蹟，什麼一線天、蓬萊三島等，下午三時到了玉屏樓。回望天都峰鯽魚背，如懸天半。在玉屏樓住了一夜，第二天再向北海前進。一路上又飽覽了數不清的名勝古蹟。在北海住了兩夜，看到了著名的黃山雲海和奇峰怪石。世之論者認為黃山以古松勝，以雲海勝，以奇峰勝，以怪石勝。古人說：「五嶽歸來不看山，黃山歸來不看岳。」這是非常有見地的話。從審美的角度來評斷，我也想用這兩個字來概括黃山，這就是：詭奇。

那一次陪我遊黃山的是小泓，我們祖孫二人始終在一起。他很善於記黃山那一些稀奇古怪的名勝的名字，我則老朽昏庸，轉眼就忘，時時需要他的提醒和糾正。當時日子過得似乎平平常常，並沒有覺得有什麼奇妙之處，有什麼值得懷念之處。但是，前幾年我到安徽合肥去開會，又有遊黃山的機會，我原本想再去黃山的。可是，我忽然懷念起小泓來，他已在千山萬水浩渺大洋之外了。我頓時覺得，那一次遊黃山，日子過得不細緻，有點馬馬虎虎，頗有一點身在福中不知福的味道。如今回憶起來，情景歷歷如在眼前。哪怕是極小的生活細節，也無一不溫馨可愛，到了今天，宛如一夢，那些情景永遠永遠不會再回來了。我覺得，再遊黃山，誰也代替不了小泓。經過了反覆地考慮，我決意不再到黃山去了。

今天我來到了廬山，陪我來的是二泓。在離開北京的時候，我曾下定決心，在廬山，日子一定要仔仔細細地過，認真在意地過，把每一個細微末節，每一分鐘，每一秒鐘，都要仔細玩味，決不能馬馬虎虎，免得再像遊黃山那樣，日後追悔不及。我也確實這樣做了。正像小泓一樣，二泓也是跟我形影不離。幾天以來，我們幾乎遊遍整個廬山。茂林修竹，大陵深澗，巖洞石穴，飛瀑名泉。他扶著我，有時候簡直是扛著我，到處遊觀。我覺得，這一次確實是仔仔細細地過日子了，一點也沒有敢疏忽大意。對一草一木，一山一石，變幻莫測的白雲，流動不息的飛瀑，我都全心全意地把整個靈魂都放在上面。我只希望，到得廬山之遊成為回憶時，我不再追悔。是否真正能夠做到這一步，我眼前還不敢誇下海口，只有等將來的事實來驗證了。

廬山千姿百態，很難用一個字或幾個字來概括。但是，總起來說，廬山給我的印象同泰山和黃山迥乎不同。在這裡，不管是遠山，還是近嶺，無不長滿了松柏。杉樹更是特別鬱鬱蔥蔥，尖尖的樹頂直刺雲天。目光所到之處，總是綠、綠、綠，幾乎看不到任何別的顏色，是一片濃綠的天地，一片濃綠的大洋。從審美的角度來看，我也想用兩個字來概括廬山，這就是：秀潤。

我覺得，綠是廬山的精神，綠是廬山的靈魂，沒有綠就沒有廬山。綠是有層次的。有時候驀地白雲從谷中升起。把蒼松翠柏都籠罩起來，籠罩得迷濛一片，此時濃綠就轉成了青色，更給人以秀潤之感，可惜東坡翁當年沒能抓住廬山這個特點，因而沒有能認識廬山的真面目，成為千古憾事。我曾在含鄱口遠眺時信口寫一七絕：

近濃遠淡綠重重，
峰橫嶺斜青濛濛。
識得廬山真面目，
只緣身在此山中。

我自謂抓住了廬山的精神，抓住了廬山的靈魂。廬山有靈，不知以為然否？

一九八六年八月六日於廬山

富春江上

記得在什麼詩話上讀到過兩句詩：

到江吳地盡
隔岸越山多

詩話的作者認為是警句，我也認為是警句。但是當時我卻只能欣賞詩句的意境，而沒有絲毫感性認識。不意我今天竟親身來到了錢塘江畔富春江上。極目一望，江水平闊，浩渺如海；隔岸青螺數點，微痕一抹，出沒於煙雨迷濛中。「隔岸越山多」的意境我終於親臨目睹了。

錢塘、富春都是具有誘惑力的名字。實際的情況比名字更有誘惑力。我們坐在一艘遊艇上。江水青碧，水聲淙淙。艇上偶見白鷗飛過，遠處則是點點風帆。黑色的小燕子在起伏翻騰的碎波上貼水面飛行，似乎是在努力尋覓著什麼。我雖努力探究，但也只見牠們忙忙碌碌，匆匆促促，最終也探究不出，牠們究竟在尋覓什麼。岸上則是點點的越山，飛也似的向艇後奔。一點消逝了，又出現了新的一點，數十里連綿不斷。難道詩句中的「多」字表現的就是這個意境嗎？

眼中看到的雖然是當前的景色，但心中想到的卻是歷史的人物。誰到了這個吳越分界的地方不會立刻就想到古代的吳王夫差和越王勾踐的衝突呢？當年他們鉤心鬥角互相角逐的情景，今天我們已經無從想像了。但是亂箭齊發、金鼓轟鳴的搏鬥總歸是有的。這種鏖兵的情況無論如何同這樣的青山綠水也不能協調起來。人世變幻，今古皆然。在人類前進的程途上，這些都是不可避免的。但青山綠水卻將永在。我們今天大可不必庸人自擾，為古人擔憂，還是欣賞眼前的美景吧！

但是，我的幻想卻不肯停止下來。我心頭的幻想，一下子變成了眼前的幻像。我的耳邊響起了詩僧蘇曼殊的兩句詩：

春雨樓頭尺八簫
何時歸看浙江潮

這裡不正是浙江錢塘潮的老家嗎？我平生還沒有看到浙江潮的福氣。這兩句詩我卻是喜歡的，常常在無意中獨自吟詠。今天來到錢塘江上，這兩句詩彷彿是自己來到了我的耳邊。耳邊詩句一響，眼前潮水就湧了起來：

怒聲洶洶勢悠悠

羅剎江邊地欲浮
漫道往來存大信
也知反覆向平流
狂拋巨浸疑無底
猛過西陵似有頭
至竟朝昏誰主掌
好騎頳鯉問陽侯

但是，幻像畢竟只是幻像。一轉瞬間，「怒聲洶洶」的江濤就消逝得無影無蹤，眼前江水平闊，浩渺如海，隔岸青螺數點，微痕一抹，出沒於煙雨迷濛中。

可是竟完全出我意料：在平闊的水面上，在點點青螺上，竟又出現了一個人的影子。牠飄浮飛駛，「翩若驚鴻，宛如游龍」，時隱時現，若即若離，追逐著海鷗的翅膀，跟隨著小燕子的身影，停留在風帆頂上，飄動在波光瀲灩中。我真是又驚又喜。「胡為乎來哉？」難道因為這裡是你的家鄉才出來歡迎我嗎？我想抓住牠；這當然是不可能的。我想正眼仔細看牠一看；這也是不可能的。但牠又不肯離開我，我又不能不看牠。這真使我又是興奮，又是沮喪；又是希望牠飛近一點，又希望牠離遠一點。我在徒喚奈何中看到牠飄浮飛動，定睛斂神，只看到青螺數點，微痕一抹，出沒於煙雨迷濛中。

我們就這樣到了富陽。這是我們今天艇遊的終點。我們捨舟登陸，爬上了有名的鸛山。山雖不高，但形勢極好。山上層樓疊閣，曲徑通幽，花木扶疏，窗明几淨。我們登上了春江第一樓，憑窗遠望，富春江景色盡收眼底。因為高，點點風帆顯得更小了，而水上的小燕子則小得無影無蹤。想它們必然是仍然忙忙碌碌地在那裡飛著，可惜我們一點也看不著，只能在這裡想像了。山頂上樹木參天，森然蒼蔚。最使我吃驚的是參天的玉蘭花樹。碗大的白花在綠葉叢中探出頭來，同北地的玉蘭花一比，大小懸殊，頗使我這個北方人有點目瞪口呆了。

在山邊上有座石壁下是名聞天下的嚴子陵釣台。宋朝大詩人蘇東坡寫的四個大字：登雲鉤月，赫然鐫刻在石壁上。此地距江面相當遠，釣魚無論如何是釣不著的。遙想二千多年前，一個披著蓑衣的老頭子，手持幾十丈長的釣竿，垂著幾十丈長的釣絲，孤零一個人，蹲在這石壁下，等候魚兒上鉤，一動也不動，宛如一個木雕泥塑。這樣一幅景象，無論如何也難免有滑稽之感。古人說：姑妄言之姑聽之，過分認真，反會大煞風景，難道宋朝的蘇東坡就真正相信嗎？此地自然風光，天下獨絕，有此一個傳說，更會增加自然風光的嫵媚，我們就姑妄聽之吧！

兩年前，我曾暢遊黃山。那裡景色之奇麗瑰偉，使我大為驚歎。竊念大化造物，天造地設，獨垂青於中華大地。我覺得生為一個中國人，是十分幸福的。是非常值得驕傲的。今天我生為一個中國人，是十分幸福的。是非常值得驕傲的。今天我又來到了富春江上。這裡景色明麗，秀色天成，同樣是美，但卻與黃山形成了鮮明的對照。如果允許我借用一個現成的說法的話，那麼一個是陽剛之美，一個是陰柔之美。剛柔不同，其美則一，同樣使我驚歎。我們祖國大地，江山如此多嬌，我的幸福之感，驕傲之感，更油然而生。我眼前的富春江在我眼中更增加了明麗，更增加了嫵媚，彷彿是一條天上的神江了。

這裡，我忽然想到唐代詩人孟浩然的一首著名的詩：《宿桐廬江寄廣陵舊遊》：

山暝聽猿愁
滄江急夜流
風鳴兩岸葉
月照一孤舟
建德非吾土
維揚憶舊遊
還將兩行淚
遙寄海西頭

孟浩然說「建德非吾土」，在當時的情況下，這種心情是容易理解的。他憶念廣陵，便覺得建德非吾土。到了今天，我們當然不會再有這樣的感覺了。我覺得桐廬不但是「吾土」，而且是「吾土」中的精華。同黃山一樣，有這樣的「吾土」就是幸福的根源。非吾土的感覺我是有過的。但那是在國外，比如說瑞士。那裡的山水也是十分神奇動人的，我曾為之顛倒過，迷惑過。但一想到「山川信美非吾土」，我就不禁有落寞之感。今天在富春江上，我絲毫也不會有什麼落寞之感。正相反，我是越看越愛看，越愛看便越覺得幸福，在這風物如畫的江上，我大有手舞足蹈之意了。

我當然也還感到有點美中不足。我從小就背誦梁代大文學家吳均的一篇名作《與宋元思書》。這封信裡描繪的正是富春江的風景：

風煙俱淨，天山共色。從流飄蕩，任意東西。自富陽至桐廬，一百許裡，奇山異水，天下獨絕。

下面就是對這「奇山異水」的描繪，那確是非常動人的。然而他講的是「自富陽至桐廬」，我今天剛剛到了富陽，便戛然而止。好像是一篇絕妙的文章，只讀了一個開頭。這難道不是天大的憾事嗎？然而，這一件憾事也自有它的絕妙之處，妙在含蓄。我知道前面還有更奇麗的景色，偏偏今天就不讓你看到。我望眼欲穿，向著桐廬的方向望去，根據吳均的描繪，再加上我自己的幻想，把那一百多里的奇山異水給自己描繪得如閬苑仙境，自己感到無比的快樂，我的心好像就在這些奇山異水上飛馳。等到我耳邊聽到有點嘈雜聲，是同伴們準備回去的時候了。我抬眼四望，惟見青螺數點，微痕一抹，出沒於煙雨迷濛中。

一九八一年十二月九日

別印度

俗話說：「千里涼棚，沒有不散的筵席。」我們要離開印度的日期終於來到了。我的心情不知怎麼忽然有點沉重起來。僅僅在十幾天前還是完全陌生的面孔，現在卻感到十分熟悉、十分親切，離開他們而無動於衷似乎有點困難了。中國唐代詩人劉皂有一首著名的詩：

客舍並州數十霜，
歸心日夜憶咸陽。
無端又渡桑乾水，
卻望並州是故鄉。

我在印度沒有住上幾十年，這一次只有十幾天，因此，我的心情還沒有達到這樣的程度。但是，確實有點依戀難捨，這也是事實。我有時甚至有意避開印度朋友們那和藹可親的面孔、那充滿了熱情的眼神。他們心裡怎麼想，我不知道。從他們的行動和談話中也略可以看出同樣的心情。「悲莫悲兮生別離」，我現在就好像有這樣的想法了。

離開加爾各答的前夕，我們觀看了印度魔術。最初聽到西孟加拉邦政府給我們安排這樣一個節目，我們還有點不解。第一次安排，因為別的會太多，把節目沖掉了。到了離別的前一天晚上，又在許多宴會、拜訪、辭別等活動的空隙裡加上了這個魔術的節目。我們更是有點不解：魔術為什麼竟這樣重要呢？但客隨主便，古有明訓。我們整個代表團就在團長率領下，準時到了表演魔術的劇場。主人在那裡熱情地迎接了我們。

主要演員實際上只有一個人，他表演了所有的節目，其餘的人可以說都是配角。這一場獨角戲真是絢麗多彩，令人眼花繚亂，主要演員穿著五光十色珠光寶氣的綵衣，與強烈的電燈光爭輝，只覺得滿台金光閃閃，有如彩虹落地，萬卉升天。我們如入閬苑仙境中。他有時說英語，有時說孟加拉語。大概逗哏的時候非說本地話不行，有如中國的相聲，外國人是根本無法欣賞的，也是無法翻譯的。我們都不懂孟加拉語，但不時聽到哄堂大笑，足見觀眾是欣賞他的表演和逗哏的。我們坐在那裡，看下去、看下去，原來有這樣那樣的不理解的中國客人，現在都感到主人真是煞費苦心，在我們離別前安排了這樣精彩的節目。我們對印度主人的精心安排都不禁感激起來了。連那幾個中間還有別的活動要臨時退場的同志，都依依不捨，遲遲不肯離開了。

有一個節目特別引起我們的注意和好奇。主要演員用兩塊厚厚的白麵糊住了自己的眼睛。上面又讓人蒙上了兩塊黑色不透明的呢絨。然後讓觀眾自願地上台參加表演，果然有幾個印度朋友上台去了。兩三個愛熱鬧的小孩子也蹦蹦跳跳地跑上了台。為了對中國貴賓表示特殊的友誼，把我們的一位大夫和一位精通印地語的同志請上了台。主要演員讓他們在黑板上寫字，你寫什麼，矇了眼睛的演員也寫什麼。而且不論什麼文字都行。一個小孩子寫了一道算術題，沒有答案。主演人用飛快的速度，寫上了原題，並且加上了答案。我們的大夫寫了一句中文：「中印友誼萬歲。」主要演員幾乎用同樣的速度在黑板上寫出了「中印友誼萬歲」。那位精通印地語的同志用印地語寫了「印地秦尼巴依巴依」，主演人沒有寫而是高聲朗讀了出來。誦聲剛落，台下就是一片歡騰，我們心裡一片溫暖，還加上一點吃驚。

演出結束了。我們正準備退場。但是招待我們的主人和魔術團的負責人，也就是那個主要演員，卻走上前來，把我們拉上了舞台。我們走上去，一回頭面對群眾，下面就一片掌聲。所有演員都走上舞台，整整齊齊地排在那裡，連那一匹參加演出的騾子也被牽上舞台，規規矩矩地站在那裡，牠好像也通人意，要對中國客人表現出有禮貌。我們中國客人被邀請站在中間。印度主人一定要我們對全場印度朋友講幾句話。我臨時講了幾句，感謝主人，感謝印度人民，並說要把印度人民這種深情厚誼帶回中國去。話音剛落，下面又是一片掌聲。然後拉上布幕，男主角和他的愛人，也是一個演員，又重新同我們握手閒談。他告訴我們，他出生在一個魔術世家，他和他父親都是走遍全球。在倫敦的演出，曾轟動整個霧城。據說他曾用白麵糊上眼再矇上黑絨騎摩托車在倫敦大街上飛駛。他父親在日本演出，生病死在那裡，其他國家，他都到過了，最感到遺憾的是他還沒有到過他最熱愛的中國。他深切希望能夠到中國去一趟。我們祝願他的願望能夠實現，就握手告別，每個人心裡都是熱乎乎的。

我們懷著愉快而興奮的心情回到了旅館。在半夜的餐桌上，我們議論紛紛，對剛才在劇場的感受，談個不休。特別使我們不解的是蒙上眼睛在黑板上寫字的那一個節目。我們就像猜一個難猜的謎語一樣，猜來猜去。但是無論如何，也得不出自己認為滿意的答案：為什麼矇上眼睛他還能瞧得見呢？為什麼他根本不懂中文而竟能跟著我們的大夫書寫如流呢？一連串的疑問，一陣陣的吃驚。但是大家印象最深的、最受感動的還是印度人民，其中當然也包括這幾個演員，對中國人民表示的深情厚誼。我們身在旅館，我們的心卻彷彿還留在那永生難忘的劇場裡了。

我們談呀談呀，幾乎忘記了睡覺。到了深夜，我們才各自走回自己的房間去。也許是由於過度的興奮，我躺在床上無論如何也睡不著。就這樣過了一個不眠之夜，但卻又是十分愉快的一夜。十幾天在印度的經歷，一幕幕奔來心頭。各種影像，紛至沓來，一齊在我眼前飛動：德里的高塔、德里的比爾拉廟、德里和阿格拉的紅堡、阿格拉的泰姬陵、孟買的印度門、柯欽的海港、海德拉巴的老虎、聖地尼克坦的泰戈爾故居、加爾各答的大榕樹，等等，等等，一齊飛到我的眼前來，中間還間雜著到處能飛的虎皮鸚鵡，活蹦亂跳的猴子，簡直是五光十色，光怪陸離。剛才看過的魔術當然更在其中佔有顯著的地位。我眼前金光閃閃，有如彩虹落地，萬卉升天，我又如入閬苑仙境中。

第二天一清早我們準時到了機場。英國航空公司的班機晚了點。一位印度朋友對我說：「以前如果飛機晚了點，我最憎恨。但是這一次晚點，我卻最歡迎，因為這樣，我們可以同中國朋友們在一起猷更長的時間。」簡單一句話，裡面含著多少深厚的感情啊！

機場貴賓室裡擠滿了來送行的人，其中有西孟加拉邦政府的官員，有陪我們遊遍全程的柯棣華委員會副會長汗夫人，秘書長拉蒂菲先生，還有許許多多只見過面來不及問名字的加爾各答的男女大學生、男女赤腳醫生。我被一群青年團團圍住，在最後一分鐘仍然有提不盡的問題。在談話的間歇的一瞬間，我抬眼可以瞥見我們的團長正同圍住他的印度朋友們熱情地談著話。印度著名歌手、中國人民的老朋友比斯瓦斯這時引吭高歌《印中友好歌》。我一方面說話，一方面還只是用一個耳朵聽到了他的歌聲。我清晰地聽到那熱愛中國的歌手高唱著：

友好的歌聲四處起，
印中人民是兄弟。
黎明降臨到大地，
朝霞泛起在天際。
友好的歌聲四處起，
印中人民是兄弟。

印中人民一定要突破舊世界的鎖鏈。
告訴我吧！
誰能把我們的英雄們抗擊。

這歌聲發自內心深處。往復迴盪，動人心魄，整個候機室裡，響徹了這歌聲。印度朋友說：「這樣的歌，好久好久沒有聽到了，今天聽了覺得特別高興。」這真是說出了我們心裡的話，我們何嘗沒有同樣的想法呢？

但是，可惜得很，飛機誤點不能永久地誤下去，雖然我們下意識中希望它永久誤下去。終於播出了通知，要旅客們上飛機了。這時中印兩國朋友們都不禁露出了惜別的神色。我們每個人又被贈送了成包成串的紫色的玫瑰花。我們就抱著這些濃香撲鼻的玫瑰花，走向飛機旁邊。從貴賓室到飛機旁這一段短短的路程，雙腿走起來好像有千鈞重。大家彷彿有千言萬語，不知道從何處說起，熱烈的握手，相對的凝視，一切盡在不言中了。在最後的一剎那，一位印度朋友緊握住了我的雙手深情地說：「埃及的朋友說：『誰喝了尼羅河的水，他總要再回埃及來的。』我現在改一句：『誰喝了恆河的水，他總要再回印度來的。』」

是的，我現在雖然離開印度，但我相信，這只是暫時的別離。我總要再回印度去的。

再見吧，可愛的印度！

遊唐大招提寺

多麼湊巧的事情，又是多麼可喜的事情！唐大和尚鑑真回國探親，我們在北京剛見過面；他回到日本不久，我們又來探望參拜他了。

一走進唐大招提寺，我們彷彿回到了祖國。此地的一草一木，一椽一柱，無不讓我們感到親切可愛。連踏在腳下的砂粒，似乎也與別處不同。我們的心情又興奮，又寧靜；又肅穆，又虔誠。我們明確地意識到，這不是一個普普通通的地方，這是一個神聖的地方；這是中日兩國人民悠久的傳統友誼結晶的地方，決不能等閒視之。

我們現在看到的當然是歷歷在目的大殿、經堂、佛像、神龕。但是我的心卻一下子回到了一千多年以前的歷史上去，回到鑑真生活的時代中去。這樣的經歷我從前曾經有過一次，那是在印度瞻謁玄奘遺跡的時候。我當時曾看到玄奘的身影無所不在。今天，印度換成了日本，玄奘換成鑑真了。同玄奘一樣，鑑真的面貌我們都是熟悉的。我現在在這一座古寺裡到處看到的就是鑑真的慈祥肅穆的面容。我彷彿看到他慈眉善目，龐眉鋪目，到處燒香禮佛。看到他盤腿坐在蓮花座上，講經說法，為天皇、皇太子、貴族、平民傳法授戒。他在整個寺院裡讓人攙扶著來來往往地行走。我不但能看到他的身影，而且能聽到他的聲音，雖然我並說不出，他的聲音究竟是個什麼樣子。我們今天滿懷虔敬之心踏在這一座古寺的土地上。我們知道，這一座古寺的每一寸土地都留有鑑真的足跡。我們腳下踏著的就是鑑真當年留下的足跡。因此，我們的步履輕而又輕，謹慎而又謹慎。特別是當我們走過一座重門深鎖的院落的時候，我們的步子更輕了，我們彷彿在臨深履薄，戒慎恐懼。這院落「庭院深深深幾許」，在望之如雲端仙境的重樓上，鑑真的漆像就作為國寶保存在那裡。這門是經常鎖著的。我們不由得面向樓閣深處，合十致敬。

鑑真愛不愛日本人民呢？他當然是愛的。他懷著滿腔熾熱的感情愛日本，愛日本人民。他同中國人民一樣，深深地體會到中日兩國人民的親密關係，決心為日本人民犧牲自己的一切，把他認為能救世度人的佛法傳到日本去。為了日本人民的幸福，他毅然決然離開了自己的祖國。在當時想到日本去，簡直難於上青天。今天講一衣帶水，形容兩國鄰近，非常輕鬆，非常愜意。然而海中波濤滾滾，龍蛇飛舞，用木頭造的船橫渡，其艱險決非今日所能想像。鑑真嘗試過幾次，都失敗了，最後終於九死一生，到了日本。如果對日本人民不抱有最深沉的愛，能做到這一步嗎？他到日本時，雙目已完全失明，什麼東西都看不見了。但是，我相信，他能夠看到一切。他看到的日本、日本人民、日本的自然風光，決不比任何人少，而且會比任何人都更多，更深刻。他看到了別人看不到的東西，他看到了日本人民的心。他的心同日本人民的心共同跳動，「心有靈犀一點通」。他們心心相印。就憑著這一點，雖然他不懂日本語言——我猜想，他初到日本時是不懂當地的語言的——他卻完全能同日本各階層的人民交流思想，溝通感情。日本人民的喜怒哀樂就是他的喜怒哀樂。他同日本人民渾然一體。「海為龍世界，天是鳥家鄉」，日本就成了他的海，成了他的天了。

鑑真會不會懷念祖國呢？當然會的。他同樣也是懷著滿腔熾熱的感情愛著自己的偉大的祖國。否則他決不會在離開祖國一千多年以後又不遠千里不顧年老體衰僕僕風塵回國探親。不但探望了揚州，而且還探望了他離開祖國時還不存在的首都北京。他是一位高僧，不會有什麼塵世俗念。但是愛國之情是人們最基本的感情，高僧也不能例外。遙想他當年遠離祖國，寄身異邦，每天在禮佛講經之餘，一燈熒然，焚香靜坐，殿外的春花秋月、夏雨冬雪，難免逗起一腔懷鄉之情。簷邊鐵馬的叮咚不會讓他想到揚州古寺中的鐵馬嗎？日本古代大俳句家松尾芭蕉非常瞭解鑑真的心情。他有一首著名的俳句，前有小引：「唐招提寺開山祖鑑真和尚來日時，於船中遇難七十餘次。其間，因海風侵襲雙目，終成盲聖。今日拜謁尊像，得詩一首。」詩云：

新葉滴翠，

摘來拂拭尊師淚。（林林譯文）

像鑑真這樣的高僧，斷七情，絕六欲，眼中的淚珠從何而來呢？除了因懷念祖國而流淚之外，還能有什麼原因呢？大詩人芭蕉不愧是真正的詩人，他能深切體會鑑真的心情，發而為詩，才寫出這樣感人的詩句，使我們今天的人，不管是中國人，還是日本人，讀到它，還為之感動不已。

我們中國人，不管讀沒讀過芭蕉的名句，好像都能體會鑑真愛國思鄉的心情。因此，當他這次回國探親時，不管走到什麼地方，揚州也好，北京也好，他都受到熱烈的歡迎。今天他看到的祖國同他當年的祖國相比，已經完完全全變了樣子；但是，祖國的人民、祖國人民的心，特別是對他那一片赤誠之心，則是一點也沒有變的。我想，鑑真是完全擦乾了眼淚帶著微笑回到他的第二祖國日本去的吧！即使在日本再待上幾百年，甚至幾千年，他內心裡也感到欣慰吧！

中國人民對鑑真的敬愛還表現在另外一個方面。今天，凡是到日本來的中國人，只要有可能，沒有不到唐大招提寺來參謁的。我們幾個人現在就來到了這裡。我走在這一座清淨肅穆的大寺院裡，花木扶疏，竹石掩映，到處乾乾淨淨，宛然一處人間仙境。但是我心中卻是思潮騰湧，片刻不停，上下數千年，縱橫數千里，遍照三世，神馳四極，對眼前的景物有時候視而不見。連自己走過的道路也有時候清楚，有時候不清楚。在不知不覺中，我們終於來到了鑑真的墓塔跟前。這一座墓塔並不特別高大巍峨，同中國常見的高僧墓塔樣子和大小都差不多。這裡就是鑑真永遠安息的地方。我親眼看到，日本人民男女老少成群結隊，懷著極端虔敬的心情，到這裡來參謁墓塔。走近墓塔的時候，他們面容嚴肅，腳步邁得輕輕的，惟恐驚擾了墓中的高僧。鑑真活著的時候，為日本人民的利益而犧牲了自己的一切。到了今天，他圓寂已經一千多年了，他仍然活在日本人民心中，他好像仍然生活在日本人民中間，天天受到他們的禮敬。鑑真死而有知，他一定感到莫大的欣慰吧！

墓塔的周圍，茂樹參天，綠竹挺秀，更顯得特別清幽閴靜。離開墓塔不遠，有一片荷塘。此時正是夏天，塘裡荷花盛開。這裡的荷花很有點特色，花瓣全是白的，只有頂上有一抹鮮紅，閃出紅彤彤的光，宛如富士山雪峰頂上照上一片紅霞。我在中國許多地方，世界上許多地方，都看到過荷花；在荷花的故鄉印度也看到過荷花。白荷花、紅荷花，甚至藍荷花、黃荷花，都看到過。但是像鑑真墓旁這樣的荷花卻從來沒有見過。難道是富士山之靈鍾於荷花上面了嗎？難道是鑑真的神靈飛附到這荷花瓣上來了嗎？

不管我是多麼依戀唐大招提寺，多麼依戀鑑真的墓塔，多麼依戀池塘裡的荷花，我們的活動是有時間限制的。經過了兩三個小時的漫遊，我們終於必須離開了。我們懷著依依難捨的心情，一步三回首，慢慢地踱出了這一座舉世聞名的古寺。登上汽車以後，仍然從車窗裡回望那些巍峨的大殿樓閣，直至車子轉彎，它的影子完全消失為止。這些影子在眼前消失了，然而卻落入我的心靈深處，將永遠留在那裡。

敬愛的鑑真大和尚！我們暫時告別了。倘若有朝一日我還能來到日本，我一定再來參謁你。我會從祖國最神聖的地方，最神聖的一棵樹上，採下一片最神聖的嫩葉，來拂拭你眼中的淚珠。

一九八〇年七月二十三日，日本箱根寫草稿
一九八五年一月二十九日，北京抄畢

重返哥廷根

我真是萬萬沒有想到，經過了三十五年的漫長歲月，我又回到這個離開祖國幾萬里的小城裡來了。

我坐在從漢堡到哥廷根的火車上，我簡直不敢相信這是事實。難道是一個夢嗎？我頻頻問著自己。這當然是非常可笑的，這畢竟就是事實。我腦海裡印象凌亂，面影紛呈。過去三十多年來沒有想到的人，想到了；過去三十多年來沒有想到的事，想到了。我那一些尊敬的老師，他們的笑容又呈現在我眼前。我那像母親一般的女房東，她那慈祥的面容也呈現在我眼前。那個宛宛嬰嬰的女孩子伊爾穆嘉德，也在我眼前活動起來。那窄窄的街道、街道兩旁的鋪子、城東小山的密林、密林深處的小咖啡館、黃葉叢中的小鹿，甚至冬末春初時分從白雪中鑽出來的白色小花雪鐘，還有很多別的東西，都一齊爭先恐後地呈現到我眼前來。一霎時，影像紛亂，我心裡也像開了鍋似的激烈地動盪起來了。

火車一停，我飛也似的跳了下去，踏上了哥廷根的土地。忽然有一首詩湧現出來：

少小離家老大回，
鄉音無改鬢毛衰。
兒童相見不相識，

笑問客從何處來。

怎麼會湧現這樣一首詩呢？我一時有點茫然、懵然。但又立刻意識到，這一座只有十來萬人的異域小城，在我的心靈深處，早已成為我的第二故鄉了。我曾在這裡度過整整十年，是風華正茂的十年。我的足跡印遍了全城的每一寸土地。我曾在這裡快樂過，苦惱過，追求過，幻滅過，動搖過，堅持過。這一座小城實際上決定了我一生要走的道路。這一切都不可避免地要在我的心靈上打上永不磨滅的烙印。我在下意識中把它看做第二故鄉，不是非常自然的嗎？

我今天重返第二故鄉，心裡面思緒萬端，酸甜苦辣，一齊湧上心頭。感情上有一種莫名其妙的重壓，壓得我喘不過氣來，似欣慰，似惆悵，似追悔，似嚮往。小城幾乎沒有變。市政廳前廣場上矗立的有名的抱鵝女郎的銅像，同三十五年前一模一樣。一群鴿子仍然像從前一樣在銅像周圍徘徊，悠然自得。說不定什麼時候一聲忽哨，飛上了後面大禮拜堂的尖頂。我彷彿昨天才離開這裡，今天又回來了。我們走下地下室，到地下餐廳去吃飯。裡面陳設如舊，座位如舊，燈光如舊，氣氛如舊。連那年輕的服務員也彷彿是當年的那一位。我彷彿昨天晚上才在這裡吃過飯。廣場周圍的大小鋪子都沒有變。那幾家著名的餐館，什麼「黑熊」、「少爺餐廳」等等，都還在原地。那兩家書店也都還在原地。總之，我看到的一切都同原來一模一樣。我真的離開這座小城已經三十五年了嗎？

但是，正如中國人所說的，江山如舊，人物全非。環境沒有改變，然而人物卻已經大大地改變了。我在火車上回憶到的那一些人，有的如果還活著的話年齡已經過了一百歲。這些人的生死存亡就用不著去問了。那些計算起來還沒有這樣老的人，我也不敢貿然去問，怕從被問者的嘴裡聽到我不願意聽的消息。我只繞著彎子問上那麼一兩句，得到的回答往往不得要領，模糊得很。這不能怪別人，因為我的問題就模糊不清。我現在非常欣賞這種模糊，模糊中包含著希望。可惜就連這種模糊也不能完全遮蓋住事實。結果是：

訪舊半為鬼，
驚呼熱中腸。

我只能在內心裡用無聲的聲音來驚呼了。

在驚呼之餘，我仍然堅持懷著沉重的心情去訪舊。首先我要去看一看我住過整整十年的房子。我知道，我那母親般的女房東歐樸爾太太早已離開了人世。但是房子卻還存在。那一條整潔的街道依舊整潔如新。從前我經常看到一些老太太用肥皂來洗刷人行道，現在這人行道仍然像是剛才洗刷過似的，躺下去打一個滾，決不會沾上一點塵土。街拐角處那一家食品商店仍然開著，明亮的大玻璃窗子裡面陳列著五光十色的食品。主人卻不知道已經換了第幾代了。我走到我住過的房子外面，抬頭向上看，看到三樓我那一間房子的窗戶，仍然同以前一樣擺滿了紅紅綠綠的花草，當然不是出自歐樸爾太太之手。我驀地一陣恍惚，彷彿我昨晚才離開，今天又回家來了。我推開了大門，大步流星地跑上三樓。我沒有用鑰匙去開門，因為我意識到，現在裡面住的是另外一家人了。從前這座房子的女主人恐怕早已安息在什麼墓地裡了，墓上大概也栽滿了玫瑰花吧。我經常夢見這所房子，夢見房子的女主人，如今卻是人去樓空了。我在這裡度過的十年中，有愉快、有痛苦，經歷過轟炸，忍受過飢餓。男房東逝世後，我多次陪著女房東去掃墓。我這個異邦的青年成了她身邊的惟一的親人。無怪我離開時她嚎啕痛哭。我回國以後，最初若干年，還經常通信。後來時移事變，就斷了聯繫。我曾癡心妄想，還想再見她一面。而今我確實又來到了哥廷根，然而她卻再也見不到，永遠永遠地見不到了。

我徘徊在當年天天走過的街頭。這裡什麼地方都有過我的足跡。家家門前的小草坪上依然綠草如茵。今年冬雪來得早了一點。十月中，就下了一場雪。白雪、碧草、紅花，相映成趣。鮮艷的花朵赫然傲雪怒放，比春天和夏天似乎還要鮮艷。我在一篇短文《海棠花》裡描繪的那海棠花依然威嚴地站在那裡。我忽然回憶起當年的冬天，日暮天陰，雪光照眼，我扶著我的吐火羅文和吠陀語的老師西克教授，慢慢地走過十里長街。心裡面感到淒清，但又感到溫暖。回到祖國以後，每當下雪的時候，我便想到這一位像祖父一般的老人。回首前塵，已經有四十多年了。

我也沒有忘記當年幾乎每一個禮拜天都到的席勒草坪。它就在小山下面，是進山必由之路。當年我常同中國學生或者德國學生，在席勒草坪散步之後，就沿著彎曲的山徑走上山去。曾登上俾斯麥塔，俯瞰哥廷根全城；曾在小咖啡館裡流連忘返，曾在大森林中茅亭下躲避暴雨；曾在深秋時分驚走覓食的小鹿，聽牠們腳踏落葉一路地逃走。甜蜜的回憶是寫也寫不完的。今天我又來到這裡。碧草如舊，亭榭猶新。但是當年年輕的我已頹然一翁，而舊日遊侶早已蕩若雲煙，有的離開了這個世界，有的遠走高飛，到地球的另一半去了。此情此景，人非木石，能不感慨萬端嗎？

我在上面講到江山如舊，人物全非。幸而還沒有真正地全非。幾十年來我晝思夢想最希望還能見到的人，最希望他們還能活著的人，我的「博士父親」，瓦爾德施米特教授和夫人居然還都健在。教授已經是八十三歲高齡，夫人比他壽更高，是八十六歲。一別三十五年，今天重又會面，真有相見翻疑夢之感。老教授夫婦顯然非常激動，我心裡也如波濤翻滾，一時說不出話來。我們圍坐在不太亮的電燈光下，杜甫的名句一下子湧上我的心頭：

人生不相見，
動如參與商。

今夕復何夕？
共此燈燭光。

四十五年前我初到哥廷根我們初次見面，以及以後長達十年相處的情景，歷歷展現在眼前。那十年是劇烈動盪的十年，中間插上了一個第二次世界大戰，我們沒有能過上幾天好日子。最初幾年，我每次到他們家去吃晚飯時，他那個十幾歲的獨生兒子都在座。有一次教授同兒子開玩笑：「家裡有一個中國客人，你明天到學校去又可以張揚吹噓一番了。」哪裡知道，大戰一爆發，兒子就被征從軍，一年冬天，戰死在北歐戰場上。這對他們夫婦倆的打擊，是無法形容的。不久，教授也被征從軍。他心裡怎樣想，我不好問，他也不好說。看來是默默地忍受痛苦。他預定了劇院的票，到了冬天，劇院開演，他不在家，每週一次陪他夫人看戲的任務，就落到我肩上。深夜，演出結束後，我要走很長的路，把師母送到他們山下林邊的家中，然後再摸黑走回自己的住處。在很長的時間內，他們那一座漂亮的三層樓房裡，只住著師母一個人。

他們的處境如此，我的處境更要糟糕。烽火連年，家書億金。我的祖國在受難，我的全家老老小小在受難，我自己也在受難。中夜枕上，思緒翻騰，往往徹夜不眠。而且頭上有飛機轟炸，肚子裡沒有食品充飢。做夢就夢到祖國的花生米。有一次我下鄉去幫助農民摘蘋果，報酬是幾個蘋果和五斤馬鈴薯。回家後一頓就把五斤馬鈴薯吃了個精光，還並無飽意。

大概有六七年的時間，情況就是這個樣子。我的學習、寫論文、參加口試、獲得學位，就是在這種情況下進行的。教授每次回家度假，都聽我的匯報，看我的論文，提出他的意見。今天我會的這一點點東西，哪一點不包含著教授的心血呢？不管我今天的成就還是多麼微小，如果不是他懷著毫不利己的心情對我這一個素昧平生的異邦的青年加以誘掖教導的話，我能夠有什麼成就呢？所有這一切我能夠忘記得了嗎？

現在我們又會面了。會面的地方不是我所熟悉的那一所房子，而是在一所豪華的養老院裡。別人告訴我，他已經把房子贈給哥廷根大學印度學和佛教研究所，把汽車賣掉，搬到這一所養老院裡來了。院裡富麗堂皇，應有盡有，健身房、游泳池，無不齊備。據說，飲食也很好。但是，說句不好聽的話，到這裡來的人都是七老八十的人，多半行動不便。對他們來說，健身房和游泳池實際上等於聾子的耳朵。他們不是來健身，而是來等死的。頭一天晚上還在一起吃飯、聊天，第二天早晨說不定就有人見了上帝。一個人生活在這樣的環境中，心情如何，概可想見。話又說了回來，教授夫婦孤苦伶仃，不到這裡來，又到哪裡去呢？

就是在這樣一個地方，教授又見到了自己幾十年沒有見面的弟子。他的心情是多麼激動，又是多麼高興，我無法加以描繪。我一下汽車就看到在高大明亮的玻璃門裡面，教授端端正正地坐在圈椅上。他可能已經等了很久，正望眼欲穿哩。他瞪著慈祥昏花的雙目瞧著我，彷彿想用目光把我吞了下去。握手時，他的手有點顫抖。他的夫人更是老態龍鐘，耳朵聾，頭搖擺不停，同三十多年前完全判若兩人了。師母還專為我烹製了當年我在她家常吃的食品。兩位老人齊聲說：「讓我們好好地聊一聊老哥廷根的老生活吧！」他們現在大概只能用回憶來填充日常生活了。我問老教授還要不要中國關於佛教的書，他反問我：「那些東西對我還有什麼用呢？」我又問他正在寫什麼東西。他說：「我想整理一下以前的舊稿；我想，不久就要打住了！」從一些細小的事情上來看，老兩口的意見還是有一些矛盾的。看來這相依為命的一雙老人的生活是陰沉的、鬱悶的。在他們前面，正如魯迅在《過客》中所寫的那樣：「前面？前面，是墳。」

我心裡陡然淒涼起來。老教授畢生勤奮，著作等身，名揚四海，受人尊敬，老年就這樣度過嗎？我今天來到這裡，顯然給他們帶來了極大的快樂。一旦我離開這裡，他們又將怎樣呢？可是，我能永遠在這裡呆下去嗎？我真有點依依難捨，盡量想多呆些時候。但是，千里涼棚，沒有不散的筵席。我站起來，想告辭離開。老教授帶著乞求的目光說：「才十點多鐘，時間還早嘛！」我只好重又坐下。最後到了深夜，我狠了狠心，向他們說了聲：「夜安！」站起來，告辭出門。老教授一直把我送下樓，送到汽車旁邊，樣子是難捨難分。此時我心潮翻滾，我明確地意識到，這是我們最後一面了。但是，為了安慰他，或者欺騙他，也為了安慰我自己，或者欺騙我自己，我脫口說了一句話：「過一兩年，我再回來看你！」聲音從自己嘴裡傳到自己耳朵，顯得空蕩、虛偽，然而卻又真誠。這真誠感動了老教授，他臉上現出了笑容：「你可是答應了我了，過一兩年再回來！」我還有什麼話好說呢？我噙著眼淚，鑽進了汽車。汽車開走時，回頭看到老教授還站在那裡，一動也不動，活像是一座塑像。

過了兩天，我就離開了哥廷根。我乘上了一列開到另一個城市去的火車。坐在車上，同來時一樣，我眼前又是面影迷離，錯綜紛雜。我這兩天見到的一切人和物，一一奔湊到我的眼前來；只是比來時在火車上看到的影子清晰多了，具體多了。在這些迷離錯亂的面影中，有一個特別清晰、特別具體、特別突出，它就是我在前天夜裡看到的那一座塑像。願這一座塑像永遠停留在我的眼前，永遠停留在我的心中。

一九八〇年十一月在西德開始
一九八七年十月在北京寫完

輯十 收藏落葉

回憶陳寅恪先生

別人奇怪，我自己也奇怪：我寫了這樣多的回憶師友的文章，獨獨遺漏了陳寅恪先生。這究竟是為什麼呢？對我來說，這是事出有因，查亦有據的。我一直到今天還經常讀陳先生的文章，而且協助出版社出先生的全集。我當然會時時想到寅恪先生的。我是一個頗為喜歡舞筆弄墨的人，想寫一篇回憶文章，自是意中事。但是，我對先生的回憶，我認為是異常珍貴的，超乎尋常地神聖的。我希望自己的文章不要玷污了這一點神聖性，故而遲遲不敢下筆。到了今天，北大出版社要出版我的《懷舊集》，已經到了非寫不行的時候了。

要論我同寅恪先生的關係，應該從六十五年前的清華大學算起。我於一九三〇年考入國立清華大學，入西洋文學系（不知道從什麼時候起改名為外國語文系）。西洋文學系有一套完整的教學計劃，必修課規定得有條有理，完完整整。但是給選修課留下的時間卻是很富裕的。除了選修課以外，還可以旁聽或者偷聽。教師不以為忤，學生各得其樂。我曾旁聽過朱自清、俞平伯、鄭振鐸等先生的課，都安然無恙，而且因此同鄭振鐸先生建立了終生的友誼。但也並不是一切都一帆風順。我同一群學生去旁聽冰心先生的課。她當時極年輕，而名滿天下。我們是慕名而去的。冰心先生滿臉莊嚴，不苟言笑。看到課堂上擠滿了這樣多學生，知道其中有「詐」，於是威儀儼然地下了「逐客令」：「凡非選修此課者，下一堂不許再來！」我們悚然而聽，懍然而退，從此不敢再進她講課的教室。四十多年以後，我同冰心重逢，她已經變成了一個慈祥和藹的老人，由怒目金剛一變而為慈眉菩薩。我向她談起她當年「逐客」的事情，她已經完全忘記，我們相視而笑，有會於心。

就在這個時候，我旁聽了寅恪先生的「佛經翻譯文學」。參考書用的是《六祖壇經》，我曾到城裡一個大廟裡去買過此書。寅恪師講課，同他寫文章一樣，先把必要的材料寫在黑板上，然後再根據材料進行解釋、考證、分析、綜合，對地名和人名更是特別注意。他的分析細入毫髮，如剝蕉葉，愈剝愈細愈剝愈深，然而一本實事求是的精神，不武斷、不誇大、不歪曲、不斷章取義。他彷彿引導我們走在山陰道上，盤旋曲折，山重水復，柳暗花明，最終豁然開朗，把我們引上陽關大道。讀他的文章，聽他的課，簡直是一種享受，無法比擬的享受。在中外眾多學者中，能給我這種享受的，國外只有海因里希・呂德斯，在國內只有陳師一人。他被海內外學人公推為考證大師，是完全應該的。這種學風，同後來滋害流毒的「以論代史」的學風，相差不可以道里計。然而，茫茫士林，難得解人，一些鼓其如簧之舌惑學人的所謂「學者」，驕縱跋扈，不禁令人浩歎矣。寅恪師這種學風，影響了我的一生。後來到德國，讀了呂德斯教授的書，並且受到了他的嫡傳弟子瓦爾德施米特教授的教導和薰陶，可謂三生有幸，可惜自己的學殖瘠薄，又限於天賦，雖還不能論無所收穫，然而猶如細流比滄海，空懷仰止之心，徒增效顰之恨。這只怪我自己，怪不得別人。

總之，我在清華四年，讀完了西洋文學系所有的必修課程，得到了個學士頭銜。現在回想起來，說一句不客氣的話：我從這些課程中收穫不大。歐洲著名的作家，什麼莎士比亞、歌德、塞萬提斯、莫裡哀、但丁等等的著作都讀過，連現在忽然時髦起來的《尤利西斯》和《追憶似水年華》等等也都讀過。然而大都是浮光掠影，並不深入。給我留下深遠影響的課反而是一門旁聽課和一門選修課。前者就是在上面談到的寅恪師的「佛經翻譯文學」；後者是朱光潛先生的「文藝心理學」，也就是美學。關於後者，我在別的地方已經談過，這裡就不再贅述了。

在清華時，除了上課以外，同陳師的接觸並不太多。我沒到他家去過一次。有時候，在校內林陰道上，在熙往攘來的學生之流中，會見到陳師去上課。身著長袍，樸素無華，肘下夾著一個布包，裡面裝滿了講課時用的書籍和資料。不認識他的人，恐怕大都把他看成是琉璃廠某一個書店的到清華來送書的老闆，決不會知道，他就是名揚海內外的大學者。他同當時清華留洋歸來的大多數西裝革履、發光鑑人的教授，迥乎不同。在這一方面，他也給我留下了畢生難忘的印象，令我受益無窮。

離開了水木清華，我同寅恪先生有一個長期的別離。我在濟南教了一年國文，就到了德國哥廷根大學。到了這裡，我才開始學習梵文、巴利文和吐火羅文。在我一生治學的道路上，這是一個極關重要的轉折點。我從此告別了歌德和莎士比亞，同釋迦牟尼和彌勒佛打起交道來。不用說，這個轉變來自寅恪先生的影響。真是無巧不成書，我的德國老師瓦爾德施米特教授同寅恪先生在柏林大學是同學，同為呂德斯教授的學生。這樣一來，我的中德兩位老師同出一個老師的門下。有人說：「名師出高徒。」我的老師和太老師們不可謂不「名」矣，可我這個徒卻太不「高」了。忝列門牆，言之汗顏。但不管怎樣說，這總算是一個中德學壇上的佳話吧。

我在哥廷根十年，正值二戰，是我一生精神上最痛苦然而在學術上收穫卻是最豐富的十年。國家為外寇侵入，家人數年無消息，上有飛機轟炸，下無食品果腹。然而讀書卻無任何干擾。教授和學生多被征從軍。偌大的兩個研究所：印度學研究所和漢學研究所，都歸我一個人掌管。插架數萬冊珍貴圖書，任我翻閱。在漢學研究所深深的院落裡，高大陰沉的書庫中，在梵學研究所古老的研究室中，闃無一人。天上飛機的嗡嗡聲與我腹中的飢腸轆轆聲相應和。閉目則浮想聯翩，神馳萬里，看到我的國，看到我的家。張目則梵典在前，有許多疑難問題，需要我來發覆。我此時恍如遺世獨立，苦歟？樂歟？我自己也回答不上來了。

經過了轟炸的煉獄，又經過了飢餓，到了一九四五年，在我來到哥廷根十年之後，我終於盼來了光明，東西法西斯垮臺了。美國兵先攻佔哥廷根，後來英國人來接管。此時，我得知寅恪先生在英國醫目疾。我連忙寫了一封長信，向他匯報我十年來學習的情況，並將自己在哥廷根科學院院刊及其他刊物上發表的一些論文寄呈。出乎我意料地迅速，我得了先生的覆信，也是一封長信，告訴我他的近況，並說不久將回國。信中最重要的事情是說，他想向北大校長胡適，代校長傅斯年，文學院長湯用彤幾位先生介紹我到北大任教。我真是喜出望外，誰聽到能到最高學府來任教而會不引以為榮呢？我於是立即回信，表示同意和感謝。

這一年深秋，我終於告別了住了整整十年的哥廷根，懷著「客樹回看成故鄉」的心情，一步三回首地到了瑞士。在這個山明水秀的世界公園裡住了幾個月，一九四六年春天，經過法國和越南的西貢，又經過香港，回到了上海。在克家的榻榻米上住了一段時間。從上海到了南京，又睡到了長之的辦公桌上。這時候，寅恪先生也已從英國回到南京。我曾謁見先生於俞大維官邸中。談了談闊別十多年以來的詳細情況，先生十分高興，叮囑我到雞鳴寺下中央研究院去拜見北大代校長傅斯年先生，特別囑咐我帶上我用德文寫的論文，可見先生對我愛護之深以及用心之細。

這一年的深秋，我從南京回到上海，乘輪船到了秦皇島，又從秦皇島乘火車回到了闊別十二年的北京（當時叫北平）。由於戰爭關係，津浦路早已不通，回北京只能走海路，從那裡到北京的鐵路由美國少爺兵把守，所以還能通車。到了北京以後，一片「落葉滿長安」的悲涼氣象。我先在沙灘紅樓暫住。隨即拜見了湯用彤先生。按北大當時的規定，從海外得到了博士學位回國的人，只能任副教授，在清華叫做專任講師，經過幾年的時間，才能轉向正教授。我當然不能例外，而且心悅誠服，沒有半點非分之想。

然而過了大約一周的光景，湯先生告訴我，我已被聘為正教授，兼東方語言文學系的系主任。這真是石破天驚，大大地出我意料。我這個當一周副教授的紀錄，大概也可以進入金氏世界紀錄了吧。說自己不高興，那是謊言，那是矯情。由此也可以看出老一輩學者對後輩的提攜和愛護。

不記得是在什麼時候，寅恪師也來到北京，仍然住在清華園。我立即到清華去拜見。當時從北京城到清華是要費一些周折的，宛如一次短途旅行。沿途幾十里路全是農田。秋天青紗帳起，還真有綠林人士攔路搶劫的。現在的年輕人很難想像了。但是，有寅恪先生在，我決不會憚於這樣的旅行。在三年之內，我頗到清華園去過多次。我知道先生年老體弱，最喜歡當年住北京的天主教外國神甫親手釀造的柵欄紅葡萄酒。我曾到今天市委黨校所在地當年神甫們的靜修院的地下室中去買過幾次柵欄紅葡萄酒，又長途跋涉送到清華園，送到先生手中，心裡頗覺安慰。幾瓶酒在現在不算什麼，但是在當時通貨膨脹已經達到了鈔票上每天加一個〇還跟不上物價飛速提高的情況下，幾瓶酒已經非同小可了。

有一年的春天，中山公園的籐蘿開滿了紫色的花朵，纍纍垂垂，紫氣瀰漫，招來了眾多的遊人和蜜蜂。我們一群弟子們，記得有周一良、王永興、汪篯等，知道先生愛花。現在雖患目疾，跡近失明；但據先生自己說，有些東西還能影影綽綽看到一團影子。大片籐蘿花的紫光，先生或還能看到。而且在那種兵荒馬亂、物價飛漲、人命危淺、朝不慮夕的情況下，我們想請先生散一散心，徵詢先生的意見，他怡然應允。我們真是大喜過望，在來今雨軒籐蘿深處，找到一個茶桌，侍先生觀賞紫籐。先生顯然興致極高。我們談笑風生，盡歡而散。我想，這也許是先生在那樣的年頭裡最愉快的時刻。

還有一件事，也給我留下了畢生難忘的回憶。在解放前夕，政府經濟實已完全崩潰。從法幣改為銀元券，又從銀元券改為金元券，越改越亂，到了後來，到糧店買幾斤糧食，攜帶的這幣那券的重量有時要超過糧食本身。學術界的泰斗、德高望重、被著名的史學家鄭天挺先生稱之為「教授的教授」的陳寅恪先生也不能例外。到了冬天，他連買煤取暖的錢都沒有，我把這情況告訴了已經回國的北大校長胡適之先生。胡先生最尊重愛護確有成就的知識分子。當年他介紹王靜庵先生到清華國學研究院去任教，一時傳為佳話。寅恪先生在《王觀堂先生輓詞》中有幾句詩：「魯連黃鷂績溪胡，獨為神州惜大儒。學院遂聞傳絕業，園林差喜適幽居。」講的就是這一件事。現在卻輪到適之先生再一次「獨為神州惜大儒」了，而這個「大儒」不是別人，竟是寅恪先生本人。適之先生想贈寅恪先生一筆數目頗大的美元。但是，寅恪先生卻拒不接受。最後寅恪先生決定用賣掉藏書的辦法來取得適之先生的美元。於是適之先生就派他自己的汽車——順便說一句，當時北京汽車極為罕見，北大只有校長的一輛——讓我到清華陳先生家裝了一車西文關於佛教和中亞古代語言的極為珍貴的書。陳先生只有收二千美元。這個數目在當時雖不算少，然而同書比起來，還是微不足道的。在這一批書中，僅一部《聖彼得堡梵德大詞典》市價就遠遠超過這個數目了。這一批書實際上帶有捐贈的性質。而寅恪師對於金錢的一介不取的狷介性格，由此也可見一斑了。

在這三年內，我同寅恪師往來頗頻繁。我寫了一篇論文：《浮屠與佛》，首先讀給他聽，想聽聽他的批評意見。不意竟得到他的讚賞。他把此文介紹給《中央研究院史語所集刊》發表。這個刊物在當時是最具權威性的刊物，簡直有點「一登龍門，身價十倍」的威風。我自然感到受寵若驚。差幸我的結論並沒有瞎說八道，幾十年以後，我又寫了一篇《再談浮屠與佛》，用大量的新材料，重申前說，頗得到學界同行們的讚許。

在我同先生來往的幾年中，我們當然會談到很多話題。談治學時最多，政治也並非不談但極少。寅恪先生決不是一個「閉門只讀聖賢書」的書呆子。他繼承了中國「士」的優良傳統：天下興亡，匹夫有責。從他的著作中也可以看出，他非常關心政治。他研究隋唐史，表面上似乎是滿篇考證，骨子裡談的都是成敗興衰的政治問題，可惜難得解人。我們談到當代學術，他當然會對每一個學者都有自己的看法。但是，除了對一位明史專家外，他沒有對任何人說過貶低的話。對青年學人，只談優點，一片愛護青年學者的熱忱。真令人肅然起敬。就連那一位由於誤會而對他專門攻擊，甚至說些難聽的話的學者，陳師也從來沒有說過半句褒貶的話。先生的盛德由此可見。魯迅先生從來不攻擊年輕人，差堪媲美。

時光如電，人事滄桑，轉眼就到了一九四八年年底。解放軍把北京城團團包圍住。胡適校長從南京派來了專機，想接幾個教授到南京去，有一個名單。名單上有名的人，大多數都沒有走，陳寅恪先生走了。這又成了某一些人探討研究的題目：陳先生是否對共產黨有看法？他是否對國民黨留戀？根據後來出版的浦江清先生的日記，寅恪先生並不反對共產主義，他反對的僅是蘇聯牌的共產主義。在當時，這也許是一個怪想法，甚至是一個大逆不道的想法。然而到了今天，真相已大白於天下，難道不應該對先生的睿智表示敬佩嗎？至於對國民黨的態度，最明顯地表現在他對蔣介石的態度上。一九四〇年，他在《庚辰暮春重慶夜宴歸作》這一首詩中寫道：「食蛤那知天下事，看花愁近最高樓。」吳宓先生對此詩作注說：「寅恪赴渝，出席中央研究院會議，寓俞大維妹丈宅。已而蔣公宴請中央研究院到會諸先生。寅恪於座中初次見蔣公，深覺其人不足為，有負厥職，故有此詩第六句。」按即「看花愁近最高樓」這一句。寅恪師對蔣介石，也可以說是對國民黨的態度表達得不能再清楚明白了。然而，幾年前，一位台灣學者偏偏尋章摘句，說寅恪先生早有意到台灣去。這真是天下一大怪事。

到了南京以後，寅恪先生又輾轉到了廣州，從此就留在那裡沒有動。他在台灣有很多親友，動員他去台灣者，恐怕大有人在，然而他卻巋然不為所動。其中詳細情況，我不得而知。我們國家許多領導人，包括周恩來、陳毅、陶鑄、郭沫若等等，對陳師禮敬備至。他同陶鑄和老革命家兼學者的杜國癢，成了私交極深的朋友。在他晚年的詩中，不能說沒有歡快之情，然而更多的卻是抑鬱之感。現在回想起來，他這種抑鬱之感能說沒有根據嗎？能說不是查實有據嗎？我們這一批老知識分子，到了今天，都已成了過來人。如果不昧良心說句真話，同陳師比較起來，只能說我們愚鈍，我們麻木，此外還有什麼話好說呢？

一九五一年，我奉命隨中國文化代表團，訪問印度和緬甸。在廣州停留了相當長的時間，準備將所有的重要發言稿都譯為英文。我當然不會放過這個機會的。我到嶺南大學寅恪先生家中去拜謁。相見極歡，陳師母也慇勤招待。陳師此時目疾雖日益嚴重，仍能看到眼前的白色的東西。有關領導，據說就是陳毅和陶鑄，命人在先生樓前草地上鋪成了一條白色的路，路旁全是綠草，碧綠與雪白相映照，供先生散步之用。從這一件小事中，也可以看到我們國家對陳師尊敬之真誠了。陳師是極富於感情的人，他對此能無所感嗎？

然而，世事如白雲蒼狗，變幻莫測。解放後不久，正當眾多的老知識分子興高采烈、激情未熄的時候，華蓋運便臨到頭上。運動一個接著一個，針對的全是知識分子。批完了《武訓傳》，批俞平伯，批完了俞平伯，批胡適，一路批、批、批，鬥、鬥、鬥，最後批判到了陳寅恪頭上。此時極大規模的、遍及全國的反右鬥爭還沒有開始。老年反思，我在政治上是個蠢才。對這一系列的批和鬥，我是心悅誠服的，一點沒有感到其中有什麼問題。我雖然沒有明確地意識到，在我靈魂深處，我真認為中國老知識分子就是「原罪」的化身，批是天經地義的。但是，一旦批到了陳寅恪先生頭上，我心裡卻感到不是味。雖然經人再三動員，我卻始終沒有參加到這一場鬧劇式的大合唱中去。我不願意厚著面皮，充當事後的諸葛亮，我當時的認識也是十分模糊的；但是，我畢竟沒有行動。現在時過境遷，在四十年之後，想到我沒有出賣我的良心，差堪自慰，能夠對得起老師在天之靈了。

可是，從那以後，直到老師於一九六九年在空前浩劫中被折磨得離開了人世，將近二十年中，我沒能再見到他。現在我的年齡已經超過了他在世的年齡五年，算是壽登耄耋了。現在我時常翻讀先生的詩文。每讀一次，都覺得有新的收穫。我明確意識到，我還未能登他的堂奧。哲人其萎，空餘著述。我卻是進取有心，請益無人，因此更增加了對他的懷念。我們雖非親屬，我卻時有風木之悲。這恐怕也是非常自然的吧。

我已經到了望九之年，雖然看樣子離開為自己的生命畫句號的時候還會有一段距離，現在還不能就作總結，但是，自己畢竟已經到了日薄西山、人命危淺之際，不想到這一點也是不可能的。我身歷幾個朝代，忍受過千辛萬苦。現在只覺得身後的路漫長無邊，眼前的路卻是越來越短，已經是很有限了。我並沒有倚老賣老，苟且偷安；然而我卻明確地意識到，我成了一個「悲劇」人物。我的悲劇不在於我不想「不用揚鞭自奮蹄」，不想「老驥伏櫪，志在千里」，而是在「老驥伏櫪，志在萬里」。自己現在承擔的或者被迫承擔的工作，頭緒繁多，五花八門，紛紜複雜，有時還矛盾重重，早已遠遠超過了自己的負荷量，超過了自己的年齡。這裡面，有外在原因，但主要是內在原因。清夜捫心自問：自己患了老來瘋了嗎？你眼前還有一百年的壽命嗎？可是，一到了白天，一接觸實際，件件事情都想推掉，但是件件事情都推不掉，真彷彿京劇中的一句話：「馬行在夾道內，難以回馬。」此中滋味，只有自己一人能瞭解，實不足為外人道也。

在這樣的情況下，我有時會情不自禁地回想自己的一生。自己究竟應怎樣來評價自己的一生呢？我雖遭逢過大大小小的災難，像十年浩劫那樣中國人民空前地愚蠢到野蠻到令人無法理解的災難，我也不幸——也可以說是有「幸」躬逢其盛，幾乎把一條老命搭上；然而我仍然覺得自己是幸運的，自己趕上了許多意外的機遇。我只舉一個小例子。自從盤古開天地，不知從哪裡吹來了一股神風，吹出了知識分子這個特殊的族類。知識分子有很多特點。在經濟和物質方面是一個「窮」字，自古已然，於今為烈。在精神方面，是考試多如牛毛。在這裡也是自古已然，於今為烈。例子俯拾即是，不必多論。我自己考了一輩子，自小學、中學、大學，一直到留學，月有月考，季有季考，還有什麼全國通考，考得一塌糊塗。可是我自己在上百場國內外的考試中，從來沒有名落孫山。你能說這不是機遇好嗎？

但是，俗話說：「一個籬笆三個樁，一個好漢三個幫。」如果沒有人幫助，一個人會是一事無成的。在這方面，我也遇到了極幸運的機遇。生平幫過我的人無慮數百。

要我舉出人名的話，我首先要舉出的，在國外有兩個人，一個是我的博士論文導師瓦爾德施米特教授，另一個是教吐火羅語的老師西克教授。在國內的有四個人：一個是馮友蘭先生，如果沒有他同德國簽訂德國清華交換研究生的話，我根本到不了德國。一個是胡適之先生，一個是湯用彤先生，如果沒有他們的提攜的話，我根本來不到北大。最後但不是最少，是陳寅恪先生。如果沒有他的影響的話，我不會走上現在走的這一條治學的道路，也同樣是來不了北大。至於他為什麼不把我介紹給我的母校清華，而介紹給北大，我從來沒有問過他，至今恐怕永遠也是一個謎，我們不去談它了。

我不是一個忘恩負義的人。我一向認為，感恩圖報是做人的根本準則之一。但是，我對他們四位，以及許許多多幫助過我的師友怎樣「報」呢？專就寅恪師而論，我只有努力學習他的著作，努力宣揚他的學術成就，努力幫助出版社把他的全集出全，出好。我深深地感激廣州中山大學的校領導和歷史系的領導，他們再三舉辦寅恪先生學術研討會，包括國外學者在內，群賢畢至。中大還特別創辦了陳寅恪紀念館。所有這一切，我這個寅恪師的弟子都看在眼中，感在心中，感到很大的慰藉。國內外研究陳寅恪先生的學者日益增多。先生的道德文章必將日益發揚光大，這是毫無問題的。這是我在垂暮之年所能得到的最大的愉快。

然而，我仍然有我個人的思想問題和感情問題。我現在是「後已見來者」，然而卻是「前不見古人」，再也不會見到寅恪先生了。我心中感到無限的空漠，這個空漠是無論如何也填充不起來了。擲筆長歎，不禁老淚縱橫矣。

一九九五年十二月一日

站在胡適之先生墓前

我現在站在胡適之先生墓前。他雖已長眠地下，但是他那典型的「我的朋友」式的笑容，仍宛然在目。可我最後一次見到這個笑容，卻已是五十年前的事了。

一九四八年十二月中旬，是北京大學建校五十週年的紀念日。此時，解放軍已經包圍了北平城，然而城內人心並不惶惶。北大同仁和學生也並不惶惶；而且，不但不惶惶，在人們的內心中，有的非常殷切，有的還有點狐疑，都是期望著迎接解放軍。適逢北大校慶大喜的日子，許多教授都滿面春風，聚集在沙灘孑民堂中，舉行慶典。記得作為校長的適之先生，做了簡短的講話，滿面含笑，只有喜慶的內容，沒有愁苦的調子。正在這個時候，城外忽然響起了隆隆的炮聲。大家相互開玩笑說：「解放軍給北大放禮炮哩！」簡短的儀式完畢後，適之先生就辭別了大家，登上飛機，飛往南京去了。我忽然想到了李後主的幾句詞：「最是倉皇辭廟日，教坊猶唱別離歌，垂淚對宮娥。」我想改寫一下，描繪當時適之先生的情景：「最是倉皇辭校日，城外禮炮聲隆隆，含笑辭友朋。」我哪裡知道，我們這一次會面竟是最後一次。如果我當時意識到這一點的話，我是含笑不起來的。

從此以後，我同適之先生便天各一方，分道揚鑣，「世事兩茫茫」了。聽說，他離開北平後，曾從南京派來一架專機，點名接走幾位老朋友，他親自在南京機場恭候。

飛機返回以後，機艙門開，他滿懷希望地同老友會面。然而，除了一兩位以外，所有他想接的人都沒有走出機艙。據說——只是據說，他當時大哭一場，心中的滋味恐怕真是不足為外人道也。

適之先生在南京也沒有能待多久，「百萬雄師過大江」以後，他也逃往台灣。後來又到美國去住了幾年，並不得志，往日的輝煌猶如春夢一場，它不復存在。後來又回到台灣。最初也不為當局所禮重。往日總統候選人的迷夢，也只留下了一個話柄，日子過得並不順心。後來，不知怎樣一來，他被選為中央研究院的院長，算是得到了應有的禮遇，過了幾年舒適稱心的日子。適之先生畢竟是一書生，一直迷戀於《水經注》的研究，如醉如癡，此時又得以從容繼續下去。他的晚年可以說是差強人意的。可惜仁者不壽，猝死於宴席之間。死後哀榮備至。中央研究院為他建立了紀念館，包括他生前的居室在內，並建立了胡適陵園，遺骨埋葬在院內的陵園。今天我們參拜的就是這個規模宏偉極為壯觀的陵園。

我現在站在適之先生墓前，鞠躬之後，悲從中來，心內思潮洶湧，如驚濤駭浪，眼淚自然流出。杜甫有詩：「焉知二十載，重上君子堂。」我現在是「焉知五十載，躬親掃陵墓」。此時，我的心情也是不足為外人道也。

我自己已經到望九之年，距離適之先生所待的黃泉或者天堂樂園，只差幾步之遙了。回憶自己八十多年的坎坷又順利的一生，真如一部二十四史，不知從何處說起了。

積八十年之經驗，我認為，一個人生在世間，如果想有所成就，必須具備三個條件：才能、勤奮、機遇。行行皆然，人人皆然，概莫能外。別的人先不說了，只談我自己。關於才能一項，再自謙也不能說自己是白癡。但是，自己並不是什麼天才，這一點自知之明，我還是有的。談到勤奮，我自認還能差強人意，用不著有什麼愧怍之感。但是，我把重點放在第三項上：機遇。如果我一生還能算得上有些微成就的話，主要是靠機遇。機遇的內涵是十分複雜的，我只談其中恩師一項。韓愈說：「古之學者必有師。師者所以傳道、授業、解惑也。」根據老師這三項任務，老師對學生都是有恩的。然而，在我所知道的世界語言中，只有漢文把「恩」與「師」緊密地嵌在一起，成為一個不可分割的名詞。這只能解釋為中國人最懂得報師恩，為其他民族所望塵莫及的。

我在學術研究方面的機遇，就是我一生碰到了六位對我有教導之恩或者知遇之恩的恩師，我不一定都聽過他們的課，但是，只讀他們的書也是一種教導。我在清華大學讀書時，讀過陳寅恪先生所有的已經發表的著作，旁聽過他的「佛經翻譯文學」，從而種下了研究梵文和巴利文的種子。在當了或濫竽了一年國文教員之後，由於一個天上掉下來的機遇，我到了德國哥廷根大學。正在我入學後的第二個學期，瓦爾德施密特先生調到哥廷根大學任印度學的講座教授。當我在教務處前看到他開基礎梵文的通告時，我喜極欲狂。「踏破鐵鞋無覓處，得來全不費工夫。」難道這不是天賜的機遇嗎？最初兩個學期，選修梵文的只有我一個外國學生。然而教授仍然照教不誤，而且備課充分，講解細緻。威儀儼然，一絲不苟。幾乎是我一個學生壟斷課堂，受益之大，自可想見。二戰爆發，瓦爾德施密特先生被征從軍。已經退休的原印度講座教授西克，雖已年逾八旬，毅然又走上講台，教的依然是我一個中國學生。西克先生不久就告訴我，他要把自己平生的絕招全傳授給我，包括《梨俱吠陀》、《大疏》、《十王子傳》，還有他費了二十年的時間才解讀了的吐火羅文，在吐火羅文研究領域中，他是世界最高權威。我並非天才，六七種外語早已塞滿了我那渺小的腦袋瓜，我並不想再塞進吐火羅文。然而像我的祖父一般的西克先生，告訴我的是他的決定，一點徵求意見的意思都沒有。我惟一能走的道路就是：敬謹遵命。現在回憶起來，冬天大雪之後，在研究所上過課，天已近黃昏。積雪白皚皚地擁滿十里長街。雪厚路滑，天空陰暗，地閃雪光，路上闃靜無人，我攙扶著老爺子，一步高，一步低，送他到家。我沒有見過自己的祖父，現在我真覺得，我身邊的老人就是我的祖父。他為了學術，不惜衰朽殘年，不顧自己的健康，想把衣缽傳給我這個異國青年。此時我心中思緒翻騰，感激與溫暖並在，擔心與愛憐奔湧。我真不知道是置身何地了。

二戰期間，我被困德國，一待就是十年。二戰結束後，聽說寅恪先生正在英國就醫。我連忙給他寫了一封致敬信，並附上發表在哥廷根科學院集刊上用德文寫成的論文，向他匯報我十年學習的成績。很快就收到了他的回信，問我願不願意到北大去任教。北大為全國最高學府，名揚全球；但是，門檻一向極高，等閒難得進入。現在竟有一個天賜的機遇落到我頭上來，我焉有不願意之理！我立即回信同意。寅恪先生把我推薦給了當時北大校長胡適之先生，代理校長傅斯年先生，文學院長湯用彤先生。寅恪先生在學術界有極高的聲望，一言九鼎。北大三位領導立即接受。於是我這個三十多歲的毛頭小伙子，在國內學術界尚藉藉無名，公然堂而皇之地走進了北大的大門。唐代中了進士，就「春風得意馬蹄疾，一日看遍長安花」。我雖然沒有一日看遍北平花，但是，身為北大正教授兼東方語言文學系系主任，心中有點洋洋自得之感，不也是人之常情嗎？

在此後的三年內，我在適之先生和錫予（湯用彤）先生領導下學習和工作，度過了一段畢生難忘的歲月。我同適之先生，雖然學術輩分不同，社會地位懸殊，想來接觸是不會太多的。但是，實際上卻不然，我們見面的機會非常多。他那一間在孑民堂前東屋裡的狹窄簡陋的校長辦公室，我幾乎是常客。作為系主任，我要向校長請示匯報工作，他主編報紙上的一個學術副刊，我又是撰稿者，所以免不了也常談學術問題，最難能可貴的是他待人親切和藹，見什麼人都是笑容滿面，對教授是這樣，對職員是這樣，對學生是這樣，對工友也是這樣。從來沒見他擺當時頗為流行的名人架子、教授架子。此外，在教授會上，在北大文科研究所的導師會上，在北京圖書館的評議會上，我們也時常有見面的機會，我作為一個年輕的後輩，在他面前，決沒有什麼侷促之感，經常如坐春風中。

適之先生是非常懂得幽默的，他決不老氣橫秋，而是活潑有趣。有一件小事，我至今難忘。有一次召開教授會，楊振聲先生新收得了一幅名貴的古畫，為了想讓大家共同欣賞，他把畫帶到了會上，打開鋪在一張極大的桌子上，大家都嘖嘖稱讚。這時適之先生忽然站了起來，走到桌前，把畫捲了起來，作納入袖中狀，引得滿堂大笑，喜氣洋洋。

這時候，印度總理尼赫魯派印度著名學者師覺月博士來北大任訪問教授，還派來了十幾位印度男女學生來北大留學，這也算是中印兩國間的一件大事。適之先生委託我照管印度老少學者。他多次會見他們，並設宴為他們接風。師覺月作第一次演講時，適之先生親自出席，並用英文致歡迎詞，講中印歷史上的友好關係，介紹師覺月的學術成就，可見他對此事之重視。

適之先生在美國留學時，忙於對西方，特別是對美國哲學與文化的學習，忙於鑽研中國古代先秦的典籍，對印度文化以及佛教還沒有進行過系統深入的研究。據說後來由於想寫完《中國哲學史》，為了彌補自己的不足，開始認真研究中國佛教禪宗以及中印文化關係。我自己在德國留學時，忙於同梵文、巴利文、吐火羅文及佛典拚命，沒有餘裕來從事中印文化關係史的研究。回國以後，迫於沒有書籍資料，在不得已的情況下，開始注意中印文化交流史的研究。在解放前的三年中，只寫過兩篇比較像樣的學術論文：一篇是《浮屠與佛》，一篇是《列子與佛典》。第一篇講的問題正是適之先生同陳援庵先生爭吵到面紅耳赤的問題。我根據吐火羅文解決了這個問題。兩老我都不敢得罪，只採取了一個騎牆的態度。我想，適之先生不會不讀到這一篇論文的。我只到清華園讀給我的老師陳寅恪先生聽。蒙他首肯，介紹給地位極高的《中央研究院史語所集刊》發表。第二篇文章，寫成後我拿給了適之先生看，第二天他就給我寫了一封信，信中說：「《生經》一證，確鑿之至！」可見他是連夜看完的。他承認了我的結論，對我無疑是一個極大的鼓舞。

這一次，我來到台灣，前幾天，在大會上聽到主席李亦園院士的講話，中間他講到，適之先生晚年任中央研究院院長時，在下午飲茶的時候，他經常同年輕的研究人員坐在一起聊天。有一次，他說：做學問應該像北京大學的季羡林那樣。我乍聽之下，百感交集。適之先生這樣說一定同上面兩篇文章有關，也可能同我們分手後十幾年中我寫的一些文章有關。這說明，適之先生一直到晚年還關注著我的學術研究。知己之感，油然而生。在這樣的情況下，我還可能有其他任何的感想嗎？

在政治方面，眾所周知，適之先生是不贊成共產主義的。但是，我們不應忘記，他同樣也反對三民主義。我認為，在他的心目中，世界上最好的政治就是美國政治，世界上最民主的國家就是美國。這同他的個人經歷和哲學信念有關。他們實驗主義者不主張什麼「終極真理」。而世界上所有的「主義」都與「終極真理」相似，因此他反對。他同共產黨並沒有任何深仇大恨。他自己說，他一輩子沒有寫過批判共產主義的文章，而反對國民黨的文章則是寫過的。我可以講兩件我親眼看到的小事。解放前夕，北平學生動不動就示威遊行，比如「沈崇事件」、反飢餓反迫害等等，背後都有中共地下黨在指揮發動，這一點是人所共知的，適之先生焉能不知！但是，每次北平國民黨的憲兵和警察逮捕了學生，他都乘坐他那輛當時北平還極少見的汽車，奔走於各大衙門之間，逼迫國民黨當局非釋放學生不行。他還親筆給南京駐北平的要人寫信，為了同樣的目的，據說這些信至今猶存。我個人覺得，這已經不能算是小事了。另外一件事是，有一天我到校長辦公室去見適之先生。一個學生走進來對他說：昨夜延安廣播電台曾對他專線廣播，希望他不要走，北平解放後，將任命他為北大校長兼北京圖書館的館長。他聽了以後，含笑對那個學生說：「人家信任我嗎？」談話到此為止。這個學生的身份他不能不明白。但他不但沒有拍案而起，怒髮衝冠，態度依然親切和藹。小中見大，這些小事都是能夠發人深思的。

適之先生以青年暴得大名，譽滿士林。我覺得，他一生處在一個矛盾中，一個怪圈中：一方面是學術研究，一方面是政治活動和社會活動。他一生忙忙碌碌、倥傯奔波，作為一個「過河卒子」，勇往直前。我不知道，他自己是否意識到身陷怪圈。當局者迷，旁觀者清，我認為，這個怪圈確實存在，而且十分嚴重。那麼，我對這個問題有什麼看法呢？我覺得，不管適之先生自己如何定位，他一生畢竟是一個書生，說不好聽一點，就是一個書呆子。我也舉一件小事。有一次，在北京圖書館開評議會，會議開始時，適之先生匆匆趕到，首先聲明，還有一個重要會議，他要早退席，會議開著開著就走了題，有人忽然談到《水經注》。一聽到《水經注》，適之先生立即精神抖擻，眉飛色舞，口若懸河。一直到散會，他也沒有退席，而且興致極高，大有挑燈夜戰之勢。從這樣一個小例子中不也可以小中見大嗎？

我在上面談到了適之先生的許多德行，現在籠統稱之為「優點」。我認為，其中最令我欽佩，最使我感動的卻是他畢生獎掖後進。「平生不解掩人善，到處逢人說項斯。」他正是這樣一個人。這樣的例子是舉不勝舉的。中國是一個很奇怪的國家，一方面有我上面講到的只此一家的「恩師」；另一方面卻又有老虎拜貓為師學藝，貓留下了爬樹一招沒教給老虎，倖免為徒弟吃掉的民間故事。二者顯然是有點矛盾的。適之先生對青年人一向鼓勵提挈。四十年代，他在美國哈佛大學遇到當時還是青年的學者周一良和楊聯升等，對他們的天才和成就大為讚賞。後來周一良回到中國，傾向進步，參加革命，其結果是眾所周知的。楊聯升留在美國，在二三十年的長時間內，同適之先生通信論學、互相唱和。在學術成就上也是碩果纍纍，名揚海外。周的天才與功力，只能說是高於楊，雖然在學術上也有所表現，但是，格於形勢，不免令人有未盡其才之感。看了二人的遭遇，難道我們能無動於衷嗎？

我同適之先生以孑民堂慶祝會上分別，從此雲天渺茫，天各一方，再沒有能見面，也沒有能互通音信。我現在談一談我的情況和大陸方面的情況。我同絕大多數的中老年知識分子和教師一樣，懷著絕對虔誠的心情，嚮往光明，嚮往進步。覺得自己真正站起來了，大有飄飄然羽化而登仙之感，有點忘乎所以了。我從一個最初喊什麼人萬歲都有點忸怩的低級水平，一踏上「革命」之路，便步步登高，飛馳前進；再加上天縱睿智，虔誠無垠，全心全意，投入造神運動中。常言道：「眾人拾柴火焰高。」大家群策群力，造出了神，又自己膜拜，完全自覺自願，決無半點勉強。對自己則認真進行思想改造。原來以為自己這個知識分子，雖有缺點，並無罪惡，但是，經不住社會上根紅苗壯階層的人士天天時時在你耳邊聒噪：「你們知識分子身軀髒，思想臭！」西方人說：「謊言說上一千遍就成為真理。」此話就應在我們身上，積久而成為一種「原罪」感，怎樣改造也沒有用，只有心甘情願地居於「老九」的地位，改造、改造，再改造，直改造得懵懵懂懂，「兩渚崖之間，不辨牛馬。」然而涅難望，苦海無邊，而自己卻仍然是膜拜不息。通過無數次的運動一直到十年浩劫自己被關進牛棚被打得一佛出世二佛升天，皮開肉綻，仍然不停地膜拜，其精誠之心真可以驚天地泣鬼神了。改革開放以後，自己腦袋裡才裂開了一點縫，「覺今是而昨非」，然而自己已快到耄耋之年，垂垂老矣，離開魯迅在《過客》一文講到的長滿了百合花的地方不太遠了。

至於適之先生，他離開北大後的情況，我在上面已稍有所涉及；總起來說，我是不十分清楚的，也是我無法清楚的。到了一九五四年，從批判俞平伯先生的《紅樓夢研究》的資產階級唯心論起，批判之火終於燒到了適之先生身上。這是一場缺席批判。適之遠在重洋之外，坐山觀虎鬥。即使被斗的是他自己，反正傷不了他一根毫毛，他樂得怡然觀戰。他的名字彷佛已經成一個稻草人，渾身是箭，一個不折不扣的「箭垛」，大陸上眾家豪傑，個個義形於色，爭先恐後，萬箭齊發，適之先生兀自巍然不動。我幻想，這一定是一個非常難得的景觀。在浪費了許多紙張和筆墨、時間和精力之餘，終成了「竹籃子打水，一場空」，亂哄哄一場鬧劇。

適之先生於一九六二年猝然逝世，享年已經過了古稀，在中國歷代學術史上，這已可以算是高齡了，但以今天的標準來衡量，似乎還應該活得更長一點。中國古稱「仁者壽」，但適之先生只能說是「仁者不壽」。當時在大陸上「左」風猶狂，一般人大概認為胡適已經是被打倒在地的人，身上被踏上了一千隻腳，永世不得翻身了。這樣一個人的死去，有何值得大驚小怪！所以報刊雜誌上沒有一點反應。我自己當然是被蒙在鼓裡，毫無所知。十幾二十年以後，我腦袋裡開始透進點光的時候，我越想越不是滋味，曾寫了一篇短文：《為胡適說幾句話》，我連「先生」二字都沒有勇氣加上，可是還有人勸我以不發表為宜。文章終於發表了，反應還差強人意，至少沒有人來追查我，我心裡一塊石頭落了地。最近幾年來，改革開放之風吹綠了中華大地，知識分子的心態有了明顯的轉變，身上的枷鎖除掉了，原罪之感也消逝了。被潑在身上的污泥濁水逐漸清除了，再也用不著天天夾著尾巴過日子了。這種思想感情上的解放，大大地提高了他們的積極性，願意為祖國的繁榮富強貢獻自己的力量。出版界也奮起直追，出版了幾部《胡適文集》。安徽教育出版社雄心最強，準備出版一部超過兩千萬字的《胡適全集》。我可是萬萬沒有想到，主編這一非常重要的職位，出版社竟垂青於我。我本不是胡適研究專家，我誠惶誠恐，力辭不敢應允。但是出版社卻說，現在北大曾經同適之先生共過事而過從又比較頻繁的人，只剩下我一個人了。鐵證如山，我只能「仰」（不是「俯」）允了。我也想以此報知遇之恩於萬一。我寫了一篇長達一萬七千字的總序，副標題是：還胡適以本來面目。意思也不過是想撥亂反正，以正視聽而已。前不久，又有人邀我在《學林往事》中寫一篇關於適之先生的文章，理由同前，我也應允而且從台灣回來後抱病寫完。這一篇文章的副標題是：畢竟一書生。原因是，前一個副標題說得太滿，我哪裡有能力還適之先生以本來面目呢？後一個副標題是說我對適之先生的看法，是比較實事求是的。

我在上面談了一些瑣事和非瑣事，俱往矣，只留下了一些可貴的記憶。我可真是萬萬沒有想到，到了望九之年，居然還能來到寶島，這是以前連想都沒敢想的事。到了台北以後，才發現，五十年前在北平結識的老朋友，比如梁實秋、袁同禮、傅斯年、毛子水、姚從吾等等，全已作古。我真是「訪舊全為鬼，驚呼熱衷腸」了。天地之悠悠是自然規律，是人力所無法抗禦的。

我現在站在適之先生墓前，心中浮想聯翩，上下五十年，縱橫數千里，往事如雲如煙，又歷歷如在目前。中國古代有俞伯牙在鐘子期墓前摔琴的故事，又有許多在至友墓前焚稿的故事。按照這個舊理，我應當把我那新出齊了的《文集》搬到適之先生墓前焚掉，算是向他匯報我畢生科學研究的成果。但是，我此時雖思緒混亂，但神智還是清楚的，我沒有這樣做。我環顧陵園，只見石階整潔，盤旋而上，陵墓極雄偉，上覆巨石，墓誌銘為毛子水親筆書寫，墓後石牆上嵌有「德藝雙隆」四個大字，連同墓誌銘，都金光閃閃，炫人雙目。我站在那裡，驀抬頭，適之先生那有魅力的典型的「我的朋友」式的笑容，突然顯現在眼前，五十年依稀縮為一刹那，歷史彷彿沒有移動。但是，一定神兒，忽然想到自己的年齡，歷史畢竟是動了。可我一點也沒有頹唐之感。我現在大有「老驥伏櫪，志在萬里」之感。我相信，有朝一日，我還會有機會，重來寶島，再一次站在適之先生的墓前。

一九九九年五月二日寫畢

後記

文章寫完了。但是對開頭處所寫的一九四八年十二月在孑民堂慶祝建校五十週年一事，腦袋裡終究還有點疑惑。我對自己的記憶能力是頗有一點自信的，但是說它是「鐵證如山」，我還沒有這個膽量。怎麼辦呢？查書。我的日記在文革中被抄家時丟了幾本，無巧不成書，丟的日記中正巧有一九四八年的。於是又託高鴻查胡適日記，沒能查到。但是，從當時報紙上的記載上得知胡適於十二月十五日已離開北平，到了南京，並於十七日在南京舉行北大校慶五十週年慶祝典禮，發言時「泣不成聲」云云。可見我的回憶是錯了。又一個「怎麼辦呢？」一是改寫，二是保留不變。經過考慮，我採用了後者。原因何在呢？我認為，已經發生過的事情是一個現實，我腦筋裡的回憶也是一個現實，一個存在形式不同的現實。既然我有這樣一段回憶，必然是因為我認為，如果適之先生當時在北平，一定會有我回憶的那種情況，因此我才決定保留原文，不加更動。但那畢竟不是事實，所以寫了這一段「後記」，以正視聽。

一九九九年五月十四日

回憶雨僧先生（本文為《回憶吳宓先生》一書所寫序）

雨僧先生離開我們已經十多年了。作為他的受業弟子，我同其他弟子一樣，始終在憶念著他。

雨僧先生是一個奇特的人，身上也有不少的矛盾。他古貌古心，同其他教授不一樣，所以奇特。他反對白話文，但又十分推崇用白話寫成的《紅樓夢》，所以矛盾。他言行一致，表裡如一，同其他教授不一樣，所以奇特。別人寫白話文，寫新詩；他偏寫古文，寫舊詩，所以奇特。他看似嚴肅、古板，但又頗有一些戀愛的浪漫史，所以矛盾。他能同青年學生來往，但又凜然、儼然，所以矛盾。

總之，他是一個既奇特又矛盾的人。

我這樣說，不但絲毫沒有貶意，而且是充滿了敬意。雨僧先生在舊社會是一個不同流合污、特立獨行的畸人，是一個真正的人。

當年在清華讀書的時候，我聽過他幾門課：「英國浪漫詩人」、「中西詩之比較」等。他講課認真、嚴肅，有時候也用英文講，議論時有警策之處。高興時，他也把自己新寫成的舊詩印發給聽課的同學，十二首《空軒》就是其中之一。這引得編《清華週刊》的學生秀才們把他的詩譯成白話，給他開了一個不大不小而又無傷大雅的玩笑。他一笑置之，不以為忤。他的舊詩確有很深的造詣，同當今想附庸風雅的、寫一些根本不像舊詩的「詩人」，決不能同日而語。他的「中西詩之比較」實際上講的就是比較文學。當時這個名詞還不像現在這樣流行，他實際上是中國比較文學的奠基人之一，值得我們永遠懷念的。

他坦誠率真，十分憐才。學生有一技之長，他決不掩沒，對同事更是不懂得什麼嫉妒，他在美國時，邂逅結識了陳寅恪先生。他立即馳書國內，說：「合中西新舊各種學問而統論之，吾必以寅恪為全中國最博學之人。」也許就是由於這個緣故，他在清華作為西洋文學系的教授而一度兼國學研究院的主任。

他當時給天津《大公報》主編一個《文學副刊》。我們幾個喜歡舞筆弄墨的青年學生，常常給副刊寫點書評一類的短文，因而無形中就形成了一個小團體。我們曾多次應邀到他那在工字廳的住處：籐影荷聲之館去作客，也曾被請在工字廳的教授們的西餐餐廳去吃飯。這在當時教授與學生之間存在著一條看不見但感覺到的鴻溝的情況下，是非常難能可貴的。至今回憶起來還感到溫暖。

我離開清華以後，到歐洲去住了將近十一年。回到國內時，清華和北大剛剛從雲南復員回到北平。雨僧先生留在四川，沒有回來。其中原因，我不清楚，也沒有認真去打聽。但是，我心中卻有一點疑團：這難道會同他那耿直的為人有某些聯繫嗎？是不是有人早就把他看做眼中釘了呢？在這漫長的幾十年內，我只在六十年代初期，在燕東園李賦寧先生家中拜見過他。以後就再沒有見過面。

在十年浩劫中，他當然不會倖免。聽說，他受過慘無人道的折磨，挨了打，還摔斷了什麼地方，我對此絲毫也不感到奇怪。以他那種奇特的特立獨行的性格，他決不會投機說謊，決不會媚俗取巧；受到折磨，倒是合乎規律的。反正知識久已不值一文錢，知識分子被視為「老九」。在黃鐘毀棄、瓦釜雷鳴的時候，我們又有什麼話好說呢？雨僧先生受到的苦難，我有意不去仔細打聽，不知道反而能減輕良心上的負擔。至於他有什麼想法，我更是無從得知。現在，他終於離開我們，走了。從此人天隔離，永無相見之日了。

雨僧先生這樣一個奇特的人，這樣一個不同流合污特立獨行的人，是會受到他的朋友們和弟子們的愛戴和懷念的。現在編集的這一本《回憶吳宓先生》就是一個充分的證明。

他的弟子和朋友都對他有自己的一份懷念之情，自己的一份回憶。這些回憶不可能完全一樣，因為每一個人都有自己觀察事物和人物的角度和特點。但是又不可能完全不一樣，因為回憶的畢竟是同一個人——我們敬愛的雨僧先生。這一部回憶錄就是這樣一部既不一樣又不不一樣的匯合體。從這個一樣又不一樣的匯合體中可以反照出雨僧先生整個的性格和人格。

我是雨僧先生的弟子之一，在貢獻上我自己那一份回憶之餘，又應編者的邀請寫了這一篇序。這兩件事都是我衷心願意去做的。也算是我獻給雨僧先生的心香一瓣吧。

一九八九年三月二十二日

掃傅斯年先生墓

我們雖然算是小同鄉，但我與孟真先生並不熟識，幾乎是根本沒有來往。原因是年齡有別，輩分不同。我於一九三〇年到北京來上大學的時候，進的是清華大學。當時孟真先生已經是學者，是教育家，名滿天下了。我只是一個無名小卒，不可能有認識的機會。

我記得，在我大學一年級或二年級時，不知是清華的哪一個團體組織了一次系列講座，邀請一些著名的學者發表演說，其中就有孟真先生。時間是在晚上，地點是在三院的一間教室裡。孟真先生西裝筆挺，革履珵亮。講演的內容，我已經完全忘記了；但是，他那把雙手插在西裝坎肩的口袋裡的獨特的姿勢，卻至今歷歷如在目前。

在以後一段長達十五六年的時間中，我同孟真先生互不相知，一沒有相知的可能，二沒有相知的必要，我們本來就是萍水相逢嘛。

然而天公卻別有一番安排，我在德國待了十年以後，陳寅恪師把我推薦給北京大學。一九四六年夏，我回國住在南京。適值寅恪先生也正在南京，我曾去謁見。他讓我帶著我在德國發表的幾篇論文，到雞鳴寺下中央研究院去拜見當時的北大代校長傅斯年。我遵命而去，見了面，沒有說上幾句話，就告辭出來。我們第二次見面就是這樣匆匆。

二戰期間，我被阻歐洲，大後方重慶和昆明等地的情況，我茫無所知。到了南京以後，才開始零零星星地聽到大後方學術文化教育界的一些情況，涉及面非常廣，當然也涉及傅孟真先生。他把山東人特有的直爽的性格——這種性格其他一些省份的人也具有的——發揮到淋漓盡致的水平。他所在的中央研究院當時是國民黨政府下屬的一個機構。但是，他不但不加入國民黨，而且專揭國民黨的瘡疤。他被選為地位很高的參政員，是所謂「社會賢達」的代表。他主持正義，直言無諱，被稱為「傅大炮」。國民黨的四大家族，在貪贓枉法方面，各有千秋，手段不同，殊途同歸。其中以孔祥熙家族名聲最壞。那一位「威」名遠揚的孔二小姐，更是名動遐邇，用飛機載狗逃難，而置難民於不顧。孟真先生不講情面，不分場合，在光天化日之下，大庭廣眾之中，痛快淋漓地揭露孔家的醜事，引起了人民對孔家的憎恨。孟真先生成為「批孔」的專業戶，口碑載道，頌聲盈耳。

孟真先生的軼事很多，我只能根據傳說講上幾件。他在南京時，開始任中央研究院歷史語言研究所所長。他待人寬厚，而要求極嚴。當時有一位廣東籍的研究員，此人脾氣古怪，雙耳重聽，形單影隻，不大與人往來，但讀書頗多，著述極豐。每天到所，用鉛筆在稿紙上寫上兩千字，便以為完成了任務，可以交卷了，於是悄然離所，打道回府。他所愛極廣，隋唐史和黃河史，都有著述，洋洋數十萬言。對歷史地理特感興趣，尤嗜對音。他不但不通梵文，看樣子連印度天城體字母都不認識。在他手中，字母彷彿成了積木，可以任意挪動。放在前面，與對音不合，就改放在後面。這樣產生出來的對音，有時極為荒誕離奇，那就在所難免了。但是，這位老先生自我感覺極為良好，別人也無可奈何。有一次，他在所裡做了一個學術報告，說《史記》中的「禁不得祠明星出西方」「不得」二字是Buddha（佛陀）的對音，佛教在秦代已輸入中國了。實際上，「禁不得」這樣的字眼兒在漢代是通用的。老先生不知怎樣一時糊塗，提出了這樣的意見。在他以前，一位頗負盛名的日本漢學家籐田豐八已有此說。老先生不一定看到過。孤明獨發，鬧出了笑話。不意此時遠在美國的孟真先生，聽到了這個信息，大為震怒，打電話給所裡，要這位老先生檢討，否則就炒魷魚。老先生不肯，於是便捲鋪蓋離開了史語所，老死不明真相。

但是，孟真先生是異常重視人才的，特別是年輕的優秀人才。他獎勵扶掖，不遺餘力。他心中有一張年輕有為的學者的名單。對於這一些人，他盡力提供或創造條件，讓他們能安心研究，幫助他們出國留學，學成回國後仍來所裡工作。他還盡力延攬著名學者，禮遇有加。他創辦的《史語所集刊》在幾十年內都是國內外最有權威的人文社會科學的刊物。一登龍門，身價十倍，能在上面發表文章，是十分光榮的事。這個刊物至今仍在繼續刊行，舊的部分有人多方搜求，甚至影印，為二十世紀中國學術界所僅見。

孟真先生有其金剛怒目的一面，也有其菩薩慈眉的一面。當年在大後方昆明，西南聯大的教師和中央研究院史語所的研究員，有時住在同一所宿舍裡。在靛花巷宿舍裡，陳寅恪先生住在樓上，一些年紀比較輕的教員和研究員住在樓下。有一天晚上，孟真先生和一些年輕學者在樓下屋子裡閒談。說到得意處，忍不住縱聲大笑。他們樂以忘憂，興會淋漓，忘記了時光的流逝。猛然間，樓上發出手杖搗地板的聲音。孟真先生輕聲說：「樓上的老先生發火了。」「老先生」指的當然就是寅恪先生。從此就有人說，傅斯年誰都不怕，連蔣介石也不放在眼中，惟獨怕陳寅恪。我想，在這裡，這個「怕」字不妥，改為「尊敬」就更好了。

這一次，我由於一個不期而遇的機會，來到了台北，又聽到了一些孟真先生的軼事。原來他離開大陸後，來到台灣，仍然擔任中央研究院史語所所長，同時兼任台灣大學的校長。他這一位大炮，大概仍然是炮聲隆隆。據說有一次蔣介石對自己的親信說：「那裡（指台大）的事，我們管不了！」可見孟真先生仍然保留著他那一副剛正不阿的錚錚鐵骨，他真正繼承了中國歷代知識分子最優秀的傳統。

根據我上面的瑣碎的回憶，我對孟真先生是見得少，聽得多。我同他最重要的一次接觸，就是我進北大時，他正是代校長，是他把我引進北大來的。據說——又是據說，他代表胡適之先生接管北大。當時日寇侵略者剛剛投降。北大，正確說是「偽北大」教員可以說都是為日本服務的；但是每個人情況又各有不同，有少數人認賊作父，靦顏事仇，喪盡了國格和人格。大多數則是不得已而為之。二者應該區別對待。孟真先生說，適之先生為人厚道，經不起別人的懇求與勸說，可能良莠不分，一律留下在北大任教。這個「壞人」必須他做。他於是大刀闊斧，不留情面，把問題嚴重的教授一律解聘，他說，這是為適之先生掃清道路，清除垃圾，還北大一片淨土，讓他的老師胡適之先生怡然、安然地打道回校。我就是在這樣一個關鍵時刻到北大來的。我對孟真先生有知遇之感，難道不是很自然的嗎？

這一次我們三個北大人來到了台灣。台灣有清華分校，為什麼獨獨沒有北大分校呢？有人說，傅斯年擔任校長的台灣大學就是北大分校。這個說法被認為是完全正確的。我們三個人中，除我以外，他們倆既沒有見過胡適之，也沒有見過傅孟真。但是，胡、傅兩位畢竟是北大的老校長，我們不遠千里而來，為他們二位掃墓，也完全是合情合理的。我們謹以鮮花一束，放在墓穴上，用以寄託我們的哀思。我在孟真先生墓前行禮的時候，心裡想了很多很多。兩岸人民有手足之情，人為地被迫分開了五十多年，難道現在和好統一的時機還沒有到嗎？本是同根生，見面卻如參與商，一定要先到香港才能再飛台灣。這樣人為的悲劇難道還不應該結束嗎？北大與台大難道還不應該統一起來嗎？我希望，我們下一次再來掃孟真先生墓時，這一出人間悲劇能夠結束。

一九九九年五月五日

回憶梁實秋先生

我認識梁實秋先生，同他來往，前後也不過二三年，時間是很短的。但是，他留給我的回憶卻是很長很長的。分別之後，到現在已經四十年了。我仍然時常想到他。

一九四六年夏天，我在離開了祖國十一年之後，受盡了千辛萬苦，又回到了祖國懷抱，到了南京。當時剛剛打敗了日本侵略者，國民黨的劫收大員正在全國滿天飛，搜刮金銀財寶，興高采烈。我這一介書生，「無條無理」，手裡沒有幾個錢，北京大學還沒有開學，拿不到工資，住不起旅館，只好借住在我小學同學李長之在國立編譯館的辦公室內。他們白天辦公，我就出去遊蕩，晚上回來，睡在辦公桌上。早晨一起床，趕快離開。國立編譯館地處台城下面，我多半在台城上雲遊。什麼雞鳴寺、胭脂井，我幾乎天天都到。再走遠一點，出城就到了玄武湖。山光水色，風物怡人。但是我並沒有多少閒情逸致，觀賞風景。我的處境頗像舊戲中的秦瓊，我心裡琢磨的是怎樣賣掉黃驃馬。

我這樣天天遊蕩，夢想有朝一日自己能安定下來，有一間房子，有一張書桌。別的奢望，一點沒有。我在台城上面看到鬱鬱蔥蔥的古柳，心頭不由地湧出了古人的詩：

江雨霏霏江草齊
六朝如夢鳥空啼

無情最是台城柳
依舊煙籠十里堤

這裡講的僅僅是六朝。從六朝到現在，又不知道有多少朝多少代過去了。古柳依然是蔥蘢繁茂，改朝換代並沒有影響了它們的情緒。今天我站在古柳面前，一點也沒有覺得它們「無情」，我覺得它們有情得很。我天天在六月的炎陽下奔波遊蕩，只有在台城古柳的濃陰下才能獲得片刻的清涼，讓我能夠坐下來稍憩一會兒。我難道不該感激這些古柳而還說三道四嗎？

又過了一些時候，有一天長之告訴我，梁實秋先生全家從重慶復員回到南京了。梁先生也在國立編譯館工作。我聽了喜出望外。我不認識梁先生，論資排輩，他大我十幾歲，應該算是我的老師。他的文章我在清華大學讀書時就讀過不少，很欣賞他的文才，對他滿懷崇敬之情。萬萬沒有想到竟在南京能夠見到他。見面之後，立刻對他的人品和談吐十分傾倒。沒有經過什麼繁文縟節，我們成了朋友。我記得，他曾在一家大飯店裡宴請過我。梁夫人和三個孩子：文茜、文薔、文騏，都見到了。那天飯菜十分精美，交談更是異常愉快，給我留下了深刻的印象，至今憶念難忘。我自謂尚非饞嘴之輩，可為什麼獨獨對酒宴記得這樣清楚呢？難道自己也屬於饕餮大王之列嗎？這真叫做沒有法子。解放前夕，實秋先生離開了北平，到了台灣，文茜和文騏留下沒有走。在那極左的時代，有人把這一件事看得不得了。現在看來，也沒有什麼了不起的。一個人相信馬克思主義，這當然很好，這說明他進步。一個人不相信，或者暫時不相信，他也完全有自由，這也決非反革命。我自己過去不是也不相信馬克思主義嗎？從來就沒有哪一個人一生下就是馬克思主義者，連馬克思本人也不是，遑論他人。我們今天知人論事，要抱實事求是的態度。

至於說梁實秋同魯迅有過一些爭論，這是事實。是非曲直，暫作別論。我們今天反對對任何人搞「凡是」，對魯迅也不例外。魯迅是一個偉大人物，這誰也否認不掉。但不能說凡是魯迅說的都是正確的。今天，事實已經證明，魯迅也有一些話是不正確的，是形而上學的，是有偏見的。難道因為他對梁實秋有過批評意見，梁實秋這個人就應該永遠打入十八層地獄嗎？

實秋先生活到耄耋之年。他的學術文章，功在人民，海峽兩岸，有目共睹，誰也不會有什麼異辭。我想特別提出一點來說一說。他到了老年，同胡適先生一樣，並沒有留戀異國，而是回到台灣定居。這充分說明，他是熱愛我們祖國大地的。至於他的為人毫無架子，像對我和李長之這樣年輕一代的人，竟也平等對待，態度真誠和藹，更令人難忘。這種作風，即使不是絕無僅有，也總算是難能可貴。對我們今天已經成為前輩的人，不是很有教育意義嗎？

去年，他的女兒文茜和文薔奉父命專門來看我。我非常感動，知道他還沒有忘掉我。這勾引起我回憶往事。回憶雖然如雲如煙；但是感情卻是非常真實的。我原期望還能在大陸見他一面，不意他竟爾仙逝。我非常悲痛，想寫點什麼，終未果。去年，他的夫人從台灣來北京舉行追思會。我正在南京開會，沒能親臨參加，只能眼望台城，臨風憑弔。我對他的回憶將永遠保留在我的心中，直至我不能回憶為止。我的這一篇短文，他當然無法看到了。但是，我彷彿覺得，而且癡情希望，他能看到。四十年音問未通，這是僅有的一次也是最後一次通音問了。悲夫！

一九八八年三月二十六日

悼念沈從文先生

去年有一天，老友肖離打電話告訴我，從文先生病危，已經準備好了後事。我聽了大吃一驚，悲從中來。一時心血來潮，提筆寫了一篇悼念文章，自詫為倚馬可待，情文並茂。然而，過了幾天，肖離又告訴我說，從文先生已經脫險回家。我心裡一塊石頭落了地，又竊笑自己太性急，人還沒去，就寫悼文，實在非常可笑。我把那一篇「傑作」往旁邊一丟，從心頭抹去了那一件事，稿子也沉入書山稿海之中，從此「雲深不知處」了。

到了今年，從文先生真正去世了。我本應該寫點什麼的。可是，由於有了上述一段公案，懶於再動筆，一直拖到今天。同時我注意到，像沈先生這樣一個人，悼念文章竟如此之少，有點不太正常，我也有點不平。考慮再三，還是自己披掛上馬吧。

我認識沈先生已經五十多年了。當我還是一個大學生的時候，我就喜歡讀他的作品。我覺得，在所有的並世的作家中，文章有獨立風格的人並不多見。除了魯迅先生之外，就是從文先生。他的作品，只要讀了幾行，立刻就能辨認出來，決不含糊。他出身湘西的一個破落小官僚家庭，年輕時當過兵，沒有受過多少正規的教育。他完全是自學成家。湘西那一片有點神秘的土地，其怪異的風土人情，通過沈先生的筆而大白於天下。湘西如果沒有像沈先生這樣的大作家和像黃永玉先生這樣的大畫家，恐怕一直到今天還是一片充滿了神秘的terra incognita（沒有人瞭解的土地）。

我同沈先生打交道，是通過一件不大不小的事情。丁玲的《母親》出版以後，我讀了覺得有一些意見要說，於是寫了一篇書評，刊登在鄭振鐸、靳以主編的《文學季刊》創刊號上。刊出以後，我聽說，沈先生有一些意見。我於是立即寫了一封信給他，同時請鄭先生在《文學季刊》創刊號再版時，把我那一篇書評抽掉。也許就是由於這一個不能算是太愉快的因緣，我們就認識了。我當時是一個窮學生，沈先生是著名的作家。社會地位，雖不能說如雲泥之隔，畢竟差一大截子。可是他一點名作家的架子也不擺，這使我非常感動。他同張兆和女士結婚，在北京前門外大柵欄擷英番菜館設盛大宴席，我居然也被邀請。當時出席的名流如雲。證婚人好像是胡適之先生。

從那以後，有很長的時間，我們並沒有多少接觸。我到歐洲去住了將近十一年。他在抗日烽火中在昆明住了很久，在西南聯大任國文系教授。彼此音問斷絕。他的作品我也讀不到了。但是，有時候，不知是出於什麼原因，我在飢腸轆轆、機聲嗡嗡中，竟會想到他。我還是非常懷念這一位可愛、可敬、淳樸、奇特的作家。

一直到一九四六年夏天，我回到祖國。這一年的深秋，我終於又回到了別離了十幾年的北平。從文先生也於此時從雲南復員來到北大，我們同在一個學校任職。當時我住在翠花胡同，他住在中老胡同，都離學校不遠，因此我們也相距很近。見面的次數就多了起來。他曾請我吃過一頓相當別緻、畢生難忘的飯，雲南有名的汽鍋雞。鍋是他從昆明帶回來的，外表看上去像宜興紫砂，上面雕刻著花卉書法，古色古香，雖系廚房用品，然卻古樸高雅，簡直可以成為案頭清供，與商鼎周彝鬥艷爭輝。

就在這一次吃飯時，有一件小事給我留下了深刻的印象。當時要解開一個用麻繩捆得緊緊的什麼東西，只需用剪子或小刀輕輕地一剪一割，就能開開。然而從文先生卻搶了過去，硬是用牙把麻繩咬斷。這一個小小的舉動，有點粗勁，有點蠻勁，有點野勁，有點土勁，並不高雅，並不優美。然而，它卻完全透露了沈先生的個性。在達官貴人、高等華人眼中，這簡直非常可笑，非常可鄙。可是，我欣賞的卻正是這一種勁頭。我自己也許就是這樣一個「土包子」，雖然同那一些只會吃西餐、穿西裝、半句洋話也不會講偏又自認為是「洋包子」的人比起來，我並不覺得低他們一等。不是有一些人也認為沈先生是「土包子」嗎？

還有一件小事，也使我憶念難忘。有一次我們到什麼地方去遊逛，可能是中山公園之類。我們要了一壺茶。我正要拿起茶壺來倒茶，沈先生連忙搶了過去，先斟出了一杯，又倒入壺中，說只有這樣才能把茶味調得均勻。這當然是一件微不足道的小事，然而在瑣細中不是更能看到沈先生的精神嗎？

小事過後，來了一件大事：我們共同經歷了北平的解放。在這個關鍵時刻，我並沒有聽說，從文先生有逃跑的打算。他的心情也是激動的，雖然他並不故做革命狀，以達到某種目的，他仍然是樸素如常。可是厄運還是降臨到他頭上來。一個著名的馬列主義文藝理論家，在香港出版的一個進步的文藝刊物上，發表了一篇長文，題目大概是什麼《文壇一瞥》之類，前面有一段相當長的修飾語。這一位理論家視覺似乎特別發達，他在文壇上看出了許多顏色。他「一瞥」之下，就把沈先生「瞥」成了粉紅色的小生。我沒有資格對這一篇文章發表意見。但是，沈先生好像是當頭挨了一棒，從此被「瞥」下了文壇，銷聲匿跡，再也不寫小說了。

一個慣於舞筆弄墨的人，一旦被剝奪了寫作的權利，他心裡是什麼滋味，我說不清；他有什麼苦惱，我也說不清。然而，沈先生並沒有因此而消沉下去。文學作品不能寫，還可以幹別的事嘛。他是一個精力旺盛的人，他是一個閒不住的人，他轉而研究起中國古代的文物來，什麼古紙、古代刺繡、古代衣飾等等，他都研究。憑了他那一股驚人的鑽研的能力，過了沒有多久，他就在新開發的領域內取得了可喜的成績。他那一本講中國服飾史的書，出版以後，洛陽紙貴，受到國內外一致的高度的讚揚。他成了這方面權威。他自己也寫章草，又成了一個書法家。

有點諷刺意味的是，正當他手中的寫小說的筆被「瞥」掉的時候，從國外沸沸揚揚傳來了消息，說國外一些人士想推選他作諾貝爾文學獎金的候選人。我在這裡著重聲明一句，我們國內有一些人特別迷信諾貝爾獎金，迷信的勁頭，非常可笑。試拿我們中國沒有得獎的那幾位文學巨匠同已經得獎的歐美的一些作家來比一比，其差距簡直有如高山與小丘。同此輩爭一日之長，有這個必要嗎！推選沈先生當候選人的事是否進行過，我不得而知。沈先生怎樣想，我也不得而知。我在這裡提起這一件事，只不過把它當作沈先生一生中一個小小的插曲而已。

我曾在幾篇文章中都講到，我有一個很大的缺點（優點？），我不喜歡拜訪人。有很多可尊敬的師友，比如我的老師朱光潛先生、董秋芳先生等等，我對他們非常敬佩，但在他們健在時，我很少去拜訪。對沈先生也一樣。偶爾在什麼會上，甚至在公共汽車上相遇，我感到非常親切，他好像也有同樣的感情。他依然是那樣溫良、淳樸，時代的風風雨雨在他身上，似乎沒有留下什麼痕跡，說白了就是沒有留下傷痕。一談到中國古代科技、藝術等等，他就喜形於色，眉飛色舞，娓娓而談，如數家珍，天真得像一個大孩子。這更增加了我對他的敬意。我心裡曾幾次動過念頭：去看一看這一位可愛的老人吧！然而，我始終沒有行動。現在人天隔絕，想見面再也不可能了。

有生必有死，是大自然的規律。我知道，這個規律是違抗不得的，我也從來沒有想去違抗。古代許多聖君賢相，聰明一世，糊塗一時，想方設法，去與這個規律對抗，妄想什麼長生不老，結果卻事與願違，空留下一場笑話。這一點很清楚。但是，生離死別，我又不能無動於衷。古人云：太上忘情。我是一個微不足道的凡人，無論如何也做不到忘情的地步，只有把自己釘在感情的十字架上了。我自謂身體尚頗硬朗，並不服老。然而，曾幾何時，宛如黃粱一夢，自己已接近耄耋之年。許多可敬可愛的師友相繼離我而去。此情此景，焉能忘情？現在從文先生也加入了去者的行列。他一生安貧樂道，淡泊寧靜，死而無憾矣。對我來說，憂思卻著實難以排遣。像他這樣一個有特殊風格的人，現在很難找到了。我只覺得大地茫茫，頓生淒涼之感。我沒有別的本領，只能把自己的憂思從心頭移到紙上，如此而已。

一九八八年十一月二日寫於香港中文大學會友樓

也談葉公超先生二三事

讀了本報（香港《大公報》）一九九三年八月十一日《文學》王辛笛師弟（恕我狂妄，以兄自居，辛笛在清華確實比我晚一級）的《葉公超先生二三事》，頗有所感，也想來湊湊熱鬧，談點公超先生的事兒。

但是，我對公超先生的看法，同辛笛頗有不同。因此，必須先說明幾句。在背後，甚至在死後議論老師的長短，有悖於中國傳統的尊師之道。不過，我個人覺得，我的議論，儘管難免有點苛求，卻完全是善意的，甚至是充滿了感情的。我為什麼這樣說呢？這裡要交代一點時代背景。

老清華人都知道，在三十年代，清華大學同別的大學稍有不同，用通俗的話來說，就是有點「洋氣」。學生在校刊上常常同老師開點小玩笑，饒有風趣而無傷大雅。師不以為忤，生以此為樂。這樣做，不但沒有傷害了師生關係，好像更縮短了師生的距離，感情更融洽。

這樣說，有點空洞。我舉兩個例子。第一個是吳雨僧（宓）先生。他為人正直，古貌古心，但頗有一些「緋聞」。他有一首詩，一開始兩句是：「吳宓苦愛ＸＸＸ（原文如此），三洲人士共驚聞。」當時不能寫出真姓名，但是從押韻上來看，真是呼之欲出。ＸＸＸ者，毛彥文也。雨僧先生還有一組詩，名曰《空軒十二首》，最初是在「中西詩之比較」課堂上發給我們的。據說每一首影射一位女子，真假無所考。校刊上把第一首今譯為：

一見亞北貌似花，
順著秫秸往上爬。
單獨進攻忽失利，
跟蹤釘梢也挨刷。

下面三句忘了。最後一句是：

椎心泣血葉媽媽。

「亞北」者，歐陽也，是外文系一位女生的姓。這一個今譯本在學生中傳誦，所以時隔六十年，我仍然能回憶起來。然而雨僧先生卻泰然處之。

第二個例子是俞平伯先生。他是著名的詩人、散文家、紅學專家。在清華時，我曾旁聽過他講唐宋詩詞的課。大家都知道，他家學淵源，是國學大師俞樾的孫子或曾孫，自己能寫詩，善填詞。他講詩詞當然很有吸引力。在課堂上他選出一些詩詞，自己搖頭晃腦而朗誦之，有時閉上了眼睛，彷彿完全沉浸於詩詞的境界中，遺世而獨立。他驀地睜大了眼睛，連聲說：「好！好！好！就是好！」學生正在等他解釋好在何處，他卻已朗誦起第二首詩詞來了。昔者晉人見好山水，便連聲喚「奈何！奈何！」仔細想來，這是最好的讚美方式。因為，一落言筌，便失本意，反不如說上幾句「奈何！」更具有啟發意義。平伯先生的「就是好！」可以與此等量齊觀。就是這位平伯先生，有一天忽然剃光了腦袋。這在當時學生和教授中都是從來沒有見過的。於是轟動了全校。校刊上立即出現了俞先生出家當和尚的特大新聞。在眾目睽睽之下，平伯先生怡然自得，泰然處之。他光著個腦袋，仍然在課堂上高喊：「好！好！就是好！」

舉完了兩個例子，現在再談葉公超先生。

我在清華讀的是外國語言文學系。雖然專門化（specialized）是德文，不過表示我讀了一至四年德文；實際上仍以英文為主，教授不分中西講課都用英語，連德文課也不例外。第一年英文，教授就是葉公超先生，用的課本是英國女作家 Jane Austen 的 Pride and Prejudice。公超先生教學法非常奇特。他幾乎從不講解，一上堂，就讓坐在前排的學生，由左到右，依次朗讀原文，到了一定段落，他大聲一喊：「stop！」問大家有問題沒有。沒人回答，就讓學生依次朗讀下去，一直到下課。學生摸出了這個規律，誰願意朗讀，就坐在前排，否則往後坐。有人偶爾提一個問題，他斷喝一聲：「查字典去！」這一聲獅子吼有大威力，從此天下太平，宇域寧靜，相安無事，轉眼過了一年。

公超先生很少著西裝，總是綢子長衫，冬天則是綢緞長袍或皮袍，下面是綢子棉褲，褲腿用絲帶繫緊，絲帶的顏色與褲子不同，往往是頗為鮮艷的，作蝴蝶結狀，隨著步履微微抖動翅膀，用現在的話來說，就是非常「瀟灑」。先生的頭髮，有的時候梳得光可鑑人；有的時候又蓬鬆似秋後枯草。他顧盼自嬉，怡然自得。學生們竊竊私議：先生是在那裡學名士。

談到名士，中國分為真假兩類。「是真名士自風流」。什麼叫「真名士」呢？什麼又叫假名士呢？理論上不容易說清楚。我想，只要拿前面說到的俞平伯先生同葉公超先生一比，涇渭立即分明。大家一致的意見是，俞是真名士，而葉是假裝的名士。前者真率天成，一任自然；後者則難免有想引起「轟動效應」之嫌。《世說新語》常以一句話或一件事，定人們的高下優劣。我們現在也從這一件事定二位的高下。

我想就以此為起點來談公超先生的從政問題。辛笛說：「在舊日師友之間，我們常常為公超先生在抗戰期間由西南聯大棄教從政，深致惋歎，既為他一肚皮學問可惜，也都認為他哪裡是個舊社會中做官的材料，卻就此斷送了他十三年教學的苜蓿生涯，這真是一個時代錯誤。」我的看法同辛笛大異其趣。根據我這個人在同俞平伯先生對比中所得到的印象，我覺得，公超先生確是一個做官的材料。你能夠想像俞平伯先生做官的樣子嗎？

說到學問，公超先生是有一肚皮的。他人很聰明，英文非常好。在清華四年中，我同他接觸比較多。我早年的那一篇散文《年》，就是得到了他的垂青，推薦到《學文》上去發表的。他品評這篇文章時說：「你寫的不僅僅是個人的感受，而是『普遍的意識』（這是他的原話）。」我這篇散文的最後一句話是：「一切都交給命運去安排吧！」這就被當時的左派刊物抓住了辮子，大大地嘲笑了一通沒落的教授階級垂死的哀鳴。我當時是一個窮學生，每月六元的伙食費還要靠故鄉縣衙門津貼，我哪裡有資格代表什麼沒落的教授階級呢？

不管怎樣，我是非常感激公超先生的。我一生喜好舞筆弄墨，年屆耄耋，仍樂此不疲。這給我平淡枯燥的生活抹上了一點顏色，增添了點情趣，難道我能夠忘記嗎？在這裡我要感謝兩位老師：一個高中時期的董秋芳（冬芬）先生，一個就是葉公超先生。如果再加上一位的話，那就是鄭振鐸先生。

我繼承了「清華精神」寫了這篇短文。雖對公超先生似有不恭，實則我是滿懷深情地講出了六十年前的感覺。想公超先生在天之靈必不以為忤，而辛笛師弟更不會介意的。

一九九三年十月三日

懷念喬木

喬木同志離開我們已經一年多了。我曾多次想提筆寫點懷念的文字，但都因循未果。難道是因為自己對這一位青年時代的朋友感情不深、懷念不切嗎？不、不，決不是的。正因為我懷念真感情深，我才遲遲不敢動筆，生怕褻瀆了這一份懷念之情。到了今天，悲思已經逐步讓位於懷念，正是非動筆不行的時候了。

我認識喬木是在清華大學，當時我不到二十歲，他小我一年，年紀更輕。我念外語系而他讀歷史系。我們究竟是怎樣認識的，現在已經回憶不起來。總之我們認識了。當時他正在從事反國民黨的地下活動（後來他告訴我，他當時還不是黨員）。他創辦了一個工友子弟夜校，約我去上課。我確實也去上了課，就在那一座門外嵌著「清華學堂」的高大的樓房內。有一天夜裡，他摸黑坐在我床頭上，勸我參加革命活動。我雖然痛惡國民黨，但是我覺悟低，又怕擔風險。所以，儘管他苦口婆心，反覆勸說，我這一塊頑石愣是不點頭。我彷彿看到他的眼睛在黑暗中閃光。最後，他歎了一口氣，離開了我的房間。早晨，在盥洗室中我們的臉盆裡，往往能發現革命的傳單，是手抄油印的。我們心裡都明白，這是從哪裡來的。但是沒有一個人向學校領導去報告。從此相安無事，一直到一兩年後，喬木為了躲避國民黨的迫害，逃往南方。

此後，我在清華畢業後教了一年書，同另一個喬木（喬冠華，後來號「南喬木」，胡喬木號「北喬木」）一起到了德國，一住就是十年。此時，喬木早已到了延安，開始他那眾所周知的生涯。我們完全走了兩條路，恍如雲天相隔，「世事兩茫茫」了。

等到我於一九四六年回國的時候，解放戰爭正在激烈進行。到了一九四九年，解放軍終於開進了北京城。就在這一年的春夏之交，我忽然接到一封從中南海寄出來的信。信開頭就說：「你還記得當年在清華時的一個叫胡鼎新的同學嗎？那就是我，今天的胡喬木。」我當然記得的，一縷懷舊之情驀地縈上了我的心頭。他在信中告訴我說，現在形勢頓變，國家需要大量的研究東方問題、通東方語文的人才。他問我是否同意把南京東方語專、中央大學邊政系一部分和邊疆學院合併到北大來。我同意了。於是有一段時間，東語系是全北大最大的系。原來只有幾個人的系，現在頓時熙熙攘攘，車馬盈門，熱鬧非凡。

記得也就是在這之後不久，喬木到我住的翠花胡同來看我。一進門就說：「東語系馬堅教授寫的幾篇文章：《穆罕默德的寶劍》、《回教徒為什麼不吃豬肉？》等，毛先生很喜歡，請轉告馬教授。」他大概知道，我們不習慣於說「毛主席」，所以用了「毛先生」這一詞兒。我當時就覺得很新鮮，所以至今不忘。

到了一九五一年，我國政府派出了建國後第一個大型的出國代表團：赴印緬文化代表團。喬木問我願不願參加，我當然非常願意。我研究印度古代文化，卻沒有到過印度，這無疑是一件憾事。現在天上掉下來一個良機，可以彌補這個缺憾了。於是我暢遊了印度和緬甸，留下了畢生難忘的印象。這當然要感謝喬木。

但是，我是一個上不得台盤的人，我很怕見官。兩個喬木都是我的朋友，現在都當了大官。我本來就不喜歡拜訪人，特別是官，不管是多熟的朋友，也不例外。解放初期，我曾請南喬木喬冠華給北大學生做過一次報告。記得送他出來的時候，路上遇到艾思奇。他們倆顯然很熟識。艾說：「你也到北大來老王賣瓜了！」喬說：「只許你賣，就不許我賣嗎？」彼此哈哈大笑。從此我就再沒有同喬冠華打交道。同北喬木也過從甚少。

說句老實話，我這兩個朋友，南北二喬木都沒有官架子。我最討厭人擺官架子，然而偏偏有人愛擺。這是一種極端的低級趣味的表現。我的政策是：先禮後兵。不管你是多麼大的官，初見面時，我總是彬彬有禮。如果你對我稍擺官譜，從此我就不再理你。見了面也不打招呼。知識分子一向是又臭又硬的，反正我決不想往上爬，我完全無求於你，你對我絕對無可奈何。官架子是抬轎子的人抬出來的。如果沒有人抬轎子，架子何來？因此我憎惡抬轎子者勝於坐轎子者。如果有人說這是狂狷，我也只等秋風過耳邊。

但是，喬木卻決不屬於這一類的官。他的官越作越大，地位越來越高，被譽為「黨內的才子」、「大手筆」，儼然執掌意識形態大權，名滿天下。然而他並沒有忘掉故人。特別是文化大革命以後，我們都有獨自的經歷。我們雖然沒有當面談過，但彼此心照不宣。他到我家來看過我。他的家我卻是一次也沒有去過。什麼人送給他了上好的大米，他也要送給我一份。他到北戴河去休養，帶回來了許多個兒極大的海螃蟹，也不忘記送我一筐。他並非百萬富翁，這些可能都是他自己出錢買的。按照中國老規矩：來而不往，非禮也。投桃報李，我本來應該回報點東西的，可我什麼吃的東西也沒有送給喬木過。這是一種什麼心理？我自己並不清楚。難道是中國舊知識分子，優秀的知識分子那種傳統心理在作怪嗎？

一九八六年冬天，北大的學生有一些愛國活動，有一點「不穩」。喬木大概有點著急。有一天他讓我的兒子告訴我，他想找我談一談，瞭解一下真實的情況。但他不敢到北大來，怕學生們對他有什麼行動，甚至包圍他的汽車，問我願不願意到他那裡去，我答應了。於是他把自己的車派來，接我和兒子、孫女到中南海他住的地方去，外面剛下過雪，天寒地凍。他住的房子極高極大，裡面溫暖如春。他全家人都出來作陪。他請他們和我的兒子、孫女到另外的屋子裡去玩。只留我們兩人，促膝而坐。開宗明義，他先聲明：「今天我們是老友會面。你眼前不是政治局委員、書記處書記，而是六十年來的老朋友。」我當然完全理解他的意思，把我對青年學生的看法，竹筒倒豆子，和盤倒出，毫不隱諱。我們談了一個上午，只是我一個人說話。我說的要旨其實非常簡明：青年學生是愛國的。在上者和年長者惟一正確的態度是理解與愛護，誘導與教育。個別人過激的言行可以置之不理。最後，喬木說話了：他完全同意我的看法，說是要把我的意見帶到政治局去。能得到喬木的同意，我心裡非常痛快，他請我吃午飯。他們全家以夫人谷羽同志為首和我們祖孫三代圍坐在一張非常大的圓桌旁。讓我吃驚的是，他們吃得竟是這樣菲薄，與一般人想像的什麼山珍海味、燕窩、魚翅，毫不沾邊兒。喬木是一個什麼樣的官兒，也就一清二楚了。

有一次，喬木想約我同他一起到甘肅敦煌去參觀。我委婉地回絕了。並不是我不高興同他一起出去，我是很高興的。但是，一想到下面對中央大員那種逢迎招待、曲盡恭謹之能事的情景，一想到那種高樓大廈、扈從如雲的盛況，我那種上不得台盤的老毛病又發作了，我感到厭惡，感到膩味，感到不能忍受。眼不見為淨，還是老老實實地待在家裡為好。

最近幾年以來，喬木的懷舊之情好像愈加濃烈。他曾幾次對我說：「老朋友見一面少一面了！」我真是有點驚訝。我比他長一歲，還沒有這樣的想法哩。但是，我似乎能瞭解他的心情。有一天，他來北大參加一個什麼展覽會。散會後，我特意陪他到燕南園去看清華老同學林庚。從那裡打電話給吳組緗，電話總是沒有人接。喬木告訴我，在清華時，他倆曾共同參加了一個地下革命組織，很想見組緗一面，竟不能如願，言下極為怏怏。我心裡想：這次不行，下次再見嘛。焉知下次竟沒有出現。喬木同組緗終於沒能見上一面，就離開了人間。這也可以說是抱恨終天吧。難道當時喬木已經有了什麼預感嗎？

他最後一次到我家來，是老伴谷羽同志陪他來的。我的兒子也來了。後來谷羽和我的兒子到樓外同秘書和司機去閒聊。屋裡只剩下了我同喬木兩人。我一下回憶起幾年前在中南海的會面。同一會面，環境迥異。那一次是在極為高大寬敞、富麗堂皇的大廳裡。這一次卻是在低矮窄小、又髒又亂的書堆中。喬木仍然用他那緩慢低沉的聲調說著話。我感謝他簽名送給我的詩集和文集。他讚揚我在學術研究中取得的成就，用了幾個比較誇張的詞兒。我頓時感到惶恐，觳觫不安。我說：「你取得的成就比我大得多而又多呀！」對此，他沒有多說什麼話，只是輕微地歎了一口氣，慢聲細語地說：「那是另外一碼事兒。」我不好再說什麼了。談話時間不短了，話好像是還沒有說完。他終於起身告辭。我目送他的車轉過小湖，才慢慢回家。我哪裡會想到，這竟是喬木最後一次到我家裡來呢？

大概是在前年，我忽然聽說：喬木患了不治之症。我大吃一驚，彷彿當頭挨了一棍。「斯人也，而有斯疾也。」難道天道真就是這個樣子嗎？我沒有別的辦法，只能寄希望於萬一。這一次，我真想破例，主動到他家去看望他。但是，兒子告訴我，喬木無論如何也不讓我去看他。我只好服從他的安排。要說心裡不惦念他，那是根本不可能的。六十多年的老友，世上沒有幾個了。

時間也就這樣過去。去年八九月間，他委託他的老伴告訴我的兒子，要我到醫院裡去看他。我十分瞭解他的心情：這是要同我最後訣別了。我懷著沉重的心情，同兒子到了他住的醫院裡。病房同中南海他的住房同樣寬敞高大，但我的心情卻無論如何也不能同那一次進中南海相比，我這一次是來同老友訣別的。喬木仰面躺在病床上，嘴裡吸著氧氣。床旁還有一些點滴用的器械。他看到我來了，顯得有點激動，抓住我的手，久久不鬆開。看來他知道，這是最後一次握老友的手了。但是，他神態是安詳的，神志是清明的，一點沒有痛苦的表情。他仍然同平常一樣慢聲慢氣地說著話。他曾在《人物》雜誌上讀過我那《留德十年》的一些篇章。不知道是為什麼他現在又忽然想了起來，連聲說：「寫得好！寫得好！」我此時此刻百感交集，我答應他全書出版後，一定送他一本。我明知道這只不過是空洞的謊言。這種空洞縈繞在我耳旁，使我自己都毛骨悚然。然而我不說這個又能說些什麼呢？

這是我同喬木最後一次見面。過了不久，他就離開了人間。按照中國古代一些知識分子的做法，《留德十年》出版以後，我應當到他的墳上焚燒一本，算是送給他那在天之靈。然而，遵照喬木的遺囑，他的骨灰都已撒到他革命的地方了，連一個骨灰盒都沒有留下。他是「赤條條來去無牽掛」。然而，對我這後死者來說，卻是極難排遣的。我面對這一本小書，淚眼模糊，魂斷神銷。

平心而論，喬木雖然表面上很嚴肅，不苟言笑，他實則是一個正直的人，一個正派的人，一個感情異常豐富的人，一個脫離了低級趣味的人。六十年的宦海風波，他不能無所感受，但是他對我半點也沒有流露過。他大概知道，我根本不是此道中人，說了也是白說。在他生前，大陸和香港都有一些人把他封為「左王」，另外一位同志同他並列，稱為「左后」。我覺得，喬木是冤枉的。他哪裡是那種有意害人的人呢？我同喬木相交六十年。在他生前，對他我有意迴避，絕少主動同他接近。這是我的生性使然，無法改變。他逝世後這一年多以來，不知道為什麼，我倒常常想到他。我像老牛反芻一樣，回味我們六十年交往的過程，頓生知己之感。這是我以前從來沒有感到過的。現在我越來越覺得，喬木是瞭解我的。有知己之感是件好事。然而它卻加濃了我的懷念和悲哀。這就難說是好是壞了。

隨著自己的年齡的增長，我現在越來越覺得，在人世間，後死者的處境是並不美妙的。年歲越大，先他而走的親友越多，懷念與悲思在他心中的積澱也就越來越厚，厚到令人難以承擔的程度。何況我又是一個感情常常超過需要的人，我心裡這一份負擔就顯得更重。喬木的死，無疑又在我的心靈中增加了一份極為沉重的負擔。我有沒有辦法擺脫這一份負擔呢？我自己說不出。我悵望窗外皚皚的白雪，我想得很遠，很遠。

一九九三年十一月二十八日凌晨

編後記

◎張昌華

季羨林先生是散文大家。讀他的散文是一種享受，開懷釋卷，典雅清麗的文字拂面而來，純樸而不乏味，情濃而不矯作，莊重而不板滯，典雅而不雕琢。無論記人、狀物或摹事，筆下流淌的是炙熱的人文情懷，充滿著趣味和韻味，都值得玩味。喻之為啜香茗，齒頰留香，或比之沐惠風浴春雨貼切不過。真正的「春風大雅能容物，秋水文章不染塵」也。誠如此，坊間流傳的季先生的散文選本甚多，有編年式、專題式、精選式……它們各有千秋。刻下奉給讀者的這部《清塘荷韻》，濯去舊觀，以來新意。迥異於上述諸多選本，筆者很難準確地將其命名定位，姑且稱之為「新編」吧。書名冠以《荷塘清韻》，出自季先生的經典名篇，題文璧合自然，由清韻的詩境中，令人想到那香溢塘畔的「季荷」，油然想到九十有三的季羨林先生。

有西哲說：人是社會舞台的匆匆過客；國人亦云：人生如散文。編者受此啟發，試圖通過這部「新編」展示季先生的百年人生，一種厚重的歷史、文化大散文式的人生。耄耋之年的季羨林人間春色閱盡，滄桑世事歷練。一如先生所述：「我走過陽關大道，也走過獨木小橋。路旁有深山大澤，也有平坡宜人；有杏花春雨，也有塞北秋風；有山重水復，也有柳暗花明；有迷途知返，也有絕處逢生。」編者通覽他林林總總的散文後，旨在以他的人生之旅為軌跡，取歲月作「經」，選反映人生四季際遇的散文作「緯」，然又將經緯交錯，綴衲成章。

「橫看成嶺側成峰」，橫向閱讀「新編」，篇篇皆是藝術散文佳構，可資欣賞；縱向披覽，則又是季先生的「自傳」，可供研討——因為季先生可堪稱他們那一代知識分子的縮影。他的沉浮榮辱無不折射出社會的變遷，疊映出時代進步的印痕。鑑此，酌收了少量理性色彩較濃的篇什。

全書共分十輯：「尋根齊魯」、「魂斷德國」、「清華夢憶」、「燕園春秋」、「擁抱自然」、「馨愛市井」、「感悟人生」、「品味書香」、「屐印芳草」和「收藏落葉」。

中間的幾輯，融匯了先生畢生散文創作的經典名篇。書自清華園和未名湖畔。「心源為燈，筆端為炭。」以情感人，是先生散文的最大特色；《一雙長滿老繭的手》、《兩行寫在泥土地上的字》、《三個小女孩》等抒寫母子、師生以及凡人市井間那濃得化不開的人情味，溫暖著讀者的心田；季先生又是田園歌手，不是無端悲怨深，而是直將閱歷寫成吟。他以同樣的慈懷擁抱自然，一草一木，一貓一鳥，一水一石，在他的筆下都是有生命有靈性有情感的寶物。季先生對它們豈止善待，先生與它們交流，向它們學習，陶情治性。當然，亦不乏從記憶枯井中打撈出的腥雨歲月，令人辛酸的「抄家」之類的牛棚往事。於是乎便有了《知足知不足》、《有為有不為》的人生感悟和《一個老知識分子的心聲》的肺腑之言，字字珠璣，擲地金聲。學富五車，書通二酉。先生讀了一輩子書，教了一輩子書，寫了一輩子書，品評了一輩子書，故增設了「品味書香」專輯，聊見先生一輩子與書的不解之緣和在書海暢遊之樂。先生遊歷極豐，識聞多，博見廣，寫了許多精彩的遊記，限於篇幅編者只能擷中外一山一水一寺一佛以一瓢獻之。

季羨林是典型的中國傳統文人，熱愛桑梓，事母至孝。輯一尋根，遴選了自傳色彩極濃的對灰黃童年的追憶，對慈母懿德風範的頌揚和九十高年回故土尋根幾篇文字。先生畢生交遊極廣，中國近現代史上的文化名人，他都有或深或淺的過從，他所撰懷人文章有二三十篇之多，這些落葉都珍藏在他心中。這裡只選了他的八位師友，多為今人不大熟悉者，有點鉤沉味。書中排名不以官位大小，成就高低為先後，僅以齒序為序。我想要說的是先生的緬懷文字意真情摯。葉公超先生是他的業師，他的散文名篇《年》，就是葉公超推薦在《新月》上發表的，算是恩師，季先生在月旦葉公超做學問與做官問題時仍有微辭，足見其率真。在胡適墓前的沉思更耐人尋味。

需要說明的是，徵得季先生和張中行先生同意，將張中行先生《季羨林》權作代序，讓讀者一窺名人眼中名人之風采，也別有意趣。

期冀讀者能從此選本中既能享受季先生散文的丰采，又能領略季先生人格魅力，從而悟出做人的真諦。

清塘荷韻，韻味悠長。

二〇〇四年三月十日

大都會文化圖書目錄

寵愛你的肌膚一從手工香皂開始 260元
舞動燭光一手工蠟燭的綺麗世界 280元
空間也需要好味道一
打造天然香氛的68個妙招 260元
雞尾酒的微醺世界一
調出你的私房Lounge Bar風情 250元
野外泡湯趣一
魅力野溪溫泉大發見 260元
肌膚也需要放輕鬆一
徜徉天然風的43項舒壓體驗 260元

寵物當家系列

Smart養狗寶典 380元
Smart養貓寶典 380元
貓咪玩具魔法DIY一
讓牠快樂起舞的55種方法 220元
愛犬造型魔法書一
讓你的寶貝漂亮一下 260元
漂亮寶貝在你家一
寵物流行精品DIY 220元
我的陽光・我的寶貝一
寵物真情物語 220元
我家有隻麝香豬一養豬完全攻略 220元

人物誌系列

現代灰姑娘 199元
黛安娜傳 360元
船上的365天 360元
優雅與狂野一威廉王子 260元
走出城堡的王子 160元
殞逝的英格蘭玫瑰 260元
貝克漢與維多利亞一
新皇族的真實人生 280元
幸運的孩子一
布希王朝的真實故事 250元
瑪丹娜一流行天后的真實畫像 280元

度小月系列

路邊攤賺大錢 【搶錢篇】 280元
路邊攤賺大錢2【奇蹟篇】 280元
路邊攤賺大錢3【致富篇】 280元
路邊攤賺大錢4【飾品配件篇】 280元
路邊攤賺大錢5【清涼美食篇】 280元
路邊攤賺大錢6【異國美食篇】 280元
路邊攤賺大錢7【元氣早餐篇】 280元
路邊攤賺大錢8【養生進補篇】 280元
路邊攤賺大錢9【加盟篇】 280元
路邊攤賺大錢10【中部搶錢篇】 280元
路邊攤賺大錢11【賺翻篇】 280元
路邊攤賺大錢12【大排長龍篇】 280元

DIY系列

路邊攤美食DIY 220元
嚴選台灣小吃DIY 220元
路邊攤超人氣小吃DIY 220元
路邊攤紅不讓美食DIY 220元
路邊攤流行冰品DIY 220元

流行瘋系列

跟著偶像FUN韓假 260元
女人百分百一男人心中的最愛 180元
哈利波特魔法學院 160元
韓式愛美大作戰 240元
下一個偶像就是你 180元
芙蓉美人泡澡術 220元

生活大師系列

遠離過敏一打造健康的居家環境 280元
這樣泡澡最健康
一紓壓・排毒・瘦身三部曲 220元
兩岸用語快譯通 220元
台灣珍奇廟一發財開運祈福路 280元
魅力野溪溫泉大發見 260元

搜驚・搜精・搜金—
從 Google的致富傳奇中，
你學到了什麼？ 199元
絕對中國製造的58個管理智慧 200元
客人在哪裡？—
決定你業績倍增的關鍵細節 200元
殺出紅海—
漂亮勝出的104個商戰奇謀 220元
商戰奇謀36計—
現代企業生存寶典 180元

都會健康館系列

秋養生—二十四節氣養生經 220元
春養生—二十四節氣養生經 220元
夏養生—二十四節氣養生經 220元
冬養生—二十四節氣養生經 220元
春夏秋冬養生【套書】 699元

CHOICE系列

入侵鹿耳門 280元
蒲公英與我—聽我說說畫 220元
入侵鹿耳門（新版） 199元
舊時月色（上輯＋下輯）各 180元

FORTH系列

印度流浪記—滌盡塵俗的心之旅 220元
胡同面孔
—古都北京的人文旅行地圖 280元
尋訪失落的香格里拉 240元

FOCUS系列

中國誠信報告 250元

禮物書系列

印象花園 梵谷 160元
印象花園 莫內 160元
印象花園 高更 160元
紅塵歲月—三毛的生命戀歌 250元
風華再現—金庸傳 260元
俠骨柔情—古龍的今生今世 250元
她從海上來—張愛玲情愛傳奇 250元
從間諜到總統—普丁傳奇 250元
脫下斗篷的哈利—
丹尼爾・雷德克里夫 220元
蛻變 — 章子怡的成長紀實 250元

心靈特區系列

每一片刻都是重生 220元
給大腦洗個澡 220元
成功方與圓—
改變一生的處世智慧 220元
轉個彎路更寬 199元
課本上學不到的33條人生經驗 149元
絕對管用的38條職場致勝法則 149元
從窮人進化到富人的29條處事智慧
149元
成長三部曲 299元

SUCCESS系列

七大狂銷戰略 220元
打造一整年的好業績—
店面經營的72堂課 200元
超級記憶術—
改變一生的學習方式 199元
管理的鋼盔—商戰存活與突圍的
25個必勝錦囊 200元
搞什麼行銷—
152個商戰關鍵報告 220元
精明人聰明人明白人—
態度決定你的成敗 200元
人脈=錢脈—
改變一生的人際關係經營術 180元
週一清晨的領導課 160元
搶救貧窮大作戰の48條絕對法則 220元

CITY MALL系列

別懷疑！我就是馬克大夫	200元
愛情詭話	170元
唉呀！真尷尬	200元
就是要賴在演藝圈	180元

親子教養系列

孩童完全自救寶盒
（五書+五卡+四卷錄影帶）
3,490元（特價2,490元）

孩童完全自救手冊 一這時候你該怎麼辦（合訂本）	299元
我家小孩愛看書 一Happy學習easy go！	200元
天才少年的5種能力	280元

新觀念美語

NEC新觀念美語教室 （八本書+48卷卡帶）	12,450元

您可以採用下列簡便的訂購方式：

◎請向全國鄰近之各大書局或上大會文化網站www.metrobook.com.tw選購。

◎劃撥訂購：請直接至郵局劃撥付款。
帳號：14050529
戶名：大都會文化事業有限公司

（請於劃撥單背面通訊欄註明欲購書名及數量）

印象花園 竇加	160元
印象花園 雷諾瓦	160元
印象花園 大衛	160元
印象花園 畢卡索	160元
印象花園 達文西	160元
印象花園 米開朗基羅	160元
印象花園 拉斐爾	160元
印象花園 林布蘭特	160元
印象花園 米勒	160元
絮語說相思 情有獨鍾	200元

工商管理系列

二十一世紀新工作浪潮	200元
化危機為轉機	200元
美術工作者設計生涯轉轉彎	200元
攝影工作者快門生涯轉轉彎	200元
企劃工作者動腦生涯轉轉彎	220元
電腦工作者滑鼠生涯轉轉彎	200元
打開視窗說亮話	200元
文字工作者撰錢生活轉轉彎	220元
挑戰極限	320元
30分鐘行動管理百科 （九本盒裝套書）	799元
30分鐘教你自我腦内革命	110元
30分鐘教你樹立優質形象	110元
30分鐘教你錢多事少離家近	110元
30分鐘教你創造自我價值	110元
30分鐘教你Smart解決難題	110元
30分鐘教你如何激勵部屬	110元
30分鐘教你掌握優勢談判	110元
30分鐘教你如何快速致富	110元
30分鐘教你提昇溝通技巧	110元

精緻生活系列

女人窺心事	120元
另類費洛蒙	180元
花落	180元

清塘荷韻

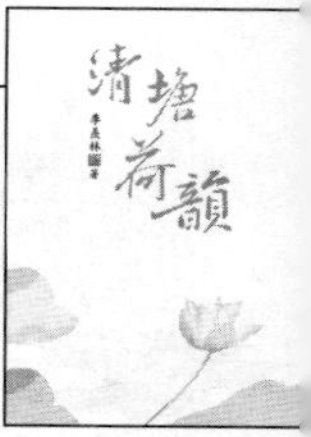

作　　者　季羨林

發 行 人　林敬彬
主　　編　楊安瑜
編　　輯　蔡穎如
封面設計　洸譜創意設計
圖片提供　沈瑞、孫芳
內頁編排　周宗翰

出　　版　大旗出版　行政院新聞局北市業字第1688號
發　　行　大都會文化事業有限公司
　　　　　110台北市信義區基隆路一段432號4樓之9
　　　　　讀者服務專線：（02）27235216
　　　　　電子郵件信箱：metro@ms21.hinet.net
　　　　　網　址：www.metrobook.com.tw
郵政劃撥　14050529 大都會文化事業有限公司
出版日期　2006年3月初版一刷
定　　價　280元
I S B N　957-8219-48-2
書　　號　Choice-006

Metropolitan Culture Enterprise Co., Ltd.
4F-9, Double Hero Bldg., 432, Keelung Rd., Sec. 1, Taipei 110, Taiwan
Tel:+886-2-2723-5216　Fax:+886-2-2723-5220
Web-site:www.metrobook.com.tw
E-mail: metro@ms21.hinet.net

◎本書由江蘇文藝出版社授權繁體字版之出版發行
◎本書如有缺頁、破損、裝訂錯誤，請寄回本公司更換

國家圖書館出版品預行編目資料

清塘荷韻 / 季羨林著.-- 初版. -- 臺北市 : 大旗出版社 :
大都會文化發行, 2006- [民95-]
冊 ; 公分
ISBN ：957-8219-48-2 (平裝)
855　　　　94006159

FORTH 003

尋訪失落的香格里拉

作　　者：Kim Roseberry
出　　版：大旗出版社
出版日期：2005年10月
定　　價：240元

行走在最美麗的高度，尋訪聖境香格里拉

【內容簡介】

人人都在尋找香格里拉。香格里拉彷彿午夜夢迴的懸念，在神話與現實的地平線上遊盪。直到神話被印證，世人就在驚嘆中成為無語的朝聖者陸續湧入。
作者以獨特的理性眼光和感性視角，走進人們嚮往的天堂。那裡沒有塵俗的擾嚷，也不是完美的烏托邦，只有藏民投入飽滿的生命力，展現對大自然的景仰，單純而震撼。
這是一本美國女攝影師與香格里拉的心靈對話集，她用「心」走進香格里拉，並創造出一個全然不同的香格里拉。

◎作者的話：
也許有人會認為我對香格里拉的批判太嚴厲了，畢竟改名為香格里拉的中甸，還是一個充滿泥土芬芳和世俗風景的真實之地。其實我只是在比較真實與神話，而真實從來不會像夢想那樣富吸引力。於是，我反問自己的心，並且記錄追尋香格里拉的過程。

【作者簡介】

Kim Roseberry
Kim Roseberry在美國緬因州的農場長大，曾在美國大學中研究東方文化，後來在北京師範大學進修中文。在姊姊的影響下學習攝影。現為自由攝影師。
從2001年開始，客居雲南，長期從事中國西南少數民族文化生活研究及攝影工作，並遊歷緬甸、印度、尼泊爾等國，對藏文化有著深厚的興趣。崇尚美國女攝影家黛安．阿勃絲的風格，在真實中追求細節的構成組合。

大都會文化　讀者服務卡

書號：Choice006　清塘荷韻

謝謝您選擇了這本書！期待您的支持與建議，讓我們能有更多聯繫與互動的機會。

日後您將可不定期收到本公司的新書資訊及特惠活動訊息。

A. 您在何時購得本書：______年______月______日

B. 您在何處購得本書：__________書店（便利超商、量販店），位於　　（市、縣）

C. 您從哪裡得知本書的消息：1. □書店2. □報章雜誌3. □電台活動4. □網路資訊
5. □書籤宣傳品等6. □親友介紹7. □書評8. □其他__________

D. 您購買本書的動機：（可複選）1. □對主題和內容感興趣2. □工作需要3. □生活需要
4. □自我進修5. □內容為流行熱門話題6. □其他__________

E. 您最喜歡本書的：（可複選）1. □內容題材2. □字體大小3. □翻譯文筆4. □封面
5. □編排方式6. □其他__________

F. 您認為本書的封面：1. □非常出色2. □普通3. □毫不起眼4. □其他__________

G. 您認為本書的編排：1. □非常出色2. □普通3. □毫不起眼4. □其他__________

H. 您通常以哪些方式購書：（可複選）1. □逛書店2. □書展3. □劃撥郵購4. □團體訂購
5. □網路購書6. □其他__________

I. 您希望我們出版哪類書籍：（可複選）1. □旅遊2. □流行文化3. □生活休閒
4. □美容保養5. □散文小品6. □科學新知7. □藝術音樂8. □致富理財9. □工商管理
10. □科幻推理11. □史哲類12. □勵志傳記13. □電影小說14. □語言學習（____語）
15. □幽默諧趣16. □其他__________

J. 您對本書（系）的建議：__________

K. 您對本出版社的建議：__________

讀者小檔案

姓名：__________　性別：□男□女　生日：____年____月____日

年齡：□20歲以下□20～30歲□31～40歲□41～50歲□50歲以上

職業：1. □學生2. □軍公教3. □大眾傳播4. □服務業5. □金融業6. □製造業
7. □資訊業8. □自由業9. □家管10. □退休11. □其他__________

學歷：□國小或以下□國中□高中／高職□大學／大專□研究所以上

通訊地址：__________

電話：（H）__________（O）__________　傳真：__________

行動電話：__________　E-Mail：__________

◎如果您願意收到本公司最新圖書資訊或電子報，請留下您的E-Mail信箱。

請沿虛線剪下，對折裝訂後寄回

清　塘　荷　韻

北區郵政管理局
登記證北台字第9125號
免　貼　郵　票

大都會文化事業有限公司
讀者服務部收
110台北市基隆路一段432號4樓之9

寄回這張服務卡（免貼郵票）
您可以：
◎不定期收到最新出版訊息
◎參加各項回饋優惠活動

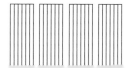

大旗出版
BANNER PUBLISHING

大旗出版
BANNER PUBLISHING